Unicorn

独角兽书系

作者简介

水　泡

水泡，上海人，作家、编剧。2000年起在各大网站发表作品。奇幻世界“九州”发起人、创始人之一。2013年起参与影视剧策划和创作。武侠短篇“细柳镇”系列收录于《龙的天空幻想文丛：不一样的江湖》《今古传奇·武侠版》。科幻短篇作品收录于《花开花落·科幻迷系列之幽默卷》。“九州”题材中短篇系列小说发表于《奇幻世界》《九州幻想》等杂志。

水泡 著

九州系列长篇巨作

九州

寂龙之

1.神木之影

SILENCE OF DRAGON

I. Shadow of the Sacred Tree

重庆出版社

图书在版编目（CIP）数据
九州. 龙之寂. 1，神木之影 / 水泡著. -- 重庆 : 重庆出版社，2025. 8. -- ISBN 978-7-229-15567-4
Ⅰ. I247.5
中国国家版本馆CIP数据核字第2024NU2348号

九州·龙之寂1：
神木之影
JIUZHOU · LONG ZHI JI 1:
SHENMU ZHI YING
水 泡 著

责任编辑:邹 禾 唐弋淄 崔明睿
装帧设计:谢颖设计工作室
封面插图:汪禾洋
责任校对:刘 刚
排版设计:池胜祥

重庆出版社 出版
重庆市南岸区南滨路162号1幢 邮政编码:400061 http://www.cqph.com
成都国图广告印务有限公司 印刷
重庆出版社有限责任公司 发行
邮购电话:023-61520656

开本:890mm×1230mm 1/32 印张:11.875 字数:306千
2025年8月第1版 2025年8月第1次印刷
ISBN 978-7-229-15567-4
定价:89.00元

目录

序章

状如鸡卵的太阳慢慢向西坠下，逐渐黯淡的光线把城市的影子越拉越斜，那些尖耸的、方正的或是圆弧状的屋顶无不呈现出一抹即将消退的金碧辉煌，令人悸动又挑动欲望的色彩。在九成原丘陵上建造起来的锢龙城业已改名天启，作为人族的都城经受了数百年的风雨洗礼——这仅仅是它作为万年帝都的一个小小的开始。

城市西南角是皇庭正式颁令建起的坊市，汇聚数千家商铺。来自澜州羽族的木绢、药材，越州河络的珠宝和铁器，还有遥远殇州之地的动物皮毛。白色的皮毛摸上去柔软丝滑，每一张都硕大无比，在极寒之地，和巨人般的夸父生活在同样的环境中，动物们也有着不同寻常的体形。

临近傍晚是坊市最热闹的时候，店家不愿放弃闭市前最后的机会，拼命推销自家的货品。在嘈杂的声响中，身穿灰袍的祁九漫不经心地走过一家家店铺，偶尔停下脚步从货摊上拿起件东西看两眼又放回去。

一个模样猥琐的驼背老人从角落中走了出来，紧紧跟在他的身旁。“上好的越州黄玉石。”驼背老人手中拿着几块颜色各异的玉石，用谄媚的声音说，“您看看吧，还有青玉石和墨玉石。”

“不要。”

驼背老头并不死心，又从怀中掏出一个小药瓶。“幻象森林的艳菇粉，这可是好东西啊。”他咧开嘴露出残缺发黑的牙齿，发出沙哑的笑声。

“说过了，不要。”祁九加重了语气。

驼背老人突然用只有祁九才听得清的声音快速说：“街角的黄色院门，一直往里走，外面已经打扫干净了。”

祁九不易觉察地轻轻点头，随后大声说：“走开。”

驼背老人嘴里嘟囔着停下脚步，他拐向另一条岔路，很快消失在人群中。

街角是独栋的院落，两扇木门紧紧关闭，祁九若无其事地走上前轻轻推开其中一扇，飞快地闪身进了院子。院内种着成排花草，地上的一摊血渍还未干涸，至少两个人的腿脚从花丛后面露了出来，一动不动。祁九不动声色地穿过院子，径直走进一条狭长的通道，通道又黑又深，足有数十箭尺的长度，在尽头又是一扇漆黑的房门。

祁九在门前停下步，摸了摸左眉的伤疤，这是习惯动作。随后他推门走了进去。

房间里的目光全都盯上他，几个随从的表情差不多，吃惊和恼怒，像一群同时被踩住尾巴的猫。唯一的一张方桌上摆满了丰盛的菜肴，正坐在那里吃喝的黑脸瘦子抬起头，面无表情地看着他。

“打扰了。”祁九用一种恭谦的语气说，“我还是想请求您，把那颗珠子卖给我。”

三个保镖都把手放在腰间的刀柄上，站在黑脸瘦子身后的老者轻轻后退一步，似乎念念有词，黑脸瘦子抬手阻止住他们。

“你真是收古董的?”黑脸瘦子问。

“是的。”

“是的?”黑脸瘦子一字一顿地说，“那么你奶奶的是怎么找到这里的?”

“我在城里有些朋友。”

黑脸瘦子猛地把手中的酒杯扔了过去，杯子砸到祁九的胸口弹落在地上，酒水溅了他一身。“你当我是白痴吗?”黑脸瘦子咆哮起来，“我是城南的黑蛇伏阔，连市署和卫城司都要让我三分，凭你一个古董贩子也能找到我待的地方?”

“我没有别的意思，”祁九的语气平静，“我只为那颗珠子来，两千金铢，够买下都城里最好的一大片宅院。”

“我不缺钱。”黑蛇伏阔似乎平静下来，拿起酒壶往另一个杯子里斟酒。

“不会有人出的价钱比我更好，那颗珠子原本也是您从别人手里弄来的，它对您来说一点用处也没有。”

黑蛇伏阔拿起了酒杯，斜眼看着祁九，片刻之后从嘴里吐出两个字：“去死。”

每个人都在等待这句话，三个保镖争先恐后地冲上来，祁九的动作比他们快得多，像一只迅疾的猎豹躲过左右劈来的腰刀，从当前两人的中间蹿了过去，血水从两名保镖的胸口喷了出来，祁九的手中已经多了两柄匕首，左手的匕首刺进第三个保镖的脖颈，右手的匕首掷了出去，直接插进高声诵念秘术咒语的老者嘴里，匕首尖从秘术师的脑后凸了出来，几乎将他钉在了墙上。

黑蛇怒吼一声，抬脚将桌子踢飞，当他拔出刀时愣了愣，发现眼前已经没有了祁九的身影。

“我本来只要那颗珠子的。”祁九在他身后阴森地说。

匕首从黑蛇的脖子上飞快地划过，黑蛇一边踉跄着向门外走去，一边使劲捂住自己的喉咙，徒劳地想要止住喷涌而出的血水，他颓然地瘫倒在房门前。

一切都在电光石火间结束。

祁九来到黑蛇身旁蹲下，从尸身上掏摸出一只巴掌大小的锦盒。他打开盒盖，一颗浑圆的珠子呈现在眼前，足有一个拳头大小，珠子泛出一种古朴的黄色，内里若隐若现地流动着棉絮状的东西。

*就是它吗？*祁九冒出一丝好奇的念头，伸手拿起珠子。

入手有一种圆润的感觉，除此之外似乎没有任何惊艳的地方，它就是一颗普通的珠子。祁九微微失望，他紧紧地攥了它一下。

突然间，他眼前一黑，耳旁响起一声啸叫，那是一种愤怒和绝望的咆哮，黑暗随即变成了鲜红的颜色，飞快地闪过各种各样的画面，却什么也看不清，只有浓浓的血腥味，足够吞没整个世界。

一切幻象在瞬间消失了，珠子从手中掉落下来，祁九坐在地上大口喘气，额头上尽是密密的汗珠。他惊恐地看了一眼珠子，古朴的黄色，若隐若现的棉絮，依然如故。

祁九决定忘掉刚才的一切，就当什么也没发生过。他小心翼翼地捡起珠子，飞快地装回盒子。他瞥见地上仰面朝天的尸体，黑蛇那双无神的眼睛正对着他，似乎在嘲笑他刚才冒昧又愚蠢的做法。祁九恼怒地一脚踹在黑蛇的头上，尸体翻了个身，一张脸贴在地面上。

回到外面的院落，太阳已经落山，只在遥远的天边还保留着些许暗红色的霞光，宣告白日的落幕和夜晚的降临。要等到明天早晨，黑蛇的手下才会发现这里一地的尸体，以他们的能力，唯一能够做的就是重新投靠一个老大。祁九推开门走上大街，街角两家商铺的伙计正忙着打烊，没有人注意到他。祁九拉起袍子上的兜帽，快步走进黑暗的街巷中。

几缕薄纱般的云彩环绕明月周围。在小巷中穿梭许久之后，他已经离开了西南的坊市，从怜羽池的便桥绕进了城西民居。一群光着脚、衣衫褴褛的孩子从街角冲了出来，吵闹着从他身旁经过，一个七八岁的女孩子不知被谁绊了一下，一边尖叫一边撞向祁九。祁九飞快地闪身，紧紧攥住女孩伸向他衣襟的手。小偷的伎俩。

冲过去的孩子们都停了下来，沉默地看着他俩。祁九咧嘴笑了笑，一双眼睛冷冷地看着女孩，女孩不由自主地哆嗦了一下，表情似乎要哭出来。

“记住，下次我会剁掉你的一只手。”他松开了女孩。

女孩像受惊的兔子，撒腿往小巷中跑去，其他孩子跟上她的脚步，转眼一个不剩。

祁九摸了摸眉毛，足有一指宽的伤疤把左眉切成了两截，他永远不会忘记猪肚姜用那把锈匕首划开自己的时候有多痛，麻秆、鼻涕崽一群人在旁边喝彩叫好，鲜血流进眼里，遮掩住了他的泪水。那时他的岁数还不及眼前逃跑的女孩，是这伤疤教会他如何在一个贫穷下贱又冷酷残忍的地方生存下去，而其他人——不管是比他大的还是比他小的，是欺负他的还是同情他的——没有一个能活到成年。

他继续往前走去，在街巷中拐了几个弯后停在一个门洞口，木门的上方有一个长方形的窥视孔，用铁条隔着。祁九伸手敲了敲木门，窥视孔从里面打开了，一双眼睛在铁条后面警惕地向外张望。

“云崖老九。”祁九用低低的声音说。

孔洞“啪”地关闭，木门随即打开了一道缝，祁九侧身钻了进去。房间里的蜡烛发出昏暗的光芒，一个满脸皱纹的老婆子冲着祁九努努嘴，祁九拉开门帘走进里屋。坊市里的驼背老人坐在板凳上，他抬头看着祁九，指了指面前小桌子上的木杯。

祁九拿起杯子仰脖喝下里面的酒，酒液入口带着浓郁的香气，咽下的时候就像丝绸一样顺滑。他放下木杯，从怀里掏出锦盒放在小桌上。

驼背老人只看了一眼就阖上了盒盖。“元宿会满意的。”

“接下来是什么任务？”

“这是另外两颗珠子的下落，一颗在中澜边界的壶玉城，一颗在羽人的齐格林[①]——秋叶城。”驼背老人将一张莎草纸递给祁九，“你去壶玉城，密罗使会在那里配合你的。”

“景含真？”祁九挑了挑半缺的眉毛，这个名字如雷贯耳。

驼背老人点点头。

祁九低下头仔细看着莎草纸上的字，他稍稍思考片刻，然后把它放在蜡烛上。跳跃的火焰立刻吞没了莎草纸，一片片黑色的纸灰飞舞着慢慢落在了地上。

一片片黑色的纸灰飞舞着慢慢落在了地上，更多的灰烬从郤迟暮手中燃烧的纸张中飘离散落，他出神地看着略带黄色的纸在火光中变成红色，转而又是黑色，最后完全化为尘烟。转瞬即逝的何止是一张纸，在亘古永恒的星辰诸神前，万物生灵都将归于尘埃，就算传说中的神之长子龙族亦无分别。

他收回思绪，抚摸信使的羽毛，灰褐色的鬼面隼一动不动。“去吧。”他轻轻一弹绑在它脚上的信管，鬼面隼挥动翅膀从他手中飞了起来，在空旷的大厅里盘旋了一圈，从两根圆柱间穿过，飞入黑暗

① 齐格林：羽族语言中“都城”的意思，人族称为“青都”。此时羽族尚未北渡，都城设在澜州秋叶城。

的夜色中。

郤迟暮整理了一下衣袍上并不明显的褶皱，细心地把它捋平。他非常了解自己的各种缺陷，身材矮小，走路姿势难看，一张没有正常发育的小脸——看上去永远像个六七岁的孩子，所以穿着整洁得体成为他特别在意的细节。做完这一切，他把双手笼在宽大的袖口内，恭立在门前等待元宿的召唤。

在郤迟暮的心中，元宿是超越一切之所在，父兄、主人，甚至于星空的神祇。他在静穆中细细地审视内心。墙上两根巨大的蜡烛燃烧着，跳动的火焰将他矮小孤寂的影子投射在空旷的大厅地面上，仿佛三个连体的孩子。

过了不长的时间，那扇厚实的乌金木门缓缓打开了一道缝隙，郤迟暮恭敬地走了进去。内室和外面的大厅一样宽敞，除了正中央一座巨大的石台，什么都没有。石台上放着九个厚重的暗绿色的盒子，仅仅从外观无法判断出盒子的材质，但显然其既非铜铁也非玉石之类。盒子的表面布满古朴的花纹，更像是一种远古时代的文字，充满了神秘感。郤迟暮每次看到它们的时候，都会油然而生一股敬畏的感觉。

石台后面传来熟悉的刺耳声响，一辆带着轮子的木椅从石台的侧边慢慢出现，宽大的椅子中间坐着的人，从头到脚都裹在连着头罩的铁甲中，椅子的四脚各有一个小铁轮，它滑动前行，在郤迟暮身前停了下来。

“元宿。”郤迟暮施礼说。

面甲后面传来低沉问话：“有新消息了吗？”元宿粗重地喘息，发出像砂石摩擦一般的声响。

“月独幽姑娘已经启程前往秋叶城，她在那里和辛拾会合。”

“告诫她一定要小心，任何行动都不要过于勉强。”

郤迟暮恭敬地点头。元宿对月姑娘的关心超乎对待他人的态度。从小被元宿收养，天生冷淡的习性，和自己一样听从元宿的每一句话每一个字……细微的妒意从郤迟暮的脑海中跳了出来，他立刻觉察到，在心中暗暗自责。

元宿停顿住，郤迟暮可以感觉到面甲后面那道可以看透人心的目光，汗水从他的额头慢慢渗出。“不要过于苛求自己，细芽。”郤迟暮突然听到元宿称呼自己的小名，心中涌起一阵难以名状的感情，“在这片天地间诞生时，你们就注定不属于任何人，不是附庸，不是傀儡，也不是奴仆，每个人只属于自己。即使是造物主的星辰诸神，可以掌握你的星命，却不能摧毁你的意志。永远记住，任何人都无权控制你的心灵。”

“我将牢记您的教诲，元宿。”郤迟暮肃立说。

“景含真那里怎么样了？”

“密罗使一直在等待机会。壶玉城中龙渊阁的势力不容小觑，她说不到百分百的把握，宁愿再等等。”郤迟暮稍稍停顿，“锢龙城中发来消息，那颗龙之怨珠已在掌握之中，一旦得手，他们立刻安排去支援密罗使。”

“龙渊阁。”元宿叹息了一声，“他们本应该和我联手，而不是处处作对。”

这并不像元宿原来的口气，他是个非常骄傲的人，有时候还会表现出愤怒和暴躁，刚才那种软弱的话，不是他的风格。从闵中山归来之后，元宿有了细微处的变化，因为消化死去魅龙的精神力时发生了变异，还是其他什么原因？郤迟暮不敢提起，甚至在元宿面前的时候想都不会去想。

“龙渊阁又有何可惧。”郤迟暮轻轻地说。

铁甲面具的后面静默了很长时间。“因为某种原因的分歧，信念或者欲望，甚至仅仅是误会，造成了彼此间的对立，但我们是同一类人……所以永远不要小看你的对手，尤其是那些值得尊敬的敌人。”元宿突然大口喘息，像是被病痛所折磨。

“您不要紧吧?”郤迟暮关切地问。

“无碍。”元宿低沉地说，“魅龙的精神力很强大，虽然被我吸收了，但还会有残存的意识想要反噬。”

魅，恐怕这个世界上没有几个人知道这种奇怪生物的存在。原始的精神力偶尔间获得意识，经过无数年的凝聚，最终演变成具有肉体和智慧的生命。当它们出现在世上的时候，会给四族带来什么样的恐慌和厌恶之感，它们能否幸运地活下去？郤迟暮不知道，他觉得除了澜州夜沼中那位伟大的女性，即使是元宿也没有答案。

数年前，闵中山里一股非常强大的精神力凝聚成一个魅，它并没有按照四族的模样凝聚出自己的身体，它的形体非常奇怪，元宿把它称为“魅龙”。龙族只存在于各族的传说之中，不知这个魅从何得来的龙族形体知识，抑或它只是按照自己对龙族的想象凝聚出了身体？元宿觉得这是个机会，为了顺利发动法阵，元宿必须获得更加强大的精神力，他选择出手消灭魅龙，夺取它的精神力。

一切似乎都在计划之中，虽然有魅龙的反击以及龙渊阁的阻挠，元宿依然得到了魅龙的部分力量，郤迟暮相信以元宿现有的实力，已是现世精神力最强之人，但是危机也随之而来。郤迟暮发现，元宿比他明白得更早。

体内精神力突然间产生了出人意料的变化，由此带来的对身体的破坏，即使是元宿这样的强者也无法对抗，他一度虚弱到完全无法行动。郤迟暮甚至怀疑元宿之所以要穿戴起这身铁甲，是因为他已经无法用本来面目示人，他的身体业已支离破碎，只得依靠强大精神力才能凝聚在一起。

郤迟暮因为这样的想法感到一丝恐惧，他再次意识到元宿察觉了自己的想法，铁甲面具的后面又静默了很长一段时间。

“你先下去吧，我需要休息。”元宿身下的椅子在精神力的驱动下转了方向，向石台后面慢慢移动。

“是。”

郤迟暮轻声回答，他向后退步直到离开了内室房间，乌金木门在他面前缓缓关闭。

第一章

九月的清晨带着丝丝凉意，只有等到太阳升到半空才会感受到温暖。二十余匹战马走在乡间的小径上，马背上的骑士们打扮整齐，没有穿戴铠甲，一身轻便的战斗服，灰色披风，腰间悬着半身长的直刀。

伯南风骑在这支巡逻队伍的最前面，高挑的身材在骑士们中间特别醒目。他两个月前刚刚年满十九岁，个头已经比父亲高出了小半截，俊俏的脸庞和那副果断又带着桀骜不驯的神气，让他颇受欢迎。银色的披风扣代表了指挥官的身份，他已经在晋王的护卫营中服役了两年，半年前被提拔为队正。

最初也有人嘀咕说他的晋升是因为担任壶玉城守的父亲，南风没有在意。他向来好勇刻苦，武技在军中小有名气，平日又喜欢结交朋友，无论是护卫营中的长官同僚还是街头的贩夫走卒，只要投缘便和人家坐在一起喝酒聊天，在壶玉城中很有人缘。渐渐地，这些闲话也就不了了之了。

巡逻小队行进到城东的山脚下，远处传来几声呼喊，南风拉住缰绳，“黑公主”顺从地停下脚步。乌黑的牝马是父亲在他加入护卫营时送的礼物，他望向声音传来的方向，半山腰上两个人影连滚带爬地向士兵们跑来。快到近前的时候，南风看清对方都是普通百姓的装束，其中一个头发花白年纪大些，另一个是年轻人。

“大人，不得了了。”花白头发的男人跑到伯南风的马前，他的脸色惨白，不住地喘气，衣裤上都是污泥，看上去狼狈不堪，身后年轻人也是同样的状况。

“出了什么事?”

“死人，都是死人。”对方结结巴巴地说，“村子里的人都死了，星辰诸神佑护，真是太惨了。”

南风皱眉看着两人。“不要急，慢慢说。”

花白头发的男人哆哆嗦嗦地擦去额头的汗水，脸色稍稍好转，他指了指身后的年轻人。“大人，我俩是西城肉铺的伙计，隔三差五要到山腰的下坝子村去收些肉羊，今天是我们去收肉羊的日子，走到村口的时候我们就看见了村民的尸体，到处都是。”老伙计的脸上又露出了惊悸的神情。

南风有些奇怪，他并未听说最近有匪徒出没的消息。上一次壶玉城周边出现匪患还是二十年前的事，这座城市历来是亲王驻地，现今晋王是炅皇陛下的亲弟弟，素有谦逊的名声。晋北军团驻守的人族重镇缚龙城又离壶玉城不远，军威之下方圆一带素来太平无事。

他回头看了一眼自己的副手，史凯同样露出诧异的表情，两人年纪相仿，同年加入的晋王护卫营，也是形影不离的好友。

“走，你带我们去看看。”

老伙计和身后的同伴交换着迟疑的眼神。“好吧，大人。”他们说得犹豫不决。

两个人勉强走在队伍前面领路，沿着山间的小路蜿蜒向上。南风对下坝子村不算陌生，小时候父亲常带着他和弟弟进山里打猎，卫行的箭法一直比他好，常常得到父亲的夸奖，不过论到格斗，卫行就差远了。南风突然想到，自从加入护卫营之后自己再也没有和父亲、弟弟一起去打过猎。

离村子越来越近，南风嗅到空气中飘来的血腥气，他向身后的同伴做了个手势，骑士们拔出腰间的武器。两个肉铺伙计也显得特别紧张，离村子大概还有百步距离，他们再也不肯前行。

“大人，就在那里，您看见倒在村口的那个人了吗？我们可不敢再往前了。”老伙计战战兢兢地指着远处。

“黑公主”慢慢向前踱步，南风谨慎地观察四周，村口仰面朝天地倒着一个人，一身村民的打扮，鲜血在身下凝成一大摊黏稠的血迹。“黑公主”一直走到尸体前，南风低下头，看见一张可怖的脸。

男人的整个下巴已经不见了，半张脸也被扯烂，露出惨白的脸颊骨，两颗眼珠从眼眶里崩裂出来，像白色的珠子挂在血肉模糊的脸上。

南风抬起头，整个村子就在眼前，房子是一模一样的夯土墙、茅草屋顶，还有正方形的木窗，周围没有一丝动静，他很快看见了第二具尸体，一个倒在村口自家门前的老人，胸口整个变成了血窟窿，四周都是啃咬的痕迹。*看上去像是野兽*，这个念头从南风脑海中跳了出来，*但是什么野兽会如此凶残，而且还伤害了一整个村庄的人？*

下坝子村并不大，只有十几户人家，骑兵们跟在南风的身后，小心翼翼地向村子里行进。越来越多的死人出现在眼前，无论男女老幼，每一具尸体都支离破碎，他们倒地的模样足以说明这些村民已经发现了危险，却没人能够逃脱。南风听到身后传来呕吐声，部下们和他一样都是年轻人，他们没有上过战场，也不曾见过这样惨烈的屠杀现场。

“黑公主”突然发出一声不安的嘶鸣，南风产生一丝警觉，他拔出腰间的佩刀，拉着“黑公主”的缰绳原地打了个转。

黑色的影子从某个屋顶跃起，直扑向马背上的南风，南风立刻做出反应，迎着黑影劈出手中的直刀，刀刃重重砍向黑影的头颅，几乎将它劈成两半，尸体从半空中直接摔落在南风的马前。南风来不及松口气，第二个黑影又蹿了出来，他瞥见一张血盆大口和沾着血迹的尖牙，本能地把刀向前刺去。刀尖从黑影张开的嘴巴刺了进去，刀身传来的巨大力量让南风几乎栽下马，就在这时，“黑公主”嘶鸣一声后腿直立，前腿将黑影蹬了出去，黑影飞出去撞在一面土墙上，摔落在地。

那是两条足有半人高的狼狗，南风看着地上的狗尸，不可思议地摇摇头，山间的野狗偶尔会有袭击人的情况，但眼前这两条壮硕的家伙堪比恶兽。身后的史凯发出警告声响，南风抬起头，房屋的拐角处又出现了另外的黑影，一只接一只，这些野狗咧开嘴发出低低的咆哮声，混着血水的唾液滴滴答答落在地上，它们的眼睛发出古怪的暗红色光芒。

就是这些畜生残害了整个村子的村民？它们只是些狗而已，虽然样子看上去不太正常。南风产生一丝疑惑，也稍稍放心。如果只是这些家伙，对付起来还算容易。

野狗们几乎没有丝毫停顿地向马背上的骑士发动攻击，它们迅疾残暴，毫不畏惧，浑身散发出一种嗜血的本性。只是这次面对的不再是手无寸铁的羸弱村民，训练有素的骑士们像是在参加一次日常狩猎，发狂的野狗很快被一一斩杀。

南风数了数地上的狗尸，总共十三具，他跳下马，用手中的刀拨弄其中的一具，没有看出什么端倪。“检查每一栋屋子和村子四周。”他向周围的部下吩咐说，随即又加了一句，“大家小心些。”

史凯带着士兵们纷纷下马，各自散开，走向一间间紧闭屋门的房子。除了尸体以外，没有任何的发现。

“没有活人，只有一具村民尸体。”

“这里也没有。”

声音此起彼伏地响起，直到最后一名士兵从村子最远端的屋子里退出来，站在屋门前喊道：“两具尸……”

从屋子里突然蹿出一个类似棕熊的黑影，扑上去紧紧地咬住他的脖颈。士兵发出一声惨叫，使劲想要甩脱对方，鲜血从伤口涌出，他的挣扎越来越无力，被对方慢慢往屋子里扯去。

南风跳上马背，“黑公主”沿着崎岖不平的山路向纠缠的双方冲去。“弓箭手。”他大声叫喊。

一支箭射中了门楣，黑影松开已经只能抽搐的士兵，看了看抖动的箭尾，随后再次俯下身子拽起士兵。更多的箭飞来，其中一支射中了黑影的右肩，它疼痛得跳了一下，发出狂暴的声响，又一支箭射中了它的肚子，它再也抵挡不住，屈膝跪倒在地上。

南风冲到近前，挥刀的瞬间他发现眼前的黑影并非是棕熊，而是一个同样双眼血红的中年男人，他吃惊地将手腕偏了偏，刀刃深深砍进中年男人的肩膀，对方慢慢瘫倒在地上。

受伤的士兵发出痛苦的呻吟，南风跳下马蹲在同伴身旁，士兵的脖颈处被死去的男人咬扯下来一块半个巴掌大小的皮肉。“别担心，没伤到筋骨。”他安慰说，随即又瞥了一眼尸体，死人的一张脸扭曲狰狞，南风却认得他，他是下坝子村里唯一的猎户。

部下们围拢过来，南风交代为受伤的人包扎伤口并送回军营，必须尽快让军医看看，直觉告诉他，这个村子发生的事情非常诡异。他想了想，又吩咐把村民和野狗尸体暂时集中在一起，除了那个猎人。最后他留下一个伍长和四名士兵暂时看守在这里。

士兵们找来一辆破旧的平板车，把死去的猎人和一具狗尸放在上面，腾出一匹战马拉着板车启程回城。

他们从东门入城，高大坚固的城墙始自前朝，为了防御澜州羽人和南方土著，历代燹皇都会指派一位亲王领军驻守，这座城也曾一度被称作“亲王城”。大晁一统天下后，来自羽族的威胁暂时消失，壶玉城虽然地位不复当年，但依旧是中澜越三界之地的重镇。

南风勒住“黑公主”，史凯来到他的身旁。“我去找人弄清楚情况。”南风指了指马车上的尸体。

“明白。”史凯向身后的队伍挥了挥手，士兵依次经过，史凯留在了最后的位置，很明显，他还想说些什么，“那个老头子很古怪。”

“我擅长和各种人打交道。”

“我知道。”史凯做了个鬼脸，南风知道他在等这句话，“最擅长勾搭漂亮的小妞。”

南风没有回应自己的伙伴，他笑着接过马车的缰绳，把它拴在“黑公主”的鞍具下面，“黑公主”拐上旁边的砂石小路，拉车的马紧紧跟在后面。

马车上的尸体遮盖上村里找到的油布，否则难免会吓坏路边的闲人和玩耍的孩子。在十字街口他看见一个熟悉的娇小身影。“喂，小伍。”南风呼喊千家婢女的名字，看上去十一二岁的小姑娘仰起头，看着马背上的南风，南风挺了挺胸膛，等到“黑公主”经过小伍身畔时，他俯下身飞快地说，“回去告诉你家小姐，晚上我去找她。”

小伍一副不太高兴的样子看着他，什么也不说。

南风没工夫去计较小伍的心思，他轻轻拽了拽“黑公主”的缰绳，“黑公主”沿着街道转过弯去，“五箭塔”的身影一下子跳了出来。

“五箭塔”是壶玉城中最坚固的一处堡垒，也是最古老的建筑。最初这里叫做“五箭堡”，后来规模越来越大，才有了壶玉城。有人也喜欢管它叫“龙爪塔”，五座底部连在一起的高塔，笔直的塔身犹如龙的利爪，直直耸入云端。喜欢归喜欢，又有谁真正见过龙呢？每天都有人在酒馆中发誓说见过那些传说中的种族，酒杯里的信誓旦旦就像病床上的人一样虚弱无力。

第五座也就是最矮的那座箭塔，它的位置稍稍偏北和偏远一些，尽管塔墙将它与其他箭塔连接一体，第五箭塔依旧不情不愿地像个小妾生的庶出。南风在它下面的一道小门前停了下来，他跳下“黑公主”，重重叩打门上铜质的门环。

过了很长时间没有动静，他不耐烦起来，再一次敲打门环。这次他不准备停下，“咚咚”的响声一直持续到头顶上传来声响。

“哪个捣蛋鬼？”有人怒气冲冲地从塔上的窗户探出半截身子。

“是我。”南风抬起头，露出一副嬉皮笑脸的模样，他指了指身后的马车，“老头子，给你带了些好东西。”

“臭小子。”

从半空中砸下一把钥匙，南风准确地把它接在手中。他赶着马车绕过一个弯，来到竖着铁栅栏的边门，解开上面的铜锁，塔门里面黑乎乎的，又窄又深，他花费了一番周折才把马车赶进门洞。

旁边的一扇小门打开了，一个高瘦的老人钻了出来，硕大的鼻子占据了脸上大半的空间，细长的白胡子一直垂到胸前。

“不是书。”老人嗅了嗅空气中的味道，“一股死人味。”

南风一把扯开马车上的油布，老人瞥了一眼，掉头往回走。“我对死人死狗不感兴趣。”

“这不是一般的死人。”南风大声喊叫，“替我看看，它们很古怪。”

“你爱看就慢慢看。”老人的声音从通道里传来。

只有小爷自个儿来服侍你们了。南风挠头看着一人一狗，然后把尸体拽到油布上，紧紧地包裹捆扎住，扛起它们钻进塔楼。

狭窄的石阶楼梯盘旋向下，很多地方窄小得仅容一个人通过，两侧石壁上的烛台插着手臂粗细的牛脂蜡烛，淌下的烛泪在烛身上留下犹如钟乳石一般的痕迹。

南风磕磕绊绊地来到了箭塔的地下部分。这是间足够大的石室，一侧的木架放满了瓶瓶罐罐，各式各样的石头，还有些精巧的根本不知道有什么用处的小器具，另一侧全部是书，那些书看上去古朴厚实，每一本都用皮革仔细地包裹起来，上面用金丝或是银丝镂刻出花纹或是书名。

大鼻子老人背对着他，正在往酒杯里倒酒，浓厚的香气飘满了屋子。“我还以为臭小子给我带了本好书，空欢喜一场。”他一边抱怨一边仰头喝下一杯酒。

南风把人和狗的尸体扔在屋子中央一座麻布覆盖的石台上，发出“砰”的声响。他顺势坐在石台上，不停晃悠双腿。“老头子，今天你不看看这个死人，我可不走。”

老人转过身子露出愠怒的表情，南风飞快地掏出一个布包扔进他的怀里。老人掂了掂布包的分量，脸上露出些许欣喜的微笑，他打开布包，里面是一叠枯黄的纸片，大部分已经残破不堪，老人的脸色瞬间变得凝重起来，捧着这叠纸片走到烛台前，仔细地辨识上面黯淡的字迹。

“那些鬼画符的线条，我一个都不认识。”老人没有回答，只是皱眉看着纸片，整个人都化作了一座石像，南风不满地嘀咕了一声，“早就知道老头子一看见书就会变成这个样子，我真该晚点拿出来。”

过了很长时间，老人放下了纸片，他长吁了一口气，仿佛从书中重新回到了人间。

“你从哪里弄来的?”

“一个朋友家，是前朝的王族。我看见这些东西垫在墙角下面，就讨过来让你看看有没有用。”

“现在居然还有前朝的王族？彧家真是慈悲。”老人的话不知是嘲讽还是感慨。大晁的彧修明从末代燹皇手中取得天下，已是百年前的旧事。

“别嘀咕，老头子，要不你把东西还给我。”

“那怎么行，留在你们手里都给糟蹋了。”老人翻看纸片，露出惋惜的神色，“这么珍贵的书，可惜已经成了残卷。”

“真的是书?”南风好奇地问。

“这是《北望经》，也许是九州最早的地理图志了。”

“瞎说，上面的字我一个都不认识。”

老人叹了口气，动作小心地把纸片夹进桌上的皮革中，然后拍了拍手。“臭小子，看在这本书的分上，今天破例给你当一次仵作。”

南风从石台上跳了下来，一把掀开覆盖在死人身上的油布，血腥气扑鼻而来。猎户的尸体上插着两支箭，肩膀也挨了一刀，血迹已经凝固，伤口翻起，露出了惨白的骨头。硬邦邦的狼狗尸体乖乖地躺在猎户的身旁，很怪异地一副陪伴主人去打猎的样子。

“怎么回事?”老人皱眉问。

“今天早上发生的事，下坝子村的村民全死了，我只有这点线索。”南风大致讲述了早晨的遭遇。

老人凝视着人和狗的尸体，转身从放着瓶瓶罐罐的木架上拿来一些器具。南风帮着老人一起剥下死人的衣裤，苍白裸露的肌肤让尸体看上去更加丑陋，南风并不畏惧死人，他看着尸体任人摆布不禁生出一丝怜悯，紧接着又变成了难以觉察的恐惧。

“你怎么了？”老人注意到。

“有一天我也会变成这样吗？”南风不情愿地说。

“星命即是，无人能够抗拒死亡的召唤，只不过死亡有时是生命的另一种形式。”老人看着略显迷茫的南风，“你会明白的。”

在死者的身体表面没有什么可疑发现，老人打开一个羊皮卷摊开在石台上，里面包裹着形状各异的小器械，他拔出一根银色的长针，掰开尸体的嘴巴——这花费了一点时间，死人的肌肉已经冰冷僵硬，老人把长针深深地探了进去，等到重新拔出来的时候，银针的针尖变成了奇怪的墨绿色。

“毒药？”南风盯着老头的一举一动。

“不完全对。”老头沉思片刻，伸手掰开尸体闭合的右眼。眼眶中完全是墨绿色的一片，下一个瞬间墨绿色猛然消退，重新露出了瞳孔和眼白，南风忍不住发出一声轻轻的惊呼，老头又掰开尸体的左眼，一模一样的情况再次发生。

“让一个正常人做出失去理智的行为往往有几种原因，疾病、毒药和秘术，任何一样都会留下痕迹。”老人又俯下身子查看那只死去的狼狗，这次他看得很快，“先是中毒，再被施展了控制心灵的黑暗法术，人和狗都成了杀人的怪物，丧失了心智，意味着他们已经死去。”

南风感到一丝愤怒，两只手紧紧攥在一起。为了救下同伴而砍死发狂的猎户并没有让他觉得做错什么，一旦了解到猎户的无辜，心中反而产生了一丝内疚。

“刚才你说有人被这个人咬伤了？”老人指了指猎户的尸体。

“是的，我的一个部下。”

老人的眉毛紧紧纠结在一起，像是正面对非常复杂的问题。“你把他赶快送到我这里，毒素会从血液浸入，虽然看上去和常人无异，但是毒素会始终埋伏在他的体内，如果不及时救治的话，一旦被人施展了秘术，他也会和死去的猎户一样发狂。”

“星辰诸神佑护。”南风吃惊地说，他转身就往外走，老人又叫住了他。

“这是非常邪恶和危险的秘术，回去告诉你的父亲，我觉得他需要了解这件事。”

“我的父亲？”

“年前就有南方过来的传闻，很多地方出现了古怪的猛兽，还有像你今天遇到的这种情况，人和动物的变异，发生非同寻常的袭击事件。宛州的梦沼、闵中山、幻象森林，还有越州的九离江、大雷泽，整个南方泛滥成灾。你父亲和我聊起过这些事情，他有些担心壶玉城周围会不会也发生这种怪事。现在看来，他的担心不无道理。”

“这是怎么一回事情？”

“臭小子，你以为我是天上的星神无所不知？”老人低下头开始收拾石台上的那些工具，“不过我听说有一些信奉黑暗的秘术师，为了获得力量，他们无所不用其极。”

“用这样的方式获取力量真是卑鄙。”南风愤愤地说。

“天空中有太阳，注定也会出现谷玄；夜晚升起明月，她的身畔总有暗月相伴。这个世界从来不会只有美好的东西，臭小子，就像你不可能看透人心。”老人的嘴角扬起，“多看看书，有时书里会告诉你一切。”

南风耸耸肩。“老头子，有时候你和我父亲真像。”他大步向外走去，“谢谢你。”

第二章

伯景星走出晋王府，瞧见马童拉起“火骝”的缰绳迎上来，他摇摇头迈步走上大街，马童牵着“火骝”跟在后面。壶玉城的九月，天气总是阴晴不定，此时天空稍稍阴郁，恰与他的心情相似。就在刚才，晋王指派他护送来自都城的使团前往羽族的秋叶城，伯景星并不喜欢这件差事，敦睦使庐奇大人身材矮胖，脸上永远挂着一种令人无法信服的笑容，就像一只整天蹲在田埂上的蛤蟆。想到自己要和这样的人物待在一起好几个月，他的心情不免有些烦躁。

离开晋王府前宽敞的大道，街道被商贩们的货摊包围，人声嘈杂。伯景星不喜欢热闹，转身走进旁边僻静的小巷。巷口站着一个手挎竹篮的八九岁女孩，衣衫破旧，但洗得很干净，一双眸子在枯瘦的脸庞下显得特别大。瞧见伯景星身披军装软甲，她犹豫了一下，还是鼓足了勇气怯怯地问：“大人，自家种的新鲜丹菠子，很甜。”

篮子里浅浅一层红黑色拇指盖大小的果子，伯景星不记得家人喜欢吃，两个儿子已经到了对酒的兴趣超过其他食物的年龄，女儿小雅的脾性爱好都随琳敏，母女俩更中意澜州的干果。他正犹豫，女孩近乎哀求的口气说："大人买点吧，家里缺钱，爹爹生了几天病，没法子抓药。"

伯景星一下子想起了自己的女儿，再过两年小雅也该这么大了，他拿过女孩的篮子，掏出两枚银币塞进她手中。女孩又是惊喜又是不安，急急地说："大人，不用那么多，一枚银币都用不了。"

"拿着，再买些吃的给你爹补补身子。"伯景星摆摆手说。女孩看着他，深深鞠了个躬，转身一路小跑离开了。

伯景星叹了口气，继续沿着小巷一路往家走去，马童和"火骝"的脚步声跟随在身后。这座城市对伯景星来说就像家一样熟悉，闭着眼都可以穿城而过，他担任城守职务已经是第四个年头，更不用说自小在壶玉城中长大。

走回城北的家宅花了两炷香的时间，他走进庭院，看见琳敏正安排仆人们进行日常的打扫，她身穿一件配着白色腰带的淡绿色长裙，浓黑的长发垂在身后，在腰间位置束了起来，这是壶玉城中女子偏爱的发式。看见伯景星的时候，琳敏微微意外，随即迎了上来。

"大人，今天回来得真早，给您准备些什么酒食？"只要有外人的场合，琳敏一直恭敬地称呼他为"大人"。

"暂时不用，我请了诺旻先生过来，他马上就到。"伯景星示意妻子跟他走进屋里的客厅，只有他俩的时候，伯景星对琳敏说，"今天晋王召见，指令由我护送都城来的敦睦使大人前往秋叶城，出席羽人们的选王会，明天就出发。"

"时间这么紧？"琳敏吃了一惊，"我马上去准备行李。"

"不急，有时间可以安排。"伯景星顿了顿，看见妻子眼神中的爱意，他心情好了许多，"我不知道为什么，就是心烦意乱。按理说这事没人比我更合适，我在澜州待过一段时间，了解羽人们的风格和习俗，虽然这是二十多年前的事了，我打赌他们还是那么骄傲，还是那么难打交道。”

“你就是最好的人选，景星，回来之后晋王一定会给你奖赏。”琳敏把手轻轻搭在伯景星的肩头。

“这不重要。我是说，我和那个都城的敦睦使大人准合不来。”伯景星摇着头，沉默了一会儿，他又叹了口气，“我还是放心不下家里。”

琳敏的双眉皱起。“你是在担心南风？”

“卫行也没少让人操心。”伯景星嘟囔说，“南风现在的主意太大，需要有人在他身边不断敲打敲打。”

“瞧，一个焦虑的父亲。可是南风已经十八岁了，这个年纪他也可以做父亲了。”琳敏轻轻抚着伯景星的脸颊。伯景星喜欢妻子这么做，他把自己的手拢在琳敏的手背上，用脸庞感受对方从温软柔滑的手掌传来的情意，“不要因为那个姑娘就怀疑孩子们的决定，他们已经可以离开巢穴展翅飞翔了。何况那个姑娘也是正经人家的孩子，只不过身份有点特殊。”

不论自己的想法如何，伯景星知道妻子的话是对的。大儿子正在热恋一个姑娘的事他已经知道些日子了，姑娘是前朝贵族的后代，这让他隐隐感到不安。伯景星拉过琳敏把她拥在怀中，琳敏把头靠在他的胸前，双手环搂住他的腰。

“我不在的时候，劳你多费心。”伯景星在妻子耳边轻轻说，琳敏轻轻地“嗯”了一声。

走廊里传来一阵欢快的脚步声和笑声，伯景星和琳敏迅速分开身子，女儿小雅出现在客厅，跑向父母，伯景星蹲下身，把小雅一下子抱了起来。

“爸爸，你能陪我一起玩吗？”六岁的女孩抚摸着父亲硬茬茬的胡须。

没等伯景星说话，外面传来声音。“不行，不行，你爸爸得先陪诺伯伯说说话。”一个中年男子跟在白发苍苍的老仆身后走了进来，他的年龄比伯景星稍大，头发略有花白，上唇留着松软的胡须，看上去一脸友善，“琳敏夫人今天真是光彩照人。”他朗声笑着说。

“瞧您说的。”琳敏微笑着说，“我给您倒杯糯酒。”

药材商人诺旻和伯家打交道已经好几个年头了，伯景星父亲去世前的一段日子，为老人家配的各种药材都是从诺旻的铺子里买的，有时候需要些名贵或是冷门的药材，诺旻是个热心肠，每次都想尽办法帮伯家弄来。平日里伯景星没有官老爷们的架子，两人有些气味相投，一来二去便成了好朋友。

伯景星把小雅放了下来，诺旻蹲下身子逗弄她，从怀里掏出用琅琊草编的螳螂玩偶塞进小雅手中。“小丫头，好些天没见了，想不想诺旻伯伯?”收到礼物的女孩发出欢快的笑声，给了诺旻一个大大的拥抱。

诺旻手中变戏法似的多了两个方扁形状的锡壶，递给伯景星。“这是给南风、卫行哥俩的，我从越州带来的河络黑菰酒。”

伯景星看着手中的酒壶，不自觉地皱起眉头。

“别老古董了。”诺旻拍了拍伯景星的肩，“想想自己是什么年岁开始喝酒的。”

伯景星心中“咯噔”一下，短短的时间里，两个身边亲近的人对他说了意思相同的话，他忽然间感觉到自己是不是老了，开始担心起那些不该担心的事。伯景星当然不会忘记十六岁那年，被表兄和朋友们偷偷带进某个下等酒馆，用劣酒灌了个半醉。他们甚至还骗了个女人来和他同床，城西独眼铁匠的女儿一心向往能嫁给贵族公子，那帮家伙骗她说只要睡上一夜就能让伯家公子娶她，傻姑娘就把自己脱光了等在酒馆楼上的房间里，被表兄扛进来的伯景星最后从二楼窗户跳了出去，如果不是楼下刚好有一堆喂马的干草，也许现在他会被称为“跛子老爷”。

可是他不希望南风或者卫行成为“跛子少爷”。

仆人带着小雅去了院子里玩耍，琳敏给伯景星和诺旻每人端来一杯糯酒，伯景星端起酒杯喝了一大口，浓郁的甜香味冲刷掉嘴间的干涩，他决定不再去为孩子们的事情烦恼。

“最近城里来了一支使臣队伍。”

“大街小巷全都知道，酒馆里现在把那位从都城来的大人叫做‘四只羊大人’。”诺旻立刻接口说。

“四只羊大人？”

“有人拿他的体重打赌，四只成年羊的分量。”

“只多不少。”伯景星笑着说，“这位新任的敦睦使大人是要去秋叶城的。”

“天启的皇帝心太大，那位白头宰相只想着赚钱不管事。要知道羽人可不是皇帝手下的诸侯爷，他们不好对付。”

诺旻口无遮拦地脱口而出，伯景星知晓老友的脾性，微笑着没有立刻搭腔。行商们见多识广，私下里也是对官家最不敬的一群人。诺旻经常外出贩卖药材，中州的都城几乎每年都会跑上一两次，去澜州、越州也是常事，跑得多了各种消息都会知道一二，往往比官家更灵通，这也是伯景星找诺旻的一部分原因。

“我被晋王指派陪庐奇大人同去，身份是使团的副使，并且负责护卫，恐怕要在秋叶待上一段时间。”

药材商人愣了愣，看着伯景星，脸上露出难以置信的表情。伯景星认为有必要和老友解释一下，这是一桩突如其来的差事，君命难违而非本人意愿，所以想听听诺旻的意见，伯家的家风向来是上战场冲锋斯杀，并不擅长给来自都城的达官贵人做保镖，如何和这些人打交道让他颇为头痛。

药材商人仔细听着伯景星的话，装着糯酒的杯子从这只手换到那只手，他的眉毛时紧时松，完全不像刚才大大咧咧的样子。最后，伯景星停下话语看着老友，诺旻摇了摇头，紧接着又摇了摇头。

“这可算不上一件好差事。”他轻轻捋了一下上唇的胡子，“这位庐奇大人之前并没有什么名望，听说是走了白头宰相这根线近来才成了天启城里得宠的新贵。说实话，和这些个权贵打交道不难，只要不怕恶心自己就行，卑躬屈膝把他们服侍成好像做皇帝的感觉。不过你可不行，景星，你是天生的硬汉，战场上的勇士，不会干那些不要脸的事。这样的话，就少和他们接触，还要有一副除了打仗什么都不懂的傻样，他们就没法子来找你麻烦。羽人也一样，你和他们打过交道，知道怎么对付他们。”

诺旻停了下来，伯景星没有搭腔，他看出药材商人还有很多话要说。

“问题是时间不对，秋叶城现在是个大泥潭，一不小心就会沾上一腿泥浆。上一年秋叶城出了件大事，羽人们很少提及，可是瞒不住我们这些行商。商人们最需要一双好眼睛一对好耳朵，否则到头来不光是白辛苦一场，还会亏得倾家荡产。年中时候，羽族的离武神降世，哎，你知道他们十二武神的传说吧？”

十二武神殿是仅次于神木园的羽族圣地，殿中留存古羽族传承下来的强大精神力，传说每当羽族面临艰难时刻，武神殿就会获得星辰诸神的眷顾，诸神会选择一名羽族战士加冕他为羽族的武神，武神降临，就能带领羽族一起共渡难关。十二武神殿对应着天空的十二颗主星，至今羽族已经诞生过三位武神，算上这次的离武神就是他们的第四位武神了。

羽族的离武神降世伯景星也曾有所耳闻，不过后来很快就没有了消息，他偷瞄了眼琳敏，她正听得聚精会神。

“这次降世的离武神是假冒的，带领一撮羽人意图叛乱谋反，被羽王剿灭。”

“假的？”伯景吃了一惊，“今年是羽族十年一轮的选王年，难道和这个有关系？”

“人人都是这样想的。羽族的十一选王制看似公平，我倒觉得是个最大的祸根，所有的纷争都因它而起。”

“羽族中并无世袭的首领，他们有十姓贵族，风、羽、经、天、翼、鹤、雪、纬、云、汤，再加上神木园的大长老，共同从十姓中推选出一位共主成为羽王，羽王十年一期，到期再选。”伯景星轻声向妻子解释说。

诺旻又情不自禁地摸了摸两撇胡子。“现任羽王是风氏家族的风夜归，伪离武神的叛乱事件之后，风夜归囚禁了历来与风氏家族掣肘不断的云氏家主，各方势力一片哗然。现在的澜州乱成一锅粥，只是锅盖还没完全掀开。这个时候去秋叶城，我总感到有些风险。”

“这是羽族自己的事，不会和我们扯上关系的。”伯景星抢先说，他开始担心诺旻的话会不会让琳敏心中过于忧虑。

“的确没必要有大的担心，你多知道些事情，到了秋叶城就会有个准备。”诺旻把杯中的酒一饮而尽，意犹未尽地抹了抹嘴，“夫人，能给我再倒一杯酒吗，好久没有喝到这么醇香的好货色了。”

琳敏笑着拿起空酒杯走出客厅，诺旻立刻凑到伯景星身旁低声问：“我没说什么过分的话吧？刚才你好像不太自在。”

“差一点，我不想因为这趟差事让琳敏太过担心。”伯景星用同样低低的声音回答他。

“我可不想吓唬你，羽人那里的确不是很太平，要多注意些。不过你说得对，这是他们羽族的家事，不应该和人族使团扯上关系。”

诺旻停顿住，伯景星细心地观察到老友眼中闪过的一丝犹豫，药材商人还是继续说了下去，“关键是咱们的晁皇陛下很有些想法。我年初刚刚从天启城回来，都城里议论得沸沸扬扬，上至达官贵人，下到平民百姓，不管是街头小酒馆还是商贾云集的烟花巷，到处都在说什么九州的帝王不应该只是人族的皇帝，不应该只是中州和大半个宛州的皇帝。老兄，这可是个非常危险的信号。”

“当年高祖从羿王手中取得皇位，与各族会盟，羽人、河络、夸父共尊高祖为九州之王，高祖与三族歃血为盟，四族安居乐业，同享永世平和。”伯景星闷闷不乐地说。

“这都是什么老皇历了？高祖后来削藩灭乱，没少杀当年的老战友。更何况，此一时彼一时，如今的大晁，疆域不足当年立朝时的三分之一，也早就失去了对其他各族的控制。怕就怕如今的皇帝壮年雄心，一心想要恢复荣耀。”诺旻的眼神中流露出一丝忧虑，“已经很多年没有战事了，打起仗来就是生灵涂炭，没人想要这样，真希望我们只是在杞人忧天。”

伯景星刚想说什么，被外面传来的一阵声响打断，他看见大儿子风风火火地冲了进来。

“父亲。诺伯伯也在，真是太好了。”伯南风大声说，他瞧见琳敏端着酒杯走回客厅，立刻又活泼地向她摆了摆手，“琳敏妈妈。”

“几天不见，你又结实了，南风。”诺旻笑呵呵地拍着南风的肩膀。

伯景星看着大儿子，整日的操练和围猎，皮肤晒成了充满活力的古铜色，甚至让做父亲的都会感到小小的嫉妒。一双眉毛和眼睛又是个活脱脱的叶珞子，他比弟弟更像他们的生母。每次想到逝去的前妻，伯景星都会生出淡淡的惆怅，大瘟疫已经过去了十五年，悲伤就像雕刻在石壁上的铭文，蒙上一层又一层岁月的尘埃，却从未消失。

“我从老头子那里来，他告诉……”在自己父亲严厉的注视下，南风吐了吐舌头，改口说，“我去五箭塔见了剧瞻大人。”

嗜书如命的古怪老人，据说是被晋王高金聘请的秘术师，他性格古怪，和自己关系倒是不错，可是伯景星始终想不通剧瞻大人怎么会和南风没大没小地搅和在一起，而且似乎比和任何人的交情都好。

南风讲述的事情让伯景星还没有舒展的眉头皱得更紧，身边的老友同样听得聚精会神。

“我已经禀报了护卫营的果健大人，果大人说明天会向晋王殿下禀告。原本以为这件事后续会和父亲有关，不过我听果大人说，父亲似乎另有要事?”

南风投来询问的目光，伯景星点头说：“明日我要护送都城来的敦睦使大人前往羽人的秋叶城，壶玉城的城防暂由坎达和大人负责。下坝子村的事有点蹊跷，不过有坎大人接手查办，应该会水落石出的。”他想了想，补充了一句，“南风，你在护卫营中最近也要多留点神。”

“都留下来用晚餐吧，已经准备好了。”久未发声的琳敏说，“也算是给大人饯行。”

晚宴有烤羊羔肉、用小土豆炖的牛肉、酱烧赤板鱼，还有芦荟红虾、针菇青笋。诺旻大口喝着糯酒，一个劲地夸奖伯家厨师的手艺，然后眉飞色舞地讲起自己在各地采购药材时遇到的新奇事情，河络的地下秘境，充满各种阴暗骇人传说的夜沼，南风和小雅听得入神，几乎忘了动筷子。只有伯景星心不在焉，在和诺旻的谈话之后，他不知不觉把关注点转向了另一个问题，羽人和秋叶。

有人推开饭厅的大门，伯景星看见自己的小儿子一身整齐的打扮出现在众人面前，略厚的外套和羊毛坎肩，绒布裤子，脚上是一双适合长途跋涉的鹿皮靴，完全是要出远门的装束。

和大多数世家子弟一样，伯家的男孩子们也是从侍卫做起，这是他们继承父辈军旅生涯的一种方式，南风去缚龙城做了两年晋北军厉胜大人的侍卫，才得到推荐加入晋王的护卫营，如今即将年满十六岁的伯卫行也在壶玉总教头坎达和大人麾下快一年了，他恭敬地向父母和诺旻问好，请求原谅自己的迟到，然后坐到南风和小雅中间空着的位置上。

“卫行，你穿着这身衣裳是要去陪坎达和大人郊游吗?”诺旻抢先问道。

伯景星望向妻子，发现对方和自己一样迷惑。

“不是这样的，诺旻伯伯。”卫行谨慎地回答，他望向父亲，发现伯景星正注视自己，于是用一种不在意的口气继续解释，“坎大人交代澜州的天气要比壶玉冷很多，让我多准备些保暖的衣物。他吩咐说护送敦睦使大人去秋叶是对一个侍卫最好的锻炼，回来之后他就会保荐我加入护卫营或者晋北军。”

餐桌上的人都吃了一惊。琳敏问：“坎大人也要护送敦睦使大人去秋叶?”

卫行摇了摇头，趁机避开父亲的目光看着琳敏。“坎大人告诉我，这次是父亲大人带队，他会向父亲大人推荐一个头脑活络、手脚利索的年轻随从，如果父亲大人愿意。”他的言语慢慢轻了下去，显得底气不足。

所有人的目光都集中了过来，伯景星的双肘撑住餐桌，手指交叉放在下颌的位置。“坎达和大人并未与我提及此事。”他看见卫行原本充满希望和活力的那双眼睛一下子黯淡了，低垂下头。伯景星忍不住想起从酒馆二楼跳下去的自己，孩子们已经大了，或许该让他们做想做的事情了，去冲动或者冒险，即便是头破血流地回来也无所谓，他们就应该这样一步一步成长为男人。

“不过我觉得这个建议很有意思，我会认真考虑的。”

卫行猛抬起头看着父亲，目光中充满了尊重和感激，琳敏瞪大了眼睛，诺旻若有所思地点头，南风则笑着拍了拍弟弟的肩膀，只有小雅似懂非懂地看着周围的人。伯景星不知道自己刚才的决定是否正确，他只是感到如释重负。

第三章

千宜悦用一块半干的布轻轻擦拭着矮柜橱，她记得小时候这里放着一整排漂亮的花瓶和其他瓷器，后来一件件地少了，直到如今空荡荡的。喝多了酒之后，老爹喜欢在她面前吹嘘，说当年的千家是多么有名望和富有，是大燹的皇族，若不是改朝换代，现在她至少也是郡主的身份。

每当这个时候，宜悦就劈手夺下老爹手中的酒壶，冷冷地告诫他别再说了，当心给旁人听见。于是老爹讪笑着再也不多话，宜悦知道，老爹其实是怕她的。

矮柜橱里发出一声闷闷的声响，宜悦有些奇怪，她不记得里面还存放着东西，蹲下身子拉开雕着蔓藤花纹的柜橱门，里面黑乎乎的似乎什么也没有，她挽起袖子，把手伸进去摸了许久，指尖碰触到什么硬物，她又矮了矮身子，终于抓到了那件东西，从柜橱里拿了出来。

她的手中是一只平淡无奇的古朴木盒，颜色枯黄，宜悦轻轻擦去木盒的积灰，把它轻轻掰开。盒子是空的，底座是凹陷的半圆样式，翻开的一面也是如此，它原来应该存放着一件圆形的物什，会是什么呢？如果是颗珠子的话，宜悦还从来没见过这么大的珠子。

算了吧，就算是再名贵的珠子，也该和那些花瓶一样，早就被老爹拿去换酒喝了。她无奈地想。

一瞬间她忽然感到恍惚，脑海中出现奇怪的东西——白色的雾气，若有若无的歌声，山峰，瀑布，宫殿，还有模糊不清的人影，尖锐的声响呼啸而过。

盒子掉在地上，宜悦扶住自己的头。天哪，又是这种令人难受的感觉。小时候她就有这种瘾症，时不时地发作，她的脑子里会出现各种各样的情形，除了伴随着幻觉的头痛，她还会“看见”一些其他东西……宜悦为此很害怕，她觉得自己是被恶灵附了身。

除了老爹没人知道这件事，但是老爹一如既往地帮不了她，所有的事情都要靠宜悦自己去解决。星辰神殿成了她的避难所，只有在那里她才会有安全的感觉，直到某次，她吞吞吐吐地问昱子圣女，如果一个人获得某种无法解释的力量意味着什么？昱子圣女的解释让她不安的心情得以暂时的平静。

“无需质疑和担忧，一切都是星辰诸神的安排，好的或是坏的。你要做的是不断审视自己的内心，不要让它被邪魔所诱惑和玷污，从而背离诸神的指引。”

宜悦把木盒放回橱柜，外面的天色逐渐昏暗，她离开了书房往后院走去。虽然家境没落，千家还是保留下足够大的宅院，后院用鹅卵石铺就的弯曲小径绕着池塘，两旁是龙爪槐、海桐和龟甲冬青，许久没有人修剪打扫，到处是杂草和枯黄的落叶，踩在上面发出“嘎吱嘎吱”的响声。她走进池塘旁的小亭子，在石椅上坐了下来，两盏灯笼在晚风中不停摇摆，发出微微的光芒。

以往这个时间，伯南风早就等在这里了。每一次他都从后门溜进来，把那匹心爱的黑马拴在门口的柳树旁，小伍会偷偷为他开门，这个小妮子从一开始就知道他俩所有的小秘密，不过小伍好像并不喜欢南风，总是“南瓜头”“南瓜头”地叫着南风。时间长了，除了小伍之外，家里其他两个仆人也都知道些她的事情，虽然表面上不说，有时候他们的表情举止也会告诉宜悦，这世上没有不透风的墙。

除了老爹——在家的时候他总是醉醺醺的，糊涂的时候永远比清醒的时候多得多。

很久以前，宜悦就觉得自己会成为一位星辰圣女，把一生奉献给星辰诸神和神庙。她第一次向大祭司提出这个想法的时候，大祭司却说她还没有做好准备。她有些不解，甚至急得落下眼泪，大祭司摸着她的头，慈爱地告诉她：每个人都有自己的星轨，这是诸神的旨意，只需铭记，一切都是最好的安排，无论幸福还是苦难。

宜悦记得那时自己似懂非懂地看着大祭司。

一声轻轻的咳嗽突然从身旁传来，宜悦吓了一跳，转过身看清是自己正在等待的人。“你要吓死我啊。”她话语轻快地说，半是责怪半是娇嗔。刚刚走进亭子的伯南风笑了起来，宜悦有多么着迷他的笑容，充满阳光和自信。“你迟到了。”她又说。

南风做了个鬼脸，略带歉疚地说：“父亲明天要出远门，去澜州的秋叶城，所以全家人今天聚在一起吃了晚餐。”

“伯大人是壶玉城的城守，为什么要去羽人的都城?”

“父亲只说是晋王的命令，我也不是很清楚。”

南风走过去轻轻拉起宜悦的手，宜悦娇羞地挣扎了几下，他就是紧紧握住不放，于是宜悦不再坚持，把身体依偎在了对方胸前。相识以来第一次与南风这样亲密，她的心跳得飞快。

奇怪的感觉瞬间涌进她的脑海，她一下子感知到对方所有的想法。

“你在害羞，南风，你居然在害羞。”宜悦抬起头似笑非笑地盯着南风的双眼，“从来没有女孩这样紧靠过你，你不知道该做什么。”

“你是怎么知道的，你是会秘术的魔女吗？”南风脸上露出诧异的表情，那是被窥探到心中秘密时候的吃惊。

宜悦从南风胸前移开身体，牵着他的手在石凳上坐了下来。“我记不得是几岁开始，突然某天就能知道身边人的感受或者是正在想的事情，很神奇，我也不知道是怎么回事。老爹吓坏了，一边告诫我不许和别人说，一边又得意洋洋，说我们千家到底是有王族的血统。这件事情除了老爹没有别的人知道，不过不是每次都灵验，只有在特别高兴或者特别悲伤的时候，我才会有这样的能力。”关于那些莫名其妙的幻象就不用说了，谁知道那是什么呢？她看着南风脸上的表情，轻轻摇了摇他的手，“不相信？趁这股魔力还在，你再想些什么。”

南风迟疑了一下，顺从地闭上眼睛。宜悦又一次轻轻地伏在南风的胸前，听着对方胸膛里传来有力的跳动声。

“我看到了你的弟弟，还有伯大人，这位美丽的女主人是谁，你的母亲大人吗？还有一个小女孩，一个有两撇胡子的大人。啊，这是你们家今天的晚餐聚会，肯定是的。”南风猛地睁开双眼，用不可思议的眼神看着宜悦，“怎么样，你服不服？”她调皮地笑着。

“再来一次。”

南风重新闭起眼睛，他脸上的惊讶还没消退，宜悦感觉到他内心的恍惚，她看着他深深吸了一口气，脸色慢慢平静。宜悦也闭上眼睛，自己轻飘飘的，像是在空气中浮游，下一刻她听到了南风内心的声音：果真如此神奇，难道她是一个秘术师？可明明只是前朝的贵族小姐。

宜悦竭力忍住笑，眼前豁然明朗，按照以往的经验，她知道自己看到或是听到的一切都是南风脑海中的东西。

……南风骑在“黑公主”上，浑身上下亮晶晶的铠甲，他正在负责星辰神庙通向广场的警戒。这，这是去年的星辰庆典，大祭司带着神庙的星辰圣女们鱼贯走过，走在圣女们后面的是那些为神庙服务的俗家弟子。哎呀，我看见我自己了，怎么了？南风就像被雷电击中，他正呆呆地盯着我呢。

……南风辗转反侧夜不能寐，他一次又一次站起身，望着窗外的星辰。他去星辰神庙找圣女了，天哪，圣女这么眼熟，是昱子圣女，她居然是南风的小姨？昱子圣女看着南风，满脸的笑意：千家的姑娘，可不是一般人呀。

南风睁开了眼睛，宜悦笑盈盈地看着他。“是去年的星辰庆典，说实话，我可没有注意到你。那天到处都是晋王的士兵，都是一模一样的盔甲，一模一样冷冰冰的脸，哪里分得清谁是谁呀。还有，居然昱子圣女是你的小姨，太奇妙了。”她一个劲地说着，猛地发现南风呆呆地看着她，“怎么了，我吓着你了？”

“你真的是个巫女，会偷窥别人内心的小巫女。”

宜悦迟疑了一下，笑容从她脸上慢慢褪去。“你是在害怕我吗？”她小心翼翼地问。

南风松开宜悦的手，退后了一步。

宜悦沉寂了，不知道该说什么好，凉飕飕的夜风吹了过来，她情不自禁地颤抖了一下。我不该告诉他的，可诸神说过，喜欢一个人就该和他分享自己的秘密，难道我做错了吗？我真的是个让人人都害怕的小巫女吗？“那么你走吧。”她装出一副不在乎的模样说。

南风真的又后退了两步，宜悦转过头去不再看他，她从未感到内心如此委屈，眼眶一下子变得湿润。

突然，南风纵身跳到她的身旁，一把将她抱了起来。“哈哈，你这个小傻瓜，刚才你怎么没有发现我在想什么？我满脑子就想着要好好捉弄捉弄你。”宜悦猝不及防，她使劲挣扎着，拼命捶打南风宽阔的胸膛，“我才不管你是谁，不管你会什么样的秘术，不管你是小巫女还是其他什么鬼身份，我就是喜欢你，宜悦，将来我一定要娶你，和你生养一群孩子。”

“伯南风，你是个坏人。”她被他举在半空中，又想哭又想笑，“快放我下来。”

南风把她放了下来，爱怜地轻轻抚摸她发红的眼角，宜悦觉得自己的脸庞冷冰冰的，南风突然伸出双手捂住她的脸。“冷吗？”他柔声说。

她摇了摇头，忽然又点了点头，一本正经地说：“刚才我的心好冷。”

“啊哈，那就让我来暖暖它。”

真是个讨厌的家伙。她装出不满的样子“哼”了一声，把脸庞从南风的双手中挣脱出来，南风炙热的目光让她的矜持又一下子烟消云散，她又一次埋进南风的胸膛。“刚才你说的话都是真的吗？”她低着声音问。

“你可以再来偷窥一次呀，小巫女。”

“不是每次都行，我没有办法控制。”

南风一下子严肃起来。“赞美星辰诸神。我，伯南风，一定要娶千宜悦为妻，宠爱她，保护她，和她一生一世在一起。”

宜悦抬起头看着心爱的男人，她忽然有些明白大祭祀为什么说她还没有做好准备。她从脖子上解下自己的挂坠，然后踮起脚把它系在南风的脖颈上。

“是什么？”南风问。

一块指甲盖大小的淡黄色琥珀，宜悦从小就挂着它。“是我的护身符。”她说，“现在，你就是我的护身符了。”她紧紧地搂住他。

不知过了多久，远处传来的声响让两个年轻人分开了身子，小伍的声音急促，几乎是在喊叫。“老爷，小姐在后花园，我这就去叫她。”这孩子真是个忠心耿耿的好侍女。

后面的说话声模糊不清，脚步声却越来越近。宜悦发现南风情绪高昂，他不想偷偷摸摸地溜走，宜悦感觉到他想要挽着自己的手，站在自己尚不知情的老爹面前，请求老爹把女儿嫁给他。可是宜悦却不想这样，这太快了，也太出人意料，她觉得南风的提亲应该有一个光明正大的过程，而不是像今晚这样偷偷摸摸地开始。她拽了拽南风的衣袖，用眼神说出她的想法。

南风看上去有些不情愿，脸上露出犹豫的神情，宜悦用恳求的眼光看着自己的爱人，最终他屈服了，轻轻捏了捏宜悦的手，这个小动作让她的脸又红了一下，南风做了个鬼脸，从亭子里翻到了外面黑乎乎的树丛中。

几个人影很快出现，看见宜悦独自站在那里，提着灯笼走在前面的小伍紧张的神情放松了下来。千蒙能跟在小伍的身后，矮小的身材只比小伍高出半个头，老爹穿着宽大的锦袍，如果不是手指上戴了四只不同宝石的戒指，那张吊眉的脸活脱脱是街巷边下等酒馆里的落魄老板。

“宜悦，快来见过宗禹大人。”他迫不及待地招呼说。

宜悦有些惊异，被称为宗禹大人的男人走在最后，全身上下裹在一件黑色的大氅里，只露出脚上的精致马靴，靴子上嵌着的银饰足以抵得上普通人家大半年的收入，他的脸庞瘦削，头发灰白，透着尖利冰冷的目光，让人情不自禁地想起鹰隼的眼睛。

“宗大人是晋王殿下的侍卫长，也是殿下最信任的大人。”千蒙能一脸谄媚表情，用夸张的语调奉承说，他拽过宜悦，把她拉到那个男人的面前，“大人，这就是小女宜悦。”

对方冷冷地什么也不说，从头到脚打量着宜悦。宜悦感到一阵不舒服，这位宗禹大人的眼神就像在评判一件等待出售的商品，她转过头去，收起脸上的笑容。

“长相不错。”鹰隼般目光的人说。

“琴棋书画样样都会，现在就让小女为大人弹奏一曲。”

“不用。”男人摆手，“王爷一定会满意的。”

宜悦疑惑地看着父亲。宗禹大人从怀中掏出一个锦盒递给千蒙能，示意他打开盒子。千蒙能翻起盒盖，一串浑圆晶亮的夜明珠发出耀眼的光芒，宜悦看见父亲露出欢喜的表情。

“这是聘礼。”

“什么聘礼?”宜悦抢在父亲说话之前向宗禹大人问道。

对方冷冷地看着她。“去问你的父亲。”

千蒙能笑嘻嘻地回答：“我的好女儿，星辰诸神终于眷顾咱们家了，你马上要成为晋王殿下的王妃了。”

“不行。”宜悦大叫了一声，她听见亭子外面传来南风同样的话语。

宗禹用令人咋舌的速度抽出随身的腰刀，指着外面的阴暗处。“出来。”他语气冰冷，让人不寒而栗。

南风从龙爪槐和龟甲冬青的阴影中走了出来，他的一身护卫营军官装束让亭子里的两个男人不约而同露出吃惊的表情。

“他是谁?”老爹望向自己，宜悦听出他声音中的颤抖，是不是在害怕自己和眼前这个男人有私情，打破他嫁女儿的美梦?

“你是谁?”宗禹同时发问，他的刀尖始终对着南风。

“大人，我是护卫营的伯南风。”

“脸很熟，我记得你。”宗禹冷冷地说，“你是伯景星的儿子。”

南风攥紧双手点了点头，宗禹收起腰刀不再理睬他，重新转过身子。“为何不行？”他摆手制止住想要说话的千蒙能，指着宜悦，“你说。”

“晋王殿下已有王妃。”

“殿下将娶你为侧室。”

宜悦的目光与南风相交。我绝不能失去他，她想，于是深吸一口气。“我和这个男子已有婚约在身。”她指着南风大声说。

“胡说。”千蒙能叫嚷起来，“这怎么可能？我一点儿都不知道，也不会同意的。”

南风跨上一大步握住宜悦的手，宜悦看着心爱的人，脸上露出笑意。“星辰诸神已经见证了我俩的誓言，今生今世，我非此人不嫁。”她的语气流露出幸福，字字斩钉截铁。

宗禹的脸色如同凛冬的岩石，他沉默地注视着两个年轻人，冷冰冰的灰色眼瞳没有一丁点的感情。

千蒙能一个劲地跺脚。“大人，这其中一定有误会。”

宗禹没有理睬他。“为什么你的父亲不知道你已有婚约？”他盯着宜悦。

“我们还来不及禀告他。”宜悦拉着南风的手，面对自己的老爹，“父亲，女儿和这位伯南风公子互相爱慕，就在刚才我们在星辰诸神见证下，互立婚约，请父亲恩准。”

“我，我……”千蒙能像是被气坏了，又像是被吓坏了，结结巴巴地说不出话。

宗禹面无表情，转身便走，千蒙能吓了一跳。“大人，你这就要走？”

“我不知道待在这里还有何意义？”对方头也不回地冷冰冰回答说，“你已经有了一个女婿。”

原本一直缩在角落里的小伍忙不迭地举起灯笼，拼命赶上宗禹的脚步，一高一矮两个人影很快消失在后院的小径中。

千蒙能歪着身子在石凳上坐了下来，他看上去很沮丧，满脸的皱纹积聚在一起，原本对着宗禹时的谄媚换成了一种无可奈何、逆来顺受的表情，他抬眼看了看女儿，宜悦紧紧握着南风的手，心中越发激动。

“喂，大个子，你叫什么来着？我忘了。”千蒙能哼哼说。

“伯南风。”

“壶玉城里那么多姑娘，你怎么就偏偏看上我们家的宜悦，你知不知道她若是嫁给了晋王，就是一生的荣华富……”

“够了。”宜悦大声打断了他，“你以为我是个花瓶，说卖就卖？我就值这一串珠子吗？”她一把抢过老爹手中的锦盒就要往地上砸。

千蒙能忙不迭地站起来阻拦住。“我的乖乖，可不能砸，这是值钱货。”他从宜悦手中抢回锦盒捧在手中，对着南风埋怨说，“大个子，你怎么不拦着她？要是真砸坏了这串珠子，她的嫁妆到哪儿去办？”

“这串夜明珠是晋王的聘礼。”南风提醒说。

“皇帝的亲弟弟又不是寻常富贵人家，送出来的东西哪里还有收回去的道理。晋王爷根本不会在乎的，我留着正好给丫头做嫁妆。”千蒙能说得心安理得，他又一次打开了锦盒，看着那串闪闪发亮的夜明珠，脸上露出满足的笑容，“大个子，你真的是运气好，宜悦一向心高气傲，从来也没看上过哪个男人。我也是宠她宠惯了，好好的晋王妃不去当，偏要嫁你这么个当兵的，苦了我这个当爹的。”

“我会好好待她，不会让她受苦的。”

“个子大的家伙就是脑瓜笨，我是说我受苦，丫头长得如花似玉，男人们都排队等着宠她，哪里会吃苦？”千蒙能摇着头，一副不满意的神情。

“别理他，他就是这个样子。”宜悦一脸无奈，压低了声音在南风耳边轻轻说。

南风笑了笑，从怀里掏出一个方方的锡壶递给千蒙能，老头拧开锡壶的盖子，宜悦立刻闻到一股浓浓的酒香。*什么时候了，这两个男人还有空喝酒？*她愠怒地看着南风。

千蒙能喝了一大口酒，眯缝着双眼露出心满意足的神情。“好久没有喝到这么醇厚的好货色了，壶玉城里这些个酒馆老板都是黑心贼，卖的酒都是下等货。”他拍了拍身边的石凳，让南风坐了过来，把酒壶递给他。

两个人你一口我一口地喝酒。

“算了，做不了王妃做个将军的儿媳妇也不错。我知道你是城守伯大人的公子，是大公子对吧。我也知道你和宜悦眉来眼去有一段时间了，我只是想让丫头有个好归宿，将来别吃苦。”千蒙能喝了酒的脸微微发红，话更多了。

“给人家做侧室是好归宿？”宜悦不高兴地说，语气终于软了些。

“人家是大晁的皇弟，我们家只是前朝的遗老遗少，能留下性命已经是万幸。”

千蒙能又喝了一大口，连鼻子都开始发红了，他开始有一句没一句地讲起那些宜悦听了几百遍的家史。

千家的家主是燹朝开朝皇帝的异母弟弟，帮助燹皇征战四方立下汗马功劳，得了天下的燹皇却担心异母弟弟威胁到自己的皇位，于是削了他的兵权，让他做了享乐的太平王爷。而后的几位燹皇越来越不待见千家，从都城一路贬到了中澜交界的壶玉。没承想天下动荡，改朝换代之际，早已在燹朝失去了权势的千家反而保存下了血脉。

“当年千家也算是皇族一脉，如今江山天下没了，家产财富败了，不过血统还在。”一脸下等酒馆落魄老板长相的老爹喷着满嘴酒气，沉浸在家族往昔荣光的追忆中，“而且，我们千家的家主还是一位屠龙英雄，屠龙英雄呐。”他打了个浓浓的酒嗝，昏沉沉地趴在了石桌上，很快就打起了呼噜。

“你干吗让他喝那么多的酒。”宜悦责怪说。

南风挠挠头笑着不说话，他也喝了不少酒，连眼神都开始飘忽不定。男人都一样，宜悦顿时有些小小的恼怒，可是看见南风略带憨憨的笑容，她的心肠又软了下去，只好狠狠地又瞪了一眼早已睡过去的老爹。

就知道喝酒，就知道吹牛，还说什么屠龙英雄，谁都知道，这个世界哪有龙这样的生灵。

第四章

远处的天空刚刚露出鱼肚白，月亮失去了光芒，以一种灰淡的白色挂在半空中，整个壶玉城依旧沉寂在清晨的宁静之中。在伯府的院子前，“火骝”兴奋地来回踏步，主人的打扮和自己背上的鞍具表明这将是一次长途跋涉。伯景星穿着轻便的半身锁甲，罩着灰色的披风，腰间长剑剑鞘几乎垂到脚踝的位置。他又一次检查马腹紧扣的鞍带，然后拍了拍“火骝”的背，红色的战马回应了一声短促有力的嘶鸣。

琳敏拉着小雅的手站在旁边，两个人身穿厚实的长袍，清晨的天气凉飕飕的，小女孩还睡眼蒙眬，忍不住打了个哈欠。伯景星离开“火骝”走了过来，在小雅面前蹲了下来。

“恭祝父亲大人澜州秋叶之行一路安康顺利。”小雅站直身子一字一句地说。

伯景星忍不住笑起来。“这句话是谁教你的？”

女孩眨了眨眼睛，看看妈妈，然后一把搂住父亲的脖子，在他耳边轻声说：“你要早点回来，我和尖尖牙都会想你的。”她想了想，又说，“尖尖牙本来也要来送你的，可是妈妈不同意。我把它的笼子放在阁楼外面了，你抬头就能看见它。”

伯景星抬起头，远处的楼阁上挂着一个笼子，虽然看不清楚，他却可以想象得出那只活泼的松鼠在里面上蹿下跳的样子。松鼠是小雅四岁时候在院子里的树下捡拾到的，它刚出生没多久，奄奄一息的模样。小雅央求琳敏留下它，照顾了很长一段时间才养活了，从此成了小雅最好的玩伴。伯景星收回视线看了一眼琳敏，琳敏笑着轻轻摇头。

“很快，爸爸很快就会回来的。”伯景星在女儿额头轻轻吻了一下。

他站起身子和琳敏面对着面，不知不觉中他俩的婚姻到了第八个年头，自己的两鬓已经出现了一根根的白发，而琳敏几乎没有什么变化。总有些人被岁月所眷顾，就像大祭司说的那样，一切都是星辰诸神的安排，羽人们的生命更长久，河络则不会被婚姻所牵绊，接受自己的命运，然后善待它，这是诸神对子民的教导。在孩子面前，伯景星和琳敏都不想表现得过于亲密，他只是拉起了对方的手，紧紧握在自己手中。

“照顾好自己和孩子们。”

“你也是。”

两个人同时笑了起来，伯景星扭头看了看，依然没有见到伯南风的身影。“不会有事的。”琳敏轻声说，这么多年两人早已心意相通。

“听你的。”伯景星凝视妻子，琳敏身上有着叶珞子的影子，但是两人又是不一样的，毫无疑问，她俩都是最好的女主人。

叶珞子向来豪爽，年轻时候喜欢骑马射箭舞刀弄枪，是壶玉城中的名人，人又长得漂亮，一时追求者无数，偏偏最后选中了沉默寡言的伯景星，满城哗然。虽说伯家的身份也非普通，论起前代族谱，晁皇高祖起事时伯家以地方豪族身份投军，获得军功，但与叶家相比，却相差甚远。叶家原是燹朝的镇东将军，为了支持高祖，率军反戈，战死于暮澜江一役。高祖嘉其忠勇，得了天下后不忘分封叶家子女，叶珞子家族虽是叶家幼子一脉，身份仍比伯家尊贵许多。

伯景星是个诚恳、刻苦、不屈不挠的人，他坦然面对周围的闲言碎语，两人婚后的恩爱让那些最刻薄的家伙都不得不闭上了嘴。南风、卫行两个小家伙先后呱呱落地，伯景星以为天下的幸福莫过于此。

大瘟疫降临的那年，南风多少像个小大人，但卫行还在襁褓之中。最先是从中州过来的行商旅团，有人在旅店里突然发病，没隔多久，商人的同伴、旅店的伙计、老板、为商人看病的医生一个接一个地倒下，高热不止，数日毙命。令人恐怖的瘟疫在城市里蔓延，成百上千的人失去生命，为了躲避灾难，人们开始聚集在星辰神庙，日夜祷告希冀得到诸神的护佑。

城里的贵族妇女们大多是神庙的记名弟子，瘟疫开始后多数贵族都躲藏家中闭门不出，仅有两三个人还坚持留在神庙里照顾众生，叶珞子是其中之一。

每日，伯景星作为壶玉城守备队的副使，带着手下扼守城市与外界的通道，叶珞子前往神庙，两人互相告别，简简单单的言语或是一个眼神，都透着对对方的关爱。两个月之后，瘟疫开始渐渐消退，家中无人感染，伯景星暗暗舒了口气，但就在此时，从神庙归来的夫人却突然把自己关进了房间。

“我有些不舒服，可能已染上了恶疾。”隔着厚实的房门，叶珞子镇定地对丈夫说，“除去送来吃食茶水，不许他人靠近。五日之后，我若还在，是星辰诸神怜惜我二人，我若不在，与夫君来世再续前缘。”

伯景星在门外陪伴了五夜五天，他不停地和妻子说话，家族的事、孩子们的事、军营里的事，比他之前二十四年讲的话还要多。头两天里屋的叶珞子还不时笑两声搭个腔，后来声音越来越微弱，送进去的食物原封不动，连水都没喝一口。最后一个夜晚降临的时候，伯景星背靠房门，他的两颊深深下陷，发白的嘴唇起满了疱，他把耳朵紧紧贴在门缝上，才能听到里面妻子微弱的声音。

“我听到了星辰诸神的召唤。景星，你要娶了琳敏，让孩子们有个妈妈。”这是叶珞子的最后一句话。

转眼，这已是十五年前的往事。诸事无常，唯有星辰诸神才为永恒。

琳敏是叶珞子陪嫁带来的贴身侍女，女主人逝去后她承担了两个男孩的母亲责任，所以八年之后伯景星迎娶她的时候，一切如水到渠成。又过了一年，他俩的孩子小雅出生了。闲暇之余一家五口经常去星辰神庙，琳敏和她以前的女主人一样是个虔诚的信徒，带着孩子们在神殿中一起向星辰诸神祷告，然后他们会去神殿旁的墓园，按照叶珞子的愿望，她的埋身之处和神庙的圣女们在一起，而非伯、叶两家的家族墓地。每次看见琳敏带着孩子们在叶珞子的墓碑上装饰满鲜花，伯景星心中总有感慨，他说不清自己是被神明抛弃，还是眷顾。

伯卫行牵着自己的马走了过来，比起父亲的“火骝”和兄长的“黑公主”，他的坐骑只是一匹普通的牡马，马背上整齐地绑扎好了行李。卫行依旧是昨日的打扮，他的眉毛和眼睛都像已故的母亲，笑起来的时候左脸有个单酒窝，性格上却更接近父亲，诚恳、刻苦、不浮夸，有时候过于刚烈不会低头。伯家的男人们或多或少都有些倔脾气，并不仅仅是他一个。

“时候差不多了。”琳敏提醒说。

伯景星松开琳敏的手，管家伯锡牵着“火骝”和卫行一起向大门外走去，伯景星和琳敏、小雅走在最后。

府外的长街一片寂静，伯景星飞身骑上“火骝”，他看了一眼二儿子，伯卫行老老实实地一言不发。他也不知道哥哥的去向，伯景星不快地想。

急促的马蹄声从街角传来，黑色的骏马像一阵风似的到了近前，马上的骑士顾不得擦拭汗水，咧嘴笑着说：“还好，来得不算晚。”

伯南风的脸色有些差，看上去似乎昨晚没有睡好。伯景星“哼”了一声，吩咐说：“陪我们走上一段。”

“没问题。”伯南风耸耸肩。

伯景星向琳敏、小雅挥手告别，母女俩一直站在伯府的门口目送他们离开。在远处的街角拐弯时，伯景星回望了一眼，一大一小两个人影依旧站在那里，他突然感到莫名的惆怅。

“去秋叶顶多也就是半年时间吧。其实您以前也经常出去，没见过哪一次您这么依依不舍。”南风大大咧咧地和父亲说。他的“黑公主”走在“火骝”的旁边，略微差了小半个马头的距离。

“以前用不着这么烦心。”伯景星沉声说。

南风立刻闭上了嘴，父子俩沉默不语，只有马蹄踩在路面上发出“嗒嗒”的声响，卫行一声不吭地跟在后面。伯景星又依稀感觉回到了过去的时光，孩子们在琳敏身边时总是能听到他们的欢笑声，换做在他面前便一个个少言寡语了。

在十字街口，伯景星远远望见熟悉的身影站在路边。“好像是诺旻伯伯。”南风抢先说道。伯景星跳下马背，走到老友身旁。

诺旻松软的胡须梳理得整整齐齐，这家伙大概就是为了胡子活的，伯景星笑着说：“在这里等我？”

诺旻冲着他伸出手：“我想还是来送送你。”

伯景星握住诺旻的手，忽然觉得掌心中多了一个坚硬的小玩意，他摊开掌心，手中是一只指甲盖大小的骨质犀牛，雕制得栩栩如生。诺旻示意伯景星翻过犀牛的身躯，犀牛的腹上刻着繁杂的花纹。

“秋叶城中有我的朋友，万一真出了什么事，你可以找他们帮忙。药铺用通犀做标识，很好辨认，你把这个交给他们即可。”

“瞧你说的，哪会有什么事？”

“带着吧，多条路多一点放心。”诺旻冲着两个孩子招招手转身离去，背影很快消失在街巷中。

伯景星看着手中的骨质犀牛，小心地塞进衣襟的袋子中，然后重新骑上了“火骝”。“就到这里为止吧，你也该回护卫营了。”他对南风说。

“您不是该去晋王府吗？”南风奇怪地问。

“皇太子现在在缚龙城，晋王不知从哪里听说皇太子可能会来壶玉，所以昨天宣布自己搬到五箭塔，提前把晋王府腾出来。今天我们从五箭塔出发。”

晁皇太子殿下两个月前东行巡视，一直待在晋北军的大营。关于皇太子的这次出巡，坊间一直有风言风语，不过伯景星从来不往心里去，伯家历代的职责是守护壶玉城，效忠镇守此处的亲王。

“好吧，”南风低低说了声，“父亲……”伯景星转头看着儿子，犹豫的神情在南风脸上一现而过，“没事，还是等您回来吧。”说完这句话他仰起了头，又露出那副像极了母亲的豪气和自信神情。

不知为何，伯景星的心头“咯噔”了一下。

走近五箭塔的正门，伯景星便听见里面传来的阵阵喧哗，透过门洞他瞧见空地上摆满了桌椅，人来人往。他下了马，卫行牵着“火骝”等候在堡垒外面。

塔内正在进行一场饯行的盛宴，桌上的食物丰盛得让人以为是丰收后的祭拜典礼，烤得喷香的羊羔，野猪肉放在满是蘑菇、豆子和香料的咖喱酱里熬得恰到好处，熏制的青鱼，各式各样的甜咸糕点，还有应季的水果。拿着酒壶的侍女们在桌前穿梭，没有一刻空闲。

伯景星艰难地穿过空地走进箭塔大厅，里面一下子安静了许多，所有的显赫人物都在其中。在这些人中间，衣着华丽的晋王始终最显眼，一身深蓝色镶着金线的外袍，额头上的软金冠冕镶着同样颜色的宝石，白皙的皮肤让那些深闺里的少女都忍不住嫉妒，柔顺浓黑的头发披散在肩头，使他看上去更加俊美。

十三年前晋王刚刚来到壶玉城时，还是一位九岁的幼童，伯景星记得当时陪伴在他身旁的只有老师休丹大人和侍卫长宗禹。如今，蒙童已经成长为青年，偶尔伯景星会用一点老派人的目光去看待自己所侍奉的这位王爷，大多数时候这位亲王小心谨慎，有时也会表现出一些轻浮任性，这是年轻人的通病，假以时日，他定能成为守护一方的明君。

与晋王同坐高位的是来自天启城的敦睦使，庐奇大人的脸色已经泛红，肥嘟嘟的嘴唇上残留着食物的汁水，他一边咀嚼着大块的鸡腿肉，一边举起酒盏一饮而尽，米酒的残渍顺着嘴角慢慢滑下。

年轻的晋王妃坐在晋王的另一侧，和俊白的丈夫不同，王妃的肌肤是一种小麦色，眼瞳也更加乌黑，长发带着自然的卷曲，她佩戴一串晶莹的金绿猫眼石项链，脸上没有太多的表情，看上去对喧闹的宴会并无太多兴趣。

再往两旁是伯景星的同僚们，护卫营的统领果续大人，还有他的老友坎达和，伯景星并没有见到休丹大人，也不见侍卫长的踪影。

看见伯景星走来，晋王举起酒杯笑着说："伯大人姗姗来迟，该罚酒。"

"殿下，我已经备好了车马装备，宴会结束便能启程。"

"啊，你是迫不及待，可我们的敦睦使大人还舍不得离开。"晋王转过脸对着庐奇，"我说的对吧，庐奇大人。"

"听说羽人们的食物清淡寡味，若不是陛下的坚持，我真不想去那里受罪。"敦睦使用轻描淡写的口气说，在旁人听来，这位大人更多是在暗示自己的受宠地位，随后他皱着眉头露出担忧的表情，"这会儿，晋王殿下的盛宴让我更加举步维艰。"

周围的人附和着哄笑起来，伯景星听见有人呼喊他的名字。"伯大人，坐到我这边来。"王妃对他招了招手。

侍女们在王妃身旁添加了椅子，伯景星走过去坐了下来，王妃脸上露出淡淡的笑容。"琳敏夫人可好？"她的声音柔和温顺，见他点头，王妃继续说，"若是有时间，请夫人到我这里坐坐，我许久没见到她了，现在要找到说话投缘的人都不容易。"周围的喧哗声压过她的话语，只有伯景星听得清楚。

"是，殿下。"伯景星低声应和说。他一直非常尊敬王妃，尽管王妃的年龄并不比他的两个儿子大多少。

"刚才果大人向晋王禀报，城外的村庄发生恶兽袭人的事件，晋王已吩咐坎达和大人查办。"王妃边说边剥开一只柑橘。她是越州蛮荒王的女儿，和晋王成婚已经三年，尚未生育一男半女，各种猜想早已传遍壶玉城中大小酒馆。伯景星也听到不少晋王张罗准备纳侧室的传言，多少替王妃感到惋惜。“果大人说是伯大人的公子最先发觉，还杀死了中了蛊毒的疯人。”

蛮荒之地的住民不相信秘术和精神力，认为秘术是用毒虫害人的虫蛊之术，伯景星知道他们的风俗。“南风正巧巡逻至此，他在殿下的护卫营中当差，说不定您也见过他。”

“南风是他的名字吗?”王妃若有所思，轻轻说，“有风南来，熏兮时兮，薿薿吾黍。有风南来，烈兮暴兮，赫赫吾师。”

“这是您家乡的诗吗?”

“是歌谣，唱起来更好听。”她莞尔一笑，露出两个深深的酒窝，“下次有机会，唱给伯大人听。”

回答王妃的这句话令人为难，伯景星有些尴尬又有些小小的感动，只能含糊地应了一声，举起酒盏喝下一大口米酒。贵为王妃提出给属下臣子唱歌，也只有这位蛮荒地的公主才会想到。越州的人族土著在性格上与同样居住在此的河络族相似，素来淳朴率真，敢做敢当。有时候伯景星会禁不住想，我们称他们蛮荒之人、化外之民，可是比较起人族擅长的奸诈狡猾、勾心斗角、口是心非，谁更像是化外之民呢？星辰诸神见证，神祇们又会选择佑护什么样的子民?

“时间久了，经常会想起沫洛洲的家乡。这个时节已经忙完了秋狩，现在是族人们最快乐的篝火祭。夜晚来临，我们围坐在篝火畔，有美酒和烤肉，年轻的姑娘和小伙子们轮流唱着歌，直到篝火化为青烟，东方露出鱼肚白……”王妃的眼睛慢慢透出亮光，沉浸在美好的回忆中，“伯大人，你去过我的家乡，你喜欢那里吗?”

“非常美丽，让人印象深刻。”伯景星当年受命前往越州迎亲，一路护卫王妃安全，这是他和王妃的渊源由来。近年大晁在东南边疆的稳定，也是得益于这场和亲。

王妃叹了口气。“可惜在这里，女人连大声说话都是件不应该的事情。”

“此地的民风与王妃殿下的故土终是不一样的。”伯景星小心斟酌自己的用词。

“笼子里的王妃和野地里的小鸟，如果是伯大人，会有什么样的选择?”

“诸位，”晋王在座位上举起了酒杯大声说，王妃转过目光望向夫君，伯景星暗暗庆幸自己不需要再回答这道难题，“让我们再为敦睦使大人敬上一杯，此行澜州，大人定会因为在壶玉城的逗留而深深后悔，因为从明日起他将和如此美好的美酒盛宴作别。”周围的人鼓噪起来，敲打桌面或是杯盏，发出“咚咚”的声响。

胖乎乎的庐奇大人堆起笑脸，两腮的肉不停颤抖。“现在我已经后悔无比，可是我不得不准备动身，否则皇帝陛下一定会要了我的脑袋。”敦睦使大人很费力地从座位上站了起来，“非常感谢晋王殿下的款待，还有您无私地给了我一支精良的卫队。”他有些醉醺醺的目光四处寻找，“伯景星大人，我们出发。”

即使事先做好了安排，这场喧闹的出发仍然拖延了一段时间。晋王和他的属臣们在五箭塔前与庐奇大人作别，敦睦使大人有一辆特制的宽大马车，确保能塞入他肥胖的身躯，他爬进车厢后不久，里面便响起了如雷的鼾声。

伯景星骑在前列，整支队伍沿着壶玉城中宽敞的街道行进，两侧的老百姓见怪不怪地打量一眼，然后继续忙各自的事情，只有一些孩童跟在队伍后面奔跑，一路打闹，对他们来说每天都是无拘无束的节日。

队伍穿过城东的狩猎门，路旁守候着一小队骑兵，一名穿着长袍的白发人驾马缓缓向伯景星行来。“休丹大人，”伯景星惊异地和他打招呼，“您怎么会在这里？”

“我是来送你的。”休丹拉动缰绳，与伯景星并肩骑行，他像是预料到伯景星后面的问话，直截了当地说，“不是送后面马车里的那位。”

伯景星一时无语，默默地随着休丹前行。人人都知道休丹个性冷漠，时而脾气火爆，一头白发和年龄并不相称，当年他是天启城大学堂中最年轻的九段学士，一向倨傲的帝师中行济半是嘲讽半是赞誉地下了“盛世为龙，乱世成魔”的评语，据说这句话断送了这位年轻人在天启城中的前程，再后来他成了晋王的老师，随着一起来到了壶玉城。伯景星一向不喜欢打听这类事情，只知道学士的年龄比自己还要小上几岁。

“一路前往澜州是件辛苦的事，何况还要保护车厢里的累赘。”伯景星意识到休丹指的是庐奇，他没有回答，今天遇到的都是这样无法接口的对话，休丹似乎并不在意，自顾自地说下去，“伯大人，晋王殿下很赏识你，我也一样。”

他并不需要伯景星的回话。

“你一定好奇晋王为何安排你去秋叶。是我推荐的。但是，我可不是要你老老实实只为一个累赘做护卫。”休丹夹了夹马腹，马向前蹿了出去，伯景星连忙扯动“火骝”的缰绳，跟上了晋王的老师，两人和整支使团队伍拉开了一段距离。

“伯大人，你是一个尊重正义和荣誉胜过爱惜生命的人。我相信今天我俩的对话，不会有第三个人知道。”

伯景星无言点头。

“两年前淮王因娇纵部属被废为庶民，押回帝都监禁，在这前一年熙王打猎遇刺后重伤不治，至今凶手无从查获，再前一年宏王暴疾而亡。除了昔日舍弃尘缘加入神庙、一心侍奉星辰诸神的闵王，陛下的弟弟们只剩下晋王尚在。伯大人，你明白其中道理？”

我明白吗？也许我不该明白。伯景星在心底暗暗叹了口气，即使远隔千里，帝王家事总是街头巷尾茶余饭后津津乐道的谈资，这些事又有谁人不知？酒馆里的行商和旅人添油加醋地转述各种秘闻，反而是我们这些晋王殿下的部属闭口不谈，每个人都小心翼翼，毕竟这事关侍奉的主人。所有都是捕风捉影的谣言，但是一件接着一件，又怎能不让人担心？

“并非我要恶意揣度陛下，晋王从小便是我的学生，自从离开都城来到壶玉，他和我可以说是相依为命，我绝不会允许任何人伤害他，陛下也不可以，我会动用所有的力量保护他。无论那些传闻是真是假，我都会准备好应对之策。”

伯景星沉默了片刻，他知道自己的内心正在被休丹的话一步步地说服。“您要我做什么？”他问。

晋王年轻的老师没有立刻回答他的问题。“我能够信任你吗？”他冷冰冰地说，“这样的问话也许唐突了，但是在把晋王的命运托付给他人之前，我不得不小心些。”

“伯家先人曾经在高祖面前立誓，世代侍奉壶玉城的主人。”

“若是陛下对晋王不利……”休丹没有说下去，他的眼神像是要穿透伯景星的内心。

“星辰诸神佑护，一切当有公理人心。”伯景星无奈地说。既是晋王部属，又是大晁子民，涉及帝王家事纷争，也只能凭公理判断对错了。

“伯大人的为人处世，与我想的一样。”休丹说，“晋王只为保身，所以你不必为难。请你去秋叶，只是想多为晋王留条退路而已。澜州的羽族十姓纷乱，但羽人们终是要选出新一任羽王，你要在新羽王前为我安排好觐见的机会。”

伯景星吃了一惊。“您要私使秋叶？”按照大晁的律法，亲王以及边疆之地的镇守使，如果私下面见使臣或是与外族接触，均是灭门死罪。

“留在壶玉做逍遥亲王是最好的安排，若是陛下有了不容之心，晋王至少还能够避祸澜州。”休丹快速和冰冷的语气像是在叙述一件与自己丝毫不相干的事情，他掏出一个用蜡封住两头的细长木筒递向伯景星，“这是以我的名义写给新羽王的密信。”

伯景星接过了木筒，脑海中已经闪过了无数的想法。“我会尽力完成。”他说。这是对主家的忠诚，而不是对大晁的忠诚，他苦涩地想。

休丹的表情没有变化，也许他认为这是件顺理成章的事情。“记住，不要相信那个人。”学士朝身后努努嘴，“任何时候。”

他勒住马首，等待着后面的使团车队慢慢跟上，伯景星心烦意乱地守在旁边，竭力掩饰自己内心的不安。

“另外，令郎的婚事你不必担心。”

“什么？”伯景星疑惑地问。

休丹的眉毛挑了挑。“伯南风没有告诉你？”他嘴角上翘，伯景星一时搞不清笑容里是真诚还是嘲讽，“那就等你顺利归来。”

第五章

村口用整根整根的松木搭建起简陋的平台，平台中间是个凹坑，里面铺着木板和木屑刨花，村民的尸体垒在一起，总共二十六具，包括两个不足五岁的孩子。士兵们三三两两地聚集在一起，掩住口鼻，脸上大多带着不怎么愉悦的表情。伯南风不想责怪他们，空气中散发着一股难闻的尸臭味，连自己偶尔都有想要作呕的感觉。只有站在一旁的两位穿着白色长袍的星辰圣女，始终用仁慈和怜惜的眼神注视着那些早已失去了生命的躯体。

“都准备好了。”史凯走过来对南风说。

南风转向年长的星辰圣女。“桑仪慧圣女，可以开始吗？”他语气恭谨地问。人族对死者的祭奠仪式中都会有神庙的圣女参加，人们深信，获得星辰圣女祝福的灵魂，更能够被星辰诸神接受。

满头白发的圣女点头说：“开始吧，队长。”她的声音带着一种来自内心深处的沉静和从容，让人不由自主地信服。

史凯转身朝着不远处的士兵挥挥手，有人拿着火把从木架的空隙处伸了进去，浸过桐油的木头立刻燃烧起来，火焰很快蔓延，转眼整个松木平台变成一支熊熊燃烧的大火炬。两位圣女向前走了几步，开始吟诵祝福的祷文，缭绕的青烟向着天空飘去，松木发出“噼噼啪啪”爆裂的声响，火光映衬圣女的背影，她们娇小的身躯给人一种庄严宝相的感受。

南风熟悉这样的感受。“愿星辰诸神永远佑护。”他在心中默念。

弟弟和琳敏夫人一样是虔诚的信徒，自己却差劲很多。每一次的星辰庆典他都会参加，以前是跟随在父母身后的孩子，现在作为护卫营的军官负责典礼现场的警卫工作，很久以前他就发觉自己对庆典上那些漂亮姑娘的兴趣远远超过祭祀仪式本身，不过他依旧对仪式的各种流程、圣女们的祷词，还有神庙的柱墙草木烂熟于心。先是自己的生母叶珞子夫人，然后是琳敏夫人，自己在神庙中度过了一半的童年，无论是学习还是祈祷，他兴趣都不大。至于童年的另一半时光，是在父亲的格斗训练场上。

火葬持续了很长时间，直至火焰熄灭，整个松木平台化为了灰烬。南风轻轻叹了口气，白发的星辰圣女回转身说：“陪伴了我们这么久，麻烦你了。”

“这是我的职责，您客气了。”南风耸耸肩说，在星辰圣女们面前他从来不敢随便，对方是神庙中地位很高的司祭，是看着南风一点点长大的长辈。

“我和瑞青要收集遗骨送回神庙墓地掩埋，你们不用再陪着了。”

南风略略沉吟，他的确还有事想要去办。“我安排一辆马车送您和瑞青圣女回神庙。”他说，“您看，还有其他什么需要吗？”

“已经很感谢了。”桑仪慧圣女微微一笑，“代向你的父母问好，星辰诸神祝福他们。”

南风恭敬地施礼转身离开，他沿着土路往村子里走去，史凯紧紧跟在身后，两人来到猎户家，门口站有一名士兵，还有一个猎户打扮的乡人，是史凯找来的熟悉下坝子村的外村猎人。

发狂的猎人和他的猎狗杀死了朝夕相处的村民，这件事情处处透着蹊跷。南风的脑海中回响起父亲的话：不管怎么样，多留点神。

他略一弯腰穿过门洞，屋子里光线黯淡，片刻之后双眼才慢慢适应了昏暗。南风不知道自己要找什么，反正总该留下些蛛丝马迹吧。墙上挂着两张狼皮和一头麋鹿的头骨，空洞洞的黑眼窝冷漠地直视闯入者，除此之外，屋子里只有粗糙简单的木桌椅，角落堆放着几个铁制的捕兽夹。在屋子里仔仔细细地搜寻一遍后，没有发现任何有用的线索，他并不甘心，又来到外面绕着屋子走了一圈。

屋后有个很大的狗圈，猎户是单身汉，与他相伴的是身边十几条猎犬，所以铺着麦秸秆的狗圈打扫得很干净，甚至比猎户自己的屋子还要整洁。这里看上去没有任何值得怀疑的地方，就在南风准备离开的时候，他的目光忽然扫到一丝与众不同的地方——黄色的麦秆中间有一粒红褐色卵状物件，他弯腰捡起，坚硬的外壳上长着钩状的刺，是苍耳的果实，随后他又看到三四颗。

南风思索着。“这片山区哪里有苍耳?”他举起手中的果实问外村猎户。

对方是个瘦高的汉子，皱眉看着南风手中的果实。“大人，这东西倒是不多见，各家村子的旱地旁总会有零散的。”他挠挠头，忽然又想起了什么，“山北有条干枯的小河河道，周围好像有一大片这种东西。我以前在那里猎过野兔，您知道，兔子喜欢在那种地方做窝，不过后来来了狐狸，把兔子都给逮……”

是个唠叨鬼，南风连忙打断对方。“你说的地方离这里远吗?”

“小半个上午的脚程，如果大人骑马的话能快些。”

“给他找匹马，我们一起去看看。”南风转头对史凯说，史凯转身离去，没过多久牵着“黑公主”和另外两匹马走回来。

南风翻身骑上“黑公主”，其实今天来这里只是为了处置那些死去的村民，上司已经告诉他坎达和大人将负责接下去调查下坝子村发生的惨案，但是南风却忍不住想要查找真相。是为了给村民们讨回公道，还是为了证明自己？是证明给父亲看，还是向晋王和宗禹大人证明自己是配得上宜悦的男人？南风突然冒出了这样的念头，随即摇摇头，把乱七八糟的想法全部扫出了脑海。

三人三骑沿着林中小路走了很长一段路，直到翻过山坳之后才有大片的缓坡平原，太阳升到了正空，晒得人暖洋洋的，几只灰雁一字排开从远处飞来，成群的乌鸦在茂盛的草地间跳来跳去，时不时飞起来低低盘旋，发出“呱呱”的嘈杂叫声。

远处的山峦越来越近，一条干涸的河道很快出现在南风的眼前，大小不一的鹅卵石堆积在河道上，一些已经掩埋在砂土之中，两边高出的河堤部分长满了野草，偶尔可以见到小兽留下的洞穴痕迹。

瘦高个子的猎人示意这里就是他说的地方，南风轻轻拉动“黑公主”的缰绳，黑色的牝马放慢了脚步，载着主人缓缓向前行进。野草中不断冒出小片小片红茎绿叶的苍耳，挂满了带着钩刺的红褐色卵状果实。除此之外，没有其他什么特异之处。

秘术和毒药，南风回想剧瞻的话，除非力量特别强大，要控制普通人的心灵，秘术师必须依靠药物毒化他们，然后再施以控制心灵的黑暗法术，但是怎样才能同时毒化一个人和十几条狗呢？

他忽然想到了。

“附近有水源吗？”南风问。

猎人想了想，回答说：“前面的林子里有一处泉眼。”他伸手指着山丘上的密林。

“我们去那里。”

南风一夹马腹当先冲了过去，史凯和瘦高个子的猎人紧紧跟在他的身后，他们在林子旁下了马，牵着缰绳往树林深处走去。浓密的枝叶遮挡住了阳光，周围的光线逐渐暗淡下来，又走了片刻，眼前豁然一亮，在空地前有一汪平静的小池水，阳光直射下来，水面反射着刺眼的光芒。

“不要让马饮水。”南风低声告诫同伴，他们拴住马，绕着池水慢慢搜寻了一圈。泉眼在一块大岩石下，岩石上长满了绿色的苔藓，底部向外冒出水花，南风蹲下身子，从池水边的几块石头缝隙中捡拾起一小块黑色的布片，布片很干净，遗留在这里的时间并不长。

“这是什么?”史凯低声问。

“或许是从衣袍上钩扯下来的，谁知道呢?”南风记得死去的猎户穿着兽皮坎肩和灰色土布衣服，自己手中的黑色布片摸上去顺滑细腻，是昂贵的缎料。他看了看同伴，“我们在这里留些时间。”

“听你的喽。”史凯做了个无所谓的表情。

他们把马牵回林子外面，找了一处隐蔽的山石，南风让猎人留在这里守着马匹，他和史凯重新潜回池塘旁边，两人爬上附近的一棵大树，躲藏在枝叶后面窥视周边动静。

一旦安静下来，那些古怪的念头就又出现在南风的脑子里。昨天为父亲送行的时候，他再三犹豫终究没有讲出在宜悦家和宗禹大人的冲突，如果父亲知道了这件事情会是什么态度?南风不愿意去做无谓的揣测。

我永远不会放弃宜悦，她一定会成为我的妻子，为我生养后代，我俩将恩爱一生，直至星辰诸神召唤我们灵魂的那一天。

骑在树杈上的史凯慢慢低垂下头，现在他的眼皮上肯定吊了两块大铁砣，南风在心底暗暗笑话同伴。史凯喜欢夜晚的酒馆和那些笑起来能腻死人的女招待，人人都知道他有一个相好的女孩，是谷仓老板的小女儿。那个鬼机灵的女孩三天两头给大肚腩的父亲烧些好菜，再温上一壶后劲十足的糯酒，等到谷仓老板趴在桌上开始打呼噜，她就从阁楼的天窗爬出来和史凯到谷仓里幽会。每回都是南风在外面把风，用几声猫叫提醒谷仓里的小情人们时候差不多了或是声音轻一些，上次他模仿母猫发情的叫声，居然引来了两只公猫。

南风小心挪动身体，让身边的同伴半趴在树干上。中午的气温适宜，阳光穿过枝叶的缝隙照射下来，南风觉得浑身暖洋洋的，忍不住打了个哈欠，睡意袭来，他也慢慢阖上了眼睛。

不知过了多久，南风猛地警醒。阳光依旧从头顶上方直射下来，他估摸自己并没有睡太长时间。池塘边传来些许声响，一只吠麂从林子中间走来，它谨慎地看着四周的动静，慢慢走近池塘，撑开四肢俯下脖颈，快速地在池塘里喝水，它时不时抬起头，耳朵一动一动，紧张地四处张望。只是片刻，母麂突然站直了身体，南风注意到它的双眼不再机敏地转动，而是变得茫然呆木，它慢慢俯下身子，跪卧在池塘边一动不动。

水源有毒，这只吠麂证实了南风的猜测。昨天送走父亲之后，他又去五箭塔找过剧瞻，询问关于那些能够控制心灵的暗黑魔法，老头子翻出一本古书，滔滔不绝地念出一堆古往今来邪恶秘术师的名字，这些姓名对南风来说毫无意义，他只关心老头子说的另一些东西。腐蚀生命心智的邪恶秘术，使得施法人可以增强自己的精神力，被腐蚀了心智的人兽会变得疯狂，就像下坝子村的猎户和他的狗那样攻击一切，直至死去。

“下坝子村的猎户是暗月秘术师修炼的牺牲品。”老头子最后说。

南风望向同伴，史凯不知何时已经坐直了身子，双眼炯炯有神地盯着池塘边的母麂。下一次，让他和那个姑娘在谷仓里多待些时间，南风想。

时间一点一点流淌，池塘附近并没有什么新的变化，母麂闭着眼睛一动不动地跪卧在地上。南风从小就不喜欢钓鱼之类的事情，他觉得自己干不了需要耐心的活儿，不像卫行能够坐在书房练一个下午的字，倒是妹妹小雅的性格有些像他，自己做了张小了几号的弓教她射箭，小雅喜欢得天天抱着它睡觉，为了这个，琳敏夫人还曾小小地抱怨过一次。

脑海中转着这些念头，南风才觉得自己能够在树杈上继续坐下去。

光线慢慢在西面斜下去，大片的薄云遮住太阳，整个池塘昏暗下来。轻微的脚步声从树林中传了过来，一个黑袍的人影出现在池塘边，南风看不清他的相貌，依稀觉得是个中年男人。黑袍人观察了一下四周，快步走到母麂身旁，他翻看了一下母麂闭着的眼睛，把手放在吠麂的头部，嘴唇轻轻嚅动，似乎正在吟诵秘语。母麂虚弱地挣扎了一下，随即任由摆布。

南风望向自己的同伴，史凯点点头，他们慢慢从树上滑了下来，轻微的声响并没有引起黑袍人的注意，对方依旧专注于诵读秘语。南风做了个手势，史凯蹑手蹑脚地绕向树林的另一边。此时，黑袍人的手离开了母麂的头部，母麂浑身颤抖瘫倒在地上，黑袍人闭起了双眼，老头子说过，他们干完坏事之后还需要时间消解这些获得的精神力。

虽然是个秘术师，行径和一个下三滥的窃贼无疑，甚至更加无耻可恶，窃贼至少不会窃走你的生命。南风的心中充满了鄙视，他大步走向黑袍人，在对方身前十箭米的地方停了下来。脚步声惊动了黑袍人，他慌张地睁开双眼，惊愕地看着出现在眼前的人。

黑袍人的脸庞向外鼓起，下巴很短，露出白皙松软的脖颈，扫视着南风的装束，他的表情慢慢恢复镇定，露出一副傲慢的样子。

“你是谁，想干什么?”黑袍人抢先问。

“你应该先回答这个问题。”南风说。这个家伙真是狂妄。

对方的眼珠转了转。“我是一名修行者。”他看了一眼瘫倒在地上的母麂，似乎还想找些隐藏身份的托词。

“修行你的暗月法术？”

黑袍人的脸色一下子变了，尖细的声音厉声说：“你是谁？你来了多久？看到些什么？”

“时间久到足够看完你害人的过程。”

“这是一只野麂。”黑袍人抗声说。

“你不会这么快就忘记几天前的猎户和他的猎狗了吧？”

黑袍人倒退了几步，南风以为对方被自己的话吓住了，没承想身旁传来窸窸窣窣的声响，他猛然发现母麂从地上站起来。南风意识到自己的大意，母麂的双眼血红，涎沫从咧开的嘴角不断滴落，它居然发出像肉食动物那样的低声咆哮，突然向南风冲了过来。

南风在母麂冲撞的一瞬间侧过身子，拔出腰间的佩刀，母麂摇晃着转回身体，南风不再给它机会，锋利的刀刃劈进母麂的脖颈，几乎把它的脑袋完全切了下来。母麂的尸体倒地，南风转过身正准备冲向黑袍人，一片浓黑的雾气遮挡住了他的视线，浓雾中隐隐传来黑袍人念诵秘语的声音，一根长矛突然从黑雾中扎了出来，南风猝不及防，只能倒地，长矛的矛尖刺穿他腰间的衣襟，瞬间变成一缕黑烟消失不见。

这就是暗月的秘术？南风来不及思考，飞快地爬起身子，浓雾迅速向前蔓延，想要把他吞灭，他踉跄着退步，第二根长矛又从雾中出现扎向他的胸膛，这次他用刀格挡住长矛，金属碰撞的刺耳声响后，长矛同样变成黑烟散去。不容他喘息，第三、第四根长矛同时扎了出来，南风再次向后仰倒在地上，挥刀无力地想要驱散周围的黑雾，但是毫无用处。

下一根长矛会不会要了自己的性命？南风紧张地等待着再一次的攻击，但尖叫声突然传来，整团的黑雾瞬间消失不见，就像它出现时一样出人意料。南风撑起身体，他看见黑袍人仍然站在原地，胸口凸出一块带血的刀尖，整个身子慢慢委顿倒地。

史凯三步并两步地跑过来。“你没事吧？”他语气依旧紧张，“远远只看见一大团黑雾，这家伙一直手舞足蹈的，我怕你有什么意外。”

南风背脊一阵发凉，衣服已经被冷汗湿透。

史凯低头看着黑袍人的尸体，挠了挠头。“我扔出刀以后才想起来应该留个活口。”

“把他弄回去。”南风疲惫地说。

人死了，算是给下坝子村的村民有个交代，黑袍人有没有同伙或者还有其他什么勾当，不知道还有没有办法查？至少先把这个黑袍人的尸体交到剧瞻手里。那些秘术师的鬼点子比你想象的还要多得多，老头子告诫过的，这次自己又上了一课。

他们找来几根树枝，用树皮缠绕成一副担架，抬着黑袍人的尸体往林子外走去。太阳已经落到了西边的山头，红色的晚霞慢慢布满天空。

临近树林边缘，南风听到外面喧嚣吵闹的声响，他有些奇怪地回头和史凯交换了一下眼神，两个人加快步伐走出了林子。半日前寂静无人的山野此刻热闹得像壶玉城中的市集，平缓的草地上扎起了数顶行军帐篷，大晁的旗帜在风中猎猎作响，一群仆从打扮的人在帐篷间进进出出，周围不停有骑马的战士飞奔而过。

在不远处的一角，瘦高猎人正跪在地上，满脸惊恐的神色，几个士兵围绕着他，有人正在试图驯服“黑公主”，暴躁的牝马连声嘶鸣，扬起前蹄踢打试图靠近它的人。

南风急忙走了过去，围在猎人身旁的士兵们转过头狐疑地看着他和史凯的装束，还好，他们至少没有抽出武器。

“你俩是哪位大人的部下？”其中一个看上去年纪稍大、两鬓夹杂白发的士兵问。

“我们是壶玉城晋王殿下的护卫营。”南风回答说。

他发现对方皮甲下的衣襟绣着黑纹，大晁崇黑，这是只有皇家军队才能使用的标识。听说皇太子殿下在晋北军大营的缚龙城，除此之外又有谁能够率领这样一支队伍？“是皇太子殿下的队伍吗？”

“殿下正在此处狩猎。”老兵似乎不愿多说什么，指了指跪在地上的猎人，“这个家伙自称是你们的向导。”

“是的，我们正在缉拿一名凶徒。”

几匹健壮的战马向他们走来，身穿锁甲的骑士们环绕在一名将军打扮的人身后，他披着黑色的斗篷，里面是闪闪发亮的胸甲，体形魁梧，一张国字脸又黑又糙，唯独眼睛眯缝着像是纹在脸上的一样。士兵们有些畏惧地站直身体。

“这两个人是谁？”

“是壶玉城晋王的手下。”老兵战战兢兢地回答。

“为什么他们会在这里？”

对方的口气里充满了责问。真是个自以为是的家伙，难怪诺旻伯伯聊起天启城，总是说帝都的达官贵人们，眼睛都长在头顶上，从来舍不得正眼看你。南风不亢不卑地回答说：“大人，我们追捕一名凶徒，无意之中遇到了殿下的狩猎队伍。”

将军冷冷地“哼”了一声，胯下的战马向前走了几步，来到黑袍人的尸体旁。“已经死了的凶徒？”声音充满不屑。

“这家伙行凶差点得逞。”史凯抢先说。

将军低下头看着尸体，突然发出吃惊的声音，猛地拉转马头，脸色铁青地挥动马鞭指着南风。“抓住这两个人。”他厉声说，“他们杀死了太子殿下的星相师。”

第六章

从壶玉城出发，向东翻过山垭口就是澜州的地界。中州和澜州之间隔着锁河山，仅有两条通道，扼守在晋北走廊入口处的缚龙城是整个晋北军团的驻扎地，壶玉城的位置稍稍往南一些，从壶玉进澜州，一路多是崇山峻岭，要比晋北走廊艰难许多，不过路程缩短了不少。

沿着羽人的青鸟道一路前行，使团进入澜州已经是第五天。庐奇所带的使团原本有二十多人，伯景星又从壶玉的守备队中挑选了二十名士兵跟随自己。队伍行进的速度不快，每日只走半天时间便就地宿营。进入澜州地界之后，一路上再也没有人族的村落，地势渐渐走高，植被愈发茂盛葱郁，常常见到十数人都围不拢的古树，远处的群山被森林所覆盖，若是遇到晴空万里的天气，还能隐隐约约望见夜北高原上的巍峨雪山。

一名骑着白马的士兵举着大晁皇朝的黑底白纹旗帜行进在队伍的前端，跟随后面的士兵拿着紫色的旄节旗，伯景星骑在旗帜手的身旁，他的身体随着“火骝”的步伐微微摇摆，偶尔回过头看看身后一长串的车马。

队伍中央是六匹越州马拉着的特制车厢，豪华的马车是敦睦使大人的居所，最初的辕马是清一色从天启带来的海西马。高大俊美的海西马一直受到中州皇族们的偏爱，伯景星却知道在崎岖山路上拉车驮货，擅长短途冲刺的海西马远远不如矮小粗壮的越州马，他吩咐在队伍中备了些越州马，庐奇见到之后还大肆嘲笑了一番，说这些马的模样还不如都城的骡子。伯景星并不辩解，等到使团进了山，翻越第一座垭口时就因为拉车的海西马久行无力，整辆马车差点倾翻，将敦睦使大人惊吓出一身冷汗。伯景星下令换了越州马，于是再也没有出现差池。

队伍中还有整整两笼送信的魁鸦，那些家伙容易驯养，最大的坏处是平时聒噪不停，令人厌烦，伯景星见过羽族用驯化的青鸾传书，速度比魁鸦快不少，只是青鸾数目稀少，极为珍贵。

两匹战马紧紧跟随在“火骝”后面，除了年轻的伯卫行，另一位侍卫拉玛面孔黝黑，年龄比卫行稍大，是出身越州北部边界的土著，晋王妃的同族。

队伍走过一片开阔地后，道路的两旁变成了茂密的灌木林，溪水蜿蜒而过，时不时有雀鸟的鸣叫声从灌木林深处传来。伯景星勒住马，扫视身旁的仆从和士兵们，大部分人的脸上露出倦态，他看向拉玛，后者立刻叫停了队伍。

伯景星来到庐奇大人的马车前。“大人，是否休息片刻。”他语气谦和地询问。

马车车厢里传来慵懒的声音。“一切由伯将军安排。”

离开壶玉城后，胖胖的敦睦使大人一头钻进马车中，除非到了宿营地，否则不会看到他的身影。伯景星现在是使团事实上的指挥官，但他并未忘记双方的身份，无论大事小事都会向庐奇禀报，这位敦睦使大人倒是很识趣地放手不管，一概由伯景星做主。

士兵和仆从们四下散开，大部分人躲进树阴下或坐或卧，伯景星环顾四周，发现拉玛已经安排好了岗哨。任何时候他都值得信赖，伯景星满意地想。他翻身下马，牵着“火骝”走向路边的小溪，他发现自己的小儿子已经在溪畔饮马，看见自己走来，卫行连忙上前一步去牵“火骝”的缰绳。

“大人，让我来吧。”

伯景星摆摆手，松开“火骝”的缰绳，“火骝”自顾自地垂下头，迈向溪边饮水吃草。

“卫行，没有外人的时候用不着拘谨多礼。”

“是。”卫行犹豫了一下，“好的，父亲。”

再过两个月圆日，卫行就要满十六岁了，比起哥哥来他还矮上半个头，也没有南风那么壮实，性子比南风稳重许多，这一点上他也许更像自己，伯景星想。这孩子出生没多久就失去了亲生母亲，虽然有琳敏的照顾，卫行也一直把琳敏当作母亲，可是伯景星总觉得亏欠了这个孩子。他又看了看身畔的卫行，卫行正沉默地看着流淌的溪水，眼眸清澈，闪动着一股对前途充满好奇的神色，伯景星突然觉得，这孩子像极了许多年前的自己。

“这是你第一次出远门，喜欢澜州吗？”伯景星问。

卫行皱起双眉，他思考问题的时候就会有这样的小动作。“越往澜州走，陌生的感觉越强烈，和壶玉城完全不一样的风格，我挺喜欢的，不是说一定喜欢澜州，只是觉得这次的行程会有很多收获。”他停顿下来，稍稍踌躇后继续说，“谢谢您，能够同意带着我。”

“是你已经到了该出远门的年纪了。”伯景星说，“你应该知道河络们的做法，在成年礼之后无论男女都会离开部落，去向九州大陆的各个角落，他们认为游历过程中的洗礼和考验，那些遇到的人或事，收获、见闻、意外、危险等等，只有经历之后才能真正成为一名合格的河络。我觉得比起河络，我们人族的冒险精神已经开始退化了。”

卫行的脸上浮现出向往的神色。“那您呢，您是什么时候开始外出征战的？”他问。

“我第一次离开壶玉城是十六岁，比你现在稍稍大一些。”

“您是作为某位大人的侍从，还是像哥哥那样已经是一名军人，去执行某件任务？”

“那时候我是作为贵魏大人的护卫，在澜州待了差不多三年时间，秋叶、枫岚、暮雾、丹塔、八松，许多羽人的城市我都去过。”

“贵魏大人，是当年晋北军中的那位名声赫赫的黑马大人吗？”

伯景星眼前浮现出一张难以忘怀的脸庞，即使经过了很多年，将军的相貌依旧清晰如初，一脸灰白相间的胡须，黝黑浓重的双眉像是维护某种威严，骄傲地横亘在额头下方，他的双眼始终炯炯有神，而看着自己的时候又是和善安详。

“贵魏大人常年骑着一匹乌骓马，所以有了这个绰号，他在军中很有威信，受到士兵们的爱戴。”伯景星缓缓地说，“早前，中州和澜州边界的锁河山里有一群非常彪悍的山匪，四处袭击我们和羽族的村落，还有各处的行商队伍，搅得大家都很头疼。人、羽向来各自为战，山匪们充分利用了这个机会，一直在中澜之间流窜，每次都能躲过清剿。为了肃清这伙歹人，贵魏大人亲赴秋叶城，取得了羽王的同意，组成一支人羽两族的联合部队，深入锁河山的腹地，终于把残余的山匪剿灭干净。”

卫行认真地听着。“所以您也在贵魏大人的剿匪队伍中吗？”

“那段战斗生涯让我受益匪浅，我见识了贵魏大人是如何一点一点地赢得了羽族的信任乃至尊重，他是个了不起的人。”

少年的脸上浮现出一丝犹豫，但还是鼓足勇气问：“我听说贵魏大人后来死得很蹊跷。”

“是失踪，我们一直没有找到他的尸体。”伯景星压抑住心头涌起的难受，“那年，贵魏大人已经是晋北军的统帅了。他一直喜欢去野外钓鱼，某天带着两名侍卫去军营旁的树林小溪钓鱼，直到傍晚也没有回来。后来我们在树林里找到了两名侍卫的尸体，还有贵魏大人的鱼竿鱼篓，但始终没有发现他本人。我们怀疑是那些山匪漏网的余孽，可惜找不到任何有用的线索。”

这个话题一下子勾起很多的回忆，伯景星沉寂下来，默默眺望着远处层层叠叠的山峦。还是孩童时，父母双亲和哥哥们都因为染上咯血症而病故，父亲临死前把自己托付给贵魏大人做侍从，贵魏大人一向严厉，做得不好或是有差错总会被毫不留情地叱责或是惩罚，可是大人在闲暇之余很照顾自己的生活，有时就像父亲一般对待自己。

伯景星突然发觉眼角微微湿润，连忙深深吸了口气，让心绪稍稍平复。他不愿意再继续这个稍显沉重的话题，于是问：“你觉得羽人怎么样?”

“嗯?”

“你的感觉，我是说你已经接触过羽人了，有什么感想?”

“您是说昨天遇到的那些羽人士兵吧，我还不了解他们，只是觉得他们好像很难打交道。”

离仰山的垭口是一路行来遇到的羽族第一道关卡，有一支羽人的边境小队驻守。自己和对方哨长交涉时，卫行一直跟在身旁，年轻的羽人哨长有一张英俊略带些稚嫩的脸庞，用冷淡的目光扫视盖着大晁朝大印的公文，直到使团离开，始终没有开口说过一句话。说实话，伯景星没有太过在意这些细节，不过属下军士们都愤愤不平。

“羽族的个性太过骄傲，看起来和其他三族格格不入，对于他们来说这并非优点。”他回忆着以往的经历，“任何时候，只有赢得对方的尊重才有可能被接受，羽人是这样，对于河络和夸父来说也没有什么不同。”

伯景星瞧见卫行若有所思地点点头。

远处传来的声响打断了父子俩的谈话，伯景星转头望去，一支行商队伍从山路后面慢慢赶了过来。足有十一二辆六角牦牛拉的大车，商人和伙计们三三两两走在大车旁边，队伍中以人族为主，也有几个身材高挑轻盈的羽人。

敦睦使大人的马车停在路边位置，伯景星不敢有丝毫懈怠马虎，他吩咐卫行立刻召集士兵们警戒在马车的周围。六角牦牛拉着的大车一辆接一辆地经过，商人们也看出这是一支官队，一边加快了脚步一边用好奇的眼光打量，偶尔也会窃窃私语。

一个坐在牛车上的河络身影突然跳进伯景星的眼里，留着络腮胡子，花白头发，看上去有些岁数，河络的身材只及成年人族的三分之二左右，老河络显得更加矮小些。

经历了“丧月之乱”和“三王时代”，人族建立起的大晁王朝逐渐丧失对其他三族的统治力，羽人们控制着澜州和宁州，谨慎地与人族保持来往，他们一向看不起河络和夸父，所以河络们虽然喜欢在整个大陆四处游历，却很少出现在羽人的地界。

老河络坐在倒数第三辆牛车上，快要经过伯景星身旁时，他突然说:“大晁的皇帝也准备和羽人做生意吗?”老河络的声音又突兀又响亮，所有人的目光一下子集中到他的身上。

“紫色的旄节旗，这是从大晁来的使团，不是商队。”马车旁一个灰白胡须的人族行商赶紧说，他忐忑不安地看了一眼伯景星，发现伯景星并没有在意老河络的言语时才稍稍松了口气。

“商人和商人做生意，皇帝和皇帝做生意，又有什么不一样？”河络似乎有意放低了音量，只是声音依然能够传出去好远。

灰白胡须的人族行商又紧张起来，尴尬地盯着伯景星。一只皮囊从队伍中飞了出来，河络一把接住，老行商忙不迭地说：“你呀，多喝几口少说两句。”

老河络哈哈笑着拔出皮囊的塞子，对着嘴咕嘟咕嘟灌下几口。“好酒。”他放下酒囊，用手背抹去胡子上沾着的酒渍。

伯景星注意到从队伍中抛出酒囊的那个人，是一个羽人女子，她身材纤细匀称，蓝色的眼眸，两道漂亮的弯眉，耳朵上垂着亮晶晶的纹石挂坠，深褐色的头发齐肩长短。

一个羽族平民，伯景星想。当年跟随贵魏大人的经历让他了解了很多羽族的习性，羽人的发色足以分辨血统地位，颜色越淡越表示身份的尊贵，十姓贵族都是白色、银色或淡金色的头发，而血统地位越低的羽人发色越深，包括无翼民们都是深色的头发。

牛车和羽人女子转眼走到近前，伯景星突然看见她的身上斜背着布袋，布袋上绣着一只栩栩如生的通犀，与诺旻给自己的骨质印章一模一样，他忍不住发出“咦”的一声，羽人女子听见了，抬起头看向伯景星。

伯景星和她的眼神碰在一起，羽人女子的眼眸是淡淡的蓝色，像结冰的湖面在晨曦中泛着光芒。真是个奇怪的姑娘，她的眼神中充满混迹市井的野性，却隐隐又有一种与身份不相符合的气质。伯景星对自己的观察力一向很有信心，他掩饰住自己的情绪，安静地与羽人女子对视，羽人女子脸上闪过一丝疑惑，随即转过头随着牛车一起走远。

马车车厢的窗格“啪”地打开，露出庐奇慵懒的面容。“伯大人，刚才过去的是些什么人？”

“一支行商队伍，人挺多的。”

敦睦使大人斜着脸庞眺望行商队伍的背影，露出好奇的神情，他“咯咯”地笑了几声，声音就像被阉掉的公猫。“我们跟着他们吧，我这个人就是喜欢到处看热闹。”敦睦使大人说。

伯景星看不出行商队伍有什么古怪可疑之处，略略放心，下令重新整队出发。使团不紧不慢地跟着前面的商队，双方间隔了不远的距离，这一天行进的路程要比往日多些，来到一处空旷的山谷才停下来宿营。

山谷中央是一片刚刚没过脚踝的绿茵茵的草地，商人们选择在临近一条小溪的地方扎下营地，把木制的大车从六角牦牛身上脱卸下来围成一个圈，圈子里很快燃起了火塘，人们开始忙碌着喂牛、打水，准备晚上的吃食。

伯景星并不想太靠近商人们的宿营地，他选择在山谷一侧背靠山崖的地方驻扎下来。随从们很快搭起敦睦使大人休息用的帐篷，庐奇走出马车，站在高处饶有兴趣地看了一会儿商队那边的动静，不久之后，他便兴味索然地打了个哈欠，走进了唯一的帐篷，随从们开始往里面端进各种各样的食物。

拉玛有条不紊地安排营地的各处守卫，伯景星没有什么可担心的，他想了想，叫住卫行。“陪我去商人们的营地看看。”他并非不放心，只是想了解一下商人的情况。

两人一起往商队的宿营地走去，还没走到近前便有人影小跑着迎了上来，是那个灰白胡须的人族行商，看来商人们似乎也注意着使团的动静。

“大人有什么吩咐。”老者深深鞠躬，语气谦卑地说。

“商老板如何称呼？”伯景星客客气气地问。

“小人姓乔，乔莨，做木绢生意的，去秋叶城进货。您知道，羽人的木绢都是些好货色。”乔老板像是个话痨人物，一张嘴不停地说着，“大人，我是认得您的，您是城守大人，我的铺子就在壶玉城。说句实话，我还见过您的夫人，她在我的铺子里买过木绢，还有绸缎和布料，壶玉城里我家铺子算不上大，可货色都是顶呱呱的。”

琳敏的确喜欢买些绸缎布料给自家人做衣服，自己对这方面毫不在意。听说商队也是从壶玉城来的，多少出乎伯景星的意料，他望了一眼牛车围成的营地，很远就能听见老河络的哈哈大笑声。

“他们都是你的伙计?”

“哪里哟，大人，小人如何有这么大的家当？这里总共是十一家商铺的人，大家都做些小本生意，壶玉城的商人除了我以外还有另两家，其他都是来自各个地方的，乌中城、灵济城，几个羽人是秋叶的商人，去中州收药材。我们这些小商贩大多是在旅店里认识的，然后顺路搭伴。有时候熟悉了，下次还会约在一起，大家在路上能相互有个照应。”

伯景星和诺旻聊天时听他说过这些，商人们有自己一套行走各地的方式，大的商号能够组织起自家的商队，小商贩们喜欢结伴而行，相互照顾。伯景星想起深褐色头发的羽族女子，装作不经意地问：“羽人们是秋叶城中的药材商吗?”

“他们是个叫‘通犀’的药号，在秋叶城里挺有名气的，据说有上百年的历史。”

“那个老河络呢?”

乔老板似乎早就料到伯景星会问起这个。“老河络是羽人们雇来赶牛的，大人您应该知道，羽人是不接触牛马这类牲口的，可是商人运货不靠这些牛马怎么行？这个老河络对付那些六角牦牛是个好手。”

"羽人雇一位河络，这种事可不多见。"

"咱们行商没那么多规矩，和气生财嘛。"

伯景星还想再问些什么，商人的营地里又响起了老河络的声音："老乔怎么去了那么长时间，还没把官老爷糊弄走吗？给他温的酒都快凉了。"

乔老板脸上的笑容僵在那里，伯景星笑了笑说："那就不打扰了，乔老板回去吧。"

见伯景星并不追究，乔老板明显松了口气，忙不迭地说："大人走好，大人走好。"

回到使团营地，伯景星径直来到敦睦使大人的帐篷中，庐奇正在用晚餐，一张不大的小桌子堆满了烤肉和瓜果。

"伯大人来得正好，快来陪我喝上一杯。"敦睦使大人指了指眼前的酒杯，"这是羽人的青柠果酒，是陛下赐给我的，他老人家特地跟我说，在秋叶要待上很长时间，所以要好好学着喝他们的酒。"庐奇的语气中满是受到皇帝宠幸的得意，像个好戏子似的，他的笑脸随即又变成愁容，"可是这青柠果酒又淡又酸，哪有咱们中州的陈酿好喝。"

"谢谢大人，我也喝不惯羽人的酒，还是算了。"

"哦，伯大人可是有其他什么事？"庐奇拿起插着烤肉的竹签送进嘴里。

"刚才我去查看了一下商队的情况。"

庐奇的注意力集中在烤肉上。"伯大人做主就行了，不用事事禀报。"他嗯嗯啊啊地说着，烤肉的油脂顺着嘴角滴落。

四只羊大人。伯景星脑海中浮现出诺旻提起敦睦使大人时略带嘲讽的模样，接下来又是休丹大人的脸，冷漠又谨慎，"不要相信那个人，任何时候。"

这位敦睦使大人究竟是个什么样的人物？

他想起自己肩负的使命，心中一下子多了些许烦躁，正想告辞离开，庐奇忽然又开口问：“伯大人，昨天垭口的羽人士兵们随口聊天，被我的随从听到了，说是羽族这段时间不是很太平。在都城的时候，我只听说羽人十姓有些间隙，如今传闻似乎是羽王囚禁了一位十姓贵族中的家主，现在羽人们已有征伐战斗，也不知是真是假？”

“此事我也有耳闻，但具体情况的确不知。”

庐奇脸上露出担忧的神色。“看来一路上的安全，要请伯大人多费心了。”他翻来覆去地说着这句话。

出了敦睦使大人的帐篷，伯景星感到自在了一些，天色已经暗下来，士兵们在避风的山石下燃起火塘，除去站岗值守的人外，其他人都围坐在一起。伯景星闻到随风飘来的面饼香味，迈步走了过去。

瞧见伯景星走来，士兵们立刻空出位置请他坐下。在军营中伯景星向来和部下们同吃同睡，这也是贵魏大人的言传身教。

卫行递上给他准备的面饼和肉干，还有一杯温好的糯酒。伯景星猛地喝上一大口，身子感到暖和了许多。月亮慢慢升上了夜空，周围树影婆娑，从商人们的营地不时传来笑声和吵闹声，惹得几个士兵时不时转头眺望。

“吃完了都早点歇息。”伯景星吩咐说。

他很快啃完手中的面饼肉干，卫行在火塘边最好的位置铺好了毛毯。这孩子现在是个好侍从，将来能是个好将军。伯景星躺了下来，用毛毯紧紧裹住身子，很快睡熟了。

第七章

从睡梦中惊醒，伯景星睁开了双眼，已经到了下半夜，厚厚的乌云低垂在夜空中，月亮和群星都不见踪迹，周围影影绰绰的树影变得狰狞，只有火塘里跳动的火苗还能带来一点安慰。不知为何他感到一阵心烦意乱，不安的感觉越来越强烈，于是从毛毯里坐起身子，周围的人睡得正熟，只有卫行迷迷糊糊地翻了个身。

伯景星站起来走向不远处的守夜哨兵，两个士兵拄着长枪站在那里，看见他时脸上露出不解的神态。

“有什么动静?”伯景星问。

“没有，大人，周围一直都很平静。”年长的老兵说。

也许是自己年纪大了，对什么事情都变得忧心忡忡，伯景星自嘲地想。他望了望远处的商队营地，除去忽明忽暗的篝火，同样一片寂静。他正准备回去继续睡觉，远处商队的一头六角牦牛发出一声嘶叫，叫声又是突兀又是凄厉，很快另外几头六角牦牛也一起嘶叫起来。此起彼伏的叫声惊醒了沉睡中的人们，营地里变得嘈杂起来。

“火骝”在这个时候也发出一声嘶鸣，伯景星转头看向自己的坐骑，战马不停地仰首踏蹄，想要挣脱拴在树上的缰绳，一股古怪的气氛笼罩周遭。

“去把所有人都叫起来。”

伯景星疾声吩咐哨兵，自己走向“火骝”，他刚刚解开“火骝”的缰绳，脚下的土地忽然震动了一下，接着又是第二下，第三下……远处响起异样的声音，像是鼓点又像是雷声，连绵不断。被惊醒的士兵三三两两地站了起来，没有人知道发生了什么事，只是茫然地看着四周。

鼓点般的声响好像骑兵冲锋发出的声音，深更半夜又是在崇山峻岭，怎么会有这样的动静？伯景星明白自己必须做些什么，他转头看见卫行一边揉着睡眼一边走了过来，立刻把“火骝”的缰绳塞进儿子手中，指着旁边的山岩大声说：“快把大家带到高地上。”

“马能够上得去，我们的那些大车上不去。”卫行看着斜斜的陡坡说。

“别管大车。”伯景星大声说，他跑向敦睦使大人的帐篷，几个随从正手足无措地站在那里，伯景星冲进帐篷，脸色苍白的敦睦使大人衣冠不整，像见到救星似的一把扯住伯景星的手。

“伯大人，出了什么事?”庐奇颤抖的声音问。

“我不知道。”伯景星拖住庐奇往外走，“这里也许不安全，请大人换个地方。”

帐篷外的情形没有伯景星料想的那么混乱，他看见儿子举着火把站在一块岩石上，指挥使团的随从和士兵们整理行李马匹往山岩上疏散。看见伯景星和庐奇，卫行立刻大声招呼周围几名士兵，四五个人一拥而上，几乎是把敦睦使大人抬向了高处。

鼓点般的声音越来越近也越来越响。

夜空中是雀鸟的尖鸣声，伯景星从火塘中抄起一支火把，高高举起。铺天盖地的棘鸟群掠过，几乎遮蔽住了整个天空，棘鸟群中夹杂着数十只受惊的大灰雁和黑尾鹤，慌张地挥动翅膀往南飞去。他转头看向山谷中央，商队营地四周是平坦的草地，并没有可供躲避的地形，商人们也预感到了危险，他们慌张地套车，赶着六角牦牛往使团所在的高地奔来。

庐奇已经被抬上了高处的山岩，大部分随从和士兵们也都和他待在了一起，伯景星稍稍放心，他一边往高处攀爬，一边挥舞手中的火把为商队指引方向。

商队的驻扎地留下星星点点的火塘，就在这时，北面的山谷谷口窜出了整群整群的羚羊和山鹿，惊恐让它们慌不择路，直接从奔跑的人群间隙中窜过，后面是几十只野狼和数头花豹，它们并非是在捕食，而是和羚羊山鹿一样拼命往前奔逃，还有更小一些的狐狸野兔之类到处乱窜。

伯景星看见乔莨和另外几个人连牵带推地拉扯着一头六角牦牛，艰难地爬上高处。“你们发现什么了？”他冲着乔老板问道。

乔莨的脸上露着惊慌，茫然地说：“不知道，从来没有遇见过这样的情况。”

商队的人三三两两地赶了过来，多数人只拿着随身的小行囊，和使团的人一样，他们对眼前发生的古怪一无所知。远处，一头年幼的六角牦牛落在了后面，因为受惊变得迟疑不决，老河络边抽着鞭子边使劲吆喝，羽人女子在他的身旁一同牵扯牦牛的缰绳。

随着谷口传来的惊人声响，无数黑影蜂拥冲了过来，像一道黑色的洪流向前方不断蔓延。“星辰诸神！”伯景星惊呼了一声，他终于看清奔跑的是一大群锤头兽。

鼓点般的声音是锤头兽群奔跑时发出的声响，这些异常粗笨的家伙体形比成年的六角牦牛还要大，全身覆盖着厚厚的如铠甲状的皮，四条腿如同短柱，庞大的头部上方凸出一块巨大的骨质瘤，脖子上方边缘波状隆起颈盾。

锤头兽群源源不断地涌进山谷中，足足有千头之多，汇聚成一道奔跑的“兽流”，它们横冲直撞，像暴发的山洪一样不可抵挡，任何阻挡在它们面前的东西都会被铁锤般的头颅撞飞。

一只被追逐的花豹无力再跑，扭过头对着锤头兽们发出凄厉的咆哮，锤头兽群转眼到了它的近前，花豹跃身而起，扑向当先的一头锤头兽想要撕咬对方。锤头兽一甩头便将还在半空中的花豹撞飞出去，花豹哀嚎一声，没等到落地就已经卷入锤头兽群粗壮的脚下，瞬间被踩得尸骨无存。

大部分使团和商队的人已经爬上了山岩高处，堪堪躲避开锤头兽群行进的路线，唯独老河络和羽族女子离安全地带还有一大段距离，两人已经放弃了那头六角牦牛，拼命往高处奔跑，可是锤头兽群的速度明显比他们快了许多。

伯景星没有细想便飞身跃上“火骝”，眼角的余光瞧见卫行的脸上露出想要阻止他的犹豫表情，“火骝”直接从高地往下冲去，他听见身后卫行大声的呼喊。

“您千万小心。”

“火骝”飞奔直下，犹如一团红色的火焰迅速接近奔跑中的河络和羽人女子，羽人女子露出惊讶的表情，伯景星俯下身子，伸手抓住羽人女子的手腕将她拉上马背。

“他怎么办?”羽人女子焦急地问。

老河络落在更后面的位置，锤头兽群与他近在咫尺，他气喘吁吁地大声喊：“别管我。”

伯景星再次重重一夹马腹，“火骝”猛地冲了出去，两三步就到了老河络面前，他立刻拉扯缰绳调转马头，羽人女子一只手揽住伯景星的腰，另一只手拽住了老河络的手。一只锤头兽已经冲到了近前，甩头猛地撞向老河络，“火骝”毫无停顿地蹿了出去，锤头兽撞了个空，发出暴怒的嚎叫声。

老河络来不及爬上马背，他一只手拉着羽人女子，另一只手抓住一侧的马镫，整个人半悬在空中。

“火骝”发出一声嘶鸣，它似乎也明白自己和主人命悬一线，一路竭尽全力地飞奔。再转回旁边的高地已经不可能了，伯景星驾着马笔直向前冲去，他希冀依靠“火骝”的速度能够与锤头兽群拉开一定的距离后，再偏向旁边的安全高地。

锤头兽癫狂的咆哮声从身后不停传来，伯景星很快就意识到自己错了，背负三个人的重量影响了“火骝”的速度，对它而言能够和锤头兽群保持距离已经不易。

“我快拽不住了。”身后传来羽人女子咬紧牙关的声音。

伯景星侧转身体，腾出一只手抓住老河络的胳膊。“抓住马的缰绳。”他大声喊道。羽人女子的双手从伯景星的肋下穿过扯住“火骝”的缰绳，伯景星俯下身子，用刚刚空出来的另一只手又抓住了老河络。

“你的马载不动我们三个的。”老河络喘着粗气，“我说了，别管我了。”

伯景星没有理睬，他往前看去，黑暗中有一团模模糊糊的影子。“前面是树林吗？”他问。

羽人在黑暗中的视力要比人族出色很多，羽人女子飞快回答说：“是。”

“到了树下，我会把你抛上去。”伯景星低头对老河络说。

老河络沙哑嗓子说：“好。”

伯景星紧紧盯着不远处的黑影，黑影轮廓逐渐清晰，那是一棵有着数百年树龄、枝繁叶茂的悬铃木，粗大的树干犹如一堵墙面。伯景星拽住老河络的手，来回晃荡了几下，他大喊一声，使劲将老河络抛向半空。老河络伸出双手攀住了一根粗枝，立刻将双脚钩了上去，像一只树蛙似的将整个人紧紧贴在树枝上。

“火骝”从树下蹿过，侧后的两只锤头兽几乎同时撞在悬铃木上，大树发出“砰砰”的巨响，两只锤头兽被震了回来，撞在后面的锤头兽上，十数只锤头兽翻滚摔倒在地。悬铃木像下雪般落下一大片的树叶，整棵树依旧巍然不动。倒在地上的锤头兽们挣扎着爬起身子，它们身后的锤头兽群改变了方向，绕过悬铃木，从树的两侧继续前行。

至少老河络暂时脱离了险境，伯景星和羽人女子同时转回了头。“我俩，”伯景星冲着身后的羽人女子大声喊，“一样的办法。”

羽人女子清脆的声音回答：“好。”

两人尝试着屈膝跪在马背上。“左前方五十箭尺还有大树。”羽人女子喊道，她扶着伯景星的肩头站了起来。伯景星松开缰绳，抓住“火骝”的马鬃，半蹲上马背。

“你先跳。”他对羽人女子说。

“火骝”转眼已经来到树前，伯景星感觉到自己的肩头一沉一松，羽人女子已经腾空而起。他紧接着准备起跳，“火骝”突然发出一声哀鸣，前腿跪倒在地。伯景星的身躯只是微微向上便往地面坠去，他的心猛然一沉。

就在这时，他突然感觉到胳膊被什么东西拽住，阻止了自己的下落，他吊在半空中抬起头，看见羽人女子俯在树杈上，伸出手牢牢抓住自己的胳膊，她的脸上满是痛苦的神色，手臂似乎发出轻轻的“咔哒”声音。她没法子拽住我，胳膊会脱臼的，伯景星想，羽人轻盈的身体并不擅长力量，更何况她是个女人。

“松手。”他大声说。

“不行。”羽人女子咬牙回应。

锤头兽群已经冲到树前，伯景星清楚地看见最前面的那只锤头兽嚎叫着昂起头，足以将自己撞得筋骨全断，他深深吸了口气，用尽浑身气力猛地收起腹部，高高抬起自己的双腿，锤头兽撞了个空，庞大的身躯从他身下冲过，伯景星收起双腿往下重重一踩，踏在锤头兽的脊背上又一次跳了起来，他的手钩住了树杈，然后是双腿、整个身躯都攀附住了树干。

喘息片刻，伯景星往下看去，锤头兽群像洪流般从他身体下方汹涌而过，“火骝”已经不见了踪影。刚才真是经历了生死一瞬，他的心“咚咚”跳个不停。过了许久，伯景星才收回视线，他猛然发现身旁的树干上，羽人女子趴在那里，蓝色的眼眸正注视自己。

杯子里盛的是最烈的“凌阳窖”，伯景星仰脖将酒一口吞下，辛辣的感觉从舌尖烧到胃里。死生一瞬，是冥冥之中星辰诸神的佑护，还有妻子和孩子们的虔诚善良让他获得幸运。伯景星放下了杯子，伯卫行举起酒壶准备再斟满一杯，他摆手拒绝，一杯足以定神，还有很多事情等着料理。

远处的天空露出了鱼肚白，周围的情景一目了然。锤头兽群已经离开，没有人知道它们冲向何方。整个山谷经历了一场浩劫，郁郁青青的草地已经变成了狼藉不堪的泥坑，到处是翻溅的泥土和断裂的树木碎石，被踩死的动物尸体深深陷在泥地里。伯景星感到一阵伤心，他的战马和那些尸体有着同样的命运，“火骝”跟随在自己身边多年，它的死让他感觉就像失去了一位至亲的同伴。

使团和商队的人三五成群地寻找、捡拾剩余下来的物品，尤其是商人的货物损失很多，万幸的是没有人员伤亡。

两个人影蹒跚着来到伯景星身前，伯景星站起身子，老河络的脸上不再是往常那种讥讽的笑容，他一本正经地鞠躬，双手托着一把河络的铁钎递给伯景星。

“铁锣图坦感激您的救命之恩，真神在上，请收下代表誓言的信物，任何时候您都将拥有铁锣图坦的火塘和铁钎，任何时候您都有权收回他的性命。”

这是一柄与众不同的铁钎，握柄处雕着一只憨态可掬的耳鼠，它的两只大耳朵向两旁延伸出来变成了铁钎的护手，铁钎的头部尖锐锋利，整个钎身似乎闪耀着一种暗蓝色的光芒，无疑是一件工艺精美的利器。

伯景星接过了老河络手中的铁钎，稍稍斟酌自己的话。“河络的生命属于盘瓠大神，正如人族的一生自有星命。我无权拥有你的性命，但是我愿意与你共享火塘和铁钎。”

铁锣图坦看着他，咧嘴笑了笑。

羽人女子的胳膊缠上了绷带，散乱的长发用一块白绢简单地束在脑后，此刻她那双蓝色的眼眸中少了些不羁，手中拿着一只银色的缀满宝石的酒壶。

“半羽人经鸣夜。”听到对方这样的自我介绍，伯景星愣然了一下，半羽人女子似乎见怪不怪，把酒壶捧给伯景星，“救命之恩不言谢，以后请多吩咐。”她简短地说。

她是人羽的混血，这在羽族中比无翼民的地位还要低等，可是“经”姓又是属于十族的贵族姓氏，真是个让人难以捉摸的女子。伯景星一下子有些走神，稍稍停顿才接过了那只漂亮的酒壶。

经鸣夜和铁锣图坦互相看了一眼，再次鞠躬，一起转身离开，经过卫行身旁时，半羽人女子突然皱了皱鼻子。“凌阳窖?”她看着卫行手中的酒壶。

卫行惊讶地点了点头，经鸣夜看了看铁锣图坦，老河络笑着说：“伯大人一定是同好中人，有机会过来喝酒。”

伯景星目送半羽人和老河络的背影渐渐远去，把铁钎和酒壶交给自己的儿子。“先替我收起来。”他看着四周，大部分人都在忙碌，敦睦使大人的那辆豪华马车已经被锤头兽撞得支离破碎，万幸拉车的马都被及时拉上了高处的岩石山坡。

“伯大人。”伯景星听到有人呼唤他的名字，他转过头，庐奇坐在不远处的树下冲他挥手。

敦睦使大人的脸色依旧苍白，后半夜没有睡觉，他的眼泡红肿，随从们从马车中及时抢出来一把半躺的椅子，现在他可以稍微地让自己坐成一个舒服的姿势。“伯大人的那匹骏马真是可惜啊。”

“‘火骝’是为救人而死。”伯景星叹了口气，“多谢大人关心。”

“伯大人的胆色实在令人钦佩，不顾性命之忧孤身涉险，真正是勇士的本色，当时本大人看得胆战心惊啊。”庐奇“嘿嘿”笑了两声，“不过，为了两个平民如此冒险，若真是出了什么差池，大人的一条性命，还有陛下和晋王殿下交付给大人的使命……”他拖长了声调，没有说下去。

“当时没有想太多，我们武人就是容易冲动，直来直去惯了。”伯景星不温不火地回答。

“伯大人过谦了，我觉得你智勇双全，是个不可多得的人才。这次回去之后，我一定会在陛下和晋王殿下面前为你请功。”

“多谢大人。”

庐奇的笑脸稍稍僵硬。大概是自己平平淡淡、毫无受宠若惊的反应让他难堪了，算了，这辈子也学不会奉承人，用不着绞尽脑汁想着去说些人家喜欢听的话，战场上的男人理当如此。伯景星一时沉默不语，敦睦使大人无聊地东张西望了一会儿，尴尬的冷场持续了一段时间，直到卫行走过来行礼。

“大人，所有的行李都清点整理完了，除了几辆马车外，其他东西基本没有损失。”年轻人恭恭敬敬地说，“我们随时可以出发。”

伯景星看了一眼庐奇。“吩咐下去，我们用完早餐出发。”

庐奇面无表情，卫行退了下去。敦睦使大人似乎想起什么，问道：“伯大人，昨夜究竟是些什么怪兽？”

“是锤头兽，大人。”

“它们为何这般狂奔？简直是凶残之极，凶残之极。”

伯景星也在思考这个问题，他对锤头兽了解不多，不管是猎人还是其他猛兽都很少去招惹它们，这种大家伙脾性暴躁，但是除非觉得受到威胁，一般不会主动攻击，而且锤头兽的族群至多也是三五十头，像昨夜足有千余只锤头兽聚集在一起，如冲锋般癫狂奔跑简直是前所未闻。

他想起前段日子在壶玉城的酒馆中南来北往的商人带来的各地传闻，宛州梦沼、闵中山等地出现很多怪兽出没以及伤人的事件，自己还因此去请教过剧瞻先生。难道昨晚遇到的就是这样的情况吗？还有临出发前南风遇到的下坝子村惨案，这些事件又有什么关联呢？

“剧瞻大人说，是黑暗系的秘术师捣的鬼。先是下毒，再施展控制心灵的黑暗法术，他们用这样的方式修炼获取力量。”

伯景星的脑海中跳出南风的话语，还有他对自己说这些话时的模样，那孩子想表现得成熟稳重，眉宇间又带着掩饰不住的兴奋，是的，他觉得这是个机会，也是场考验，他能处理好这件事。

我的孩子们一定能成为最优秀的战士。

伯景星回过神，发现庐奇正迷茫地盯着他，还在等待他的回答。

“我一时没法给您答案，大人。但是我会多加小心的，保护使团安全是我的职责。”

第八章

大街上比往常热闹许多，很多商贩是从周围其他城镇赶来的，一辆辆的货车上堆满了糯酒、熏制的野味、锦缎布料、靴子、动物皮毛……皇太子西巡的队伍浩浩荡荡，随从、侍卫、杂役仆人足有两千人之多。商贩们嗅到机会，甚至有人从都城天启时就跟在皇太子队伍的后面，常常是队伍一扎营，旁边就能搭出一个小集市，吃喝玩乐样样俱有。

走到街口的时候，琳敏听到路旁有人呼喊自己的名字，她停下脚步，一个身穿淡黄色衣裙的女孩快步走来。女孩施了礼，语气急促地说："冒昧打扰琳敏夫人，我一直在等您。"

"不打扰，孩子，我也在等你。"琳敏第一次近距离和这个女孩面对面，女孩俊秀美丽的脸庞掩饰不住眉间的焦虑。

女孩露出惊异的神情。"您认识我？"

"千家的宜悦姑娘，南风经常向我提起你。"琳敏微微笑了一下，笑容无法驱散内心的阴霾，但至少能够给予片刻的安慰，"我在星辰神庙见到过你，那时候我们还不便相认。"

羞涩的表情在对方的脸上一闪而过，琳敏熟悉这样的羞涩，怀春少女被窥探到内心秘密时的娇羞，谁不曾有这样的年华？在女孩身上她似乎看到了自己过去的影子。这是个好女孩，我会喜欢她的，琳敏想，可是现在，我们都没有这样的心情。

“恕我失礼，您现在有南风的消息吗？”宜悦略带紧张地问。

“南风被关在晋王府，现在那里是皇太子的临时居所。”

“他好吗？您见到他了吗？他什么时候能回家？”

琳敏摇了摇头，宜悦轻轻发出“啊”的一声，脸色一下子有些发白。

我和你一样着急，孩子，从得知南风消息的那一刻，几乎夜不能寐。南风的父亲刚刚离开，我不知道该不该派人去告诉他这件事。我怕他知道以后忧心，可我又担心仅仅依靠自己的能力无法解救出南风。星辰诸神佑护，无论付出什么样的代价，我都要让南风平安归来。

“晋王殿下应允过我，他会想办法援手。”

“可到现在还是没有动静吧？”

她为何这么说？琳敏想。“是的，已经过去两天了，我正准备去求见殿下。”她注意到千家的姑娘咬着下唇，神色令人起疑，“是不是出了什么事？”

“我不知道。”宜悦的声音越来越低沉，“我不知道晋王殿下会不会……”

“你知道些什么？”

“几天前，就是伯景星大人出发秋叶城的前夜，有人来到我们家，南风说他是晋王殿下的亲随，好像叫宗什么的大人。”

“宗禹大人。”琳敏说。

“是的，是宗禹大人，他说他代表晋王殿下，要我嫁给殿下做侧室。那晚，南风正巧也在，我告诉宗禹大人我和南风已有婚约，非他不嫁。”宜悦慢慢地叙述那天的情景，最后女孩的表情像是要哭出来，“我真的不知道，我就是担心晋王殿下会不会因此对南风有什么别的想法……”

这不是一个好消息。琳敏仔细听着，脑海中飞快地闪过各种念头，她很快意识到所有的猜测都毫无意义。你想要证实什么，就去做，不是一味地猜测。

琳敏深深吸了口气，轻轻把手放在宜悦的肩上。“晋王殿下不是小心眼的人。别担心，一定会有办法的。”在内心她对自己说着同样的话。

离开千宜悦后，琳敏径直向五箭塔的方向走去。如同往常一样，她不坐车马，身边只有一名侍女，就像当年叶珞子小姐带着她一样。她是随着出嫁的小姐一起来到伯家的，从小就陪在小姐身旁形影不离，小姐从未将她当成一名侍女，她俩更像是亲密无间的闺中密友。直到小姐染病去世，她来不及悲痛，立刻照顾起三岁的南风和尚在襁褓中的卫行，就像是对待自己的孩子一样照顾着兄弟俩。他们就是我的孩子，琳敏想。

刚刚走到塔门前的卫兵岗哨旁，一队全副武装的骑士从五箭塔里冲了出来，十数只吠叫的猎犬在战马的两侧狂奔，驯犬师们拼命拉扯住拴在它们脖子上的绳子。琳敏看见晋王骑着一匹雪白高大的晋北马，他换上了暗红色的火狐皮猎装，外面罩上亮银胸甲，黑色的绸缎披风用白银搭扣扣在脖颈前，看上去非常光鲜。长剑挂在腰间，黄金剑柄上镶嵌着漂亮的红宝石，晋王一只手按在剑柄上，一只手拉着缰绳，风度翩翩地和身旁几个随从们谈笑。

“殿下，晋王殿下。”琳敏大声喊叫道。

晋王勒住缰绳，看见琳敏时他脸上的笑意收敛了起来。“伯夫人，你怎么在这里？”

行礼之后，琳敏抬头直视着马背上的晋王。“殿下，我一直在盼望得到您的消息。”

“哦，是的，我已经吩咐他们去办了。”晋王露出尴尬的神情，“不过你要知道，事情很棘手……”

难道您没有去吗？您亲口答应去和皇太子解释的，而不是什么吩咐手下人去办，我像个傻瓜一样地等待了三天，皇太子的侍卫们甚至不准我去给南风送些吃食。

所有的不满情绪没有一点点流露出来，琳敏平静地说：“殿下，那天您答应我会和皇太子谈一谈南风的事情。”

晋王用绣着银丝的袖口掩住嘴巴，小声地咳嗽起来，旁边有人插话说：“你是在责怪殿下吗，夫人？”

琳敏迎上对方的目光。“宗禹大人，我是在苦苦等待伯大人的孩子归来。景星奔波秋叶，刚刚才离开六七天，他的儿子就被关在晋王府里生死不明，您让我这个做母亲的如何交代？或许宗禹大人有什么好法子可以换回我家南风。”

“伯南风闯下的大祸，难道要殿下为他承担？”

“宗禹大人，我只知道南风因为下坝子村的血案正在千方百计缉拿凶手，他犯下了什么逆天大错？”

“缉拿凶手当然没问题。”宗禹冷笑了一声，“可他把皇太子殿下的星相师当作凶徒给杀了。”

“什么？”琳敏吃了一惊，“星辰诸神佑护，这不可能。”

“你们不要吵了。”晋王挥手打断她和宗禹的对话，低头看着琳敏，“伯夫人，实话说吧，伯南风追查下坝子村的血案这件事不假，可是谁也不知道他为什么杀了皇太子的星相师。皇太子殿下正在气头上，只说杀人者偿命，这个时候没有人敢去拂他的意。我让你静等，是想把事情拖一拖，看看后面能否有转机。现在我去陪皇太子殿下打猎，他越是高兴，你的南风回来的希望就越大。”

晋王不再看她，纵马向前跑去，琳敏脸色苍白地看着整个马队在她面前呼啸而过。**南风怎么可能杀了皇太子的星相师？这里面肯定有隐情**。她心情复杂地目送马队渐行渐远。唯一的安慰之处，刚才晋王殿下提到南风的时候并没有什么异样，看来他不会因为千家姑娘的事情迁怒南风。

“伯夫人。”一个听上去硬邦邦的声音在她身旁响起，琳敏转过身子，发现不知何时一个白发的男子站在她的身旁。

“请原谅，休丹大人，我刚才没有看见您。”她连忙说。

“你不需要道歉，我从你身后来，并没有打算让你看见。”对方的语气就像冬天冰凉的河水般拒人千里。

琳敏看着这位满头白发、年龄却比自己丈夫还要小一些的晋王老师，壶玉城的贵妇人们有个小圈子，琳敏偶尔也会参加她们的聚会，夫人们没有人喜欢这位大人，私下里把他称为“白头怪”，嘲笑他的倨傲和冷漠是否是因为有羽人血统。她们也讨厌他直来直去丝毫不留情面的言语，每个人都巴望他尽快在晋王面前失宠。而实际情况是，晋王待他犹如对待父亲。

“是的。”她小心地回答说。

“令郎的事情晋王殿下很关心，所以是我去和皇太子身边的泽柯大学士交涉的，还见到了伯南风。”休丹举起手，示意琳敏不要打断他，“他目前很好，除了失去自由。泽柯大学士答应我这段时间会照顾好他，你不必过于担心。但是事情很麻烦，据我了解，令郎和他的一个手下的确杀死了一位皇太子宠爱的星相师，他们对此毫不否认，只是一口咬定星相师就是屠杀下坝子村的凶手。按照大晁律法，即使是皇太子殿下也不能随便杀人，任何人的生死都必须经过一场公开审判，但是你的南风未必能够拿出证明自己清白的证据。”

“如果您了解我丈夫的为人，就知道他对晋王殿下忠心耿耿，他的孩子们和景星一样正直。”

“我完全同意，但是这同样不能说服皇太子殿下。”

“星辰神庙的圣女能够为南风证明清白。”琳敏说，她知道那天桑仪慧圣女和南风一起去的下坝子村，神庙的圣女们都喜欢南风，她们肯定会帮忙的。

“别犯傻了，难道圣女们看见皇太子的星相师杀死了下坝子村的村民?”休丹的嘴角扬起，露出讥讽的表情。

“也许她们可以为南风说说情。”琳敏低声说。

“伯夫人，我一直听说你的聪明伶俐，和那些既愚且蠢、整天只关心容颜和穿戴的贵妇人们不同，难道令郎的事情夺去了你的智慧?”

是的，我六神无主，景星走的时候，我答应他照顾好这个家，我绝不能让他失望。她抬起头看着休丹学士。“务必请您帮助我们，休丹大人，景星若是知道了，也一定会对晋王和您感激不尽。”

“我向你保证，会继续想办法的。”这句话终于不像前面那么刻薄了，休丹用他那双冷冰冰的眼睛扫视着琳敏，琳敏再次感受到了贵妇人们不喜欢他又惧怕他的理由，那双眼睛能够无情地扫视你内心的想法，让你的秘密无处可藏，“伯大人此去秋叶城，肩负着晋王殿下的重要使命，我不希望他分心。你没有派人把令郎的事情传信给他，这样做非常正确，夫人。”

琳敏愣了愣，回味着对方话语中的意思。他怎么会知道，难道他在监视我？琳敏竭力忍住才没有质疑出来，惊惧和愤怒的神色却不可避免地流露在脸上。白发的学士大人面无表情地看着她，似乎觉得这一切理所应当。

“好的。”她不得不低声说。

对方不再与她交谈，转身返回了五箭塔。

琳敏站在原地，秋日的阳光照射在身上，却没有感到丝毫温暖。*我就像一个到处哀求的乞丐，一旦把命运交在旁人手中，就只剩下等待和哀叹可以做。*她抬起头看着高大的五箭塔，黑黝黝的斑驳塔身印刻着岁月的痕迹，爬满塔墙的枫藤开始慢慢枯黄。*深秋就要到了，我不会就这样无所事事地等待寒冬降临。*

她迈步向塔内走去，塔门前守卫们的视线随着她的脚步移动，守卫队长走上前招呼她说：“伯夫人。”他们或多或少听到了刚才琳敏和晋王的对话。

“队长，能告诉我剧瞻大人住在哪座塔里吗？”

队长指了指稍远一座最矮的箭塔。“剧瞻大人住在‘小指头’里。”看见琳敏脸上露出不解的神情，他连忙伸出手在她面前晃了晃，“五座箭塔，五个指头。最小最偏的那座就是‘小指头’，最高的是现在晋王殿下住的‘中指’，边上两座是‘食指’和‘无名指’，最粗的那座防御塔是‘大拇指’。”

琳敏看着他的手，一下子笑了。“谢谢你，队长。”

“等一下，夫人。”队长叫住她说，“剧瞻大人昨日一大早就出去了。”

“他去哪里了？”

“不知道。”队长摇了摇头，“他一向不爱和人说话，大家都知道。”

琳敏有些失望，犹豫了一下，再次谢过卫兵队长，转身往星辰神庙的方向走去，侍女跟在她的身后。她一路走一路思考还有什么可以做的。如果连晋王殿下和神庙的出手相助都没有用，还能依靠什么呢？用一大笔的赎金贿赂皇太子身边的亲信甚至他本人，这会有用吗？

太阳升到了头顶，大街上一片嘈杂声响，商铺、酒馆、旅店，到处人来人往。有人轻轻碰触琳敏的手臂，她猛然惊醒过来，发现诺旻正走在自己身旁。“哎哟，对不起，我走神了。”琳敏略带歉意地笑笑说。

“是回家去吗？”药材商人低声问。

“我正准备去星辰神庙。”伯家的位置离星辰神庙并不远。

“能否先去夫人那里坐坐，我有些事想请教。”

诺旻不像往常那样面带笑容，连两撇小胡子也变得严肃正经，两个人并肩而行。琳敏本想多问两句，却发现药材商人一言不发，紧紧皱着双眉，她也不再多话。远处山丘上洁白的神庙穹顶洒上了一片太阳金光，旁边的祈祷塔高高矗立，就像一位虔诚守候的星辰圣女。

走进伯家的院子，诺旻迫不及待地问：“我听说南风的事情了，你打算怎么办？”

琳敏把身后的侍女支开，她回望四周，偌大的院子里只剩下她和诺旻。休丹的暗示让她感到惊恐，有多少眼睛躲在自己身边窥视？甚至可能是那些很亲密的人。

药材商人看出些端倪，问：“怎么了？”

琳敏没有解释，只是把自己知道的关于南风的所有情况都向诺旻说了一遍。

药材商人不停地摸着胡须，双眉纠结在一起。“一定要快。”他忽然说。

“什么？”

“我担心时间拖得越久，越是夜长梦多。”

“休丹大人说会有一场公开的审判，我们也需要时间帮南风收集证据。”

“如果下坝子村的血案真的是那个星相师干的，那家伙肯定不是一个寻常的星相师。”琳敏感到嘴唇的干涩，不自觉地把双手握成拳头，诺旻继续说下去，“万一他还有同伙在皇太子的身边，无论有没有公开的审判，南风的处境都很危险。”

说得一点都没错，我想到过，但是不敢往下想，希冀着不会发生这样的事情，琳敏悲哀地想，我把头埋在沙堆里，以为这样就安全了。不，无论什么时候，决不放弃。

“皇太子身边有太医师，我正在想办法看能否搭上线，或许我们还应该买通几个卫士。”诺旻看了一眼琳敏，“夫人，你还好吗？”

琳敏深吸一口气，平复了心情。“我再去找一次休丹大人，他说他能争取到一段时间内南风的安全，我需要他给我保证。然后，要找一个皇太子身边的人，至少可以为我们通风报信，多大的代价都可以。”她语气坚定地说，心中慢慢涌起一股斗志，“如果可能，你能替我雇几个帮手吗？身手要好，人也要牢靠。”

“可以。”药材商人神色复杂地看着琳敏，“你要……”

“如果真到了万不得已的时候，无论用什么办法我也要把南风救出来。”

“一切按照你的要求办。”诺旻从怀里掏出一个小包裹递给琳敏，“我这里有些金铢，你先用着，办这种事一定要花钱。”

琳敏接过了包裹，可以触摸到里面一枚枚金铢的轮廓，拿在手中沉甸甸的。“谢谢。”她低声说。伯家并非大富大贵之家，她盘算着家中的积蓄和自己平日并不多戴的首饰，想着下一步的打算。

“你真的不准备告诉景星？”

琳敏犹豫了一下。“是的，现在不能说。我不能冒险，也不想让景星过于担忧，他现在就算知道了也鞭长莫及。”

“好，我这就去安排。”

诺旻转身向外走去，和一个刚刚进门的瘦小老头擦肩而过，两人互相对视了一眼，琳敏瞧见诺旻挠了挠头，好像略微有些吃惊，他没有停留，很快走出了大门。老头慢慢走了过来，琳敏又是惊喜又是不安：“剧瞻先生，您怎么来了？”

“在下坝子村待了一天，山里的天气凉多了。”老头抱怨说，他的身躯又窄又瘦，个头还不到琳敏的肩膀，如果不是他的人族容貌，大部分人会把他当作矮个子的河络族，“找来的马夫也是新手，大车一路快把我的老骨头颠簸得散架了。”

“您快进屋坐，我给您沏些热茶。”

“不用了。”他摆摆手，“我说完就走。”

琳敏没由来地感觉到一丝兴奋，老人瘦小的身体里似乎蕴含着一种希望，一种可以救出南风的希望。她紧紧盯着老人，连手指都禁不住颤抖。

老人觉察到异样。“你怎么了？”他嘟囔着，但是并不打算等待琳敏的回答，自顾自继续说了下去，“我不应该和南风说那么多，这小家伙就是喜欢打抱不平。唉，说到底，不惹是生非也就不是伯南风了。我一直和他说年轻人应该多看些书，要有见识，拳头和刀剑是没办法解决所有问题的。”他停歇了一下，“伯夫人，你不会嫌我啰唆吧？”

琳敏只能报以微笑。*如果剧瞻先生能够听到我内心的咆哮，他会被吓住的*，她想。

“下坝子村的村民死于一个发狂的猎户和他那群发狂的猎狗，这是毋庸置疑的。猎户和他的狗因为中毒以及黑暗的秘术而疯狂，这也是毋庸置疑的。凶手必定是一个邪恶的秘术师，以他的罪行，按照大晁的律法应是立即斩首。所以只要证明南风杀对了人，他非但不是凶手，反而应该受到奖赏。”

“谁能证明皇太子的星相师就是那个邪恶的秘术师？”

“是啊，除非他自己承认，谁又能证明呢？”老头叹息了一声，脸颊来回鼓动了几下，似乎在思考着什么难题。半晌，他抬起头，发现琳敏的表情，诧异地问：“伯夫人，你怎么了，不舒服吗？”

“我只是担心。”琳敏勉强说。

“啊，不要太担心。事到如今，我们只有想办法让这家伙自己承认。”

琳敏看着眼前的老头，如果是别人而不是剧瞻先生，她不知道自己会不会掉头就走，比起谩骂，这样做已经很有教养了。不幸的是，老头显然没有被旁人的情绪所左右，他继续眉飞色舞地说着。

“修习黑暗秘术的家伙们大多来自一个神秘的组织，他们喜欢在身体的某个部位留下组织的印迹。如果能把尸体带到皇太子面前，我就可以证明他的星相师是个多么邪恶的家伙。”

第九章

胖胖的敦睦使大人坐在一辆简陋的大车上，原来的马车被锤头兽毁得不成模样，这辆车是从行商们手中匀出来的。伯卫行带着几个随从伐木搭起架子，再覆上粗布，在牛车上撑起了一个简易的车篷。庐奇显得很高兴，之前他不得不骑着使团中一匹最壮实的马，没过多久便抱怨粗糙的马鞍磨坏了他的大腿。

伯景星换了一匹普通的栗色母马，与儿子并肩骑行在队伍的前方。商人们的队伍跟随在使团后面，经历昨夜的惊心动魄之后，两支队伍互有默契地走在了一起。伯景星在队伍周围加派了斥候，拉玛亲自带队，他向来老练，令人放心。

离开宿营的山谷，锤头兽群一路践踏的痕迹清晰可见。没过多久，拉玛骑着马从路旁的树林里蹿了过来。“大人，旁边有条小路。”他黑黝黝的脸庞上冒出汗水，“可以走牛车。”

脚下这条路已经被锤头兽群践踏得坑坑洼洼，犹如麻子脸上的斑点，伯景星吩咐说：“你带两个人随着这些痕迹往下去看看。记住，小心些。”

拉玛转过马，招呼了两个精干的士兵，三个人顺着原路继续往前去。其他人把牛车一辆接一辆地赶上树林旁的另一条小路，新路窄小了许多，不过每个人都心安了些。

铁锣图坦在几头六角牦牛间来回奔走，在他的呼喝指挥下，驮牛走得很稳。伯景星没有瞧见半羽人女子，可能在队伍的某处角落。

受到锤头兽惊吓后，敦睦使大人一直催促着快快离开，他连胃口都不如往常，吃了五六个夹肉的面饼后，无精打采地瘫在车里。队伍走的路程比前几日多了许多，落日时分，伯景星下令扎营，他颇费脑筋选择在一处避风的山崖安顿下来。

守夜的哨兵增加了一倍，在高处另外安排了观察哨。商队的人也纳入营地，划出一块区域专门安置。伯景星要求商人们一并参加巡夜，虽然他们不是职业军人，很多人长年累月在外行商，经验丰富，半夜里能够多一些警惕的眼睛总是好的。古怪的事情越来越多，这不是什么好兆头。

太阳已经落在山后，繁星在深蓝色的天空中熠熠生辉，几缕如丝的云彩随着夜风飞快地滑过。伯景星在营地里巡视了一圈，调整帐篷和马匹的位置，叮嘱每个岗哨应该注意的方面，就像即将面临战斗那样小心谨慎。卫行紧紧跟在身后，很仔细地听着他的每一句吩咐交代。这孩子需要不断学习，每个人都是这样成长起来的。

“拉玛还没回来吗?”

卫行摇了摇头。欲言又止。

伯景星往营地外走去。“要是再晚下去，必须派人去找他们了。拉玛很机灵，应该不会有事的。”他发觉卫行欲言又止，“有什么话就说吧。”

“大家都在谈论昨晚锤头兽群的事，真的是黑暗法术吗？为什么会这么做?”

“获取力量。”伯景星回答说，“战士也好，秘术师也好，我们通过刻苦的训练来提高自己，而投身黑暗的人会选择用简单快速但是邪恶的方式来让自己变得强大。”

关于黑暗法术的说法萦绕在伯景星的脑海中，让他深深感到不安。周围的很多人对秘术师并不友好，要么不屑一顾，要么敬而远之。战士对秘术有一种天然的抗拒，他也不例外。除了剧瞻先生，伯景星认识的秘术师寥寥无几，他亲眼见过剧瞻先生施展的秘术，不得不承认，那种强大的力量真是令人匪夷所思，有一种不真实的感觉。

“这些邪恶的家伙应该受到诸神的惩罚。”卫行愤愤地说。

“身为秘术师，是被星辰诸神眷顾的一群人，即使是邪恶者，也会有谷玄和暗月的佑护。”伯景星看见卫行露出些许迷茫的神色，他稍稍犹豫，继续说了下去，“有时候，我们甚至无法确定什么是善，什么是恶，我们自以为做对的事情也有可能是错的。”

卫行像受了伤似的退了一步。“父亲，神庙的祭司和圣女们不是教导我们，保持善良和虔诚就能够得到星辰诸神的佑护吗？”

“所以我们用一生追求善良和虔诚，但是并非任何时候都能把自己立于正确的一方。”

卫行投来困惑的目光。“我怎么才能知道自己的所作所为是否正确？”

伯景星斟酌说道：“向你的内心去寻找，诸神会在那里留下答案。”

卫行皱眉，不再言语。**孩子，你得花些时间才能理解它，岁月和经历是最好的老师**。远处传来的声响打破了他和卫行之间无言的寂静，伯景星精神一振，看见人和马的影子逐渐清晰。

拉玛和两个同伴从马背上跳了下来，他们看上去累坏了，汗水顺着脸颊滴落，胸前的衣襟也完全湿透。“仰镜湖。”拉玛直截了当地说，“那些锤头兽的足迹是从仰镜湖开始的。”

“仰镜湖。”伯景星喃喃地重复道，猛然醒悟湖泊的确就在附近。

那是一座美丽却神秘的湖泊，他的眼前浮现出湖泊的模样，深蓝色的湖水如同一面深邃的明镜，不见一道波纹，周围环绕着低矮的山坡，一排排茂盛的树林或绿或黄或红，像斑斓的彩带，极远处是隐隐约约的雪山，和白云纠缠在一起，让人难以分辨。

二十多年前的记忆还是如此深刻，当时他站在贵魏大人的身后，忘情地赞美星辰诸神创造出如此美丽的湖泊。“秘术师们视仰镜湖为星辰诸神在尘世留下的能够与诸神联系的神秘之地，他们认为在此修行可以提升精神力。而你我这样的普通人若是有缘，能在湖中看到自己的星命。”贵魏大人这样说，而自己站在湖畔看了许久，终究是与神湖无缘。

“我们在湖边发现一个已经被遗弃的营地。”拉玛说，“或许更像一个祭坛。”

伯景星皱起双眉，他觉得有些东西正慢慢串在一起，在脑海中逐渐变得清晰。“大人。”卫行打断了他的思路，伯景星把目光转向三名疲惫的下属，“辛苦了，你们快去休息吧。”

士兵牵马走进营地，拉玛跟在伯景星的身后，和卫行随口闲聊。

一个个的火塘分布在营地四周，比起昨日傍晚的欢声笑语，今天显得特别安静，很少有人说话，更多的是树枝燃烧发出的“噼啪”声响。旁边传来话语声：“伯大人，不嫌弃的话就在这里吃点东西。”乔莨从火塘边站了起来，腾出空位。

伯景星并不想拒绝，他走过去在空位上坐了下来，拉玛和卫行也跟了过来坐在他身畔。隔着篝火他看见经鸣夜坐在对面，半羽人女子明亮的眸子盯着他，忽然抬手抛过来一个黑乎乎的东西，伯景星在半空中接住，那是个羊皮酒囊。他拔开塞子，浓郁的酒香扑鼻而来。

“好香。”伯景星由衷地说。

半羽人没有回应，伯景星举起酒囊喝了一口，辛辣的口感让身体一阵发热，驱散了夜晚的寒气。他随手把酒囊递给了拉玛，黝黑的汉子扬起脖子喝了一口，又把酒囊传给卫行。伯景星从未见过卫行在自己面前喝酒，他装作不在意地瞟了一眼，卫行老练地捧起酒囊喝了一口，擦了擦嘴，然后拿着酒囊稍稍犹豫了一下，不知下一个该传给谁，旁边伸过来一只手迅速地拿走了酒囊。

“孩子，按照旅人的规矩，坐在一个火塘边上就意味着分享所有的好东西。”铁锣图坦一只手举着酒囊，另一只手递给卫行一张绿油油的叶子，叶子足有一顶草帽大小，上面盛放着混合着米粒、碎肉、土豆、洋葱和辣椒的食物，“用手抓着吃。”

卫行抓起一把送进嘴里，油汁从指缝和下巴上滴落，他狼吞虎咽地咀嚼，把绿叶递给了父亲和拉玛。

“达雷巴？”一股喷香的味道扑鼻而来，伯景星捏起一些米粒送进嘴里，鲜辣可口的滋味，只有越州的一些山谷河络部落才会用这样的方式制作食物，达雷巴是食物的名称，河络语的意思是“混合的美味”。

铁锣图坦由衷称赞说：“伯大人见多识广。”他对着酒囊喝了一大口，递还给了经鸣夜，“丫头这里总是有好酒。”

半羽人女子毫不介意，像他们一样举起酒囊嘴对嘴地喝了一大口，她放下酒囊看了看乔老板，乔老板立刻笑着摆手拒绝。

“老乔什么都好，就是不喜欢喝酒。”铁锣图坦大笑着说，“丫头呢，没有酒喝就不爱说话。”

大多数时候她的确沉默寡言，伯景星边回想边瞧向经鸣夜。半羽人女子重新把酒囊抛了过来，他仰起头又喝了一口，第二口酒下肚，达雷巴的辣味和酒的辣味混杂在一起，伯景星突然觉得自己浑身上下都在往外喷发热量，真够劲。

随着老河络爽朗的话语和乔莨的絮絮叨叨，一袋子的酒转了几圈就空了。拉玛说再去巡视一下岗哨，站起身几步走进了黑暗中。伯景星看见经鸣夜不知从什么地方又拿出来一个酒囊，连忙摇了摇手，身边的卫行满脸通红地打了个哈欠，一副睡眼蒙眬的模样。“不喝了，得留着点精神，谁知道还会发生什么？”他说。

火塘边的人都不说话了，燃烧的树枝偶尔发出爆裂声，火光映照着每个人的脸，忽明忽暗。老河络打破了沉寂的气氛，他喝了一口酒，嗓音沙哑地说：“我还从来没有见过那样的锤头兽。”他摇了摇头。除非亲眼所见，以河络的脾气是打死也不会相信的。

“前不久听宛州的商人说，梦沼一带也发生了兽群伤人的怪异现象，没想到自己也遇到了。”乔老板说话的时候总是带着一副谨小慎微的模样，“发生这种事情不是什么好兆头，愿星辰诸神佑护我们。”

伯景星没有说话，他很快感觉到篝火对面的半羽人女子目光炯炯地盯着自己。

“我敢打赌，伯大人一定知道些什么。”

“嗯？”突如其来的发问让伯景星有点措手不及。经鸣夜的语气和此前完全不一样，直率、爽气，甚至还有些调皮和挑衅，就像刚才老河络说的，喝了酒，半羽人女子就像换了一个人。

“从壶玉城出发的时候，城外的村庄也发生了这样的惨案，全村人被一个发疯的猎人和他的狗弄死了。”伯景星抬头望向对方，半羽人女子微微后仰身子，整个脸庞隐在黑暗中看不清楚表情，“我的一位朋友猜测是黑暗系的秘术师在捣鬼，我想昨晚也可能是这样。”

“黑暗系的秘术师？”乔老板面露吃惊的表情，“听说是信奉谷玄的邪恶之人。”

“老乔你倒是什么都知道。”老河络的语气略带嘲笑，他转头看向伯景星，“大人，这个我可有些怀疑，这么一大群的锤头兽，该有多少黑暗秘术师在施法?”

伯景星摇摇头表示不知，忍不住又说了一句：“我的斥候追踪锤头兽的痕迹，发现它们来自仰镜湖畔。”

“那个湖本身就有着不同寻常的力量。”经鸣夜从黑暗中探出身子，她的双眸显得更加明亮，脸上却浮现出一副闷闷不乐的神情，“寒夜总是悄悄临近，我一点儿也不喜欢。”

乔莨看上去很是迷惑。“寒夜？的确是要入冬了，可是这和仰镜湖有什么关系?”

“蓝天白云和阳光，还有美酒和朋友，这才是我想要的。”不知道是不是喝多了酒的关系，经鸣夜的脸红扑扑的，“让黑暗秘术师都见鬼去。”

“一切都是星辰诸神的旨意。”乔老板嘟囔了一句，“你可做不了主。”

铁锣图坦忽然插嘴说：“又是壶玉城，又是仰镜湖，伯大人，这些黑暗秘术师不会是在和你们过不去吧?”

伯景星一言不发，火塘旁暂时沉寂下来，老河络的猜测也是他所担心的，可是除了小心谨慎之外，他不知道自己还能做些什么。伯景星决定绕开这个话题。“能和我谈谈羽人吗？你们经常去秋叶，一定比我知道的多。”

“伯大人，你们不就是出使去秋叶城的吗?”经鸣夜笑嘻嘻地看着他，深褐色的长发垂下来遮住了一半的脸庞，带着笑意的眼睛显得非常特别。

伯景星挪开眼神。“今年是羽族的选王会，陛下派遣敦睦使大人前往秋叶，原本是准备给新羽王贺喜，保持人族和羽族之间的友好联系。在路途中才隐隐约约听说秋叶发生叛乱，选王会延期，敦睦使大人为此有些担心。”

老河络笑着说：“那个胖大人除了吃，还有其他担心的？”

“其实胖大人的胆子小得很。”经鸣夜拍手说。

乔莨对着伯景星尴尬地笑笑。似乎一谈起权贵人物，这两个人的话语就没有半点的恭维，行商的本色大概就是如此。伯景星觉得这一点诺旻和他们倒是很像，他并不在意这些，只希望声音不要太响，被别人听去总是不好。

“去年年末，伪离武神现世，之后聚众叛乱的事情你听说了吗？”经鸣夜问，伯景星点点头，半羽人女子继续说下去，“羽王风夜归剿灭叛匪之后，不知从哪里查出叛匪与云氏有勾结，立刻将云氏家主云商夕囚禁起来。这件事传得沸沸扬扬，很多人都怀疑风夜归别有用心，因为今年的选王会云商夕是非常有力的竞争者，风夜归肯定不希望云商夕成为新羽王，他一直努力想让和风氏结盟的天氏或者汤氏选上新羽王。”

“云商夕被抓后，他的儿子和纬氏的家主纬一平不知用什么办法逃出了秋叶城，回到领地召集部属，摆出与风氏决裂的架势。为了这件事，风夜归又暂停了选王会，其他家族人人自危，反对之声不断，风羽王一时也不敢把云商夕怎么样。我们在秋叶城里的商家主人刚刚传来消息，让我们多采购些伤药，另外注意一下路途安全。前些日子从秋叶出发了一支军队，看来风夜归准备先清剿云、纬两家的势力。”

伯景星吃了一惊。“往前就是羽人的古根城，是纬家的领地。”

“是的。”乔老板接口说，“我们也在商量这件事，想提醒大人绕开古根城。”

事情一桩接着一桩，真是怕什么遇什么。“我会认真考虑的。”伯景星说。

夜风吹过，他感到轻微的头晕，从昨夜到现在一直绷着神经，刚才喝下的烈酒终于有了反应，疲倦感铺天盖地袭来。他站了起来，卫行紧随自己摇摇晃晃地站稳了身子。

“今晚各位也早点歇息。”

伯景星向行商们颔首，离开了火塘，他控制住步伐，让自己看上去依旧稳健有力。他依旧选择先在整个营地巡视了一圈，再回到自己休息的位置，钻进毛毯中的感觉真好，把所有的烦心事暂时抛到脑后，先美美睡上一觉。“诸神的烦恼让诸神去操心，皇帝的烦恼让皇帝去操心，我的烦恼等到明天太阳升起时就不是烦恼了。”伯景星想着这句古谚，慢慢阖上双眼，耳旁已经传来卫行轻轻的鼾声。

一夜平安无事让旅人们忐忑的心情略有好转，重新上路后每个人看上去都轻松了许多。伯景星找来拉玛商量路程，决定先往西进入山区，绕开古根城之后再北上秋叶。商人们也都猜测前方可能会有战事，整个队伍都谨慎小心。山路崎岖难行，大家日夜兼程，连敦睦使大人也很少抱怨，队伍行进的速度比前些日子快了不少。

两天之后翻过了山垭口，前方的森林旁边出现了一处羽人的小村落，远远望去人来人往，似乎有队伍驻扎。伯景星不敢过于冒险，商队里的羽人自告奋勇去查探消息，不久之后经鸣夜回来告诉伯景星，村里的队伍是从秋叶来的讨伐军，正在做围攻古根城的准备。

使团和商队上下都松了口气，从隐藏的山脊后面现身。伯景星安排拉玛带着队伍慢慢向村子行进，自己带着卫行先行去和羽人们接触。

看见两个骑马的人族，还有后面的一支队伍，羽人哨兵们显得吃惊，他们紧张地拉开搭着羽箭的弓弦，远远地就大声质问。

伯景星示意卫行随着自己一起停下。“我们是人族使团，从中州来。”卫行高举手中的紫色旄节旗大声回答。

羽人忙乱了一阵，很快从村子里冲出一队骑在两足动物上的骑士。

“那是什么?”卫行诧异地问。

“步鸵。”伯景星低声地快速解释，“不会飞但是奔跑起来的速度一点也不亚于战马。”

羽人总是避免与各种兽类接触，一部分原因是嫌弃兽类身上的味道，一部分原因是羽人天性对兽类的反感和恐惧，他们只接受鸟类，所以驯化步鸵成为坐骑。

步鸵骑士们很快到了近前，为首的羽人是个年轻人，戴着和普通士兵不同的装饰着银色花冠饰纹的头盔。

“我们是晁皇的使团，从天启城来，有羽王颁发的关文。”伯景星靠近对方，从怀里掏出了关文递给年轻的羽人军官，“我是人族使团敦睦副使，壶玉城守伯景星。”

“你们是要去秋叶。”对方打开关文扫了几眼，“敦睦使，在你们人族是很大的官吗?”

这个年轻人不像之前遇到的哨卡军官那样冷漠，至少用一种好奇的眼神打量着伯景星。伯景星一直对繁缛的礼节感到头疼，年轻人的不拘小节倒是符合他的胃口。

羽人军官张望了一下伯景星身后缓缓走来的使团和商队。“你们的人还挺多的。”他把关文递还给伯景星。

“除了使团之外，我们在路上遇到了一支商队，所以搭伴同行。”

“你们从壶玉来，应该走青鸟道，为什么会去翻越多折山的垭口？”

“听说路上可能会有战事，我们特地绕开古根城。”还远远不止这些，伯景星并不想提锤头兽的事情。

“连你们都知道了？本来还想出其不意，看来现在要和他们打一场硬碰硬的战斗了。”年轻人耸耸肩，“这个村庄现在是我们的一处补给站，我会护送你们去银石滩，我们的大营在那里，天毕萧大人会安排好你们的下一步行程，他是这次讨伐军的元帅。如果战斗顺利的话，说不定我们会和你们一起回秋叶城。”他笑起来，带着一脸的率真。

年轻人的表情和语气都很轻松，也许这是他第一次上战场，对他而言一场获取勋功的战斗即将到来。可是，当面对鲜血和哀嚎，亲手将刀刃插入同族的胸膛，看着他们在自己面前死去时，一定不会有这样轻松的感受。

“谢谢。”伯景星注视着对方，语气沉稳地回答。

第十章

囚室是个半埋的地下室，唯一的窗户只有两个手掌大小，伯南风跳起来刚好能够抓住封着窗户的铁条。透过窗户可以看见外面站岗卫兵的脚，他们的对话也会时不时传进来。南风知道“老靴子”是卫兵们当中年纪最大的一个，那双靴子已经跟了他八年，依旧保养得半新不旧。“破洞鞋”喜欢喝酒赌钱，经常把刚发下来的薪金输得一干二净，没钱吃饭的时候，他就整天跟在别人后面混一顿是一顿。“黑布靴”娶媳妇才一年多，脚上的布靴是媳妇亲手缝的，让其他家伙羡慕不已。至于“水牛皮靴”，原本和大家是一起的弟兄，现在成了伍长，立刻吆五喝六起来。“破洞鞋”愤愤不平地揭他的底，说是给队长送了五个金铢买了现在的官，“老靴子”劝大伙说各有各命，莫要怨天尤人。

入了秋，天气一天冷过一天，清晨时分冷飕飕的凉风透过铁条灌进囚室，南风常常会被冻醒过来，史凯也是一样，两个人就在狭窄的囚室里蹦跶几下，或者徒手对搏，弄得身上暖和了，又躺下去睡一阵。南风一直觉得自己没心没肺，天大的事情都不在意，看来史凯比他还要不操心，这家伙整天吃了睡，睡了吃，竟然还胖了些许。

无事可干的时候，南风试着和看守聊聊天，晋王府的里里外外都已换成了皇太子的属下，囚室的看守也不例外。他们每天准时送来三餐，前几日都是又干又硬的面饼和漂着菜叶子的冷汤，后来某一天换成了热饭热菜，晚餐还能有一壶清酒。

“上面有人关照过了，待你们要好些。”看守又高又壮，讲话带着一股浓浓的口音，南风要费些心思去琢磨，后来才知道那是海西丘陵的方言，海西丘陵的住民世代以打鱼为生，很多用语和发音都是从渔船甲板上留传下来的。

至于是谁在关照他们，不知道是看守故意不说还是他也压根不知道。

另一个换班看守矮小很多，也喜欢说话，他负责夜里的值守，常常给自己温一壶本地的糯酒，从相熟的厨子那里弄半只鸡或是一包牛肉，等到后半夜就自斟自饮。南风故意不睡，随着矮看守有一句没一句地闲扯。

矮个子看守是正正经经的天启人，前几代是种田的农人，矮个子说自己不喜欢整天在地里低头猫腰日晒雨淋地受苦，于是进城做了杂货铺的学徒，往军营里送货的时候也常常给军爷们跑腿，一来二去熟络了，一个卫队军官见他机灵，给了他从军的机会，摇身一变成了皇太子手下的兵士。

“还是你们好，生出来就是含着金汤匙的贵族老爷。”矮个子看守抿了口酒，摇头晃脑地说，“杀了人都有人帮衬，换了我们早就人头落地了。”

“我杀的人罪有应得。”

“嗐，你们有本事敢说这样的话，那人是皇太子殿下宠爱的星相师。”对方一边嘟囔，一边扯下一条肥鸡腿，“如果够幸运的话，你大概不会掉脑袋，绞架倒是不错。”他恶毒地笑起来，做出一个被吊死时吐舌头的表情。

“很快会有人查清真相的，到时候星相师大人的尸体就该挖出来挂在绞架上了。”南风冷冷地说。

“也许吧，贵族老爷你等得到那天吗？”矮个子看守嘲讽说。

“我说你，对了，我该叫你什么？”

“李重，大家都叫我小个子李重或者不会吃亏的李重。”

“不会吃亏的李重？”

“好歹以前我是杂货铺里的伙计。”

“不会吃亏的李重，我觉得这个名字不错。”南风拿出一枚金铢在指尖转来转去，假装转过头，眼角的余光观察到矮个子正紧紧盯着自己手中的金铢。*幸亏他们只拿走了我的武器，留下了钱包。*“皇太子有多宠爱他的星相师？”

李重舔了舔嘴唇说：“我也是听说，包德师傅比以前皇太子殿下身边的几个星相师都厉害，只要遇到麻烦事，皇太子殿下都会去听听他的意见。他看天上的星轨从来都不会错，以前有个挺猛的家伙一直看不起包德师傅，那人是皇太子殿下小时候的玩伴，贵族家的私生子，有一次包德师傅看了他的星轨，说三个月内必有灾祸降临，没想到一个月后他的尸体就漂在了护城河里——喝醉了酒滑进河里淹死了。从此之后，皇太子殿下就特别相信包德师傅。”

*酒醉失足？难免不是一次卑鄙的伎俩，依靠害人来获取力量的黑暗系秘术师，为了达到目的又有什么事情做不出来呢？*南风沉默不语，最初并没有过分担心自己和史凯将要面临的遭遇，现在隐约觉得一切没有那么简单。

“贵族老爷，想不想要一只又肥又嫩的大鸡腿。”李重笑嘻嘻地看着他手中的金铢。

南风把指尖的金铢弹了出去，金灿灿的钱币翻腾着从牢房门的粗木栅栏间穿了过去，李重一把抓住金铢，嬉笑着塞进怀里。

“归你了，鸡腿也是你的。”南风靠墙坐着，两只手枕在脑后，“还有，你的名字一点都没叫错。”

矮个子看守得意地搓搓手。“幸亏简水夫人不喜欢星相师大人，否则两位老爷早该挂在架子上了，我也就没那么好的运气喽。”

“简水夫人，她是谁?”

“你连简水夫人都不知道？红寡妇呢？这个名字听说过吗?”

红寡妇，南风依稀有点印象，这个名字似乎在壶玉酒馆中也曾被人交头接耳过一段时间。“说来听听，反正也没事。”他说。

“啧啧，这个骚娘们可比星相师大人厉害多了，说来话长。”李重灌了口酒，满脸红润，眉飞色舞地继续说着。毕竟做过杂货店的伙计，说话油滑，一副头头是道的模样。

“在天启城里，简水夫人的名声超过无数王爷将军公主妃子，我看都快赶上咱们的白头宰相了。她原先是九门将军练途鹿的小妾，老练将军七十四岁娶了十六岁的如夫人，当时也是天启城里一桩大事。隔了一年，老练将军就被星辰诸神召唤去了，转眼简水夫人就被小练将军赶出了家门。她在城里的灯粉巷住了两个月，每日焚香抚琴，据说访客络绎不绝踏坏了门槛。然后她又嫁给了大朴学茂大人，过了四年安稳日子，这位大人参加晁皇陛下的酒宴，居然被一粒橄榄噎死了。简水夫人再次改嫁，这回嫁了晁皇陛下的舅舅霍陵王，简水夫人的名头也是那个时候赐的。很多人都劝王爷，说这个女人是红颜祸水，王爷不信邪，非她不娶。”

“霍陵王不是因为受到宛州军团谋反案子的牵连，被陛下赐死了吗?”

南风记起这件三年前的往事，那时自己还是晋北军厉胜大人的侍从。当时整个晋北军一片风声鹤唳，所有的军官将佐被勒令驻守本营，凡是随意走动者，可就地处斩。不过后来事情很快平息，听说天启城和宛州军团分别杀了一批亲贵，血流成河。

“是啊，死的是霍陵王全家，但这位简水夫人毫发未伤。这一下传闻更多，有人说就是简水夫人向咱们的晁皇陛下告密自己的丈夫勾结宛州军团意图谋反，也有人直接说，简水夫人其实就是晁皇陛下安插在自己舅舅身旁的探子。反正不管怎么样，这个女人又成了寡妇。因为喜欢穿红裙，大家都管她叫‘红寡妇’。”

“现在她没嫁人?”

“是没人敢娶。每死一个丈夫，她总能再嫁一个地位更高的。”李重压低了声音，“都死到王爷了，再嫁只能嫁皇帝了。所以，她现在正伺候着皇太子呢。”矮个子看守露出一个猥琐的笑容。

“刚才你说她不喜欢星相师大人，否则我早死了?”

“皇太子正迷着这个骚娘们，到哪里去都带着她，她随便说句话，皇太子都是百依百顺。简水夫人和星相师大人平日没什么交集，不过私下听说，包德师傅夜测过简水夫人的星轨，说是迹象诡异，劝皇太子不要太过接近，后来被简水夫人知道了，面子上没什么，心里肯定记恨，说不定正巴望着有人干掉包德师傅呢……”李重斜眼看看南风，脸上露出诡异的笑容，嘎嘎地笑出声，声音难听得像鸭子叫。

“照你的说法，这几天的好酒好菜都是简水夫人在犒劳我们?”

“她可没空搭理你们，这是泽柯大学士吩咐的。”

“我也不认识这位大人。”

“老爷自然不必认识，家里有人认识就行了，看起来两位老爷也是有身份的人，有句俗话说贵族老爷和贵族老爷一起打猎，穷人和穷人一起喝酒，狗和狗一起抢骨头。”李重咧开嘴，又露出那副恶毒的表情，“不过在皇太子殿下眼里，人人不过都是狗而已。说句你不爱听的话，这件事对皇太子殿下来说，就是一条心爱的狗被两条乡下狗咬死了，他不高兴了，不管乡下狗的主人是谁，他就要它们偿命。”

南风心头升起一股恼怒，他冷冷地“哼”了一声，李重意识到自己的话有些过分，连忙换成一副谄媚的笑脸。“老爷要不要我去送个口信？报个平安，顺带也让老爷家里再多想想办法。”

南风把身体靠在墙上，盯着黑乎乎的窗户。他猜想这些天琳敏夫人不知有多担心，又想是不是父亲也已经知道了这件事？真是倒霉透了，谁会想到惹出这么大的麻烦？可是自己没有做错任何事，这就足够了。他把手放在胸口，隔着衣服轻轻摸着挂在脖子上的那块宜悦送给他的淡黄色琥珀，女孩秀美俊俏的模样浮现在眼前。**你好吗，想我了吗**？对方似乎露出担忧的神色。

“李重，”南风大声说，他又掏出一枚金铢抛了过去，“有两个地方，去帮我送个口信，只要报平安就行了。”

天蒙蒙亮的时候，矮个子李重笑嘻嘻地走了，看守又换成沉默寡言的粗壮男人。史凯依旧发出均匀的鼾声，南风感到百无聊赖，闭上眼睛打了一会儿瞌睡，不知过了多久，他听到一阵嘈杂的脚步声越来越近。南风睁开眼，几个全副武装的士兵出现在甬道中，有人对壮汉看守说了什么，壮汉看守拿出一串钥匙，打开牢门的锁链。

“伯南风。”领头的队长站在牢门前看了看，“跟我们走吧。”

“去哪儿？”南风站起身向牢门走去，史凯跟了过来。

“你不用去。”队长指了指史凯，又看着南风说，“就你一个。”

南风回头和史凯交换了一下眼神。**没事的**，他露出一个轻松的表情，跟着士兵们向外走去。牢室的甬道又窄又长，经过一道铁门后走上了地面。初升的太阳并不耀眼，但南风仍然感到一阵刺目的光线，他把手遮在眉前，又走了几步才慢慢适应了外面的亮光。四名士兵两个在前两个在后把他押解在当中，队长走在队伍的前列，南风猜测他们正走向“彩绘厅”，那里原本是晋王的寝宫，现在应该是皇太子居住的地方。

路上遇到的士兵都是禁军的装束，数量多得让人吃惊，似乎皇太子把整个天启的军队都带到了壶玉城。穿过内堡的门洞，他看见用五颜六色颜料绘制出花纹的外墙，高大的双层楼屋和周围灰色的堡垒墙显得不怎么搭调。以前在此驻守的亲王中有一位酷爱绘画，据说“彩绘厅”外墙所有的花纹都是出自这位亲王的手笔。

士兵们在“彩绘厅”右侧大厅的门前停下脚步，两个穿着亮丽铠甲的侍卫接替了他们，把南风带进了大厅。在一张硕大的木桌后面坐着黑衣的高大男人，南风认出他是下令逮捕自己的国字脸将军。除此之外，远处还有几个人影，满头白发一身学士打扮的老人站立在宽大的软榻旁，披着淡蓝色金丝纹锦袍的人躺在上面，用手撑着头背对大门，软榻后面隐隐约约还有一个比国字脸将军还要魁梧壮实许多的男人。

国字脸的将军抬起头面无表情地看着南风。“我是东宫护军将军费高密。你就是伯南风?”

“是的。”

“你的父亲是壶玉城的守护使伯景星?”

“是的。”

问完两句话后，这位将军似乎完成了使命，低下头去在一张纸上写着什么。没有人说话，甚至没有人再关注自己，南风有一种很滑稽的感觉，在这间大厅里他就像一个透明人，没有任何存在的意义。

"大人……"

"没有得到应允之前不许说话。"费高密头也不抬，冷冷地打断他，"真是难以想象，这里连贵族家庭都如此缺乏教养。如果你的父亲没有教导过你这些基本的常识，我可以教你。"

他才不是你这样傲慢无礼的人，南风心头涌起一股怒气。"大人，我们是粗鄙之地，却懂得待客之道。"

费高密冷笑着说："待客之道？你不是客人，是囚犯。"

"粗鄙之地也听说过，皇帝陛下确定罪人，事先也要经过审判，大人。"

"大胆。"国字脸的将军抬起头，满脸怒气，双眼眯成了一条缝，"犯上的罪名就足以砍下你的脑袋。"

南风的嘴角微微扬起，笑了笑。

费高密盯着他看了许久，慢慢克制住怒火，重新低下头写着手里的公文。"伯南风，因为你和同伙的鲁莽和冲动，不慎错手杀死了皇太子殿下的星相师包德师傅。杀人者偿命，这原本是重罪，但是皇太子殿下仁慈爱惜，尤其念你父亲以及伯家先人多年守卫国家的勤勉之功，所以对你俩网开一面，即刻押解越州边陲充军服役五年。"费高密拿起写完的公文递了过来，"这是你的服罪书，签字画押吧。"

南风看了看费高密拿在手中写满字迹的纸张，说："不，我不签服罪书。"

"什么？"费高密吃惊地说，"五年充军，这已经是最轻的惩罚了。"

"我没有什么罪可服，所以我不会签那个玩意儿。"

费高密的双眼又一次眯成了线，他的语气变得缓慢而森然："这么说来，你是在要求一场审判吗？"

“是的。”南风回答。

费高密转头望向远处的人影，周围安静得能够听到心跳的声音，躺卧在软榻上的人坐直了身体，伸了个懒腰，然后转过身体。“好啊，那就在这里设立一个审判所，我很想听听这孩子怎么为自己辩护。泽柯大学士，我建议你担任法官，原本费高密更加合适做法官，不过最初是他抓住的这两个家伙，我想他更愿意做指控方。”

“是的，殿下。”费高密恭敬地说。

这个人就是皇太子。南风仔细辨认，软榻上的人并不比自己的年龄更大，下巴很尖，让整个脸变得细长而忧郁，但是如墨石一般乌黑的拱眉下，那双眼睛抵消了所有令人感觉美好的幻想。皇太子的眼球向外突出，显得冷酷，有一种令人不寒而栗的尖刻。

白发苍苍的大学士走了过来，他的神色看上去很不高兴。*一定是这位大人想尽办法为我弄来了这张服罪书，不过现在没有用了。*南风抱歉地看着对方，大学士故意避开他的目光，冷冷地在费高密让出的座位上坐了下来。

“我们可以省去指控方证人的环节，泽柯大人。”此刻费高密已经转到了书桌的一旁，“伯南风和他的同伙，那个叫史凯的晋王护卫营士兵从树林里抬出了包德师傅的尸体，他俩在我和殿下的士兵面前亲口承认，他们亲手杀死了包德师傅。”费高密看着南风，“以你的骄傲性格，不会胆小得予以否认吧。”

“不，大人说的都是实情。”

“这么说，你承认是你和你的同伙杀死了包德师傅？”泽柯大学士声音低沉地问。

“是的。”

大学士重重地咳了一声，身后的皇太子嘲讽地说：“这样的一场审判太过简单无聊了。”

“殿下，诸位大人，”南风大声说，“星相师只是那位包德师傅的一个身份掩护，他是个黑暗系的秘术师，用卑鄙的手段害死了一个村子的人，杀死他完全符合王朝的律法。”

“你仅仅用这套说辞就想让我们相信你吗？”泽柯大学士说。

南风从怀里掏出一块黑色的布片递给大学士，对方狐疑地看着。“这是当时我们在林子里找到的，就在被投了毒的泉眼附近，普通的猎人和农夫都穿不起这么名贵的衣服，而那个星相师的袍子用的就是这种织物。”

费高密冷笑着说：“你完全可以做手脚，杀死包德师傅，然后从他衣服上弄下一小块衣料。”

“大人，我为什么要这样做？为什么要杀一个素昧平生的人？”

“这应该问你，小子，谁知道你怎么想的？也许你就是为了弄死一个人，栽赃他是什么什么村的凶手，然后假冒军功。”费高密阴阳怪气地说。

南风忍住怒火，看向泽柯大学士。“大人，和我们一起的猎户可在，我想请他作证。”

“他死了。来到壶玉城的当晚就得了重病，没能挨过天亮。”

南风吃惊地看着对方，费高密又发出一阵冷笑。猎户死得太蹊跷了，南风一边思索一边对大学士说：“大人，作为皇太子殿下的星相师，是否应该时刻陪伴在皇太子殿下身旁？”

泽柯大学士狐疑地说：“是的。”

“我想要请殿下的厨师总管为我作证。”南风说。

泽柯大学士愣了愣，转回头看着皇太子，坐在软榻上的人阴沉着脸点头。“立刻去叫厨师总管。”大学士吩咐周围的侍卫。

侍卫很快带来了厨师总管，一个圆脸胖胖的中年人。“殿下，诸位大人。”他有些战战兢兢，不知道为何被带到这里。

“总管，你每天都要为殿下服务，是吧?”南风问。

圆脸男人骄傲地说：“无论殿下到哪里，都是由我准备餐食的。”

“这里的诸位大人，也是你每天为他们准备餐食的吧?”

“是的。”

“哪位大人不在的话，你还会提供餐食吗?”

“大人们的侍从会告诉我不必准备，有时候他们也会忘记，去送餐食的仆人发现没有人，就会把吃食拿回来。”

“那你能不能告诉我，前几天，皇太子殿下还在缚龙城的时候，你有没有为星相师包德师傅提供餐食。”

厨师总管几乎想都没想，张口说：“星相师师傅这些天一直不在，只有他的两个徒弟在。”

南风看着泽柯大学士，大学士轻轻“嗯”了一声。“包德师傅去哪里了?”他问费高密。

费高密的脸色有些难看，对着身旁的侍卫低声吩咐，侍卫匆匆跑了出去，过了不久，他又回到大厅，大声禀报说：“守营门的卫士队长说，星相师六天前离开了缚龙城的驻地，没有说去哪里，也没有回来过。”

没有人做声，过了很长时间，南风听到远处那个男人用轻缓的语调说：“包德擅自离开，并不能说明什么。”

“皇太子殿下，包德偷偷离开缚龙城，他有大把的时间干他的诡秘勾当，在泉水……”

“用不着多说了。”对方打断了他，“拿出你的其他证据。”

南风摇摇头。

“一个揣测就想证明我的星相师是什么黑暗秘术师，笑话，你也太不把我放在眼里了。”皇太子冷冷地说，“判你有罪，当绞。”

第十一章

“原本一切都已经安排好了，他会去越州的宿卫待上一段时间，名义上是充军，照样会有人服侍，可以过得比在这里还要好，等到皇太子离开，事情平息下去就能让他回来，结果他在皇太子面前拒绝认罪。”休丹面无表情，“皇太子亲自主持了一场审判，而你的儿子根本拿不出为自己开脱的证据。现在的判决是绞刑，他要为自己的愚蠢付出代价。”

琳敏尖声说：“南风没有罪，所以他才不会认罪。”

“伯家人的脑袋都像石头一样顽固不化吗？”休丹的声音没有起伏，琳敏依然能够听出他的恼意，“你知道我花了多大的代价才弄成这件事吗？被他轻飘飘的一句话就葬送了。”

“身为武士，他们视荣誉为生命，大人。”

“失去生命，获得荣誉，他可以得其所求了。”

“不，大人。”琳敏说，“这场审判不公正。”

“你无权质疑这场审判，夫人，当时在场的每一个人都比你，比伯南风，甚至比你丈夫的身份更尊贵。”

“身份尊贵并不代表公正，请原谅我这么说。休丹大人，我想要见皇太子殿下。”

“没有必要也没有可能，夫人，对伯南风的事，我为你和伯景星大人感到惋惜和悲痛，但是无能为力。”休丹学士站起身，摆出送客的手势，“晋王殿下还在等我。”

“我一定要见皇太子殿下，休丹大人，你必须帮助我。”琳敏一动不动地坐在座位上，“如果不尽力的话，伯景星大人是不会原谅我们的。”

“你是在威胁我吗，夫人？”休丹冷冷地看着她。

是的，我向景星保证过，会照顾好孩子们。为了亲人我会不顾一切，没有人可以阻拦。她迎上休丹的目光：“我只是要在皇太子殿下的面前，给他看证明南风清白的证据。”

“是什么证据？”

琳敏微微停顿，休丹立刻冷笑说：“如果你不信任我，凭什么还想着依靠我来帮你？”

“是尸体，剧瞻大人告诉我，黑暗系的秘术师们属于一个邪恶组织，他们的身体会留下组织的记号。让皇太子殿下亲眼看见，他就知道自己的星相师其实是个恶棍。”

“剧瞻大人？”休丹学士的眉毛不自觉地挑了一下，“你认为皇太子会相信你的话，跟着你去看一个死了七八天，散发的气味能够熏死臭虫，上面还爬满了蝇蛆的尸体？”

“休丹大人，如果有更好的选择，我不会有一丁点的犹豫，可是没有。”琳敏平静地说，“只要能证明南风的清白，即便是要把那具尸体背到皇太子殿下面前，我也会去做的。”

休丹沉默地看着她，过了很长时间他才开口继续说：“夫人，看在伯景星大人的分上，我再帮你们最后一次。”他加重了语气，满头的白发似乎都变得凌厉起来，“但这次会是一场冒险。你救下你的儿子，或者把自己也搭进去。”

“愿星辰诸神赐福于您。”

琳敏站起身，对着休丹屈膝行礼，对方看也不看，转头离开了房间。一场接着一场，如同战斗一般让人时而亢奋时而晕厥，自己就像护崽的母狼，用凶狠的撕咬回应周围所有的一切。如果软弱，就意味着失去，永远不能寄希望于怜悯或是施舍，因为你只是把命运交给了虚无缥缈的希望而已。琳敏慢慢向门外走去，她有些诧异，自己一点儿也没有身心俱疲的感觉，相反，身体里好像钻进了一头烈鬃熊，满满的力量。

五箭塔外的阳光耀眼刺目，她用手遮挡在眉前，双眼渐渐适应了周围的光亮，一个女孩正从人群中挤出，快步向自己走近。

“夫人，怎么样了？”

琳敏看着千宜悦因为焦急而显得苍白的面容。“不用着急，我们需要继续做好准备。”她温柔地说。

宜悦长长地出了口气，紧紧抓起琳敏的手。“谢谢您，夫人。”女孩的声音就像她的双手一样轻柔。

琳敏忽然想起了小雅，或许用不了多久，女儿也会成为这样一个大姑娘。“去我那里坐坐，陪陪我，这几天我连个说话的人都没有。”她真心诚意地说。

对方的脸红了一下。“好的。”女孩说。

*我要好好休息，然后精神饱满地迎接下一场战斗。*琳敏看着宜悦，女孩对自己的笑容有些迷惑。“他一定会回来的。”琳敏说。

休丹坐在马车车厢的阴影里，琳敏看不清他的容貌，只有声音从黑暗中清晰地传过来。

“不要让任何人看见你的脸。记住，所有一切都是你自己做的，不会有任何人承认帮过你。”休丹的下一句话，声音古怪，“无论看见什么，都用不着太惊讶。”

琳敏默默地拉起兜帽，厚厚的黑绒斗篷遮盖住了面容和身材。不会有人知道她是谁，这也意味着接下来的所有事情都只能由她单枪匹马独自完成，没有同伴、没有后援，唯有意志和信念。诺旻已经帮她找好了帮手，药材商人的人脉一直很广，在临行前的一刻他依旧想安排人暗地里跟踪，可以随时随地策应和保护。琳敏拒绝了，休丹学士告诫过她只能一个人行动，她不愿意冒任何失去机会的风险。

马车停了下来，她打开车厢门走了下去。夜色漆黑，只有不多的星辰挂在天空，车门随即在她身后关上，向前方继续驶去，很快消失在黑漆漆的街道中。她收回目光，自己正对着一条黑漆漆的仅容两人并排的巷子，于是闪身走了进去。两侧的高屋使得狭窄的小巷更加逼仄，只有远处的一盏灯笼发出微弱的光芒，琳敏几乎什么都看不清，只能凭着感觉深一脚浅一脚地向前走，泥路松软，她感觉每一步踩下去都有泥浆散乱地溅上斗篷。

灯笼下方是窄巷的尽头，围墙边有一扇不起眼的小门。琳敏拎起门环，按照休丹的吩咐三长一短叩打门板。小门很快从里面打开一道缝，一个男人低低的声音说：“进来。”

琳敏费力地挤进门去。“跟着我。”里面的人说完掉头就走。琳敏拼命跟上对方的脚步，房道里黑黝黝的，比外面的窄巷还要阴暗，除了前面的背影，她几乎什么也看不清。

拐过几个弯之后，带路的男人在一堵不起眼的砖墙前停下脚步，伸手猛推了一下，他的身影忽然间消失不见了。琳敏很快意识到那是一道暗门，她学着样子伸出手去推墙壁，砖墙随着她的手移动，她向前跨去，走进墙后的暗道。

暗道里一片漆黑，琳敏的心“怦怦”跳着，厚实的黑绒斗篷让她感到燥热不安。黑暗中响起击打火石的声音，点燃的蜡烛发出昏暗的光亮，她终于看清带路男人的穿着打扮。一身灰袍的男人同样用兜帽遮挡起面容，身形瘦削，比琳敏还要矮上半个头。他从墙洞中拿下蜡烛，一声不响地继续向前走去，暗道里更多的是阶梯，窄的地方必须侧身才能通过。

琳敏突然听到奇怪的声响，她把耳朵伏在墙壁上，墙后隐约传来男女之间的喘息声，她的脸一下子红了。“外面是什么地方？”她轻声问。

“妓院。”男人沙哑着嗓子回答，“别再废话了。”

皇太子在壶玉城的妓院里？他的身边不缺宠妾侍女，还有一位大名鼎鼎的红衣简水夫人，为什么还要来这种肮脏下等的地方？真是不可理喻，会不会是休丹大人搞错了？琳敏心情复杂地跟在男人身后。

两个人沿着阶梯越爬越高，男人又一次停下脚步。他在墙壁上摸索着，移开了活动的砖墙，砖墙里面是木板，他拉动木板，露出黑黢黢的洞口。男人竖起食指放在嘴唇上，做了个噤声的动作。

他凑到琳敏身前低声说：“进这个洞口，我会在后面关上暗门。你待的地方是一个衣柜，走出去就能见到你想见的人。记住，声音要轻。”

琳敏弯腰爬进洞口，里面黑漆漆的，她感觉到一些锦缎织物不断碰触到自己的脸庞，身后的暗门悄无声息地关闭，她慢慢站直身体，稍稍平复紧张的心情。衣柜门缝透进细微的光亮，外面传来一阵阵女人放荡的笑声，琳敏感到自己的手掌心都是汗水，她深深吸了口气。星辰诸神佑护，为了我的孩子，为了我的丈夫。

她大力推开柜门，走了出去。

房间中央是张偌大的软床，半撩起的粉红色纱帐挂在软床四角的木架上，一个拿着皮鞭，红衣长裙的女人尖叫了一声，惊恐地看着琳敏，她的衣衫凌乱，胸膛大半露在外面，丰满得像成熟的蜜瓜，胯下是仅仅穿着内裤的半裸男人，男人像匹马一样跪趴在床上，一个辔头状的东西戴在他的脑袋上，缰绳一样的皮绳绕过他的脑后，握在红裙女人的另一只手中。

无论看见什么都不要惊讶。琳敏屈起膝盖，头低垂下去。“皇太子殿下。”她轻声但是坚定地说。

床上发出翻滚的声响，琳敏的眼睛死死盯着地板上的一道缝隙，辔头状的东西被扔到了床下，发出“砰”的声响。男人竭力克制住自己的声音，低声咆哮说：“你他妈的是谁？”

“皇太子殿下，我是壶玉城守护使伯景星的妻子，琳敏，也是那个杀了您星相师的伯南风的母亲。”

她听到皇太子的一堆咒骂声。“我会把你吊在你儿子身边。”他歇斯底里地喊叫起来。

“殿下可以吊死我，但是我为了殿下的安危而来。”

红裙女人的声音插了进来。“把你的头抬起来。”她的声音已经没有了刚才的惊慌。

琳敏慢慢抬起头，看着眼前的皇太子和他的女人。皇太子盘腿坐在床中央，他依旧精赤上身，左胸上方有一道斜斜的伤疤，就像一只蜈蚣爬在身上，满脸的怒气让他的眼睛看上去像是从眼眶中弹了出来，带着一种暴虐的情绪恶狠狠地盯着琳敏。

红裙女人已经整理完了衣裙，挺直上身跪坐在皇太子身旁，她的一只手斜搭在皇太子的肩头，黑色长发瀑布般飘洒下来，鼻梁高挺，樱桃红色的双唇，一双美目流盼，带着勾人摄魂的妩媚，脸上的惊恐早已消退，取而代之的是好奇的神色。

“你是怎么进来的？”红裙女子问。

“我一直待在衣橱里，夫人。”这是休丹吩咐她说的话。

“你怎么知道我们会在这里？”

“为了殿下，也为了我的孩子。”

一句答非所问的回答，红裙女子并不在意，她上下打量着琳敏，说：“我觉得你的年纪还不够做那个护卫营军官的母亲。”

“我是伯景星大人的第二任妻子，大人的第一任妻子在大瘟疫那年去世了。”

红裙女子发出“咯咯”的笑声，像欢快的小母鸡。“你很爱你的伯大人呀。”她俯下身子把脸凑到皇太子的耳畔，声音恰恰足够琳敏听得清楚，“她很漂亮。”

皇太子冷冷地“哼”了一声，他已经没有刚才那么暴怒了。琳敏心中默默感激红裙女人，不管是有意还是无意，她帮着自己渡过了最艰难的一关。看见皇太子光着身子戴着锴头的模样，琳敏才明白休丹所说的“这会是一次冒险”意味着什么，撞破皇太子与众不同的性趣场面，完全有可能被皇太子下令当场格杀。

“我应该吊死你，刺杀皇储的罪名是不需要经过审判的。”

“如果殿下吊死每一个忠诚于您的子民，还有谁敢来服侍您和爱戴您呢？”

“忠诚？”皇太子发出类似犬吠的冷笑声，“你只是想救你的儿子而已。”

“我的儿子发现并杀死了潜伏在殿下身旁的阴谋分子，如果因为这件事而被殿下处死……”

“你儿子杀死的是我的星相师。”皇太子打断了琳敏的话。

“您的星相师是个使用黑暗法术的秘术师，通过杀人来获取力量。”琳敏冷静地回答，跪地的膝盖传来针刺般的疼痛。*不，我不会屈从也不会被吓倒，星辰诸神佑护，必须集中精神，南风和我的命运会在此决定。*“恕我无礼，殿下如果早知道星相师是个黑暗秘术师，请立刻杀了我，我只是个愚蠢的妇人；但是，如果您并不知道星相师的真实身份，请奖赏我的儿子，他除去了潜伏在您身边的一条毒蛇。这条毒蛇现在还没咬人，但您永远不知道他什么时候会咬人、会咬什么人。”

“先是你的儿子，再是你，我听够了你们的一派胡言。”皇太子不耐烦地说。

“我有证据，殿下。”

“拿出来。”

琳敏摇摇头。“在那个星相师的尸体面前，我会呈现给您看。”

“笑话，你要我去看一具尸体？”怒气又一次浮现在皇太子的脸上。

雪白的手轻轻抚着皇太子的脸颊。“让她拿出来嘛，又没什么坏处，万一真像他们说的……”红裙女子伏在皇太子的背上娇滴滴地说。

皇太子眯缝起眼睛死死盯着琳敏，原本应该如同长河一样不停流淌的时间，似乎凝固在了皇太子的眼神中。琳敏挺直了腰，她必须像一个战士，毫不畏缩、毫不胆怯。

“我给你一次机会。”皇太子终于开口说，他从床头抓起衣服披上，“去向星辰诸神祈祷佑护吧，你一定知道欺君之罪的下场，我的忍耐是有限度的。”

红裙女子一边整理着衣裙，一边笑盈盈地看着琳敏。“希望诸神听见你的祷告。”她说。

看上去这是一家高档妓院，墙上挂着来自澜州的织锦，蜡烛放置在精美的出自河络族的水晶罩子中，楼梯上铺着厚厚的地毯，扶栏上雕刻着栩栩如生的场景，男女间赤裸裸的床笫之欢，让人面红耳赤。

琳敏紧紧跟在裹在兜帽和披风里的皇太子和红裙女人身后走下楼梯，几个原本坐在那里喝酒的男人站起身，他们穿着寻常人的装束，但是都带着武器。一个比旁人足足高出大半个头的魁梧汉子迎了上来，看见琳敏时稍稍地愣了愣，皇太子顺手往他脸上甩了一巴掌。

“穆轲，你这个蠢货，连门都看不住。”皇太子低声咒骂，“下次我连命都没了。”

他径直向前走去，身后红裙女子笑着说：“快些备车，她和我们一起走。”她指了指身后的琳敏。

侍卫们簇拥着主人走出屋子，红裙女子拽着琳敏的手，把她拉上皇太子的马车。宽大的车厢里散发着一股类似迷醉花的香味，皇太子搂住红裙女人的腰肢，冷冷地盯着琳敏。

“把你的兜帽脱掉。”

琳敏顺从地脱下兜帽，近距离的注视让她感到一阵不自在，皇太子的眼神不再是凶狠暴虐，取而代之的是一种贪婪的味道，她避开对方的目光，看着女人的红裙和红裙下那双漂亮的镶着蓝宝石的短靴。

“漂亮吗？”红裙女人突然说。

“嗯？”

“我的靴子呀。”对方把裙子撩起半截，露出靴子和粉嫩白皙的小腿，“这是宛州淮安城里最时兴的样式。”

“很好看，夫人。”

“你知道我是谁吗？”

“知道，您是简水夫人。”

红裙女人俯身倚靠在皇太子的胸前，看着琳敏。“瞧，我现在多有名，无论到哪里，人人都认识我。”她轻轻地叹气。

琳敏尴尬地笑了笑，她不知道对方幽怨落寞的神情是真的还是装的。

壶玉城的勾栏街离皇太子的驻地并不远，马车很快在晋王府的门前停下，皇太子从马车中探出头。

“费高密，包德的尸体在哪里？”琳敏听到皇太子问。

马车外另一个声音回答说：“已经下葬在神庙墓园。”

皇太子回头扫了一眼简水夫人和琳敏。“带几个人，不许弄出什么动静，我要去那里看看。”

透过马车车窗，琳敏瞧见外面那个国字脸的将军露出疑惑的神情，他骑马带着卫士们走到前面。

星相师的弟子们把师傅安葬在墓园一处僻静的树林前，孤零零的，和其他墓地隔了一段距离。卫士们举着火把照亮了周围环境，琳敏跟随在皇太子后面走下马车，夜风凉飕飕的，她拉紧了裹在身上的披风。

皇太子往四周看了看，径直来到坟墓前。“挖开。”他简单地吩咐。

费高密吃惊地说：“殿下，为什么？”

皇太子转脸看着费高密，琳敏看不见皇太子的神色表情，她只瞧见费高密的脸色变了变，一声不吭地退了下去，几个卫士开始在坟头前挖土，大约挖到一个人膝盖位置的深度，星相师黑漆漆的油沙杉木棺材露了出来。

皇太子掏出丝巾遮挡住口鼻。“打开它。”他说。

卫士们撬开被铁钉封住的棺材盖，把它使劲推开。皇太子微微倾侧身体，一脸嫌弃地往棺材里看了看，他缩了回来，对琳敏语气冷淡地说：“你自己看。”

琳敏走过去探身望向棺材，里面空荡荡的，只有一个罐子模样的东西。

“啊呀，这是什么呀?”她的耳边响起简水夫人夸张的声音，“这怎么是星相师呢?”

“他们已经火化了包德师傅，这个坛子里放的是骨灰。”费高密说。

皇太子冷冷地笑着。“这就是你的证据?”他看着琳敏，眼神像看着尸骸的秃鹫。

“黑暗系的秘术师有很多令人惊异甚至会感到恐惧的法术，其中之一就是在死去的秘术师身上吸取他生前拥有的力量，所以他们不会浪费他的尸体。”幸亏有诺旻提醒她，她又找了一次剧瞻大人，老头讲了他所知道的关于黑暗秘术师的一切。她深深吸了口气，平静了一下自己紧张的情绪，这不仅仅是一次冒险，更是一次赌博。“殿下，罐子里肯定不会有骨灰。”

皇太子狐疑地看着她，对身旁那个魁梧的侍卫长吩咐说：“穆轲，下去看看。”

侍卫长跳进挖开的坑，俯下身从棺材里拿出罐子，拔开罐盖往外面倾倒。灰色的粉末状的东西四散飞扬，琳敏突然感到浑身冰凉，一颗心跌落到谷底。*对不起，景星，我没有照顾好孩子们，也没有照顾好自己。*她悲哀地想。

第十二章

溪水两岸是整片的白色卵石，远远望去就像扎在山谷中的一条玉带。羽人沿岸扎下了大营，两万人的军队是这次讨逆的绝对主力。

伯景星在军营中到处闲逛，任何细节都无法逃过他的眼睛。帐篷、军械摆放得整齐严格，步鸵分在不同的区域圈养休息，每一件武器和甲胄都保养得非常好。年轻的战士们聚集在一起交谈聊天，神色间压抑不住对即将到来的战斗的渴望，见到伯景星走到近前，他们会侧目而视，羽人们早已知道他的身份，没有人出言阻拦，却也不会有任何主动的搭话，待他离开之后，他们又聚在一起窃窃私语。

他们装备精良，士气旺盛，伯景星想，唯一的问题，他们并不像是去战斗，更像去参加一次轻松的郊游，士兵们如此，军官们也是如此。

他回到羽人们为人族使团准备的帐篷里，此时只有伯卫行一个人，年轻人看见他时，立刻端起一个木杯迎了上来。

“父亲，羽人的统帅宴请我们，敦睦使大人已经去了，他吩咐让您一回来就去。”

伯景星接过卫行递过来的杯子喝了一口，略带苦涩的茶香在唇齿间回荡，细细品味又有一股芳甜味道。他感到意外。“这茶是哪里来的？”

“经姑娘送来给您的，她说这是生长在雪山脚下的翡玉凝。”卫行压低声音说，“她还特地交代，这茶只能给您喝，敦睦使大人可没有份。”

很少有这样桀骜不驯的自由民，伯景星心中担忧，要想个法子提醒他们，虽然他们不是大晁的子民，但是他们也有自己的羽王或是夫环，没有一个将军会忍受轻视自己的士兵，国王们也一样。

“经姑娘还说，商队准备明天出发了。也许没机会和您告别，不过她和河络大叔随时随地都会听候您的差遣。”

“哦。”伯景星简单地应了一声，转身往外走去，卫行紧跟在他的身后。行商们迟早是要走的，他们不会像敦睦使大人一样，只要能舒适地享受就会停留下来花上大把时间。来到军营后，羽人们的态度和预想中一样，冷淡和傲慢，但是给人族使团的所有待遇都是最好的，甚至为敦睦使大人准备了一辆崭新的大车。

伯景星曾经提醒庐奇应该及时出发，庐奇却告诉他说，自己已经接受了天毕萧大人的邀请，见证这位统帅大人剿灭云、纬两家叛逆，而后统帅大人会亲自护送使团前往秋叶城。庐奇很随意地说出这些话，似乎丝毫不担心战场上的安危，与平时胆小怕事的样子判若两人，料想一定是那位统帅大人给了他足够的信心。

隔着很远伯景星就能听到统帅大帐里传来的如公鸡打鸣般的笑声，这意味着敦睦使大人又喝多了。羽人卫兵们撩开帐门，伯景星走了进去，庐奇正举着杯子大声说：“为了明日的胜利，为了我们无畏的统帅，干杯。”

周围的羽人将军们都举起了杯子，坐在他旁边的羽人统帅优雅地微笑着说："祝贺虽然还早了些，敦睦使大人，我和我的部下很感谢您的一番盛誉。"

侍卫将伯景星引入空着的座位。庐奇已经面红耳赤，下巴后面的垂肉淹没了脖子部分，让他看上去更像个不倒翁。"昨晚就有叛军前来投降，今天统帅大人的部下又击溃了两支敌人的骚扰部队，对方已是困兽犹斗。明日会战统帅大人必将摧枯拉朽，横扫敌军。"他用一声响亮的酒嗝作为结语。

羽人军官们发出了笑声，伯景星听出其中某些嘲讽的意味，他的心里感到一阵不舒服，保持安静地坐在座位上。这个时候置身事外是最好的选择。

天毕萧彬彬有礼地举起酒杯回敬庐奇，天氏家主拥有一头浅褐色的长发和同样颜色的双瞳，鼻梁高挺、脸颊瘦削，看上去显得有些孤傲。伯景星早已从行商们那里得知，他和孪生弟弟天华萧共同掌管羽人十姓中的天氏一族。

羽人执事团执事、军事官、风氏家族的坚定盟友，这些背景让他成为下一任羽王的热门人选。一场彻底打败云、纬两家叛军的胜利对他至关重要——获取最大的名望，并且消灭最具威胁的竞争对手。

"听说那些前来投诚的叛军，迫不及待地想要为统帅大人效力卖命。"庐奇往杯子里又斟满了樱桃酒，"二十几个人而已，在大人的大军面前只是寥寥之数。"

"他们必须拿出足够让我赦免他们的诚意，否则……"天毕萧伸出食指在自己的脖子上比画了一下，"带头的那个云长野，他的母亲是我们天氏一族的，论起来还是我的远房舅母。到明天开战之时，投降的人会源源不断，不过那时已经晚了，他们只能是当奴隶的命运。”

羽人的统帅很自负，也许他有自负的理由，带着一支两万人的大军面对不到八千人的对手，换成自己也该如此胸有成竹，可是他把战线拉得太开，会有隐患的，伯景星想。羽人从三个方向半包围了古根城，这也意味着分兵三处，如果云纬两家集中兵力攻击统帅大营，一旦两侧救援不力，统帅大营难免面临险境。

“打仗我是不懂的。”庐奇的脸越来越红，口齿也变得不清，“我的副使大人是个了不起的战士，非常非常厉害。”

羽人们把目光纷纷投向伯景星。“伯大人也打过仗？”羽人统帅淡淡地问。

“零星的剿匪而已。”伯景星回答说。

“才不是零星剿匪这样的小事。”敦睦使大人站起身，摇摇摆摆地走到伯景星身边，拍了拍他的肩膀，“我隆重向大家介绍我的副使，壶玉城守护使伯景星伯大人，当年他参加过人羽两族的联合剿匪战事，身经百战。诸位大人，你们谁能和他一比？”

“四只羊”大人知道自己在说什么吗？这一句话会把所有的羽人全都惹上的，伯景星紧紧皱起双眉。

“看来伯大人在战场上经验丰富，对现在的战事肯定也很有见解，我们愿意洗耳恭听。”

天毕萧的话引起了羽族将军们的交头接耳。伯景星望着对方的双眸，那双浅灰色的眼睛带着倨傲。“统帅大人，我上过战场，那时候我还年轻，只是贵魏大人的侍从。”不需要抬高，也同样没必要贬低自己，“两年多的剿匪战事基本都参加了，在贵魏大人和羽族的雪嘉言大人身边，我学习到了很多。”

“雪嘉言大人，嗯，雪氏的族长是我们非常尊敬的长者。”羽人统帅拖长音调的语气，并不像他说的那样表现出了足够的尊重，“伯大人，请说说对明日战事的看法。”

“大人拥有兵力上的优势，还有足够的士气，依靠这两点有时就能获得一场完全的胜利。”

“有时？看来伯大人很谨慎啊。”天毕萧笑着说，眼中却没有笑意。

“战场上常常千变万化，一个偶然因素就可能在瞬息间扭转战局。”

“伯大人好像对明天的战斗顾虑重重？”

“大人，我同样期盼着您的胜利。”伯景星想起了自己的秘密使命，休丹大人的忧虑，一条晋王殿下和新羽王的联系通道。他仔细斟酌自己的用词，希望给这个很有可能成为下一任羽王的统帅一些提醒，又不伤害他高高在上的自尊。“如果古根城的对手只是专注应对明天的会战，您必胜无疑。但是，如果他们不按常理，大人一定要小心提防。”

“不按常理？”天毕萧笑了笑，“伯大人有什么高见？”

“小股队伍不停骚扰后勤补给线，分散大人的兵力和精力，同时寻找机会孤注一掷攻击大人的本部大营，以求奇胜。”

“我带兵多年，本部大营哪有这么容易被敌方攻破？”羽人统帅露出不快的神情，“只有剿匪才多用奇袭之术，两军会战是用堂堂正正的战法，我们羽族战士最重荣誉，战场上比拼的是勇气和武技，非诡道。”

战场上只有胜负和生死，我的大人。“我只是想提醒大人，谨慎可以立于不败之地。”

谨慎可以立于不败之地，当年猰朝的“白墙”聂无山凭着这句话，一生经历大小四十余战从无败绩，与被称作“裂风猛虎”的南喆人三战古泉关，不分胜负，南喆人最后叹息说，无山才是难以翻越之山。

“我知道这句话，是你们人族的一位名将说的。”天毕萧看着伯景星冷淡地说，“不过，我们羽族也有一位不世的名将。他说过：疾风烈火，我视为无物，进也进，退也进，攻也进，守也进，取敌酋之首，一步之遥。”

“在下明白了。”伯景星语气谦和地说。

是统帅大人你没有明白，千军万马直取敌酋，我不是担心你，而是担心云纬联军采取这样的策略。周围的羽族军官们似乎松了口气，露出了得意的笑容。他们绝对不会喜欢被异族人指手画脚。伯景星把目光投向这件事的始作俑者——庐奇坐在座位上，一只手握着酒杯，另一只手放在自己的大肚腩上，低垂着头发出轻微的鼾声。

“时间不早了。”天毕萧瞥了一眼身旁的敦睦使大人，吩咐自己的部下们，“各自早些休息，准备明日的大战。”羽人军官们纷纷站起，天毕萧突然又摆了摆手，“等一等，今晚增派双倍的警戒岗哨，免得叛军不按常理……”他拖长了音，周围军官们露出嬉笑的神情，纷纷看向伯景星，伯景星礼貌地点了点头。

羽人们的笑声惊醒了庐奇，他茫然环顾四周，跟着大家一起笑起来。

离开羽人的大帐，伯景星心情复杂，羽人的揶揄在意料之中，他并没有感到特别的委屈或是气愤，不知为什么，他更加担心自己肩负的那项秘密使命。夜晚星光暗淡，半圆的月亮笼罩着一层朦朦胧胧的薄云，他毫无睡意，沿着营地闲走，卫行紧随在他的身旁。

“这位统帅大人好像有些刚愎自用。”卫行悄悄地说，“羽人们都是这样吗？”

“他们觉得你的老爹呆板守旧，而且，他们不喜欢被别人评头论足。”

卫行在父亲面前露出羞涩的笑容，挠挠后脑勺。“我还是喜欢经姑娘这样的羽人。”

换做伯南风，该是大咧咧地说：我讨厌这种自以为是的家伙，他们迟早会吃大亏的。“我们永远不可能生活在一个密封的罐子里，周围只有你喜欢的或是喜欢你的，即便是星辰诸神所在的天界也不会如此，卫行，你要学会慢慢习惯。”伯景星说。

习惯和坚持又是两码事，你已经张开了翅膀，就会有自己的选择，不是另一个伯景星或是伯南风，而是唯一的伯卫行。

“是的，父亲。”卫行说，他看着四周，“父亲，您是准备去行商们的宿营地吗？”

伯景星停下脚步，吃惊自己为何不由自主地走向了那里。他略一思索，说：“也好，去和他们告个别吧。”

行商们的宿营地在羽人军营后面的小树林旁，这个时候依旧亮着篝火，有人正在弹奏四弦琴，琴声悠扬，是伯景星从未听过的带着一股异域风情的曲调，随后又有一缕骨笛的声音加入了曲子，和着琴声时而委婉、时而昂扬。

“真好听。”卫行低声说，“这是什么曲子？”

“可能是河络的音乐。”伯景星回答说，“四弦琴在整个大陆都很流行，除去夸父的其他三族都会使用。骨笛是河络族独有的乐器，用地鼠的骨头所制，不过据说最好的骨笛都是用河络制笛师们的腿骨所制。”

“星辰诸神，”卫行惊呼了一声，“这太残忍了。”

“可别吓着孩子。”黑暗中传来声音，然后是铁锣图坦络腮胡子的脸庞，此刻他比平日里都显得严肃，“最好的骨笛的确是用制笛师们的腿骨所制，乃是在他们去世之后。制笛师们将此视为无上的荣耀，也可以说，河络族的每一根传世骨笛都代表了一位了不起的制笛大师。”

伯景星抱歉地说：“对不起，是我没有表达清楚。”

老河络没说什么，做了个手势让伯家父子跟在他的后面，他们静悄悄地走近篝火，在空地上坐了下来。火光随着夜风忽明忽暗，弹琴的是壶玉城的绸缎店老板乔莨，半羽人女子吹着一根白洁如玉的骨笛。曲子已近尾声，笛声带着一种苍凉的昂扬，仿佛正要远行，琴声却似无奈、低沉地告别。

一曲终了，余音缭绕。

安静了一段时间后，老河络开口说：“伯大人和卫行来了。”

“打扰了。”伯景星探头和众人打招呼，“曲子非常动听。”

“伯大人这么晚还不休息?”乔老板收起了四弦琴，“听羽人士兵们说，明日就要开战了。”

“趁着现在来和大家告别，也许要到秋叶才能碰面了。”

“秋叶？我们可是待在‘洼区’啊。”老河络笑嘻嘻地说。

伯景星看见卫行投来询问的目光，**下次会告诉你的**，他淡淡地笑了笑。“聚散有时，若是投缘，总有相逢的时候。”

“说得好。”铁锣图坦手中变戏法似的多了个酒袋，“为了这个，我们喝一口。”

伯景星发觉经鸣夜始终没说话，隔着篝火安静地看着他们，他笑着对半羽人点点头，对方同样回以礼貌的微笑。她喝酒和不喝酒的状态真是不一样。

回军营的时候，整个夜空漆黑一片，厚厚的云层遮挡住了月光和星辰，不时吹过的夜风凉飕飕的，羽人岗哨们缩起脖颈，想要把身体全部藏在藤甲中。伯景星心中忽然升起一股奇怪的感觉，他停下脚步四下张望。

“怎么了，父亲?”脸色红扑扑的卫行问。

“跟我来。”伯景星加紧步伐走上一处小山丘，可以见到营地和更远处的地方，“你发现什么了吗，卫行?”

“没有啊。”卫行睁大了眼睛四下眺望，“等等，我是不是眼睛花了，怎么到处看上去都是迷迷糊糊的?”

“是雾气，正在慢慢飘过来。”

“这种时候不应该有雾啊?”卫行有些警醒，“好像又浓了些，父亲，雾气飘来的方向是不是古根城?”

不祥的预感环绕在伯景星的心头。他们要赢，就必须不按常理出牌……仰镜湖一下子跳入他的脑海，他几乎原地跳了起来。

“去通知羽人，快。”

他的话语未落，火光突然出现在视野里，羽人军营的某一处位置燃烧起来，然后是第二处、第三处……火焰最初还只是一个个小小的火头，夜风就像恶魔般催动火苗，更多的帐篷、栅栏、树木燃烧起来，黑烟腾空而起，伴随不断从帐篷中冲出的羽人士兵们的呼叫声。

“怎么回事?”卫行紧张地问。

伯景星的脑海中闪过在统帅大帐里的对话，前来投诚的云纬家的士兵，二十几个人，事先精心准备的话能有足够的破坏力。“去找乔老板，带着他们能跑多远跑多远。”他对着卫行大声说，一边跑下小山丘，“我去找敦睦使大人。”

“不管羽人了?”卫行站在那里，露出迷茫的神情。

伯景星回头看了一眼自己的儿子。“晚了。”他再次奔向逐渐逼近的雾气，对方不会只是放把火这么简单。

一切就像是在印证他的想法，半空中突然传来奇怪的声响，紧接着密集的羽箭雨点般散落下来，箭杆漆成黑色，连箭羽都用上了黑色的羽翅，让肉眼无法分辨，不断有中箭的士兵发出凄惨的叫声跌倒在地。迫近的浓雾中出现了影子，最初是三三两两的步鸵骑士，然后是一股潮水般的军队涌了过来，全副武装的骑士一边前行一边不断开弓放箭，转眼便冲进了大营。

伯景星拼命奔跑，一个羽人士兵在他面前瘫倒，背脊上插着的羽箭兀自抖动，他躲闪不及，直接从尸体上跳了过去。“拉玛！”他大声吼叫。

精赤上身的拉玛从敦睦使大人的帐篷中钻了出来，一只手拿着短矛，一只手拉扯着庐奇。“会战现在就开始了？好像还是半夜？”庐奇的声音发颤，勉强装出镇定的样子。

“是对方的偷袭。”伯景星架起庐奇的另一只胳膊，“我们快走。”他对拉玛喊道。

拉玛用脚尖踢起地上的一面藤盾牌，伯景星在半空中捞住它，遮挡在庐奇的背后，两支羽箭一前一后插在盾牌上，发出“噗”的声响。庐奇的脸色终于像遇到锤头兽那晚一样惨白，庞大的身躯不停往地面下坠，伯景星和拉玛不得不用足气力才将他架起，跌跌撞撞地往前走，被声响惊动的部下不断从帐篷中奔出，保护在他们身旁。

身后不停传来厮杀声、叫喊声，还有濒死之人的惨叫。伯景星扔掉了手里的盾牌，用两只手架住了庐奇，羽人的统帅大营已经成了近身肉搏的战场，部下在伯景星身后围成一个半圈，提防有可能冲过来的敌人。

“伯大人，我们会有危险吗？”庐奇白嫩肥胖的手指紧紧扼住伯景星的手腕，声音发颤。

伯景星一言不发地拽着庐奇拼命往前跑。“四只羊”大人，他真的太沉了。他们翻上了小山丘，身后的火光映红了半边天空，幸运的是几乎没有人注意到这群人族，战场上到处是厮杀，也许用屠杀更为恰当，衣甲不整的羽人士兵各自为战，有些人表现英勇，但在准备充分的步鸵骑兵面前依旧不堪一击。

“不行了，让我歇歇。”庐奇停下来大口地喘息，他茫然地看着脚下犹如火海的军营，“那是叛军？”

“是。”伯景星沉声说，他们已经和主战场隔了一段距离。

庐奇艰难地吞下口唾液。“叛军们只能得逞一时，用不了多久，左右大营的援军就会赶到，来一场三面夹击。”

这是羽人统帅的想法，也许他还在坚持，如果对手愿意按照他的安排一步一步来的话。“大人，看到那些雾了吗？”伯景星擦去顺着脸颊淌下来的汗水，指着笼在战场外围的诡异雾气，庐奇不知所以然地“嗯”了一声，“我猜想那是秘术师们施法放出的雾气，用来阻碍援军，让他们无法知晓大营发生的事情，或者在救援途中迷失方向。”

“什么？可、可天毕萧大人不是这么说的。”

伯景星没有回答，*愿星辰诸神佑护他们*，他刚刚冒出这个念头，大批的羽人步兵又从浓雾中冲了出来，可惜不是天氏和秋叶的旗帜，云纬联军的第二波打击开始了。

“大人。”是卫行的声音，在他的身后，老河络赶着一辆简陋的牛车，“乔老板、经姑娘带着商团在前面等我们，牛车是给敦睦使大人准备的。”

“太好了，我们快走吧。”庐奇像看到了救星。拉玛带着几个人把浑身是汗的敦睦使大人架上牛车，他立刻瘫倒下来。

伯景星做了个出发的手势，他又回望了一眼身后，燃烧的战场仿佛火红的炼狱。

第十三章

无孔不入的寒气充斥了整个囚室，伯南风觉得自己就像浸渍在冰水中，身体所有的部分在寒冷中缓慢又不可避免地僵硬，逐渐失去活力。唯独内心是火热的，处于一种既挣扎不安又平静坦然的矛盾中。他把双手垫在脑后，专心致志地盯着囚室的屋顶，黑色的石头缝隙中填着灰白色的黏土，勾勒出一些奇怪的线条。像什么？古迭王的迷宫，大雷泽的盐田，还是柳南神庙的五彩窗户？那些他不曾去过，但是在琳敏夫人还有神庙星辰姐妹们的故事中出现过的地方。当他还是个孩子的时候，他就盼望着有朝一日会站在迷宫的尽头，或是骑着赤鹏在整片的盐田和咆哮的河流上空翱翔。

即使天空也无法阻挡我的脚步，我的下一段冒险是在诸神的后花园。

南风永远记得琳敏夫人讲述“不屈的游历者司琼”故事的那个夜晚，七岁的孩子激动了整整一个晚上无法入眠。那才是一个男人生命过往应该的样子，*可是现在，我又如何？*

昏暗囚室中唯一的光亮来自外面木桌上的蜡烛，烛光微弱地跳动，矮个子的看守趴在桌上，发出错落有致的鼾声。睡在身旁的史凯微微动了一下。“你醒着？”南风轻轻问，他感觉得到同伴的情绪变化，在一起的时间久了，有些人就像亲人一样熟悉。

“这鬼天气能把人冻死。”史凯低声咒骂了一句，随后安静下来，过了一会儿又说，“我想起了小禾莉，她的小手和脸蛋暖暖的，还有她的嘴唇，又软又甜。”

南风心有不甘地暗暗咒了一句。*这家伙有谷仓老板的女儿，我也有宜悦*。那晚紧紧抱着宜悦的场景一下子跳进脑海，有温馨也有遗憾。*我还没有机会亲吻宜悦*，他愤愤不平地想。

“上次差点被她的老爹捉住，你不在，是‘大牛’替我望的风。这小子自己喝醉了，躺在外面睡得像死猪，小禾莉老爹闯进谷仓的时候，我直接从顶窗上跳出去的，差点摔断了腿。”

南风笑了出来。“你把人家姑娘留给她老爸，自己逃了？”

“这丫头机灵呢，能把她的老爹骗得团团转。”史凯哼哼着说，“她是个好姑娘，一点儿也不比你的千姑娘差。”

囚室里沉默下来，南风望向唯一的那盏铁窗，锈迹斑斑的栅栏已经凝上一层薄薄的白霜。*我还能有机会见到宜悦吗*？在星辰诸神下曾经发过的誓言，转眼变得苍白。他感到一阵心烦意乱，还从来没有为自己的所作所为感到过后悔，现在却开始动摇。服罪，然后去越州服刑，这是一个能够活命的选择。

“对不起。”他说，“这次的事情我本应该想得周全些。”

“这话去和下坝子村的村民说，别和我说。”史凯用不满意的语气粗声粗气地回答，“你让我们做的事情，就算死路一条，我们也会去做的。”

南风眼睛有些发酸，他无需再多说什么。每个人都有自己命中注定的星轨，所有一切都是星辰诸神的安排，生与死，挚友与仇敌，荣耀与屈辱，当然，还有爱。

矮个子的看守被说话声音吵醒，抬起头看了他们一眼，低低的声音抱怨了几句，又把脸埋在了胳膊里面。这家伙是个滑头鬼，不枉“从不吃亏的李重”的绰号，自从他给家里捎过口信之后，态度更加殷勤了，一定是从琳敏夫人那里又拿了不少好处。每个人都有自己的生存方式，不管你喜欢不喜欢。

南风的腰被硬硬的东西捅了一下，史凯把一件冰冷的物什塞进他的手中，南风摸着形状立刻知道是一把匕首。“哪里来的？”他问。

“那些家伙搜身的本领只配给皇城的老爷们做做样子。”史凯不屑地低声说，偷偷冲着南风挥了挥手中的另一柄匕首，他的语气一下子又变得严肃起来，“我不会让他们这么容易就把我们挂在绞架上的。”

“别做傻事，史凯。”

“是他们是非不分，南风，只有活下去才能伸张正义。”

“可是……”南风停了下来。史凯说得对，洗刷被强加的罪名并非反叛，英明的君主不应该被谎言、假象和身边的无耻小人所蒙蔽。是的，父亲说过，臣子的职责除了服从，还有替君主擦亮眼睛，他一下子有种解脱的感觉。“你有什么计划？”

“没想好，我一直以为这是你的事。”史凯老老实实地说。

南风还来不及说什么，外面响起一阵凌乱的脚步声，在寂静的暗夜中显得突兀和刺耳。看守猛地抬起头，神色狐疑地看着通向室外的通道，几个人影很快出现在囚室门口，手中火把发出的光亮刺痛了里面人的眼睛，李重把手遮挡在眉毛前，低声问：“是谁？”

从外面走进来五个人，四人是皇太子禁卫士兵的装扮，还有一个穿着灰色的兜帽长袍。“我们是来带犯人的。”领头士兵的脖子上有一块浓浓的黑色胎记，他指了指囚室，“快些打开门。”

“天还没亮就提人？”

黑色胎记的家伙沉下脸。“别废话。”

“有信令吗？”矮个子看守很擅长察言观色，“我得有个交代。”

“是皇太子殿下的亲口谕令，”兜帽长袍人走上前，用毋庸置疑的口气说，“我是狄白瑞师傅，等到天亮的时候，我会安排人把信令补过来。”

“我认得您，您是司天监的大人。”矮个子看守一边嘟囔一边拿出钥匙插进锁眼中，铁锁链碰撞在一起发出“哗哗”的声响，“你俩，出来了。”

南风装出睡眼蒙眬的样子慢慢坐了起来，打了个哈欠。“怎么了？”身旁的史凯一动不动，发出呼噜声。

“快些。”外面的士兵不耐烦地催促说，“把你的同伴叫起来。”

“天还黑着。”南风用抱怨的口吻说，“要绞死我们吗？如果是的话，我们可不急着上路。”

“皇太子殿下要见你们。”隔着木栅栏，司天监的狄白瑞师傅语气温和地说。这位大人的外貌更像一个粗鲁的士兵而不是司天监的星相师，一张坑坑洼洼的脸，鼻孔朝天，厚厚的嘴唇像两块肥肥的肉片。“不要惊慌，你们的事情又有了转机。”

南风踢了踢史凯，自己先站了起来。“星辰诸神，总算有个好消息了，大人，找到那个秘术师的把柄了？司天监里肯定会有他的同伙。”

狄白瑞看着他。“是的，所以殿下要见你们。”

李重拉开囚室的栅栏门，南风走了出来，匕首已经藏进腰间，他还没有搞清楚这些人究竟想要做些什么，史凯懒洋洋地跟在他的身后，士兵们默默地将他俩围在中间向外走去。

外面又黑又冷，不见星辰，只有半月悬于夜空。黑色胎记的士兵在前面领路，沿着墙边走在阴影中。“起源于白日，终结于黑夜。”南风边走边想，星辰神庙大殿的六十四根立柱上，每一根都雕刻着不同的箴言，我唯独记得的只有这一句。

他停下脚步，身旁的士兵立刻侧身对着他，把腰间的刀抽出来一半。“怎么了?”黑色胎记的家伙转过身，压低声音恶狠狠地问他。

“为什么是去后院，不是说皇太子殿下要见我们吗?”南风质问说。

狄白瑞从队伍后面走上来。“声音轻些，伯南风，事情很复杂。”他低声急促地说，“实话告诉你，事情没有转机，皇太子也没有要见你们，天一亮就会执行你俩的绞刑。至于现在，有人不想你们死，我们是来救你们的。”

“是谁要救我们?”南风疑惑地问。

“马上你就会知道。”狄白瑞冲着有黑色胎记的士兵使了个眼色，他们继续往前走去，脚步也更快了，“我们冒了很大的风险。”

穿过长廊和水池，他们避开了两处巡逻的岗哨，接近黎明是哨兵们最心不在焉的时候。晋王府的后花园里树影婆娑，深秋临近，枯黄的落叶已经铺满了地面，踩在上面会发出酥脆的声响。南风紧跟着前面的人影，他一路思索，谁有办法救他们出去，是琳敏夫人还是父亲的那些朋友？可是这里都是皇太子的人。

一阵寒风吹过，两只乌鸦突然从树梢上蹿起，在半空中盘旋着发出“哇哇”的叫喊。黑胎记在一片空地前停下脚步，回头看了看。“这里可以了吧。”他沙哑着嗓子对狄白瑞说。

星相师阴沉着脸什么也没说，四个士兵同时抽出了腰刀，南风警觉地和史凯背靠背站在一起。“你们是来杀我们的?”他沉声说。

没有人回答，离南风最近的高个子士兵狠狠一刀劈了下来，南风闪避开，黑胎记用更快的速度向他的腹部捅了过来，南风奋力扭腰，刀锋划开衣袍，他感觉到冰冷的刀刃贴近皮肤，然后是火辣辣的疼痛。身后同样传来搏斗的声响，有人惨叫了一声，不是史凯的声音。

“他们有武器。”混乱中有人喊叫。

眼前的两个对手愣了愣，南风绝不会让机会溜走，他冲到高个子面前，用肩膀顶住高个子的胸膛，推着对方直到那家伙的后背重重撞在一棵梧桐的树干上。高个子委顿地慢慢坐倒在地上，南风从高个子的腹部抽出插进去的匕首，脑后传来武器破空的声响，他扑倒在地上，一连串地翻滚，然后站起身。

黑胎记恶狠狠地再次冲了过来，南风用匕首格挡住对方的进攻，他越来越放松，这个家伙绝对不是自己的对手。眼角余光扫过周围，一个士兵躺在地上，剩下的一个在史凯的攻击下一步步地后退。站在一旁的狄白瑞脸色铁青，他忽然张开双臂，开始喃喃自语。

“快阻止他。”南风大声说。那家伙不止是星相师，他还是个秘术师。

黑胎记拼命想要拖延纠缠，不让他有机会去攻击秘术师。黑色的雾气从狄白瑞的手指间流淌出来，慢慢凝聚出人形。一声哀嚎传来，史凯从唯一的对手胸口拔出匕首，立刻向秘术师扑去。黑胎记脸上露出了恐惧的神色，他突然舍弃了南风，转身就跑。南风顾不得理会他，从星相师的侧边冲了上去。

黑色的影子从狄白瑞的指缝间挣脱出来，如同活人一样格挡住史凯，又阻住了南风的去路。它手持影子一样的双刀，史凯有些大意，肩头被划过，鲜血猛然溅了出来。“狗屎。”史凯狠狠地咒骂，手中的匕首猛地插进影子的胸膛。什么也没发生，影子挥动双刀，差点砍中史凯的右臂。

狄白瑞开始喘息，他的指尖正慢慢凝聚出第二个人影。南风急躁地想要脱离影子的纠缠，每次都被黑色的双刀阻挡住。第二个黑影跳了出来，手执一根粗短的尖矛冲了过来，南风和史凯不得不各自与一个黑影作战，他们没有任何办法伤害黑影，情况越来越被动。

秘术师看上去有些疲惫，但是异常亢奋。“去死吧，你们这帮蠢货。”第三个黑影在他的手指间开始慢慢成形。

如果再没有其他办法，我们会死在这些鬼东西手里。“史凯。”南风呼喊了一声，突然抛开对手向史凯跑去，黑影移动的速度很快，南风感觉到背部传来一阵灼痛感，他咬紧了牙关。

“你们跑不掉的。”秘术师狞笑着说，第三个黑影从他指尖挣脱出来，径直冲向南风。

南风冲到史凯面前，史凯用匕首使劲将面前黑影的短矛格挡出去，然后扔开匕首单膝跪下，南风第一脚踩在他的膝盖上，第二脚踩在史凯合拢的双手上，史凯大喝一声，向空中猛地推起南风，南风在空中翻滚，越过了三个黑影的头顶，背对着落在秘术师身前，他急速转身，手中的匕首划过狄白瑞的咽喉，血水喷涌而出。

在秘术师毙命的那一刻，三个黑影同时发出“砰”的声响，身体炸裂开来，黑色的雾气瞬间消失得无影无踪。南风顾不得自己的伤痛，向同伴跑去，史凯坐在地上用手压住腹部的伤口，指缝间不断滴下鲜血。

“还是被那狗东西扎中了。”史凯咧嘴笑着，忽然抽搐了一下。

南风用力从自己的衣衫上撕扯下布条。“会没事的。”

“有你在，我从来不担心。”汗珠从史凯苍白的脸上不断滚落。

远处响起一只狗的狂叫声，就像是突然暴发的瘟疫瞬间蔓延，转眼周围的犬吠此起彼伏。疼痛感从腰间和背部传来，南风竭力忍住，他没有时间料理自己的伤口，双手用力捂住史凯的腹部，手中的布条已经变得湿漉漉的，还有一股黏稠的感觉，说不清是他们自已还是身旁那些尸体散发出的浓浓血腥味飘散在空气中。

“好累啊，”史凯低声说，“让我躺一会儿……”

“别睡，史凯，和我说话。”父亲说过，要让受伤的人保持清醒，昏迷对他们来说并不是一件好事。模模糊糊的火光在不远处若隐若现，南风已经分不清嘈杂的脚步声是从什么方向传来的，他用尽全力大喊：“这里，在这里。”

过了片刻，也许是漫长的片刻，南风恍惚觉得几个人影正在跑来，他努力睁大眼睛，依旧看不清对方的面孔和装束。

“天哪，都是血。”他听到有人喊叫，下一句话可能是对他说的，“你还好吗？”

他意识到自己在点头，但是说话的声音听起来却好遥远，似乎已经不属于他了。“我的同伴需要医师……”这是他记得的最后一句话。

星辰诸神见证，我和这个姑娘终身所约，永结为好，不离不弃。紧接着，他又梦见宜悦走在星辰姐妹中间，笑着冲他挥手。他想过去牵她的手，可是周围的人太多，拥挤推搡，她离他越来越远。

宜悦。他大声呼喊。宜悦依旧在笑，在挥手，被星辰姐妹们簇拥着走进神殿。

为什么离我那么远？

她要侍奉星辰诸神，父亲的声音响起，她属于神殿。

不不，你们错了，她是我的，我也是她的。他焦急地喊叫，却发现什么也说不出……

南风猛地惊醒，他动了一下，剧烈的疼痛感袭来，他忍不住叫了一声。有人立刻走到床边，低头看着他，用柔软的丝巾擦拭他的额头。

"谢天谢地，你醒过来了。"是琳敏夫人的声音。

"琳敏妈妈，"他和卫行一直这样称呼她，"我在哪里？"

"在自己家里。"琳敏温柔地说，"不要着急，医师说你伤得不轻，一定要静养。"

南风安静下来，慢慢回忆自己昏厥前的一切。"那个司天监的星相师也是黑暗秘术师，和那个包德是同伙，我杀了他。"

琳敏露出微笑，她的笑容足以平复他紧张的心情。"是的，皇太子殿下也已经知道了，他收回了对你先前的刑判，而且，还要奖赏你。"

"皇太子……他是怎么知道的？"

"被你们杀死的那个包德，尸体被同伙也就是昨晚想要害你的狄白瑞藏了起来，因为这些黑暗秘术师需要利用尸体来修习法术。包德的坟墓里只有一坛烟灰，皇太子派人在狄白瑞的房间里找到了他的尸体。还有，那个狄白瑞和包德一样，他们的身体上都有古怪的标识，剧瞻大人亲口向皇太子和晋王殿下讲述了这个组织的邪恶。南风，一切都已经真相大白，这多亏了你。"

南风长长吁了口气，他奇怪为什么皇太子会去挖开包德的墓，但是他还来不及思考这些。"史凯呢，他还好吗？"

琳敏的笑容消失了，露出了悲悯的神情。"医师已经尽力了，可是他失血太多……对不起，南风。"她轻轻握住南风的手。

第十四章

从战场上逃离出来的士兵们三五成群，蹒跚地走在道路上，就像从严冬的树上飘落下的枯叶，垂头丧气，毫无生机，他们或是衣衫褴褛，或是血迹斑斑，让人无法想象几天前他们还属于一支年轻骄傲、斗志旺盛的军队。

伯卫行站在一棵松树下，默默地注视着从眼前走过的羽人士兵，很少有人朝他的方向看一眼，偶尔目光对视，年轻人发现对方的眼神中往往充满了怨愤。

“你不应该看着他们。”父亲不知何时站在了身后，除去眼睛中的血丝，伯景星看不出有任何的倦态，“被异族人旁观一场毫无颜面可言的溃逃，对这些羽人而言是莫大的羞辱。”

“是，父亲。”

卫行立刻接受了父亲的忠告，他跟随伯景星走向林地，使团和商人们围坐在那里休息。星辰诸神佑护，除了五名士兵和三个仆从被流矢射中受了些轻伤，还有几个商人扭伤了脚，再也没有其他的伤亡。他们走得并不快，主要是因为敦睦使大人，即便有一辆牛车，这位大人还是拖缓了速度。卫行察觉到了父亲的焦虑，父亲掩饰得很好，只是一些细小的动作暴露出他的不安：时不时地皱眉，语气比以往更加严厉。

“大人，我们出发吧。” 伯景星对瘫坐在那里的庐奇说。

敦睦使大人露出畏难的表情。“让我再歇歇吧。”他可怜巴巴地说，“我的背疼得要命，脚也肿了。”

“大人，这里距离古根城还是太近，我担心叛军会发动追击。”

“我们是人族使团，即便真的遇到云纬两家的叛军，他们也会惧怕与大晁为敌，不敢为难我们的，不是吗？”

*这位大人究竟是天真还是愚笨？*卫行默默地想，*我们会成为人质，暂时得到善待却失去自由，命运操控在别人手中，不知结局如何，也许会成为交换云氏家主的筹码，或者被绑在古根城的城头阻止讨伐军的进攻……*

他的胡思乱想被父亲的话语声打断。“大人，您的身份重要，我担心叛军会扣留住我们，拿您去要挟秋叶城的羽王。”

庐奇哆嗦了一下。“天哪，是的，是这样的，我们快走。”他挣扎着想要站起来，周围的仆从连忙扶住他庞大的身躯，把庐奇架上了牛车。

日暮时分，他们终于远远离开了古根城的战场，敦睦使大人躺在牛车上哼哼了一路，卫行看得出父亲并不想和羽人的溃兵们同行，但是没有别的路可以选择。他们在一处山崖驻扎了下来，避开了羽人们聚集的地方。在脱离战场的途中丢失了几乎所有的行李，布置完警戒后，伯景星立刻带着拉玛和几个士兵出去寻找食物。

“照看好营地，有事的话找铁锣图坦和经鸣夜。”伯景星离开时吩咐说。

宿营地里燃起了几处篝火，卫行在其中一个火塘边找到了铁锣图坦和经鸣夜。老河络头枕着自己的胳膊侧卧，发出如雷般的鼾声，半羽人女子在照顾那些受伤的人，卫行在她身旁坐了下来，看着她动作娴熟地不停换药和包扎。

“会干这个活吗?”经鸣夜突然问。

“简单的可以。”卫行说，“小时候父亲大人带我们练武，还有打猎，总会有受伤的时候，他教我们如何紧急处理伤口，还有包扎。”

经鸣夜“扑哧”笑了。“父亲大人，你们人族永远是这样一本正经吗?”

卫行的脸一下子红了，幸亏周围光线昏暗。“不，不是的，在家里我们相互之间也很随便。”他着急地辩解说。

“我才不信。”经鸣夜变本加厉地哈哈大笑起来，丝毫不介意引来周围人的目光，“每次你瞧着你老爹的眼神，就像老鼠看见猫。”

卫行低头掩饰住自己的窘态，不远处传来嘈杂的声响，他暗暗吃惊，连忙站了起来。黑暗中模模糊糊的人影越走越近，那是一群羽人士兵，他们的统帅走在队伍的最前面。天毕萧一脸苍白，瘦削的面孔绷得紧紧的。打了败仗的人不会有什么好脸色，自从大营遭遇偷袭之后，卫行第一次见到这位羽人统帅。

“统帅大人。”卫行恭敬地说了一句，他不知道再说什么好，尴尬地站在一旁。

天毕萧冷冷地“哼”了一声，抬起手挥了挥，全副武装的士兵们四处散开把营地包围起来。羽人士兵比人族的两倍还要多，他们把躺着的人捅醒，用火把对着每个人的脸仔细查看，使团和商队的人骚动起来，搞不清楚羽人为何这样对待他们。

“统帅大人，你们……”

天毕萧身旁的一名军官打断卫行，大声质问："你们的敦睦使大人在哪里？"

庐奇在两个仆从的搀扶下，晃晃悠悠地站了起来，他看上去疲惫不堪，头发乱糟糟地搭在额前，双眼肿胀，原本白净的皮肤满是污垢。"怎么了，天大人，出了什么事？"庐奇不知所措地看着周围的羽族士兵。

"我们刚刚打了败仗。"天毕萧的音调没有起伏，与昨夜的意满志得仿佛天壤之别，"叛军偷袭了大营，随后又伏击了左右营的增援队伍，我们伤亡惨重。"

"这真是一场悲剧。"庐奇不自觉地对着天毕萧露出谄媚的笑容，可能意识到这是个不合适的举动，他随即板起脸，严肃地看着天毕萧，"我代表大晁皇帝陛下对此深感遗憾，统帅大人。"

"我有绝对优势的兵力，还有周密的部署，但是叛军却在我的大营里长驱直入，这是为什么？"

"为什么？"

"因为有奸细。"天毕萧从齿缝中一字一句地迸出话语，"我的士兵报告说，叛军的阵营里有人族的秘术师，我不知道还有多少人族和他们串通一气。"

卫行吃惊地看着羽族的统帅，**这个人想干什么**？他望向敦睦使大人，庐奇完全是一副茫然的神情。年轻的侍从忍不住脱口而出："统帅大人，我们是羽王的盟友，和叛军毫无瓜葛。"

天毕萧傲慢地看了他一眼，连话都不说。庐奇皱起眉头，慢慢露出恍然大悟的样子。

"统帅大人，你是说我的使团中有人给叛军通风报信？"庐奇一脸吃惊地说，"这不可能。"

"敦睦使大人，你是在怀疑我的判断吗？"

连卫行都听出天毕萧语气中威胁的意味，庐奇的脸抽搐了一下，目光扫过四周的随从。“我们是大晁的使团，遵从人族皇帝陛下的旨意，向羽王表达敬意，延续两族百年来和睦友好的兄弟情义。”他颤颤巍巍但是语气坚决地说，“作为人族皇帝的忠诚仆人，我们绝不会和羽人的叛军有所牵连，是的，绝不会。”

他居然有这样的勇气，卫行有些惊奇，自己是不是一直在小看敦睦使大人？表面上虽然很尊重，内心却丝毫不认为他是一个像样的人物。

周围安静下来，只有篝火燃烧发出声响。天毕萧嘴角上翘，算是一个冷淡的微笑。“敦睦使大人，你大概没有理解我的意思。我并不怀疑你的使团，奸细应该藏在那些商人当中。”

营地里立刻发出杂乱的声响，其中夹杂着羽人士兵们的呵斥。

“哦，还有商人。”庐奇笨拙地重复了一句。

这是他的极限，他不可能再为商人们争取什么。意识到这些，卫行大声说：“这些商人跟随我们从壶玉城来，他们是大晁的子民，不是奸细。”

天毕萧的目光如利剑般刺了过来。“你是谁?”他厉声质问，“这里还轮不到你说话。”

“这孩子是伯副使的侍从，也是他的儿子。”庐奇像是从梦中惊醒，连声说。

“统帅大人，自从来到您的大营后，不管使团还是商队，没有一个人离开过。”卫行鼓起了勇气，“他们不是奸细。”

“是不是奸细用不着你来告诉我，小子。”天毕萧冷冷地回答，“我要把他们带走审问，如果他们是清白的，你用不着为他们担心。”

旁边传来一个嘲讽的声音。“是的，小子，用不着为我们担心。”每个人都能听清老河络的话语，“总得有人为这场愚蠢的失败负责，奸细是最好的替罪羊。”

“你说什么？”羽人统帅厉声说，他的手放在腰间的剑柄上，转过头盯着火塘旁的铁锣图坦，“很好，一个河络，大晁的子民中也包括河络和羽人吗？”他冲着庐奇叫喊说。

他的愤怒只能表露出心虚，河络大叔说的一点都不错。但是接下来呢，我们该怎么办？卫行紧紧握住腰刀刀柄，他看着庐奇，敦睦使大人慢慢地坐了下来。

“我不能保证商人们……”庐奇摇着头轻声说。

“把这些商人统统带走。”天毕萧发号施令。

“等一等。”卫行走上前一步。我不能让他就这样得逞。

羽人统帅突然挥手打在卫行的脸庞上，他猝不及防地向后摔倒，脸上火辣辣地痛。两名羽族士兵蹲下来，摁住他的身体，冰冷的刀刃紧紧贴在他的脖子上。

“没有让你说话的时候就给我闭嘴。你是在澜州，不是在你老爹的壶玉城。”天毕萧低头看着他，“别以为什么事情你都能出头，小子，懂了吗？”

卫行倔强地挺着脖子，羽人士兵把他的头摁向一侧，他的右脸颊贴在地面上，眼角的余光看到火塘后面的铁锣图坦正在悄悄地抽出他的铁钎。不行，大叔，千万不要。他没法喊出口，无力地挣扎了两下。铁锣图坦的旁边伸出一只手，把铁钎按回老河络的腰间。经鸣夜俯下身子在铁锣图坦耳边说着什么，铁锣图坦无奈地垂下手，半羽人女子转过头注视着卫行，她的目光冷峻平静，似乎在告诉他：不要多做无益之事。

商人们被羽人士兵们押解在一起，他们惶恐不安，瑟瑟发抖，只有为数不多的几个人还保持着镇定。

“统帅大人，出了什么事？”几个人影分开人群走了过来。

刀刃从卫行的脖子上移开，摁在身上的气力也消失了，有人把他从地上拽了起来，他看见父亲站在天毕萧的面前，皱紧着眉头。高大的身躯让卫行感到一阵放松，再也没有什么可担心的了。拉玛和另外两个士兵站在伯景星的身后，手中拎着刚刚猎来的几只野兔。

“副使大人。”天毕萧冷冰冰地说，“刚才你的侍从不是很守规矩，我替你教训了他一下。”

“乡下孩子见过的世面少，规矩也懂得少，大人教训得对。”伯景星脸上的表情没有任何变化，只有双眉舒展开来，他的语气平淡但是有一种坚决，“我听到刚才的一些话，大人，我的侍从虽然不懂事，但是他很诚实。这些商人从未离开过大营，这一点我也可以向您保证，以我的荣誉和星辰诸神的见证。”

天毕萧冷笑。“如果我向你保证，这些人中间有叛军的奸细怎么办？我也有荣誉，也有星辰诸神的见证。”

“我明白了，谢谢大人。”伯景星侧过身对着庐奇，“敦睦使大人，我们必须把商人们交给统帅大人审问，我相信统帅大人会给予他们公正。”他的话引起了商人们一阵不安的窃窃私语，伯景星没有被干扰，继续说下去，“但是他们中间绝大多数是大晁的子民，按照大晁以及羽族通行的律法，我们必须安排官员在这些商人身旁，为羽人的审问提供帮助，同时也保证商人们接受公正的裁决。”

庐奇抖动着双腿，不知是因为寒冷还是其他什么原因。“呃，我知道这条律法，伯大人，我只是想问，呃，眼下的形势你必须负责使团的安全，谁又能够承担这项重任呢？”他小心翼翼地说。

卫行瞧见父亲转过脸，目光炯炯地看着他。“大人，我的侍从可以胜任。”

看见伯卫行走近，羽人看守打开木门把他放了进去。这是树林中央的一块空地，羽人们用木栅栏围起一片区域，把所有的商人都关在了里面。除了限制行动，他们没有其他什么为难商人们的举动。只有卫行和另一个留下的绰号“老猫”的士兵可以自由行动，自由行动的范围也仅仅是在这片树林里，林子外面到处是羽人戒备森严的岗哨，什么地方都不准去。连着两天，没有人来管商人们，更不用说审讯，似乎那位羽人统帅已经忘掉了这件事情。

铁锣图坦看见他，扯着嗓门说：“快看，咱们的小羊倌来了。”近处的几个人笑了起来。被圈起来的商人们戏称自己是羊圈里的羊羔，卫行成了守着羊群的“羊倌”。

“伯大人有消息了吗？”乔莨远远地凑上来问。行商们把伯景星视作了唯一的救星，卫行摇了摇头，乔老板顿时露出失望的神色。

羽人的残兵在一处山隘停止了撤退，重新整军驻守，他们损失惨重又士气低落，叛军即将进攻的消息接连不断地传来。人族使团没有留下，继续往秋叶城行进。临行时，伯景星尽量关照了卫行要注意的事情，虽然外表看上去平静，卫行依然能感觉到父亲内心深处的一丝不安。

“请您放心，我一定会照看好大家，也会照顾好自己。”

卫行看见父亲紧绷的脸上露出一丝笑意，然后大力地拍了拍自己的肩膀，卫行忽然有一种骄傲的感觉。这不再是父子之间的交代，而是男人之间的托付。

“父亲大人承诺过，到了秋叶城之后，他一定会想办法解决这件事情。”卫行用尽量轻松的语气对乔老板说。

乔老板露出无可奈何的神情。

“老乔，别提这个了，急不出来的。”老河络大大咧咧地说，“小羊倌，今天有什么新消息？”

“羽人们好像有什么行动。”今天早上周围的岗哨稀疏了许多，但是统帅营帐又戒备森严，他在无意中还听到几个士兵的闲聊，说起又有什么大人物正在赶来。

“他们昨夜就出动了。”经鸣夜倚靠在木栅栏上，目光注视着外面，“说不定马上就要换主帅了。”

“你怎么知道的？”

卫行只能看见经鸣夜的半张侧脸，她一动不动，任由秋风吹拂起棕色的长发，在额头和脸颊披散开来，高挺的鼻梁、圆润的下颌、柔细的脖颈，像极了卫行在星辰神庙中见过的那些美丽雕像。

“因为她也是羽人嘛。”老河络哈哈笑着说。

卫行狐疑地看着经鸣夜，又看了看铁锣图坦，老河络冲他做了个鬼脸，他犹豫了半天，终究什么也没问。

树林外面传来一阵嘈杂的声响。“快去看看，小羊倌，万一又打起来了，得想办法带着我们逃啊。”铁锣图坦嘎嘎的说话声，招来羽人看守的目光，他丝毫不介意，把卫行向门口推去。

老猫蹲在林子边缘一棵枯死的树根旁嗑着向日葵籽，身前已经有一堆籽壳。“来一点？”他露出一嘴被菸果粉熏黑的牙齿，年轻人摇了摇手，“他们刚打赢了一仗，昨夜出去埋伏，早晨袭击了叛军的一支先遣队，还抓到了几个叛军军官。”

拉玛说过，什么都逃不过老猫的眼睛，当了几十年的兵，这家伙比池塘里的泥鳅还要油滑，有的地方连拉玛都及不上他。

“还有，他们可能要换主帅了。”

“你怎么知道的？”卫行诧异地问。

老猫没有解释，只是说了句：“等着瞧吧。”

半夜里，熟睡中的卫行被羽人们推醒。“统帅大人让我们护送人族商队去秋叶城。”一个中年的羽族军官说，“你们不需要再留在此处。”

“天大人已经查清楚了奸细的事情?”卫行问。

羽族军官看了他一眼。“天毕萧大人昨日已经被召回秋叶了，现在的统帅是红枫营的风息凉大人。今天早上抓获的叛军将领可以暂时证明商人们的清白，所以风大人命令把所有人一并送回秋叶，请羽王陛下定夺。”

第十五章

羽人说一棵龙腾木就是一座宫殿，它是属于蛮荒时代的遗物。每一棵龙腾木的树围都有数千箭尺，它们高耸入云，展开的枝叶可以庇护整座山峰。同样古老的龙栖藤缠绕在龙腾木上，每隔一段就会生长出巨大的卵状藤结，远远望去，那些卵状藤结就像是龙腾木的果实。羽人们把龙腾木开凿成城堡，他们凿出螺旋向上的阶梯，将整个树干挖空，变成街道和屋室，龙栖藤的卵状树结被挖空后，成为羽人们栖身的巢屋。龙腾木之间也被龙栖藤缠绕连接起来，羽人们架起了藤桥，在龙腾木之间行走。

几棵龙腾木便组成了一座羽人的城市，并且有一个恰如其分的名称：树城。

秋叶无疑是羽人最大的树城，从半山腰一直到山顶，三十九棵龙腾木组成了一座伟岸的城市，它们遮天蔽日，又互相连接融为一体。山顶的龙腾木是最大最壮的一棵，它与众不同，树干呈淡淡的黄色而不是普通的褐色，被其他龙腾木众星拱月般围在中间。这棵龙腾木被称为“羽之君”，成为历任羽王的居住之地，也是羽族执事团议事之处。

很久以前，当伯景星初见秋叶时，就被这座充满异族色彩的城市所深深吸引，他忍不住感慨星辰诸神的伟大，在这片大地上创造着不同的璀璨文明，它们各有特点，尊崇自己的传统，亦有在互相交流的过程中彼此吸引和改变。

赞美星辰诸神，愿我们永远彼此相爱。

伯景星等候在羽王大殿外的平台上，周围是扶栏，可以俯瞰整座城市。前一次来到羽王大殿时他只有十八岁，作为贵魏大人的随从觐见羽王陛下，当时既好奇又紧张，他清晰地记住了每一幅场景，羽王和贵魏大人的每一句对话。一转眼时光已经过去了二十二年，他的两鬓有了白发，甚至连孩子们也都到了他当年的年龄。想到这里，伯景星想起了卫行，分别之后他的确会感到一些焦虑不安，然而孩子大了，该独当一面了。

“伯景星大人。”听到有人呼唤自己的名字，伯景星转过头，看见雪氏的族长从羽王神殿中走了出来。

雪嘉言温和儒雅，有一头与贵族身份相配的纯色银发，以人族的眼光看上去他至多是个中年人，实际上他已度过了九十四个星命年。羽族的寿命要比人族长，普通羽人能活过一百二十个星命年，在他们成年之后，容颜很少因为岁月而改变，羽人们因此自喜，他们认为这是神灵对羽族眷顾的证明。

“古根城的战事情况已经调查结束了。”

“这么快？”伯景星略略吃惊，原本以为会花上几天甚至更长，而不是半天时间。

“风息凉大人从前线送回了叛军的俘虏，是纬氏的贵族军官，他的证词很有力。现在你无需再担心那些商人了，羽王和执事团已经判定是天毕萧的轻敌导致了失败。”

还应该加上愚蠢的自负。“谢谢您，雪大人。”伯景星说。

他早就认识这位长者，雪嘉言和贵魏大人是很好的朋友，在当年清剿中澜边境山匪的战事中，两人曾经一起并肩作战。此次人族使团抵达秋叶城后，雪嘉言代表羽族出面接待和安排。一见到伯景星，雪嘉言便告诉他羽王已经召回了天毕萧，商队的人也已经在前来秋叶的路上。雪氏族长还提到了卫行，看来他们知道很多。

“等一会儿羽王就要接见你们，我已经派人去御馆请你们的敦睦使大人了。”伯景星跟随雪嘉言的脚步，慢慢走到平台的扶栏边，“一别二十多年了，重新回到秋叶城，感觉怎么样？”雪嘉言的口吻不再像羽族高官，而是一个慈祥的长者，他上下打量着伯景星，“都长出白发了，在我印象里你还是那个十七八岁的侍从模样。”

“是的，大人。”伯景星恭敬地回答，“您一点变化都没有，真是让人羡慕。”

“哪里会没有变化呢？羽人对时间的感受并不像人族那样敏感，我们只是有更多的时间去思考和等待。除了星辰诸神，我们不过都是世间的匆匆过客而已。”雪嘉言淡淡地笑着说，“你应该还记得二十多年前的羽王是雪氏一族的雪苍然。贵魏大人觐见羽王的时候，我侍立在陛下身旁，你那时候还很年轻，严肃、沉默寡言，不过现在你依旧还是那个样子。”

“您和贵魏大人都是我最好的老师。”

“贵魏大人是个很优秀的人，对你的评价也很高，这让我很容易记住你。”他向远处眺望，“也许有时间我们还能聊聊贵魏大人，现在先让我们去觐见羽王陛下吧。”

随着雪嘉言的目光，伯景星看见王宫大道上越走越近的车驾。轻便的木车由四只排成一排的巨斑鸟拉着，这种同样不会飞的鸟体形比步鸵稍小一些，更有气力和耐力。庐奇坐在车上，两只手紧紧扶着把手，神色紧张。龙腾木上的道路有些并不宽敞，扶栏外就是几百箭尺高的半空。

雪嘉言迎了上去，庐奇在仆从的帮助下艰难走下鸟车。“敦睦使大人，羽王陛下正在等候您。”羽人做了迎接的手势，然后在前面带路。

跟随在庐奇的身后，伯景星平生第二次走进羽王大殿，在龙腾木内部建造出的高大空间里，所有的物品都是镶嵌着金银和宝石的木制品，羽王端坐在高台中央一张古老的神木椅上，下方两侧放置了十张椅子，六个衣着华丽的男女坐在其中，有的人带着谨慎的笑容，有的人死板板的，脸上毫无表情。

雪嘉言向羽王躬身施礼，说：“大晁皇帝陛下遣敦睦使庐奇、副使伯景星觐见羽王陛下。”随后他走向空着的椅子，在其中一张上坐了下来。伯景星知道那是“十执事之位”，在羽族的统治体系中，羽王享有至高无上的世俗权力，神木园是羽族的宗教领袖，执事团则由羽族十姓的贵族组成，辅佐羽王的统治。

空着的执事座位属于云纬两家，伯景星稍稍扫视，还有一个空位应该是天毕萧的，他是天氏的族长。

“欢迎你们，人族皇帝的使者。”羽王的音调平淡，他居高临下俯视着人族使者，就像看着自己的臣民。戴着银色羽王王冠的头侧向一边，淡金色的发整齐地向后梳理，眼睛严厉而富于自信，在微笑的时候又会给人一种亲和的感觉。

庐奇恭谨地转述晁皇陛下的问候，并献上礼物，在路上的两次险情中这份礼物因为和敦睦使大人同样重要而得以保存。这是一件玉雕的羽王本人半身像，中州黯澜山开采出来的美玉，锢龙城里的技工参照羽王的画像花了一年半的时间雕制完成。

羽王似乎对这件礼物很有兴趣，命令侍卫抬到他的面前仔细端详，随后他问起庐奇旅途情况，除去遭遇锤头兽群的那段经历，胖乎乎的敦睦使大人仔细地描述了一路而来的境遇。羽王听得很认真，当庐奇说到使团在古根城外的遭遇时，他露出不悦的神情。

“羽族云氏、纬氏勾结叛逆作乱，已经被执事团除名。”羽王的目光落在空着的两个座位上，“我原本还有爱惜之心，担心两姓受人挑拨一时起了非分之心，现今看来，他们乃是蓄谋已久。执事团一直坚持派兵讨伐，我已应允，古根城、暮雾城都将遭受兵燹之祸，实在是怨我不得。”羽王前倾身体，大张双臂，此刻他的言语听上去颇多愤怒，伯景星却感觉有些夸张做作。

“羽王陛下说的极是，吾皇陛下也已得知此前有人假冒离武神阴谋叛乱之事，在我启程前特别叮嘱，人羽为世代兄弟之族，羽王陛下无论有何要求，吾皇陛下一定竭尽所能。”

几位执事官一阵交头接耳，窃窃私语，伯景星注意到羽王沉目看了他们一眼，随即说：“多谢晁皇的兄弟之情。”他顿了顿，“今晚为敦睦使大人设下了酒宴，我会专门为你介绍我们羽族的各位执事官大人。”羽王摆摆手，结束了这次会见。

晚上的欢迎酒宴设在王宫的古木厅，一座丝毫不逊色于羽王大殿的恢宏场地。伯景星恍惚觉得整个秋叶城中的羽人贵族全都聚集在了这里，那些淡金发的、白发的、银发的男男女女，相貌俊美，举止优雅，却又表情淡漠，甜味浓郁得让人非常不习惯的果酒很快让他感到头晕眼花，在没有被灌下更多酒之前，他借机溜出了大厅，在外面的露天平台上靠着扶栏歇息。夜风吹着略有些发烫的脸颊，伯景星顿时感觉舒服了许多。

龙腾木组成的城市中挂满了“萤灯”，羽人们用竹篾罩上纱布，里面养满了会发光的灯虫，夜晚降临时，这些灯虫能够给城市带来光亮。给它们喂食不同的食物会让这些小家伙发出不同的光亮，绿色、紫色、红色、蓝色，最多的还是橘色和黄色，让眼前这座城市变得五彩斑斓。

一个人影径直来到他的身旁。“一座伟大而美丽的城市。”雪嘉言的手中拿着两个精致的水晶杯，对比起来，伯景星平日里喝酒的杯子就像是来自蛮荒时代，羽人执事官将一个水晶杯子递给他，“这是柠檬水，不是酒，看来至今你也喝不惯羽人的果酒。”

“是的，年轻的时候就不习惯。”

雪嘉言笑着谈论一些当年发生的事情，羽族老者的记忆力让人吃惊，他讲述起那些二十多年前的往事就像是昨天刚刚发生的一样，人羽联合军团在碑石谷打了一场漂亮的伏击战，歼灭了山匪的大部分精锐。贵魏大人的战马在某次遭遇战中坠崖，他不得不骑着一只步鸵指挥后面的战斗。

“可是我记得有几次战役您并不在场。”伯景星忍不住问。

“有些事情是经历者讲述的，有些事情则会被记录下来。我一直很欣赏羽族和人族那次亲密无间的合作，这才是诸神创造不同种族的缘由。我们各有所长，友好相处。”

伯景星喝了一口杯子里的柠檬水。以前他从来没有喝过这玩意，他也不准备告诉别人在羽王的酒宴上他喝的是水而不是酒，这种事会被坎达和那帮家伙嘲笑至死。只是他不得不承认，又酸又甜的口味完全比不上烈酒来得够劲，却有值得回味的余香。

“聊聊上午我们没能继续的话题，重新回来的感觉怎么样？”雪嘉言语气认真地说。

回到澜州的这些日子既熟悉又陌生，伯景星思量着如何表达。“我的感觉并不好。”他坦诚说。

二十多年前在澜州的经历让当时还是愣头青的伯景星受益匪浅，正如雪嘉言所说，无论人族还是羽族，各有所长，大家在战斗中互相支持不分彼此。最初他的确觉得和羽人打交道很难，他们有一种高高在上的天性，然而一旦赢得了尊重，每一个羽人都会如同兄弟般待他。

“曾经的经历给我带来了非常好的回忆，让我认识到羽人并不是外族认为的那么高傲和冷漠，羽人彼此间的友爱和团结甚至比我们人族做得更好，而且你们淡泊的本性更少受到世俗的污染。我一直觉得人族的人数众多，对权力和财富的欲望让人族之间有了疏离，不再亲如一家。是的，即使现在我还是会羡慕羽人同族之间的这种亲密，直到在古根城外的那个夜晚，漫天的箭雨落下的时候，突然把我拉回了现实。手足相残，羽族也在被可怕的欲望所侵蚀。”

伯景星一口气说了这么多话，连自己都觉得惊讶，他一向不以言辞见长。雪氏族长微微皱眉，很长时间没有说话。时不时曼舞轻歌和笑闹声从羽王的宫殿里传来，伯景星回头重新望向那座五彩斑斓的城市，忽然发现它已不如刚才那般令自己心动。

“也许你方便的时候能出席我家的家宴，比这里安静许多，一点也不热闹，不过很适合聊天。我觉得我们有很多东西可以交流。”

伯景星有些吃惊，他恭敬地说：“这是我的荣幸，大人。”

三天后，伯景星站在御馆门口迎接归来的卫行，年轻人还没有从见到秋叶城的震撼中恢复过来，他跟在羽人士兵身后，瞪大了眼睛东张西望，连伯景星的招呼声都没有听见。和当年的自己一模一样，伯景星忍住了笑，脸上浮现出不多的温柔神色。

直到来到御馆门前卫行才看见他，年轻人露出喜色。“大人，伯卫行前来复命。”

伯景星掩饰住作为父亲的情感。“平安回来就好，辛苦了。”他向卫行和跟在后面的老猫点头。

跟随伯景星回到御馆的房间，卫行推开木窗，探出半截身子四下张望。“真是让人大吃一惊，大开眼界。”他兴奋地说，“没有见到它之前根本无法想象，一座城市没有城墙，没有砖瓦，完全是建造在树上的。”

“树就是他们的城市和家园。羽人择木而生。古老的传说中墟神创造了世界，他将大地赐给人族，将树木赐给羽族，将岩石赐给河络，将冰雪赐给夸父，将大海赐给鲛族。”

“真是了不起。”卫行突然想起什么，回身看向父亲，“羽人真的会飞吗？”

“会。”伯景星想了想，补充说，“大部分会。在每年的七夕明月之力最盛的夜晚，他们能够生出精神力凝结出的双翼，在天空翱翔。”

他亲眼目睹过这样的盛况，光洁圆润的明月散发出柔和的光芒，即便是伯景星这样的异族武士都会感受到空气中飘浮的一股力量，千万个羽人虔诚地颂唱，随后从他们后背肩胛的位置慢慢凝聚起透明的精神力，逐渐凝化成雪白的翅膀，他们张开双翅一个接一个地在明月照亮的夜空中飞翔。伯景星清晰地记得那一刻，自己仰望着天空中的羽人，难以控制地生出一丝嫉妒之心。

“大部分会？”卫行若有所思地说，“那些不会飞的羽人被视作不纯洁，所以他们不能登上龙腾木？”

伯景星挑了挑眉，他知道卫行一定见识了“洼区”，那是树下外围的一大片区域，比起树城的精致繁华，那里不但贫瘠而且脏乱，生活着羽人的无翼民。抵达秋叶城后，只有卫行和老猫在羽人士兵的带领下登上了龙腾木，商队的人都留在了“洼区”。

“无翼民在羽族中属于低等群体，他们可以来到龙腾木上干活，但是不被允许在城市中居住，还有很多地方也不准他们进入。至于外族商队，必须办理特别许可后才能进入城市。”

“这样并不公平。”卫行说，“不会飞不是他们的错，我是指那些无翼民。”

伯景星在心中叹了口气，他也曾苦苦寻觅了很长时间的答案，然后发觉这是一个无解的问题。“在哪里都会有这样的情况，不仅仅是羽人，卫行，等你能用足够的时间表现出你的虔诚时，星辰诸神一定会告诉你答案。”他一边回答，一边绕开了这个话题，“旅途中你也辛苦了，这几天多出去走走看看，不用一直跟在我身边。”

“嗯。”卫行的情绪也高昂起来，“这次出来真的很有收获。”

“以前是我和你们说得太少了。”伯景星沉吟说。

“不，不，就算您之前告诉我们，我和哥哥也只是听听而已，不会放在心上。只有亲眼目睹和亲身经历之后，才会变成自己的东西。我是说这很有意思，我们生活在同一片星空下，却是完全不同的两个世界，我希望自己能试着多了解羽人一些。”

“你可以做到的。”

卫行的眼中跳动着欢快和自信。“您是一位好父亲。”他说。

第十六章

千宜悦在街口看见了老爹，他站在那家常去的小酒馆门口，身旁是个瘦高个子的灰衣人，两人正在热烈地谈论着什么，准确地说，千蒙能正在高谈阔论，他兴奋地挥动着双手，唾沫星子飞溅，喝完酒以后的鼻子像个红色蒜头，对方大多数时候是在静静地听着，偶尔简单地回应几句。

宜悦正犹豫要不要换一条路的时候，身后的小伍说道："那不是老爷吗?"侍女的声音又尖又细，千蒙能转过头看到她俩，立刻大声地招呼。

"噢，我的女儿，快过来，到这里来。"

宜悦不太情愿地走了过去，隔着很远都能闻到老爹身上的酒气。

千蒙能一把拉住女儿的手，冲着灰衣人介绍说："这是我的宝贝女儿。宜悦，快来告诉这位祁九先生咱们家的那些古董，都是前朝留下来的好东西。祁九先生是从天启城来的大商人，专门做古董生意。"

对方微微咧嘴算是对宜悦的笑容，他的脸色和身上的衣服一样灰扑扑的，左眉有明显的断裂，是一道很久以前留下的伤疤。

“父亲，几年前你就把那些瓶瓶罐罐都卖了钱换酒喝了。”

“胡说。”千蒙能装模作样地训斥道，在外人面前他还是能装出一家之长的样子，“你什么都不知道，在我的书房里有一整排燹朝皇宫里的御器，都是咱家先祖留下的。”

如果真有什么前朝御器，也早该被典当换钱了。宜悦没有接口，她四下张望掩饰内心的厌倦。做父亲的马上领会到女儿的心情，换成温柔的语气问：“你准备去哪里，宜悦？是不是去照看那位英俊的护卫营军官？我总是记不起他的名字，叫伯什么来着……”

“我去星辰神庙看妈妈。”宜悦忍不住打断了父亲，语气有点生硬，她讨厌千蒙能的这种态度。

千蒙能尴尬地笑着，连声说：“好，好。快去吧，我的女儿。”在一旁的灰衣商人始终一言不发地看着父女两人，“走吧，祁九先生，你可以去我家坐坐。”千蒙能转过头热情地对他说，“那些货色保你满意。”

离开父亲后宜悦的心情稍稍好转，南风回家的消息让她悬了数天的心终于放了下来，只是她还没能亲眼见到爱人，其实她已经去过了伯府，琳敏夫人恰巧不在，她不好意思就这样闯进去探望南风。

走过街口时她看见一个卖花的小女孩，漂亮的白色小雏菊是宜悦喜欢的，她掏钱买了两簇，想了想，又要了一簇。

母亲和胖姨都葬在神庙后面的墓园，宜悦母亲去世的时候，她还是个八岁的小姑娘。那是一段难熬的日子，父亲除了在酒馆就是在去酒馆的路上，家里的仆人因为薪水低廉一个接一个离去，只有胖姨留下来继续照顾宜悦。小宜悦问胖姨为什么不走，胖姨说自己现在又老又胖，不会再有人雇用她了。没有人记得胖姨姓什么叫什么，大伙儿以前管她叫胖妹，后来是胖姐，最后是胖姨。胖姨的丈夫孩子都在大瘟疫的时候死了，她在世上再也没有其他亲人。

就算家徒四壁，千家至少还有一个大宅子，胖姨带着宜悦去了趟星辰神庙，最后神庙租下了千家一半的宅子。那天两个人走出神庙回家，正是夕阳西下，在漫长的台阶上一胖一小两个笼着淡淡金黄光芒的背影牵着手蹒跚而下，那幅场景给当时神庙里的星辰姐妹们，包括伯南风的小姨叶昱子都留下了深刻的印象。这些话是昱子圣女亲口告诉宜悦的。

神庙支付的租金足以维持千家的日常开销，小宜悦做了平生第一次决定，她把租金的一半交给了父亲千蒙能，给父亲的钱照例最终会流淌进酒馆老板的腰包，这已无关紧要，宜悦用剩下的另一半租金做起了这个家的女主人，当然，很多事情一开始是胖姨在教她，宜悦学得很快也学得很好。

除了打理这个家，剩下的所有时间宜悦都在星辰神庙中度过，胖姨是个虔诚的信徒，整天带着宜悦祷告，星辰姐妹们似乎觉得宜悦只会祷告太过可惜，每个人都会来教她些什么，护理、识字、算术、外族的语言……虽然年轻的护卫营军官伯南风一直认为自己是在前一年的星辰大典上才第一次见到宜悦，实际上宜悦很早就见过伯家一家人。

壶玉城守伯大人带着第二任妻子和三个孩子围坐在叶珞子夫人的墓前时，千宜悦时常会在不远处，或是跟随星辰姐妹们一起打扫墓园，或是在某处树荫下背诵药典。

六年以后，宜悦出落成亭亭玉立的姑娘，她没有办法让千家重新富贵，但至少阻止了它继续破败下去，甚至稍稍有了起色。胖姨在那年得了重病，丈夫孩子死后她一直期待着星辰诸神对她的召唤，现在她却有些留恋尘世，六年的相依为命，在她心里已经完全把宜悦当作了自己的女儿。胖姨最后的时光是在星辰神庙里度过的，宜悦陪着她一起向着星辰诸神祈祷。胖姨挑了自己墓地的位置，一旁是大瘟疫时的千人冢，那里葬着胖姨的亲人们，另一旁隔着宜悦母亲的墓不远。

“这样，我就可以看见他们每个人。”胖姨说完人生最后一句话后，她的眼睛始终盯着宜悦，然后慢慢黯淡。

如果不是遇到伯南风，自己肯定会成为星辰姐妹中的一分子的，宜悦总是这样想。

宜悦沿着瀑布般的台阶走进了白色大理石筑就的星辰大殿，圆形立柱撑起高高的殿顶，一块巨大的大理石板上描绘着天空中的星辰，十二主星，还有无数的辅星。

四位星辰姐妹静静地侍立在旁边，信徒们一个接一个地跪下，默默祷告，然后退身离去。很快轮到了宜悦，她跪在雪白的地面上，和往常一样在心中虔诚地赞美星辰诸神的庇护，随后是为那些已被星辰诸神召唤的人和尚在尘世中的人祈求福祉，她在自己的祷告名单中添上了伯南风的名字，还有他的家人。虽然她见过他们，但从没有和他们谈过话，也许过不了多久就会有这样的机会，南风被关押时和琳敏夫人接触了几次，琳敏夫人对她的态度就像对待家人，宜悦又是欢喜又是担心。

完成祷告后，宜悦去了神庙后面的墓园，给母亲和胖姨各送上一簇白雏菊。一块一块的石碑整整齐齐地排列着，每块石碑下面都是一个被星辰诸神召唤而去的灵魂。剩下一簇白雏菊宜悦放在了叶珞子夫人的墓前，买花的时候还很坦然，来到夫人墓前时她却犹豫了，像做了坏事一样匆匆放下花就走，她的脸涨得通红，好在周围没有其他人。

走出星辰神庙，广场上空荡荡的，远处几个信徒半跪着正在洗刷台阶。小伍这丫头又不知道跑到哪里去了，她从来不喜欢神庙，每次宜悦来的时候她总是等在外面的广场上。小伍来自壶玉城南的瓦石森林，据说住在瓦石森林的土著居民有些特殊的信仰，他们就像那里随处可见的瓦石一样，既古怪又固执。小伍说她很早就离开瓦石森林来到了壶玉城，所以现在完全是城里人的模样，只是偶尔还保留着一点点不一样的地方。

宜悦一步一步走下神庙广场的台阶，小伍从街边的商铺里冒出头来，蹦蹦跳跳地冲过来。小丫头手里拿着一大捧野花，笑嘻嘻地说："小姐，以后用不着再买花了，我去替你采。"

"你呀，以后别总是乱跑。"宜悦埋怨说。

小伍吐了吐舌头，老老实实地跟在宜悦的身后。"小姐，今天你还会去见那个大个子吗?"

"也许吧。"

"不知道他的伤势好些了没?"

被伯南风用两件漂亮的衣服收买后，小伍不再叫他南瓜头，那家伙总会用点小恩小惠收买人心，宜悦觉得小伍快变成伯家的侍女了。

千家的宅子离神庙并不远，宜悦很快回到家中，父亲没在客厅，也不在书房，她问了仆人——从家里的财政开始好转后，她逐渐雇用了几个仆人，小伍也是其中一个——说穿灰衣服的客人离开后，他们就没有看到老爷的身影。

宜悦又找了一圈，哪儿也不见父亲，直到在后花园的角落听到奇怪的动静，她才发现千蒙能待在一间杂物房里。他坐在一张破旧不堪的小板凳上，左手拿着酒瓶，整个人呆滞地盯着地面，脸色比早晨那个天启城商人还要灰白。

"老爹。"宜悦叫了一声，坐在板凳上的人没有任何反应，她只好提高声调又喊了一声。千蒙能一下子惊醒过来，手中酒瓶里的酒洒出去了一些，他站起来讪讪地笑着，遮掩不住一脸惶恐的神情。

“你怎么了?”

“没，没事。”千蒙能遮遮掩掩地说。

很久以前宜悦就觉得父亲会经常做出一些刻意讨好她的举动，她不知道是因为自己在管理这个家，还是其他什么缘由，最初她不太适应，时间久了也就习以为常了。千蒙能并不是个好父亲，在宜悦和这个家最需要父亲的时候，他全然没有尽到自己的职责，只有胖姨才是宜悦相依为命的亲人。有时候，宜悦甚至感觉到自己一点儿都不在乎他，父亲永远无法让她像对待胖姨一样对待他。

宜悦在心底暗暗叹了口气。“那我走了。”她转过身准备离去。

突然间，千蒙能冒出一句：“我们要离开这里。”

“什么?”宜悦停下脚步，又一次回转过身子看着父亲，她完全搞不懂老爹是什么意思，“你要离开哪里?”

千蒙能看着她，脸上露出不自然的笑容。“我们在壶玉城里住得太久了，我觉得该换个地方住了。”

“老爹，你疯了吗？是你告诉我而且还要我牢牢记住，我们家族曾经是前朝的权贵，如果未经官府的应允擅自离开，会招致灭门的死罪。”

“我的天，还有禁迁令。”千蒙能擦着额头的汗水，他的脸色苍白得像张纸，“是的，那是很久以前的事了。宜悦，你看，我们家族已经衰败了，不再会是个威胁，我们可以去找晋王，他一定会允许的。不，不，我只是一个平头百姓，宜悦，我们还可以去找你的护卫营小伙子，通过他的父亲……”他越来越结巴，越来越语无伦次。

宜悦打断他说：“老爹，到底发生了什么事情？是那个古董商人吗，他对你说了些什么?”

千蒙能迷茫地看着女儿，然后颓然地坐下，板凳不堪重负地发出嘎吱的声响。宜悦发现他好像突然老去了几十岁，稀疏的头发耷拉在脑门上，眼角堆积着皱纹，嘴角不受控制地哆嗦，她的心中顿时生出一丝怜悯，蹲下身子握住了千蒙能的手，老爹的手冰凉冰凉的。

“别着急，告诉我发生了什么事。”

千蒙能抬起头，他的双眼空洞无助，似乎又透着一丝恐惧。“我不知道他是谁，真的，早上在酒馆喝酒的时候，他坐在我身旁告诉我他是天启城的古董商人，他说他知道我们千家是前朝的遗族，一定有几件好古董。我以为这是个发财的好机会，别怪我，好姑娘，我知道我是个没用的父亲，我想攒点钱，将来你嫁给那个护卫营小伙子的时候能有个像样的嫁妆。”

宜悦一下子有些感动，千蒙能抬起手轻轻抚着她的脸，她柔声说：“老爹，我们什么都不用卖，我会照顾好你的。”

“不，你听我说下去。”千蒙能摇着头，“他来到家里什么也看不中，是啊，值钱的东西早就被我卖光了，我真傻，古董商人怎么会看不出东西的好坏真假呢。最后，他突然和我说，千家有一颗龙之怨珠，只要我能卖给他，他会出一笔大价钱。我才知道，他是有目的来的。”

“什么龙之怨珠？”宜悦第一次听到这个古怪的名字，她不解地看着父亲。

“屠龙英雄，咱们千家的家主是位屠龙英雄，传说他杀死过恶龙，从龙的身上取得了一颗龙珠。”

“世上真的有龙？难道这不是传说吗？”宜悦狐疑地问。

“祖上留下来的家训上是这么说的，我们千家破败了，就连那些家训族谱也都毁于战火，有些事情是口口相传下来的。你是我唯一的女儿，也是千家唯一的血脉，这些事情迟早我也要告诉你的。屠龙都是先人留下来的故事，不管是不是传说，但是那颗龙之怨珠我们家是有的。”千蒙能握紧拳头比画了一下，说起珠子的时候，他的精神好了一些，灰白的脸庞开始泛起血色，“珠子有拳头大小，淡淡的昏黄颜色，你爷爷直到咽气的时候才把珠子给了我，说这是千家的传家宝。”

“这颗珠子现在在哪里？”宜悦好奇地问。

千蒙能直勾勾地看着她说：“在你身上。”

“我，怎么会？”宜悦从来不记得自己身边有这样一颗珠子。

“你出生没多久便患了非常奇怪的病，不吃不喝，一双眼睛慢慢变了颜色，先是越来越淡，然后又越来越深，最后竟然变成了金色。请来的所有医生都束手无策，断言你活不过十天，我已不抱希望，你的母亲也整天抱着你痛哭。后来，家里不请自来了一个怪人，开口就说必须用那颗龙之怨珠才能救活你，这原本是千家的秘密，连你的母亲都不知道，我当然不会承认。那个怪人自称是能够测出星命的星相师，他说这颗珠子怨气太重，会给主人带来厄运，千家就是因此而衰败的。当时你命悬一线，若是用珠子救了你，你的命运将变得不可估量。我原本不相信那个星相师的鬼话，可是你的母亲听说能救你，无论什么事情都肯去做，我实在拗不过她，拿出了那颗珠子。星相师不知用了什么诡秘方法，将珠子磨成了粉，又混了很多药水，让我们每天给你灌下去。说来也怪，吃了这药，你一天比一天好了起来。”

宜悦目瞪口呆地听着父亲的讲述，他是如此一本正经，让人无法有任何的怀疑。千蒙能想起了什么，说：“对了，你脖子上的那个挂坠，就是珠子唯一还剩下的一小块。”

现在那个挂坠在南风的脖子上。“可是这和今天的那个天启商人又有什么关系？”她问。

“星相师走的时候，郑重其事地告诉我，他观察星轨发现龙之怨珠并非吉祥之物，相反，它会带来灾难。他还说，有一些人在寻找这些珠子，如果将来又有人来问起它，要我立刻隐名埋姓，走得越远越好，否则一定会有性命之忧。”

“为什么？”

“我不知道。”千蒙能哭丧着说，“那个天启商人又提到了珠子，他说的时候我正看着他的眼睛。”他露出了害怕的神情，身子不由自主地颤抖，“那双眼睛告诉我，为了珠子他什么事情都做得出来。”

宜悦静静地看着父亲，千蒙能像个无助的孩子一样坐在板凳上，把头埋进双手中间。她开口说：“我们今天晚上就走。”千蒙能抬起头，吃惊地看着她。“不管是不是真的，我们先离开，再考虑其他。宅子、仆人，什么都别管，带着钱就行。”宜悦吩咐说，就像每天向仆人们交代各种各样的活儿一样。下定了决心就去做，这是胖姨教她的。

“我们去哪里？”

“去哪儿都行，避一避风头。”

“行。”千蒙能忙不迭地说，“我去雇辆大车，有个熟识的车老板，人老实，口风也紧。”他站起身子往外就走，忽然又想到了什么，“你的南风怎么办？”他的脑袋一下子清晰了，连伯南风的名字都脱口而出。

“我去给他留个口信，又不是永远见不着了。”宜悦这样说着，心里却感到一阵难受。

千蒙能“哦”了一声，匆匆走了出去。宜悦想着父亲刚才所说的一切，如此不可思议，就像做了场梦。她脑子乱哄哄地走出杂物房，迎面碰上了小伍。

“老爷刚刚出去，一副心急火燎的模样。”小伍看看宜悦，满脸疑惑，“小姐，你是不是有心事？”

“我要出去一趟，你不用陪我。”宜悦想到离去前应该给仆人们留下工钱，于是关照小伍说：“我的梳妆台抽屉里有一个小钱袋，你去把它先收起来。”

“为什么？”

“别多问了，到时候有用。”

宜悦走出家门，稍稍考虑了一下，往伯家的宅院走去。她冷静了许多，又把事情从头到尾回想了一遍，越想越觉得可笑，她开始后悔草率地做出离开的决定，左右为难的焦虑一直萦绕在心头，直到抬头看见伯家的宅门。宜悦的脑海中浮现出老爹那副颓丧无助的样子，她在心底叹了口气。这一次权当为了千蒙能，毕竟他是自己的父亲。

伯家的仆人告诉宜悦说琳敏夫人还没回来，宜悦犹豫了许久是不是要进去看一眼南风，最终她还是退缩了，掏出一封信，是自己临出门前写下的简单几句话。

南风：

家中突遇急事，我需陪父亲赴天启城一行，暂别数月，你要好好养伤，我会和你联系，勿挂念。

无时无刻不在想念你的宜悦

她像做了亏心事似的，匆匆把信交给伯家的仆人便转身离开。只要等这件离奇的事情稍稍有了眉目——也许根本不会有眉目，因为很有可能什么都不会发生——她就会想办法快些回来。宜悦一边走着，一边对老爹的那些话越来越没有信心。

临近中午，大街上清静了许多，只有路边酒馆里传出喧闹的声音，一只黄色的流浪狗趴在屋檐下的阴影里，耷拉着脑袋睡觉，几只野鸽子在它周围快步地走来走去，啄食地上的食物残渣和一些小石子，只有在它们挥动翅膀发出较大响声时，流浪狗才会不情不愿地睁开眼睛看上一眼，随即又闭目睡去。

人在烦心的时候就会去羡慕某只慵懒无忧的动物，宜悦停下脚步，目光从那只流浪狗和野鸽子们身上慢慢移开，投向路边的酒馆。酒馆里没有看到老爹的身影，也许会是在街角的另一家。宜悦觉得心里空荡荡的，是不是该带上小伍一块儿走？她又开始犹豫起来。

千蒙能毫无征兆地出现在街道的另一端，不知是从哪个角落里冒出来的，远远看去他好像很兴奋，挥手朝宜悦小跑过来。当他跑过第一个街口时，街道的某处突然传来一声尖叫，宜悦看见老爹的脚步停了下来，转脸看着声音传来的方向，他的脸色一下子变得难看起来。仅仅是一眨眼的瞬间，两匹失去控制的驮马拉着一辆车从街口窜了出来。

宜悦骇然地大叫起来，她眼睁睁看着驮马撞倒了老爹，从他身上践踏而过。

“天哪。”宜悦跌跌撞撞地冲向自己的父亲，千蒙能躺在血泊中，整张脸像白纸一样，胸口深深地凹陷下去。宜悦跪倒在他的身旁，千蒙能看着她想要说些什么，张开嘴时鲜血涌了出来，他努力地挤出一个笑容，颤颤巍巍地抬起一只胳膊想要抚摸宜悦的脸庞。

宜悦再也忍不住，眼泪喷涌而出。“老爹，你不要死，你千万不能死。”她不停地哭喊。

千蒙能没有任何回应，他的手指僵在了半空中，眼睛瞪得大大的，再也没有了气息。

周围慢慢围拢了路人，交头接耳议论着刚才发生的惨剧。宜悦惨然地看着死去的父亲，也不知过了多久，她隐约听到身旁有人在对她说话，她以为是幻觉，然后发现不是。一个脸庞凑到她的面前，大声说：“喂，我叫你别哭了。”

那是一个穿着治安官服饰的半老头子，头发灰白，胡子拉碴，眼睛枯黄充满血丝，语言和相貌同样粗鲁。“死了的家伙是你什么人？”

“父亲。”宜悦僵硬地说。

半老头子回头冲着同伴说：“周围的目击证人都问清楚了吗？”

身后的人是他的同僚，年轻的脸上长满了粉刺，看上去有些紧张，也许是这辈子还没见过血光之灾。“拉车的马受惊了，冲过来撞倒了这个人。”年轻人指了指地上的千蒙能。

“那匹马现在在哪里？”年轻人一副张嘴结舌的模样，半老头子不满地又问，“那么主人呢？”

“什，什么主人？”对方结结巴巴地说。

“马的主人，蠢货。”半老头子勃然大怒，“你的脑瓜里只想着裤裆下面的事情吗？这些日子白寡妇的麻子女儿没少往你脑子里灌黄汤吧。别傻站着，快去找。”

年轻人惊恐地拨开人群往外冲去，治安官哼哼着问宜悦住在什么地方，宜悦木然地回答，对方冷冷地嘟囔了一句“还是个有钱人家嘛”。中午的日光火辣辣的，成群的苍蝇在四周盘旋，半老头子开始指挥周围看热闹的平民们，治安官的装束赋予了他这样的权力。

三四个人把千蒙能的尸体放上一辆平板车，一个大妈搀扶起宜悦，有人从酒馆里搬出凳子让她坐在路边，她看着几桶井水的冲刷再加上些尘土沙子，地上的血迹慢慢消失不见。宜悦突然有一种不真实的感觉，一切就像什么都没发生过，然而此时此刻自己已经没有了父亲。她的眼眶中一下子又涌出了泪水，尽管他曾经如此不重要。

“这是星辰诸神的召唤，谁也躲不过。”治安官咂巴嘴，斜眼看着宜悦，“小姑娘，把你父亲送回家还是直接送去星辰神庙？”

"回家吧。"宜悦轻声说。

年轻的同僚直到现在还没有回来，半老头子不耐烦地搓搓手。"这小子真是不会干事。"他看看四周，随手指着酒馆的胖子老板，"我陪这位姑娘护送她的父亲回去，你待在这里，等那个蠢货回来告诉他去哪儿找我。"那个蠢货肯定是指他的年轻同僚。

千蒙能的尸体盖上了一块白布，治安官安排两个人拉着板车，他和宜悦走在板车后面。"这种意外每天都会发生。昨天有人打水的时候滑进井里淹死了，前天一个家伙从城墙上摔下来，因为他想去掏城垛下面的一个鸟窝，真不知道这些蠢货的脑袋里塞了些什么。我说姑娘，别太丧气，你妈准不定还会嫁人，你还会有个父亲，说不定更有钱。"

"我母亲已经去世了。"宜悦冷冷地说，从心底里讨厌这个碎嘴的半老头子。

"哟，那你可多长个心眼，会有好多人围在你身边转悠，都是些垂涎你的财产和美色的登徒子。你肯定没结婚，对吧，姑娘，老邱吞我从来不走眼。"他唾沫星子乱飞地吹嘘，浑然忘了刚才说起宜悦母亲的事，"这年头，你一定要嫁个牢靠点的丈夫，千万别找小白脸，要找年纪大的。"

宜悦猛地加快脚步，走在治安官的前面，身后传来对方不满的声音，她丝毫不在意。就在这个时候，一辆马车从后面赶了上来，停在他们的旁边。驾车的位置上坐着的两个人都是晋王护卫营军官的装束，其中一个跳下马车，站在宜悦面前。"千小姐，请上车。"他指了指黑色的马车车厢。

"是伯南风让你们来的?"宜悦有些吃惊，突然又想到南风现在还在家里养伤。

对方没有什么表情，后面的老邱吞伸手阻拦。"喂，这事是归我们管的。”半老头子斜眼看着他们，“护卫营啥时候开始插手城里的治安了？”

护卫营军官冷冷一笑。“千小姐身份特殊，我们是奉命行事。”他稍稍拉开马车车厢的门。

“我要送父亲的尸体回家。”

“马上会有人来安排好的，请你放心。”

宜悦犹豫了一下，治安官大声的质问让她再也忍不住，踩上踏板钻进了车厢，车厢门在她身后“啪”地关上。她隐约听到老邱吞暴跳如雷的吼声，还有护卫营军官冷冷的回答。

宜悦的双眼慢慢适应着车厢里的昏暗，马车动了起来，她忽然看见车厢角落里的小伍，侍女被捆绑了手脚，嘴里塞了一大团手帕，正惊恐地看着自己。宜悦来不及吃惊，一只手捂住了她的嘴，粗壮的黑影出现在身旁，用另一只手紧紧地夹住她的身子。

“别害怕，宜悦小姐，也请不要反抗。”黑影说。

千宜悦忍不住颤抖，她听出那是古董商人祁九的声音。

第十七章

伯卫行从一家锦缎店里走了出来，他花了三个银币买了一条色彩艳丽，摸上去非常柔软舒服的头巾，羽人老板解释了半天，他仍旧没有弄明白头巾是什么材质的，卫行只是记得商队的乔老板说，羽人的各种绸缎织物是九州大陆上最好的。

这条头巾是他为琳敏夫人买的，来自澜州的礼物。卫行知道自己有一位生母，遗憾的是她没有给他留下什么印象，有时候躺在床上卫行也会想象着亲生母亲的模样，南风说过一些，可是哥哥的记忆很不可靠，父亲不多的几次描述中，母亲非常美丽又英姿飒爽。卫行每次闭上眼睛想在脑海中勾勒出母亲的模样，最后跳出来的依旧是琳敏的样子。

她就是我的母亲，他这样想。

街上走过的羽人都会用一种奇怪的眼神打量卫行，他早已习惯了这种情况，除去洼区，秋叶城中极少会见到外族人，羽人们见到他时一般既好奇又谨慎，他们脸上的表情却不会有任何改变。这几天只要一有机会卫行就会溜出御馆，在秋叶城里四处闲逛，三十九棵龙腾木他已经去过了一小半，每棵龙腾木都是小小的天地，就像一件镂空的精美艺术品，从上到下、从主干到枝杈，被各种通道、街巷、商业区和居住区覆盖，这里的一切都是新奇的。

*用不着再去羡慕南风一身护卫营的帅气制服，我有更多的收获，*卫行稍有些得意地想。

同一株龙腾木，底部是一些普通的集市和居所，越往高处去，无论商铺还是龙栖藤上的巢屋，外观装饰得都更加精致和华丽，街上行走的羽人们，发色也越来越淡。

他记不清是在哪里拐错了弯，沿着蜿蜒的树径一路向上，周围越来越僻静，浓密的枝叶中出现了一片独特的林园，它的四周被一片低矮的木栅栏圈了起来，里面是几棵外形奇怪的树，是的，长在树上的树。

卫行好奇地张望了一会儿，周围静悄悄的，没有任何人，他决定走上前去看看。他直接跨过了林园的木栅栏，靠近了那几棵树木。比起龙腾木它们简直是小草，根部扎进了龙腾木的树身中，树径从上到下大小是相同的，笔直没有任何枝杈，只有在树的顶端覆盖着圆卵状的散发出淡淡银色光芒的叶子，就像戴着一顶皇冠。

树身看上去光滑无比，他忍不住伸出手去抚摸，手指还未触及树身，身旁传来呼喝声，眼角余光发现一道黑影直击向自己，他慌忙向一旁翻滚，黑影落在地上发出“啪”的响声。卫行狼狈地爬了起来，他的眼前站着一位与自己年龄相仿的银发羽族少女，刚才的黑影是她手中拿着的一根又细又长的木棍。

如果不是她脸上带着怒气，一定非常娇娆美丽，现在皱眉瞪眼愤愤的表情又让她有种别具一格的可爱。

“对不起，我不知道这个院子是不可以进来的。”卫行忙不迭地向对方解释，讲清楚这个并不难，他只是觉得自己的脸稍稍发热，是因为羽族少女的关系吗？

羽族少女没有理会他的解释，直接挥动手中的木棍又一次抽向卫行。“狂徒。”她大声说。

卫行连忙向后退避开。“请你不要生气，我马上就走。”这个羽族少女的怒气是不是太激烈了？他想。

木棍从卫行身前扫过，随即向下直坠，卫行猝不及防，木棍击打在他的小腿上，他“哎哟”了一声，向旁边跳开，被木棍抽到的地方一阵火辣辣的疼痛，他有些生气。“喂，你怎么可以这样不分青红皂白就打人？”他顿了顿，又轻声解释说：“我不是羽人，第一次来这里，不太懂……”

没等他说完，羽族少女再次挥动手中的木棍抽打过来，卫行有了准备，他没有闪避，直接伸出手臂格挡。

从小就和南风一起接受正规的训练，父亲在这方面很严厉，总是尽量抽出时间亲自教导他们，平时会有一位经验老到的教官教习他俩格斗、箭术和骑马——茅勒，在加入守备队之前，做过十几年的佣兵，喜欢撩开衣服给兄弟俩看身上的伤疤。“每多一道伤疤，你的技艺又将提高一分。”茅勒还说卫行和南风有家传的天赋，在壶玉城的年轻人中间，能够胜过他俩的寥寥无几。

木棍的中段击打在卫行的小臂上，比预想的疼痛许多，更要命的是木棍并没有被完全挡住，它像条柔软灵活的蛇，前半段飞快地弯曲，又一次击打在他的肩膀上，卫行终于忍不住大叫了一声。

羽族少女略微露出得意的笑容，她单手拿住细长的木棍撑在地上，另一只手叉在腰上。“不管是不是羽族，擅闯私家的神木园，按律法责打二十棍。刚才是第一棍和第二棍，还有十八棍。”她的声音清脆。

卫行揉着发痛的肩膀，最初还觉得有些理亏，面对少女的咄咄逼人和不近人情，他的怒气涌上，强压住怒火狠狠瞪了一眼羽族少女，掉头就往回走。羽族少女“咦”了一声，没有料到卫行居然对她不理不睬，她的脸色顿时冷若冰霜，冲上去挥出木棍。

“打完了才能走。”

卫行早有防备，灵活地躲避开木棍。“你别不讲道理。”他指着羽族少女，“我解释过了，也向你道过歉了，你不要不依不饶。”

“轻飘飘的两句话就行了吗？你也太不把羽族的神木园当回事了。”羽族少女又急又快地挥棍，她身手灵活，明显也受过格斗技巧的训练。

卫行小心躲避，对方加快了攻击的速度，他越来越狼狈。“喂，不要以为我怕你，我可要还手了。”卫行从腰间解下短刀，他没有拔出刀，连着刀鞘指着羽族少女说。

对方的嘴角扬起一丝冷笑，用疾抽过来的木棍作为回应。卫行用短刀格挡，他发现自己还是轻视了这个羽族女孩，她很擅长格斗术，柔软的木棍像毒蛇一般出击，自己则从来没有遭遇过这种武器，每次用手中的短刀格挡，木棍都会弯曲，改变击打的位置。卫行的手腕、手臂和肩膀接连被打中，火辣辣的疼痛几乎让他拿不住短刀。羽族少女每次打中他后都会大声地报出数字，近乎羞辱般的举动让他又急又恼。

“住手。”卫行忽然大声喊。

羽族少女双手攥住细木棍，脸上露出不耐烦的表情。“早点挨完棍子不就行了。你还得谢谢我，幸亏我早点出手，否则你若是摸到了那棵神木，就不是挨棍子这么便宜了。”

真是个刁蛮的姑娘。“好吧，我不开玩笑了，你要小心。”卫行沉下脸一本正经地说完，然后弓步屈膝，双手握住连鞘的腰刀，摆出一个进攻的姿势。

羽族少女甩甩手中的木棍，木棍像蛇一样抖动，发出破空的嗤嗤声。卫行突然大喝一声，双手奋力将腰刀原地高高抛起，腰刀被抛上半空，翻滚着越来越高，也越来越慢，最后慢慢呈现出下坠的态势。卫行仰起头，眼光却始终盯着羽族少女，对方一脸诧异地抬头看着半空的腰刀，他立刻蹿了上去，一把抓住木棍的另一头。羽族少女吃了一惊，用力往回抽着木棍，但木棍在卫行的手中纹丝不动。

腰刀"啪"地落在地上，羽族少女恼怒地盯着卫行。"使诈的人不配做武士。"

"真正的武士有勇有谋。"卫行并不示弱地回应。

羽族少女的脸颊变成绯红色，她又用力往回抽着木棍，但是毫无效果。气力本来就非羽族所长，她无论如何抢不回卫行手中的木棍。

卫行咧开嘴冲着羽族少女笑了笑，他自己都弄不清楚为什么要这样。这个笑容一定会气坏羽人姑娘的，可他控制不住地想要逗逗对方。和哥哥不同，卫行大多数时候都是一本正经的做派，南风甚至给他起了个"小老头"的绰号，他泰然受之，并没觉得有什么不妥。现在，他的表现就像个轻浮的人族小混混。

羽族少女的脸色由红慢慢变白，卫行察觉到了一丝异样，周围的空气发出"嘶嘶"的声响，好像变得沉甸甸的，有一种越来越黏稠的感觉，仿佛正在渐渐凝固。突然间，羽族少女的后背出现古怪的气流，如同水中的漩涡一样呈现在卫行眼前，他来不及吃惊，下一刻，羽族少女的背脊上凝聚出透明的翅膀，她突然向上跃起，停滞在了半空。

卫行惊讶地看着，他的手中依旧拿着那根细长的木棍，木棍的另一头握在半空中的羽族少女手中，这情形就像是他把对方举在空中。

羽族少女的翅膀开始从上往下一溜烟地呈现出白色，透明的气体形状直接变化成了丰满的羽毛，翅膀扇动着向身体两旁张开。

然而，这对精神力凝聚起来的翅膀只是完成了大半，在靠近羽族少女背脊处的地方，翅膀还是透明的气体，没有完全物化。羽族少女同样感觉到了，她的脸上露出急躁的表情，再一次努力地凝聚。然而她惊呼了一声，白色的翅膀迅速转回成透明气体的样子，然后“砰”的一声四分五散，她一下子从半空中跌落在地上。

卫行扔掉木棍冲过去搀扶对方，羽族少女一脸又急又臊的表情，她恼怒地推开卫行。“都怪你。”她一边大声斥责一边站起身子，只是刚才的凝聚消耗了太多气力，她的腿软了一下，又跌坐在地上。

“是，是我的错。”卫行捡起木棍递到羽人姑娘的手中，诚恳地说，“你打吧。”

旁边传来轻轻的笑声，卫行抬起头看见刚才的神木旁边又多了两个人影，他一下子心慌意乱，低声说：“父亲大人。”

身边的羽族少女同样一脸尴尬，冲伯景星身旁的羽人喊了一声：“爷爷。”

关于墟荒创世以及星辰诸神掌管世间一切，羽人们的创世传说和人族的大同小异，不同的是他们信奉元极道，并不像人族那样建造出宏伟的星辰神殿来崇拜诸神，羽族拥有自己的神木园，他们对树的感情就像河络之于大地，夸父之于冰雪。

没有枝杈只在顶部长着银色叶子的树，便是神木园中的年木。羽人视年木为星辰诸神留给羽族的圣物，在神木园的修行者是羽族中的神职人员，业力精深的神木园长老可以通过年木感应星辰诸神的训导与旨意，千百年来留下的习俗传统，神木园也享有和十姓贵族同等选举羽王的地位和权力。

每座羽族的城市都有一处生长着年木的神木园，某些显赫的羽人贵族世家会因为功绩得到神木园的赐福，获得年木并被许可种植在自家宅中，这是无上的尊贵与荣耀，他们小心照顾，将年木视作家族留传的圣物。

“这里是我们雪氏家族的神木林，获得神木园赏赐的年木种植在此。在白薄城，我们雪氏的世代封地还有一处更大的神木林。”

楠木圆桌上摆放着茶壶和杯子，雪嘉言边说边往卫行的杯子里添了些果茶，又从圆桌旁盛水的水罐中舀出泉水倒入茶壶。茶水的颜色犹如深秋的落叶，微微暗红，飘散出一股浓郁的香气。

水罐已经空了一大半，看样子，父亲和这位雪大人聊了很长时间了，卫行坐在一旁，内心忐忑不安。

“羽人的神木园就像我们的星辰神殿一样神圣。”坐在一旁的伯景星补充说，“无论神木园还是贵族私宅中的神木林，都有很多禁忌，尤其是私家的神木林，若没有得到主人的应允是绝不能踏足半步的。”

*刚才差一点就触碰到那棵年木，怪不得会挨打。*卫行的目光投向站在雪嘉言身后的羽族少女，少女依旧带着气愤的表情，凶巴巴地瞪着自己，他讨好般地笑了笑，少女并不理会，撇了撇嘴以示拒绝。

“这个要怪我，事先没有向你交代清楚。”*其实是自己这两天跑得太快，父亲都来不及关照，*卫行羞愧地看了看伯景星。

“他是第一次来澜州，很多东西都不知道，待在秋叶的时间长了，会一点点知晓的。”

“今天就这样算了？”站在雪嘉言身后的羽族少女着急地说。

雪嘉言轻轻咳了一声，羽族少女立刻没有了声响，老人回头看着孙女说："映青，刚才见你凝翅，还是功亏一篑。按理说你修习了这么多年，火候已到，差的只是心境。"羽族少女低垂下头，雪嘉言继续说，"羽族的凝翼之术，除去修习之时，只有用在危急关头，像你这样好勇斗狠、一味争胜，如何能有进步？"

*刚才就是羽人的凝翼之术？*卫行微微吃惊。上次聊到无翼民，父亲又多说了一些，普通的羽族在每年明月之力最盛的那晚依靠明月带来的精神力凝出双翅飞上天空，而凝翼之术则是靠强大的精神力随时凝出双翅飞行，这项技艺在羽族非常少见，只有极少数经过严格训练的具有至羽体质的精英才能修习成功。父亲说他在澜州的三年时间里，也只遇见过三五个有此能力的羽人。没想到眼前这个年轻女孩已经修习到凝翼飞行之术的最后关头。

"这孩子的父母都是至羽体质，她的天赋也是极高。"雪嘉言转过头看着垂头不语的孙女，脸上露出慈爱神色，"整个雪氏一族中，目前能够凝翼飞行的只有三人而已，年轻一辈中还是映青希望最大。"

卫行突然对羽族少女有一种刮目相看的感觉，他又向她望去，发觉对方正巧也把目光转向自己。卫行感到脸颊一阵火热，连忙转头张望四顾。

"映青，你带着卫行四处去看看，他对咱们羽族的东西很感兴趣，你向他多介绍介绍。"雪嘉言说。

"我才不呢。"羽族少女不服气地说。

"别耍小孩子脾气，你已经是一名羽王内卫了。"

卫行想起自己和拉玛上一次护送敦睦使大人去王宫时，见到的那些身材高挑、一脸冷漠的锦衣护卫。羽王王宫守卫都是从羽人战士中挑选出来的，并无门第出身的讲究，然而羽王的内卫一定是羽族十姓贵族的子女，拉玛说，就像咱们皇帝的御前侍卫一样。

雪映青跺了跺脚，大步朝外走去。卫行连忙站起来，朝雪嘉言和父亲躬身施礼，然后小跑着想要跟上羽族少女的脚步，他听见身后两位长者和蔼的笑声，还有雪大人的声音。

“用不着担心，伯大人，孩子们有孩子们打交道的方式，我们继续聊我们的。”

第十八章

伯景星满腹心思地走向人族御馆，门前两个守卫向他敬礼，他心不在焉地随手回礼后走进大门。拉玛从一旁闪出：“大人，出了什么事吗？”

“没有。”他疲惫地说。

发现拉玛眼中闪过的一丝疑惑，伯景星意识到自己流露了太多的情绪。“暂时没有，拉玛。”他努力恢复镇定，“最近让大家减少外出，还有，增加岗哨。”

拉玛点头，什么也没有问。

“敦睦使大人在吗？”

“他参加宴请去了，对方是羽人的王宫副总管大人，我让老猫带队护送的。”

有拉玛这样的副手令人放心，但不是所有的事都能有人分担，伯景星向自己的屋子走去。

“大人，桌上还有副总管大人送的酒，送酒的人说，一定要告诉您不是果酒，是壶玉城的糯酒和烧酒。”

伯景星停下脚步。“拿去厨房，晚餐和大家一起分了。”

他回到二楼的住处，窗外的城市已经亮起了灯光，屋内的木墙上嵌着一块圆柱形的火晶石，耀眼的光芒足以照亮整个房间。树城中禁止用火，除了“萤灯”照明，富贵人家用能够像烛光一样发光发亮的晶石，它们来自靠近火山的地底深处，最好的白火晶足以能让一座小小的广场明亮如昼。

伯景星在桌前坐下，给自己倒了一杯泡过柠檬的水，虽然此刻内心更渴望来一壶烈烈的烧酒，让纷乱的心绪能够得到些许酒精的安慰。

算了，人生不如意十之八九。

他定了定神，仔细回想雪嘉言对他说的每一句话。至少现在已经知晓了云纬两家叛乱的来龙去脉，整件事的由头竟然是从伪离武神出世开始的。

去年年末秋叶城中最大的灵凰广场上出现了一名神秘武士，在众目睽睽之下自称是离武神转世，身旁还跟随了一名神木园的长老。因为见到神木园长老，周围的羽族民众立刻接受了离武神的身份，将他奉为神使。出世的离武神并没有去见羽王，而是返回在歌支山的离武神殿，一批信徒跟随他而去，包括很多听说此事的羽人贵族。

羽王风夜归很快得知此事，虽然非常吃惊和疑惑，但羽王还是准备亲自动身前往离武神殿，毕竟十二武神是羽族中的传奇英雄。但羽王尚未出发，出世的离武神就在歌支山宣布风夜归不敬诸神，忤逆天命，此次的武神现世就是为了讨伐羽王。

当晚秋叶全城戒严，原本已经临近选王会，十族族长都集中在秋叶城中，一时间人心惶惶。羽王在王宫总管风万里的陪同下，在神木园见了大长老，请大长老出面与离武神交涉，之后雪嘉言作为羽王特使去歌支山面见离武神。

雪嘉言向这位离武神转述了羽王表示不知自己所犯何错，想与离武神尽快会面的请求，被离武神一口回绝。此时离武神身旁已经聚集起一支狂热的队伍，他声言很快就会进军秋叶城，所有的羽人都会跟从他的军队，因为没有人会违抗诸神的旨意。

离武神的嚣张绝不是令雪嘉言产生怀疑的唯一因素，跟随离武神的那位神木园长老，担任神职之前原本是雪氏族人，雪嘉言几次不经意的试探就知晓对方是个彻头彻尾的冒牌货，离武神的真伪也就变得疑点重重。之后，在雪嘉言的进一步确认下，羽王秘密调动了秋叶城中的近卫部队突袭神殿，所谓的离武神兵败被俘，他真正的手下很少，剩下的信徒见到神木园大长老出面指认离武神是个冒牌货，绝大多数人幡然悔悟。

后面的事情反而变得更加复杂，让人始料未及。羽王近卫军押解犯人返回秋叶的途中，先是冒牌的神木园长老不慎落入河中溺亡，夜晚宿营地又起大火，假冒的离武神被发现烧死在了关押所。而在秋叶城中，有人举报云氏家主云商夕与伪离武神勾结，被羽王送入黑塔关押，他的儿子云周晚和纬氏族长纬一平连夜逃出了秋叶城，在各自的领地召集部属对抗羽王。

然后就是选王会中断以及古根城的战事，雪嘉言忧心忡忡地告诉伯景星，羽人们正在手足相残，他对宴会那晚伯景星的话记忆犹新。

“你说的一点都不错，羽族已经不比当初，对权力的欲望正在腐蚀羽人的心，我们正在一步一步走向四分五裂。”老人说。

云氏一族在羽人中的影响力并不弱于当今羽王的风氏家族，据雪嘉言说，今年的选王会云商夕志在必得，这些年又在到处笼络人心，羽王所代表的风氏家族则在暗中支持天氏的族长天毕萧，但仅以这两人的能力和声望，云商夕不仅不落下风，还有占优之处。

所以云商夕勾结伪离武神作乱，本身值得怀疑。

天毕萧绝对不是一个好的羽王人选，料想羽族中间不喜欢他的人并不会少，然而也有人不会愿意看到云商夕成为新的羽王。

幸亏所有这些都是羽族的家事。伯景星揉了揉额头站起身，迈步走到窗前，外面已是一片五颜六色的萤灯，诺旻的警告突然跳进脑海。“秋叶城现在是个大泥潭，一不小心就会沾上一腿泥浆。”*我们是人族使团，不会也不应该惹到麻烦*，伯景星想。可是诺旻似乎正在冲他眨眼：就算你不惹麻烦，麻烦也会来惹你。

一阵喧哗声传来，伯景星探头出去，发现巨斑鸟拉着的车舆停在御馆门前，一群仆从正试图把已经喝得昏昏沉沉的敦睦使大人搬下座位。站在鸟车旁的老猫看见了伯景星，朝他做了个“放心”的手势。

就在伯景星准备缩回身子的时候，一丝不寻常的痕迹映入眼帘。一群羽人从远处大步走来，大部分都是深色头发的普通人，偶有一两个浅发，有人举着萤灯，也有人手中拿着长短不一的木棒。伯景星警觉起来，转头望向羽人的岗哨，原本驻守在御馆大门对面的一队羽人城防军士兵蹊跷地不见了踪影。

老猫也随即发现了异常，他神色凝重挡在鸟车前面。

羽人们越走越近，在离老猫还有十余箭尺的地方停下脚步，他们的脸上带着令人不安的表情——被点燃的怒火。伯景星没有丝毫犹豫，把手指伸进嘴里吹了一个响亮的口哨。

拉玛带着几个士兵冲了出来，伯景星飞快地做了个手势，士兵们在拉玛和老猫身后站成一排。

一个黑发的年轻羽人突然举起手臂指着前方的士兵大声喊：“他们就是想要侵占羽人领土的人族强盗。”身后的羽人们立刻沸腾起来，七嘴八舌地喊叫着“强盗”“强盗”。

“羽人不欢迎你们。”黑发羽人又一次大喊，“滚回中州去。”

“滚出去，滚出去。”羽人们的声音变得更加狂热。

被叫喊声惊醒的庐奇摇晃着站起来，他丝毫没有搞清楚现场的状况，可能以为对方是在表达热情，他满脸堆笑地冲羽人们招手。

一个红果子擦着庐奇的脑袋飞了过去，他傻愣愣地看着，更多的果子飞了过来，敦睦使大人的胸口和肩膀接连挨了几下，他嚎叫着瘫倒在座位上，双手紧紧抱住脑袋。

伯景星离开房间飞奔下楼梯，当他冲出御馆大门时听见黑发羽人的嚣张声音。“把他们赶走!”

羽人们涌了过来，拉玛抽出腰刀，连着刀鞘毫不犹豫地打倒面前想要抢夺武器的羽人，羽人暴民们更加骚动，那些手中有木棍的家伙纷纷砸向人族士兵，士兵们用刀鞘格挡和反击。

“快把大人护送进去。”伯景星厉声对仆从们说。

仆从们七手八脚地架起庐奇，庐奇一边哀号一边喊叫：“伯大人，救我。”

士兵和羽人们的冲突已经愈发激烈，近前的羽人疯狂地抡着木棒打砸，后方飞过来雨点般的果子和鸟蛋，纷纷落在士兵们的头上、身上。

仆从们好不容易将敦睦使大人扶进了大门。“后撤，守住大门。”伯景星大声命令。

拉玛和老猫带着士兵们缓缓后退，伯景星站在台阶上居高临下，看着周围的动静，羽人们虽然人多势众，但都是些没有受过训练的平民，无法冲开士兵们组成的防线。但是原本应该在这里负责御馆安全的羽人城防军始终没有出现，伯景星嗅到了危险的味道。

异样的风声传来，他眼疾手快地扯开拉玛，一支羽箭从拉玛刚才站的地方穿过，扎进御馆的门框上。

“住手。”伯景星拔出腰刀大喝道。

近前的羽人们被他的动静惊吓住了，阴郁地盯着他，直到那个恼人的声音又响了起来。“滚出去。”声音从远处传来，“这是羽人的地盘，他们不敢动手。”

几颗鸟蛋呼啸着砸了过来，羽人们再次逼了上来。“准备反击。”伯景星大声说。*这不是儿戏，我不想造成流血，但更不想自己手下无辜丧命。*士兵们整齐划一地从刀鞘中拔出了武器，羽人暴民们互相张望，神情变得犹豫。

一个羽人发出惨叫声倒了下去，伯景星吃了一惊，看见他的背上插着一支羽箭。

“杀人了。”喊叫声响起，“人族动手杀人了！”

羽人们变得疯狂起来，潮水般涌了过来。就在这时，又有一个清脆的声音大声喊叫：“城防军来了，是城防军。”

伯景星不知道这声喊叫是挽救了他和手下，还是那帮看上去不要命的羽人暴徒。暴徒们没有再试图冲上来，他们变得慌张和无措，不知是哪个人先跑起来，整群人立刻四散奔逃，有人摔倒了，有人掉了鞋子，尖叫声和咒骂声此起彼伏，转眼这伙人就跑得干干净净。

地上只留下刚才那具羽人的尸体。

一群羽人士兵奔了过来，当先的军官满脸惊骇。“出了什么事？”他急匆匆地问。

“难道你还看不出来吗，大人？”老猫讥讽说。

对方白皙的脸庞涨得通红。“你们杀了一个羽族平民？！”他指着地上的尸体说。

“如果是我的人射出箭，那么是在死者的前胸而不是后背。”伯景星蹲下身子仔细查看，“而且你应该看出这是一支羽人的箭。”他抬起头看着军官，不想让对方过于难堪，“是一伙暴民，我不知道他们为何会突然出现？”

“我们很快会查清楚的。”羽人军官说。

“原本你们有一队士兵在这里驻守，希望你能告诉我为什么在暴民来到的时候，这些士兵不见了。”

汗水从羽人军官的脸庞滑落，他结结巴巴地说：“我们会……会查清楚……是的。”

这其中一定有问题。伯景星站起身，不见拉玛的身影，他回想起当羽人士兵匆匆赶来的时候，似乎拉玛已经不见了。他向老猫使了个眼色，老猫心领神会地跟在羽人军官身旁。

现在应该不会有事了。伯景星环顾四周，羽人士兵们围在他们惴惴不安的军官身旁，他悄然移步走入御馆旁边的街道。

之前喊出城防军的清脆声音，伯景星知道是谁，他已经熟悉了半羽人女子的声音，只是他始终没有看见经鸣夜的身影。他沿着小巷走出去不远，在一个岔路口他看见了和拉玛在一起的半羽人女子。

地上倒着另一具尸体，黑色的发，年轻的脸庞，羽人睁着空洞的双眼，胸前的伤口还在往外冒血。

“经姑娘比我早一步，那时候这人已经死了。”拉玛说。

“凶手动作很快，我只看见了他的背影。”经鸣夜说，“男人，中等个子，和拉玛差不多，灰色头发，偏浅，但不是贵族血统。”

“他是谁？”伯景星看着地上的尸体。

经鸣夜摇摇头。“这家伙是刚才挑头的，暗中放箭的也是他。”

拉玛问：“怎么办？”

“我们得把尸体交给城防军。”

“他们？”半羽人女子语气中带着嘲讽，“知道这些家伙刚才在哪儿吗？拐角的酒馆里喝得正欢。”

“是你把他们引过来的？”伯景星问。

经鸣夜把某件物什抛给伯景星，伯景星一把接住，手中是一枚城防军的军官徽章，上面还连着从衣襟上扯下来的破布片，他来不及多问，街口传来声响。“小心些，这里面有蹊跷。”经鸣夜一个箭步窜入旁边的小巷。

几个全副武装的士兵奔了过来，领头的还是刚才的军官，伯景星注意到他胸襟上的破洞。“大人。”军官看见地上的尸体，眼神中稍稍流露出迷惑，但并没有进一步的举动，“天大人请您过去。”

“天大人？”

“我们城防军的副统领，天华萧大人。”

伯景星明白了对方为何战战兢兢，他随着军官走回御馆，只有拉玛没有动，看着士兵们处理地上的尸体。

一名贵族站在御馆门前，周围的军官们如众星捧月，天华萧和他的孪生哥哥长得很像，个子比天毕萧稍高，五官和脸庞更加精致，额头束着一根镶金的帛带，浅褐色的长发披在肩膀上。城防军的统领职位一直由风氏家族把持，最近的一位统领风锦辉两年前因病休养，羽王一时没有合适人选，便让天华萧以副职统领整个城防军。

“副使大人。”他客客气气地说，“听说有暴民骚扰御馆，让各位受惊了。”

“我们当兵的都还好，倒是敦睦使大人虚惊一场。”天华萧给伯景星的印象比他哥哥好多了，“大人可知暴民从何而来？我和羽族也打了多年交道，从未遇到过这样的事情。”

“最近城中一直不太平，副使大人也是知道原因的。”天华萧皱着眉，“副使大人一定目睹了刚才发生的一切，如果您能不吝赐教，我的手下们也许能够尽快找到些线索。”

伯景星把刚才发生的一切细细说了一遍，除了经鸣夜。说到不在岗的城防军时，天华萧的目光变得凌厉。

"楪枷。"城防军副统领低声说。

伯景星瞧见和自己打交道的那个羽人军官脸色变得煞白，衣襟上被经鸣夜扯去徽章留下的破洞似乎在不停地颤动。

"你的岗位在哪里？你的人又去了哪里？"

"大人，是我的错。"楪枷垂下头颤声说，"那时正巧宫里的……"

"住嘴。"天华萧打断下属的话，吩咐身旁的一个亲卫军官说，"押回去候审，立刻在御馆周围加派人手，不许再出一点差错。"

*宫里的什么？*伯景星产生一丝疑惑，他很想知道那个名叫楪枷的人会有什么样的解释。天华萧看了伯景星一眼："请副使大人放心，事情一定会水落石出。"

"劳烦了。"

几只步鸵飞奔而来，骑士们一身王宫内卫的打扮。"羽王陛下急传太医为敦睦使大人疗伤。"声音远远传来。

敦睦使大人除了受到点惊吓外别无大碍，他一直躺在床上哼哼着胸口疼，用一大壶糯酒配上烤肉后，满意地沉沉睡去。

已是半夜，伯景星从庐奇的房中退出，终于感到了一丝疲倦。他靠着走廊揉了揉发胀的双眼，羽人暴民们在脑海中挥之不去，究竟是怎么回事？黑发年轻人明显是幕后的操纵者，随后被迅速灭口，问题是他们意欲何为？没有经鸣夜的援手，他的手下依旧能够抵挡这些暴民，但流血和死伤不可避免，这就是阴谋的目的吗？挑起秋叶城中羽族对人族的怨恨，为什么是在这个时候？又有谁可以因此得利？事情也许没有那么简单。

他突然想起一直没有见到自己的儿子，匆匆来到御馆前厅，两扇大门已经紧闭，拉玛和两个士兵正在值守。

“看见卫行了吗?”

“早已经回来了，你正在忙就没打扰你。”拉玛说，“要去叫他吗?”

伯景星摇头，随即看见伯卫行和老猫从卫士们房间走出。“大人。”两人说。年轻人看上去有些兴奋，整个下午他都和那个羽族姑娘在一起，也许很有收获。

“我们来换班。”

“今晚要小心些。”

“是。”

伯景星想起要对卫行交代这几天外出务必小心，但最后忍住没说。自己不用像个絮絮叨叨的老父亲，孩子应该已有觉悟，学会自己对自己负责。

“辛苦了。”他说完转身离去。

大门响起“咚咚”的敲门声，里面的人都愣了愣。伯景星示意卫士们开门，从外面进来的是雪嘉言，身后跟着一身戎装的孙女。伯景星发现卫行看见雪映青的时候，先是吃惊，随后露出笑容。

雪嘉言直截了当地说：“我来看看你们这里有什么状况。”

“怎么了?”伯景星疑惑地问。

“黑塔出事了。”

“黑塔?”

“有人混进黑塔想要营救云商夕，但没有成功。现在羽王已经下令全城戒严了。”

“是趁着城防军都扑在人族御馆的时候动手的吗?”

雪嘉言点头。这下明白了，伯景星恍然大悟。

第十九章

千宜悦不知道自己在马车上待了多久，祁九捆住了她和小伍的双手双脚，马车一路狂奔，她迷迷糊糊地睡了又醒，醒了又睡，直到马车突然停了下来。祁九打开车厢门，外面透着细微的亮光——已经是第二天的清晨。祁九解开两个人的绳子。“已经远离壶玉城了，不会有人知道你们在哪里，所以乖一些，不要找麻烦。”他森然地告诫说。小伍哭哭啼啼地靠在宜悦的怀里，宜悦抚着她的头，看着祁九跳下车厢。

“下来吃东西。”他在外面大声喊着。

宜悦和小伍走出车厢，外面是一片山丘荒野，不知名的野草野花随风摆动，裸露在外的几块巨大岩石露出狰狞的模样。两个假扮护卫营的男人已经换上了寻常的衣服，一副长途跋涉的扮相，男人们褪下裤子在旷野里肆无忌惮地撒尿，宜悦顿时面红耳赤，她转过头去看着正在吃草的两匹马，心里突然犹豫是不是趁机会赌一把能不能逃脱？

“我也想……”小伍拉了拉她的胳膊，怯生生地说。

宜悦暗暗叹了口气，放弃了这个念头。

“吉珲，带她们去解决一下，别走远。”祁九吩咐那个把宜悦骗上马车的家伙，他坐在岩石上，用一把短刀从风干的羊腿上割下肉片塞进嘴里。

男人带着一脸嬉笑走了过来，他的颧骨很高，尖下巴可以戳穿盾牌，和整张脸不相配的是嘴巴，两侧嘴角刚刚超过鼻子的宽度，小得让人可以忽视它的存在。“为女士们效劳是我的荣幸。”他阴阳怪气地说，和骗她上马车时的表现简直天壤之别。

小伍紧紧拉着宜悦，这孩子被吓坏了，一张脸毫无血色，宜悦牵着她的手往野地里走去。走出几十步的样子，吉珲叫住她们。“别走了，就在这里。”他指了指旁边的灌木丛。宜悦带着小伍走到灌木丛后面蹲了下来，透过稀疏的叶子，她发现吉珲始终紧紧盯着她，脸上挂着野兽般的邪气笑容。

匆匆吃过一些食物后他们重新上路，借着初升太阳的位置，宜悦觉得马车正朝着西南方向行进，她和小伍依偎着坐在祁九对面，很长一段时间里，古董商人一直闭目养神，他的脸在车厢昏暗的光线下显得更加阴郁，每次车轮颠簸，左眉间的伤疤就像一只爬虫般不停跳动。

“我的脸很好看吗？”祁九冷冷地说，并没有睁开眼睛。

小伍哆嗦了一下，身子继续向后缩去，宜悦没有动，不知道为什么，最初的惊恐感正在从她的内心深处慢慢消退，宜悦知道自己依然感到害怕，而且非常害怕，但是这种情绪无助于摆脱眼前的困境，她强迫自己不被恐惧感所压倒，要打败它，这是唯一的出路。

“不好看。”

“那为什么还要盯着看？”

“因为我想记住杀父仇人的相貌。”宜悦几乎是在颤抖着说，然而说完之后，她有一种释放感，至少在第一回合她已经打败了自己的恐惧。

祁九睁开双眼，他的目光中充满那种看着猎物挣扎时的冷酷和戏弄，如果还有什么其他意味，可能是一点点的好奇。“有意思。”他挪动身子坐到宜悦的正对面，眉间的小爬虫狰狞地盯着她，“人为财死，鸟为食亡，结果赔进去自己的性命。”

“他所有的错就是把一个强盗误以为是商人。”

“强盗?”祁九冷笑道，声音像夜隼的鸣叫。

“你难道不是别有所图?”

“别着急把自己装扮成什么都知道的样子，其实你一无所知。”

“我知道你害死了我的父亲，现在还绑架了我和我的侍女。”

“你知道的太多了，现在我开始担心要不要找个地方把你埋起来。”祁九用嘲讽的语气说，露出一副凶恶的样子。

宜悦脸色苍白地摇了摇头。“你不会这么做的，你还没找到那颗珠子。”

祁九看着她，脸色放松下来，淡淡地说：“你不知道，小姑娘，你只是个什么都不知道的小姑娘。也许，有一点点的小勇气。”

“那就告诉我我该知道的。”她叫起来。

“你终究会知道的。”祁九慢慢说完这句话，他又闭起了双眼，再也不搭理宜悦。

马车再次停下时已经过了午后。在小溪边祁九从车厢里拽出一包干粮分给大家，男人们喝着黑糯酒，祁九独自坐在树根上，继续吃着那只风干的羊腿。

宜悦把手中的面饼分给身旁的侍女，小伍已经饿得不行了，一阵狼吞虎咽。宜悦把饼掰碎了一小口一小口地送进嘴里，味同嚼蜡，没有一点食欲，她很快注意到旁边投来的窥视目光。吉珲和同伴

——宜悦听到他们叫他“尖耳”，那应该是个绰号——坐在一起边吃边喝，他会时不时地偷看自己，每次都很谨慎，总是在端起酒囊喝酒时，压低目光看着她。

这样的好色之徒壶玉城里多的是，平时宜悦绝对不会多看他们一眼。她抬起头，眼光和吉珲碰了个正着，他的嘴角露出一丝不怀好意的笑容。

“我要去趟林子。”宜悦站起来说。

祁九没有说话，只是对着两个手下扬了扬下巴。吉珲主动把手里的酒囊递给同伴，拍去手上的面饼屑，大步跟在宜悦身后。

小溪旁是一片栎树和槭树林，林子深处枝叶茂盛。宜悦慢慢转过一块岩石，马车旁的三个人影全都隔断了，她在一棵大树后蹲下身子，露出半截脸。吉珲站在那里看着她，慢慢移动步伐，人影一点点露了出来，他用舌头舔舔嘴唇，目光更加让人感觉恶心。宜悦的脸变得通红，幸亏有长裙遮挡，她蹲着往后退缩几步，然后站起身子。吉珲靠近过来，她想避开他，绕着树小跑了几步，被侧边追上来的吉珲一把拽住。

宜悦拼命地想要挣脱，对方紧紧拽住她，两个人同时倒了下去。她感觉到一只手在她身上乱摸，在恐惧和手足无措之间，脑海中出现了另一个人的声音。“她真是个美人，我还从没有睡过这样漂亮的女孩。”

是吉珲，宜悦一下子意识到自己读到了他刚才的想法，她突然冷静下来，男人冰凉的嘴唇在她的脖颈和脸庞上拱来拱去，她飞快地思索怎么样才能改变自己的处境。

在她还没有想出方法前，嘴唇消失了。吉珲被人拎了起来，一个拳头砸在他的脸上，他接连倒退了十几步，摔倒在地上。

“我告诉过你，不许碰她。”祁九的声音毫无起伏。

“不是我的错。”血水沿着吉珲嘴角流淌下来，他不敢去擦它，只是带着哭腔一个劲地解释，“是她，是这个臭婊子在引诱我。”

祁九拉起宜悦往马车方向走去。“要是还有下一次，我就剁掉你裤裆里那个惹是生非的玩意。”

宜悦踉踉跄跄地跟随祁九的步伐，她的脸上还带着惊恐，内心却在拼命呼唤刚才突然迸发出来的超能力。**我可以读出他的想法，这个恶棍的脑子里可以解答我不知道的那些事，也许就有获救的机会**。结果令人失望，这次她的脑海里空荡荡的，没有出现任何外来的声音。

我真没用。她无望地想。

入夜后他们来到了一个不知名的小镇子投宿。祁九告诫宜悦和小伍，她俩中的任何人想要逃跑或是向外人流露出任何不恰当的字眼和举动，都会被立刻杀掉。他用拖长的音调增加威吓的效果，小伍紧紧抓住宜悦的手，除了紧张和害怕，她看上去一脸倦容，宜悦担心再这样下去女孩迟早会崩溃。

镇子里唯一一家客栈是个又聋又瘸的老寡妇开的，客栈没有其他投宿的客人，房间破破烂烂，散发着一股霉味，似乎一百年都没有人住过了。每一次招呼老寡妇的声音需要喊破屋顶，她给他们做了用土豆、圆葱、萝卜、豆子和一些咸牛肉煮在一起的杂烩汤，自家酿的糯酒又酸又淡。

吃饭的木桌上没有人讲话，祁九总是慢慢从羊腿上片下一长条薄薄的肉，放进嘴里细细咀嚼，然后大口地喝酒。吉珲的半张脸上都是乌青，他一副饥肠辘辘的模样，除了眼前的食物，其他什么都顾不上。只有一次，他站起身子去拿桌上的酒罐，宜悦瞧见他瞥了一眼祁九，那眼神中既有害怕又有怨恨，他坐下的时候碰上了宜悦的目光，男人的眼里混杂着憎恨和贪婪，他狠狠地瞪了她一眼。

宜悦低下头舀起一勺菜汤，她还是毫无胃口，但强迫自己吃到再也吃不下为止，她需要保存足够的体力。

“我要了一间房，老太婆铺了些干稻草，够我们睡的。吃完了就进房，明天还要赶路。”祁九指了指两个手下，“你俩各守半夜。”

外面忽然传来一阵杂乱的声响，马蹄声中夹杂着男人大声的呼喝。祁九皱起眉头，低声让吉珲带着两个女孩回房，又吩咐尖耳从后面出去，埋伏在外面查看动静。

宜悦和小伍被赶进房间，小伍一头栽倒在草堆里，整个人像具尸体般动也不动。吉珲没有点蜡烛，门上破旧的缝隙露出一些光亮，他守在门口向外张望。宜悦听见有人走进客栈的声响，好像是几个旅人，招呼着寡妇给他们准备酒菜和热水。

无论如何这是个机会，宜悦挣扎着说服自己。她站起身子，朝着吉珲慢慢走过去。吉珲立刻注意到了，他转回过头，黑暗中宜悦看不清他的表情，只听到他恶狠狠地低声说：“滚回去躺着。”

“中午的事情我很抱歉。”她竭力让自己的声音听上去真诚。

“臭婊子，还敢戏耍我。”吉珲冷冷地回应。

“不，不是。我不知道该怎么做，也不知道他会这样对你。”

“你再多说一句，我就让你好看。”

“他弄死了我的父亲，我唯一在世的亲人。现在我只是个无依无靠的可怜人。”她开始抽泣起来，并不是假装出来的。现在没有了南风，没有了星辰姐妹，也没有了父亲，她从未感到如此孤独。“我没有办法。”

男人沉默着没有说话。

宜悦擦拭去泪水，用一种哀求的口吻轻声说：“你能对我好一些吗？我不会指望那个家伙的，他永远是我的仇人。你，我可以报答你的。”

吉珲粗声喘息，忽然伸手抓住宜悦的肩膀，她感到一阵钻心的疼痛，几乎忍不住要喊出声。“收起你那套破烂玩意儿，臭婊子。”他推了她一把，她重重倒在地上。

这是一个坏的结束，还是一个好的开始？至少自己已经去尝试了。她躺在地板上，木门下部的缝隙很大，足够看见屋外的情形。

屋子里的动静让外面的人转头看了过来，那是两个行商扮相的人，他们坐在祁九对面的桌旁，一个是头发略微花白、面目和善的中年人，上唇有两撇松软的胡须，另一个是年轻的伴当，背着灰色的包裹。

“那个房间有人?”两撇胡须的中年人不知是在问谁。

“家眷。”祁九慵懒的声音响起，他往房间瞥了一眼，目光凌厉。

“外面的马车是你们的？看来是一大家子人。”

祁九没有回答。宜悦感觉到身旁的吉珲似乎有些不安，他慢慢抽出了自己的刀，低头看了看宜悦，恶狠狠地做了个噤声的手势。

“刚才给这些客人煮的汤还有多的，其他没什么吃的了。”这是老寡妇的声音，然后她絮絮叨叨地说着自己腿脚不灵便，忙不过来那么多事，让新来的客人自己去厨房动手。

年轻人站起身不见了身影，应该是去厨房了。宜悦窥见中年人解开包袱，拿出些面饼和肉干摆满了桌子。“再弄些酒来。”他吼了一声，又问，“房间够睡吗?”

“两间房间，正好。”老寡妇的声音。

中年人掰着面饼塞进嘴里。“老兄，没占你们的房间吧?”这句话大概是在问祁九。

“我们住一间，不浪费。”

“那敢情好。”中年人拿起自己桌上的一根肉条抛给了祁九，“尝尝，河络的手艺，比你那条羊腿强。”

祁九又把肉条抛了回去。“吃惯自己的了。”他说。年轻人端着冒着热气的菜汤出现了，菜汤放在桌上，两个人稀里哗啦地吃起来，老寡妇不见了踪影。

“我们是收购药材的。”中年人似乎是个话痨，一刻不停地边吃边说，“看老兄的样子不像是做生意的。”

“你走眼了，我做古董的。”祁九回应说。

“别开玩笑，这一路是往雷眼山去的，不是些破旧小村镇就是深山野林，专门养活我们这些药材贩子的，哪能有什么古董?”

“深山挖宝，老镇求财。雷眼山大得很，里面藏了不少好东西。”

中年人塞进一嘴面饼，低下头猛喝了口汤。

“从哪儿来?”这次是祁九的声音。

“壶玉。”

“巧了，我也刚离开壶玉不久，收了点小玩意儿，不过没遇上什么大件的好东西。”

宜悦看不清祁九的表情，只瞧见他从怀里掏出块丝巾，来回擦拭割肉的小刀。

屋外传来两声野猫厮打的叫声。中年人放下碗勺，同样从怀里掏出块丝巾，细心地擦着沾上食物的胡须。“那你准听说了最近城里发生的事。”

“什么事?”

“晁皇太子东巡到壶玉城，听说这位皇太子风流成性，喜欢到处拈花惹草，现在壶玉城中一半的女儿家在担心莫要落入虎口，另一半则在期盼着成为皇子妃。而后的大事件是晋王殿下不巧得了风寒症，病症又急又猛，请了晋中、晋北一带最好的医师，也不见好转。

我们这些药商手里囤着的好药材都送进了王府。外面的谣言漫天飞，有人说晋王殿下是被人下了毒，说不定和这次皇太子东巡有关系。皇家的事，真是深如海。”中年商人絮絮叨叨地说，丝毫没有停下来的意思。

“再有，也就不是什么大事了。城里一位旧朝的遗族死了，在街口被两匹疯癫的驮马给撞了。按理说这也没什么，哪天城里不死个把人呢？奇怪的是他的女儿当时在场，据围观的人和到场的治安官说，她被两个驾着马车的护卫营士兵带走了，结果音讯皆无。”

宜悦的身子忍不住颤抖，她多想大声呼叫，一个冰冷的东西贴在她的脖颈上，是吉珲的刀。

祁九伸手摸着左眉。“这件事我知道，昨天中午才发生的，今天两位已经到了这里，药材商人的脚力果然不一般。”

中年人收起笑容，他挺直了身体，两目炯炯，像是换了一个人似的。“把人交给我们吧。”

“还自称什么龙渊卫，非但多事，还足够蠢。”祁九冷笑了一声，中年人的年轻伴当露出怒容，祁九继续说，“蠢人都活不长。”

中年人伸手摁住同伴的肩头。“他想激怒你。”年轻人醒悟过来，脸色稍稍放松。中年人看着祁九继续说：“我们人多，你没有机会的。刚才跑到外面去的那个已经被我们料理了，野猫的叫声就是信号，屋子里的人恐怕也没法子帮你，认输吧。”

*他的话是什么意思？*宜悦突然听到身后一声尖锐像是哨声的声音，吉珲的身体抽动了一下，软绵绵地坐倒在地上，她看到他的眼睛，半是惶恐半是愤怒，然后变得迷离，慢慢闭合。宜悦惊恐地转过头，一个黑影从窗子外面悄无声息地翻了进来，蹲下来轻轻扶起她，那是一张黝黑的脸庞，嘴里咬着一根奇怪的细长管子。

外面传来打斗的声音。“小心，他动作很快。”中年商人的吼叫声传了过来。宜悦迫不及待地趴到门缝前望出去，祁九的双手各有一把匕首和中年商人、年轻人缠斗在一起，两柄匕首像毒蛇一般险恶刁钻，年轻人的胳膊已经殷红一片。

客栈外面又冲进来一个拿着短斧的年轻人加入战团，祁九凶狠地以一敌三，两个年轻人很快都添了皮肉伤，被匕首划开了血口，只有中年人稳扎稳打，总是能够出手阻止住祁九的致命一击。祁九越来越力不从心，他的胸口挨了中年商人一拳，左臂也被短刀砍伤，血水顺着胳膊流淌，从指尖滴滴答答地淌落在地。

宜悦身旁的黑脸膛推开了屋门，鼓起嘴巴使劲地吹了一下管子，宜悦又听到了像是哨声的尖锐声音，这回她看清一根刺针般的东西从管子中飞了出去，扎在祁九的脖子上，祁九退后了几步，满脸的不甘心，然后软绵绵地瘫倒在地上。

就像做了场梦，一切都是那么的不真实。她跟在黑脸膛的身后，恍惚地走出房间，外面一片狼藉，所有的桌椅都东倒西歪、支离破碎，祁九一动不动地躺在地上，更多的人站在那里看着自己。

两撇松软漂亮胡须的中年人走到她面前，和蔼地说："不要害怕，千小姐，现在你没事了。"

"你们是谁？"

"我们从壶玉来，送你去安全的地方。"

"为什么不送我回壶玉，那里是我的家。"她立刻警觉起来，狐疑地看着这些陌生人。

"壶玉不够安全。"对方指了指地上的祁九，"还会有这样的人过来骚扰你。"

"为什么，他们到底要什么？你们呢，你们又是谁？"宜悦大声喊叫起来，伤心、愤怒、委屈、害怕、孤单……这两天积聚的所有情绪一下子宣泄出来，泪水喷涌而出。

中年人一直等到宜悦的恸哭变成抽泣，把一块干净的丝巾递给了她。“很抱歉，关于你父亲的死。”他欲言又止。

宜悦擦拭去脸上的泪水。“我跟你们走。”她说。中年男人似乎对她的爽快感到一丝意外，目光中有些疑惑不解。“我见过你，你是南风父亲的朋友，我相信你。”这是她曾经在伯南风的脑海中看到的，她并不准备解释什么。

对方若有所思地看着她。“我叫诺旻，在壶玉城做药材生意，和伯景星大人是朋友。”他停顿了一下，像是在考虑如何解释，“简单点说吧，你们家族留传下来一颗稀世之物，有人想要抢夺它，我们则要保护它不被这些人得到。这里面有很多内情，我送你去的地方会有人和你解释这一切。”

宜悦没有回应，在一张没有被砸坏的凳子上木然坐下。黑脸膛男人从外面扛进来“尖耳”，放在祁九和吉珲身旁。

“他们死了？”宜悦问了一句。

黑脸膛男人咧嘴笑了笑。“只是昏过去了，我的箭上有麻药。”

另外两个年轻人正在包扎身上的伤口，其中一个抬起头问诺旻：“这几个家伙怎么处理？”

“这个人我们带回去，他是领头的，手上还有千家的血债。”诺旻指着昏迷不醒的祁九说，“另外两个就留在这里，到时候自己会醒的。”

“那不是便宜了这两个小子。”

“智者们吩咐过，尽量不要伤及他们的性命。”

“可是他们才不会对我们这样仁慈。”年轻人嘟囔了一句。

诺旻看起来也很犹豫，叹了口气。“我们毕竟不是他们。”他从怀里掏出一个钱袋，倒出几枚金铢，走到角落里塞给那个已经吓得半傻的老寡妇。

第二十章

年轻的羽人收起竖琴，用一个漂亮的姿势向台下鞠躬，戏院内欢腾起来，鼓掌声、喝彩声、口哨声此起彼伏。年轻人脸上露出得意的神色，他再次坐下，细白手指划过琴弦，现场瞬间安静了下来，他一边弹奏一边轻舒歌喉。

“兰草青青满地，钩月皎皎半垂，庭外水潺潺。笑语盈盈杯酒，素手纤纤添香，休要醉眠，莫负良辰美景温婉天。”

年轻羽人的嗓音就像观众手中的果酒一样甜腻，偏偏许多人听得如痴如醉，经鸣夜不耐烦地端起杯子，轻啜了一口，柠檬水寡淡无味，可现在不是痛饮的时候，她用木杯遮挡住自己的大半张脸，掩饰不耐烦的表情。

只有烈酒才是诸神的战歌。

自从母亲死后，经鸣夜便不再敬神。年幼的她跪在神木林外向星辰诸神祈祷了三天三夜，母亲还是在她的怀中阖上了双眼。那一刻经鸣夜觉得诸神都是骗人的，就像高高在上的羽人王族和无数达官贵人，坦然接受众人的顶礼膜拜，却冷漠得不愿低头看你一眼。

如果没有遇到恩茗的话，她大概活不过十岁，就算活下来也可能早被人贩子给祸害了——有人专门贩卖羽族的小女孩，把她们送去天启和宛州，调教成贵族和富商的玩物。经鸣夜从不愿意回想小时候的这段经历，但她知道它已经深深印刻在自己的内心，永远无法忘记。

恩茗把她从洼区的贫民窟带到了无定谷，在无定谷的八年里，她生活在一个完全不同的世界，在成为一名龙渊卫之前，她重新回归了对星辰诸神的信仰，虽然她依旧会有疑惑，但所有那些她敬重的人、崇拜的人、热爱的人，他们都自认是诸神的子民，恭谦又虔诚。

雷动的掌声拉回了她的思绪，羽人再次风情万种地鞠躬，换来台下的阵阵尖叫。经鸣夜转头望向站在台柱附近的小雳，小雳使了个眼色，当先走向后台，经鸣夜看了看四周，悄悄站起身跟了过去。

他们穿过一条黑暗狭窄的走廊，之后转进另一条过道，这里灯火通明，各种色彩的萤灯下，一群浓妆艳抹的羽人女孩和他们擦肩而过，浓香飘来，经鸣夜微微皱眉。浓妆和香粉是从宛州人族那里传来的，成了当下秋叶城中的时髦玩意儿。

羽人在抛弃自己的传统，经鸣夜愤愤地想，下一刻她又想，*这又与我何干？*

小雳停下脚步，示意经鸣夜和他一起藏在杂乱的舞台道具后面。小伙子很机灵，精明能干，虽然现在还是药铺伙计的身份，假以时日他能挑大梁。秋叶、天启、淮安，不管是大城市还是些小地方，都会有他们的人，百锋智者说因为雠客还在，所以他们必须有一支龙渊卫。

脚步声由远而近，经鸣夜躲在阴影中窥探，刚才弹奏竖琴的年轻人在一个妖艳的中年女人的陪伴下走来。

“今晚你唱得真好，我瞧见三泰坊的芦老板把手都快拍红了。”中年女人的嗓音和她的面貌一样妖艳。

年轻人“哼”了一声。“拍断手也没用，他就是个一毛不拔的吝啬鬼。”

“别说气话，你好好唱，我会让他乖乖把钱送来的。”女人用讨好的语气说，“明晚不待院子了，有人请你去府里唱。”

“谁？”

“城防军的茂大人。”

“他算什么东西？”年轻人没好气地说，“宫里找我我才去。”

“嘘，小祖宗，你轻点声。好歹也是官家的人，咱得罪不起。”女人说，“你可别太傲了，就算你宫里有人……”

年轻人脸色变了变，打断对方。“别说了。”他停下脚步，阴沉地看着对方，“你是怎么知道的？”

“啥事能瞒得过婶婶我？这个戏院是我的，我得照顾好它，还有你们每个人。”

“不该知道的别知道。”

喧哗声传来，远处一拨人走来，年轻人不耐烦地说：“我现在不想见人，你替我挡了他。”

“那明天的府唱……”

“我会去的。”年轻人推开一间屋门走了进去。

女人看着他的背影冷笑了一下，随即摆出笑脸，迎向走来的人群。“芦老板，我不是说了嘛，后台可不能随便来哟。”

经鸣夜看着女人把商人连哄带骗地堵了回去，过道里安静下来，她回头吩咐小霁：“你守着，我进去。”

“好。”小霁简练回答。

经鸣夜从阴暗处走出，一边左右观察一边飞快地推门走进年轻羽人的房间。

房间里有着一股浓郁的香气，到处摆放着鲜花，墙上嵌着一块富贵人家才能有的白火晶，一面铜镜放在桌上，羽人歌手背对房门坐在椅子上。他听见经鸣夜推门进屋的声响，头也不回怒气冲冲地说："不是说了不见人！"

经鸣夜稍稍闪身，铜镜中露出她的相貌，羽人歌手这才发现异样，半转过身子。"你是谁？"他狐疑地说。

"你就是明喆？"经鸣夜故意问。

羽人歌手露出不耐烦的神情。"闲人不许来后台，想听歌明天再来，要是被柳二老板发现了，她手下的保镖管你是男是女，揍起人来六亲不认。"

经鸣夜笑了笑。"明翔是你哥哥？"她假装看了看四周，"他人呢？"

羽人歌手愣了愣，没有逃过经鸣夜的眼神。"你找他干吗？"他装出平淡冷漠的语气说，"是不是又欠了赌债？我没钱替他还。"

"听说你们是堂兄弟。"经鸣夜说，"你最后一次见到他是什么时候？"

羽人歌手猛地站起来。"你给我出去，我没空搭理……"

一柄匕首插进桌面，匕身抖动不已，明喆露出害怕的神色。"这是他的。"经鸣夜说，匕首是从尸体上拿到的，蠢家伙在上面刻了名字，"明后天城防军就该来找你了，他们才不会像我这样温柔。"

"我好几天没有见过他了。"

"有人前天早上在戏院看见的莫不是他的幽灵？"

"总之他做的事和我没关系。"

"这么说，你知道他要做什么？"

明喆愣住了，在经鸣夜的一串逼问下他似乎已经心慌意乱，歌手退了一步，又退了一步，直到脊背碰触到坚硬的墙面，他突然张口准备呼叫，经鸣夜早已预料到对方的举动，跨前一步，拔起桌上的匕首架在对方的脖颈上。

歌手的面色变得惨白，颤抖着说：“别伤害我。”

“那就老老实实告诉我你知道的事。”

“是明翔带我来的秋叶，他说我有一副好嗓子能赚大钱。戏院也是他介绍的，听说柳二还给了他一笔钱，后来听我唱歌的人越来越多，明翔就越来越不满意，说柳二给的钱太少，一直撺掇我离开，我不想走，他就骂我，我不睬他，他也拿我没办法。他好赌成性，在外面欠了好多钱，我替他还了不少。他三四天露一次面，多数时间都泡在赌场里，其他我真的不知道。”

明喆努力躲避经鸣夜的注视。*他知道他堂哥死了，他还知道那家伙做了什么*，经鸣夜想。她没有驳斥他最后一句谎言，安静又冷漠地等待。

歌手没能坚持更长的时间，他低声尖叫。“求求你，别逼我。”

“这取决于你。”

明喆像个女人般抽泣起来，经鸣夜掩饰住自己的嫌恶。“那天他喝得醉醺醺的，说他能搞到一大笔钱，再也不用看我和柳二的脸色。他还说他是为羽族长志气，我觉得他就是在说酒话，没搭理他。”明喆时不时瞅一眼经鸣夜，“后来他走了，再后来就是暴民闹事，到处传得沸沸扬扬。原本我没想到这和他有关，直到看见城防军的寻人画像才发觉不妙，我还偷偷去看了尸体，才知道真的是他……”

“最近有什么可疑的人找过他？”

“我真的不知道。”

“有没有一个灰发的男人，发色偏浅？”

“灰发……”明喆低声重复，“我想起来了，是有一个灰发男人找过他，我见到他俩在一起喝酒聊天。是了，他们一定是在密谋什么，有一次我走过去，他俩立刻住嘴，一脸警惕，我还嘲笑明翔的模样像是输掉了身上的最后一条裤衩。”

“你知道那个人是谁吗？”

明喆摇摇头。这该差不多是他的极限了，经鸣夜缓缓收起了匕首。“我看见他偷偷藏起手中的戒指，纯银的。”明喆忽然说。

“银戒指？”经鸣夜心中一动，“什么图案的银戒指？”

明喆皱眉苦苦思索。“好像……好像是片叶子。”随即他用肯定的语气说：“四瓣的叶子。”

六瓣叶是羽王内卫，四瓣叶是王宫守卫，至少有一个王宫守卫参与了挑动暴民袭击人族使团。袭击只是为了掩人耳目，目的是调开城防军的注意力，营救被囚禁在黑塔中的云氏家主云商夕，以云氏家族的财富和影响力，这是完全可能的事情，经鸣夜飞速地思考。只是他们没有成功，现在秋叶城中又会有一场刨根挖底的搜捕，她略带快意地想，王族的勾心斗角和我又有什么关系呢？让他们狗咬狗去。

“给你一个忠告，快些离开秋叶城，能走多远就走多远。”她推开屋门走了出去。

经鸣夜和同伴走出戏院，年轻歌手的仰慕者们依旧在门口三五成群，津津乐道地谈论刚才的演出。羽人们热爱戏院胜过酒馆，他们喜欢曼妙的歌声和舞蹈，每个人都多才多艺。除了敬神，他们在供养歌手舞者方面毫不吝啬，这没有错，错的是假装从不知晓还有树城下的贫民窟和饿死的孩子，经鸣夜想。

街道上的士兵明显多于往日，除了城防军，她还看见了不同装扮的士兵。“是三大营的人。” 小霁像是在解释她的疑惑，“红枫营去了古根城前线，百松营的人又撤了回来，直柳营倒是一直没有动。”

三大营组成了秋叶的御林军，红枫营是羽王的嫡系，百松营和直柳营各由天毕萧和出自雪家的雪左笺掌管。士兵们不似往常的懒散，他们随机盘查过往的行人，任何可疑之处都不放过，而街上的百姓们似乎已经见怪不怪。

“伪离武神叛乱的时候是第一次全城戒严，士兵们挨家挨户地检查，纬一平和云商夕的宝贝儿子逃走的时候又有过这么一次，现在是第三次了。我看秋叶城也该改个名字了，就叫牢狱之城。”

经鸣夜没有搭话，如果这其中有什么问题，她想得到的是现任羽王正在一遍一遍地颠筛子，把所有反对自己的势力慢慢筛出来，一切都是为了选王会，最后新羽王会成为他手中的提线木偶。

记住，龙渊阁不涉俗世。

两个士兵伸手拦住了她和小霁，小霁利索地拿出木符递给对方。“通犀药铺。”一个看上去老成干练的士兵左右翻看手中的木符，又看了看小霁。没有谁比小霁更像个小伙计，略显精明的脸此刻堆满笑容，士兵的目光转向经鸣夜，目光闪烁。

羽人更能从细微处分辨出人羽的混血。“你也是伙计？”他问。

“她是我们铺子里……”

士兵冷冷地制止住小霁。“让她自己说。”

“我为铺子外出收药材。”

“都去什么地方收？”

“越州、宛州，人族的天启、淮安，到处都去，老板要赚钱，我们要吃饭。”

“刚才你去哪儿了？”

“魅花戏院，听人说有个歌手很受欢迎，特地去捧场，还不错。”

士兵闪开身子让出路。“走吧。”他盯着半羽人女子说。

经鸣夜摇头说：“大人，这条路是去犀鸥区的，再往上都是王族大老爷的住地。咱们的铺子在红鹃区，走旁边这条岔道。”她指着另一条小路。

看样子对方终于解除了疑心，挥挥手。“最近见到过什么可疑的人吗？”他最后问道。

小霁笑嘻嘻地说：“如果有赏金的话，大人，我的眼睛会去努力找寻。”

远处传来一阵异样的喧哗，所有人的目光都随之而去。一队白色披风的步鸵骑士正涌进戏院，羽王的内卫，无怪乎他们趾高气扬。

经鸣夜猛地看见一张熟悉的脸庞。“箭隼”经其味骑在一只高大的步鸵上，除了发色稍有暗淡，多年未见的舅舅几乎没有任何变化，严肃的脸庞，一双毫无感情的眼睛，所以他把一生都奉献给了羽王内卫队长的职位，不需要家庭、妻子，还有……妹妹。

小霁露出疑惑的表情，她意识到自己不该有情绪。“我们走。”她低声说。

两人匆匆拐向小路，戏院的方向传来更大的喧哗声，经鸣夜和小霁一起回头，看见年轻的歌手正被三四名羽王内卫押解着走上大街。

“这件事应该和雕客没关系。”小霁说。

夏摩看着经鸣夜。“你怎么看？”通犀药铺老板浑身散发着一股药材的香味，身为羽人体态胖得有点走形，他当然不能舞刀弄棒，射出去的箭也歪歪扭扭毫无准头，但他对历史典故如数家珍，熟悉秋叶城中的一花一草，经验丰富，谨慎老练，比任何人都适合担任龙渊卫在秋叶城的负责人。

“暂时没有疑点。”经鸣夜说，“不能小看云家和纬家隐伏在城中的势力。”

自己出现在人族御馆不是偶然，夏摩获得了一些并不精准的消息，有人想要搞出些事情。虽然具体是什么不得而知，但他们需要时刻防备雠客作祟，她负责跟踪那些被煽动起来的暴民，直到他们开始围攻伯景星和他的手下，她才忍不住耍了个小小的手段替人族使团解决了问题。夏摩没有责怪她的贸然出手，也许他早已料到，她和老河络详细述说了路上发生的一切，锤头兽、仰镜湖，以及古根城的战事，夏摩说消息送给了百锋智者，智者非常重视。

“如果只是涉及羽人的家事，和我们无关。”夏摩说，“不过还是要留神，最近总是有些不同寻常。”

经鸣夜听出夏摩话中的含义。“出了什么事？”

“他们又拿到了一颗珠子。”

经鸣夜吃了一惊。“是第五颗了吗？”

夏摩没有说话，经鸣夜知道自己不该多问。关于珠子的事，她所知不多，如果让雠客找到所有的念珠，他们就能够发动一个威力巨大的法阵，河络老爹说这是他一不小心亲耳听到首座对百锋智者说的。法阵足以毁灭整个九州世界，如果不是出自首座之口，经鸣夜一定觉得这是个天大的笑话。

除了墟荒和星辰诸神，谁能创造世界，谁又能毁灭世界？

首座代表了龙渊阁，睿智、慈爱，还有高尚，他甚至懂得世间一切的知识。经鸣夜每次见到首座的时候，他都是在书写，巨大又简单的木桌上摆放着数不尽的书本。“书是这个世界的财富。”首座说，“并非人人同意，但对于龙渊阁来说，在财富之前还需加上唯一两字。”

他还说：“我们对星辰诸神顶礼膜拜，但永远不应该对某个人如此，任何时候，无度地信任和崇拜会让人失去思考，一旦失去思考则沦为工具，而非独立鲜活的个体生命。”

龙渊阁教会了我思考，现在我成为了它的卫士。

“鸣夜，智者同意你和铁锣图坦暂时留下，秋叶现在很缺人手。”夏摩说。

“老爹基本上只能待在洼区。”除非有特殊的通行证，普通河络无法进入树城。

“他留在洼区，那里现在有些混乱，多了一些生面孔，而我们的消息渠道越来越少。”

“你觉得是雠客干的？”

夏摩没有直接回答。“壶玉也出了乱子，”经鸣夜来不及吃惊，幸好夏摩飞快地说下去，“听说他们已经解决了。我现在担心这次羽族的王位纷争，他们会趁乱作祟。所以，” 他加重了语气，“无论如何一定要挖出雠客，守住秋叶城的珠子。”

九颗念珠，雠客得到了五颗，剩下秋叶城中的一颗，壶玉城中的一颗，还有两颗没有确切的下落，只知道一颗归属河络，一颗流落宛州。经鸣夜在心中盘算，这是龙渊阁的消息，也许雠客比我们掌握的更多，否则无法解释他们总是快我们一步。

“还有，那个人族的将军。”夏摩看着经鸣夜。

“伯景星？”

“这个人可以信任，百锋智者请你继续和他保持联系，智者还说这个人会对我们有帮助。”

所有正直的人、热爱生命和这个世界的人都应该帮助我们，可惜我们得到的帮助少之又少，因为没有人知道我们的存在，即使我

们在守护他们和整个九州大地。

每个龙渊卫都曾发下誓言，绝不干涉世间的纷争，这本就是龙渊阁恪守的原则。唯有雠客，他们是阴谋家、破坏者、刺客和凶徒，是龙渊卫的敌人，可是雠客不属于世间的纷争吗？他们又是在为谁战斗？经鸣夜偶尔也会疑惑，不过她不会让这种疑惑困扰自己太久。

有首座和智者们，即便他们说过不应该无度地信任和崇拜，但他们不属于普通人，他们是这个世界仅次于星辰诸神的存在，他们是龙！

第二十一章

隔着房间，琳敏听到大厅里传来的混乱声响，她迅速下床披上外衣，拿起烛台走出卧室。她一路穿过走廊走出拱形门，烛光通明的大厅里两个男仆使劲地架着伯家的大少爷，侍女们手忙脚乱地想要擦拭伯南风衣袍上的污渍。

南风的头垂在胸前，原本漂亮帅气的黑发耷拉在脑袋上。“不要扶我。”他一边大声叫嚷一边挣扎着想要甩脱仆人的搀扶，他的气力很大，把两个男仆带得东倒西歪。

*这孩子喝了多少酒？*琳敏有些控制不住的心痛。

仆人们看见琳敏后全都不说话了，大厅里安静下来，南风抬起头看见琳敏，他竭力想把自己的声音压低，结结巴巴地说：“琳……琳敏妈妈。”

“把大少爷送回房间去。”她向仆人们吩咐说。

“我自己能走。”

南风甩脱男仆的手，两个男仆不知所措地看着琳敏，琳敏示意他们跟在南风的身后。南风脚步松软、踉踉跄跄地向自己的房间走去，没几步路就歪向了一旁的墙壁，他背靠墙喘息了几下，重新扶墙慢慢向前走去，直到停在房门前。他猛力推开房门，然后回过头冲着琳敏和仆人们挥挥手，大步走了进去。

房间里随后传来他重重摔倒在地板上的响声，琳敏伸手阻止住仆人们。“让他自己待着，大家都回去休息。”

他需要时间，但不能用这样的方式。

琳敏回到卧室，躺在床上难以入眠。外面传来轻轻的敲门声，她半坐起身子说：“进来。”

房门轻轻推开，穿着睡衣的小雅睡眼蒙眬地走了进来。“妈妈，我可以在这里睡一晚吗？刚才外面的声音好吵。”

琳敏拉开被子，小雅跑过来爬上床，钻到了琳敏的身旁，紧紧搂住她。琳敏温柔地抚摸女儿披在肩上的长发，乌黑的发像缎子一般柔软光滑。

“刚才是南风哥哥的声音吗？”

“是的。”

“南风哥哥的声音为什么那么粗鲁，一点儿也不像平时的他。”

“他喝醉了。”

“他为什么要喝醉，那样不是很难受吗？”

琳敏想着如何向女儿解释。“他有一个心爱的姑娘，一下子不见了，到处都找不到。你的南风哥哥很着急，心里不痛快。”

“南风哥哥那个心爱的姑娘是不是我们家的人？”琳敏忍不住笑了，小雅眨了眨眼睛，“妈妈，你为什么笑，不是只有家人才是心爱的人吗？”

“是的，家人才是最心爱的人。不过，也有的人起初不是一家人，后来相互尊重和喜爱，变成了一家人，就像爸爸和妈妈。”

小雅把身体紧紧靠着琳敏。“我也是南风哥哥心爱的妹妹，我要告诉他不要喝醉酒，他喝醉了酒我也会伤心的。”她打了个哈欠，眼睛闭了起来，声音也越来越轻，“他一定会听的，南风哥哥最喜欢我了……”

琳敏吹熄了身旁的烛台，房间里黑了下来，小雅很快发出沉沉睡去的气息声。黑暗中，琳敏心中突然浮现出伯景星的模样，思念一下子来临，没有办法抗拒，只有默默承受那种混合着甜蜜和酸楚的感受。她就这样一直靠床坐着，不知什么时候才慢慢睡去。

和每个清晨一样，琳敏醒得很早，她轻手轻脚地离开房间，让小雅继续熟睡。一个家的好坏在于女主人是否尽职，琳敏对此深信不疑，她到厨房交代了一天的伙食安排，然后布置清扫和整理，原本计划今天要去几家店铺买些家用品的，她昨晚就决定稍稍改变一下安排。

琳敏一直待在餐厅里，等到日上三竿伯南风才从自己的房间里出来。伤养好了没多长时间，他的脸色依然白得瘆人，头发乱蓬蓬的，胡子楂一根根矗了出来，像用旧了的老刷子。发现琳敏依旧坐在餐厅，南风有些意外。“琳敏妈妈。”他闷闷地喊了一声，丝毫找不到往日里的那种欢快和朝气。

“吃早餐吧。”琳敏语气平静地说。

侍女端上熬烂的白粥，为了让宿醉的人不伤胃，还准备了薄饼和水果。南风埋头吃着，一声不吭。琳敏看着他把所有的食物吃个干净。“今天不用回军营吗？”

南风犹豫了一下说：“副统领放了我几天假。”

“那好，陪我去趟神庙。”

年轻人垂下头，轻轻地嘟囔：“可以不去吗？”

“不行。”琳敏斩钉截铁地回答。

一路走向神庙，南风的精神似乎好了些，他主动和琳敏聊起自己回到军营后，所有人都争着请他喝酒，想听他讲述那个黑暗秘术师的事。被关在晋王府的监狱时，各种流言传说满天飞，一会儿是他大开杀戒斩下七八个秘术师的脑袋，一会儿是他被秘术所困，生不如死，还有的传闻充满风流韵事的味道，主角是他和皇太子，还有红裙的寡妇。南风说每次他都敷衍了事。

是因为史凯的死让他伤心，琳敏默默地想，**现在还有千宜悦的事**。

经过通往千家的那条街道时，南风的情绪又低落下来，闷闷地不说话。

“还是一点消息都没有？”琳敏问。

南风的脸上露出难过的神情，她看在眼里，没有再说什么，继续保持着刚才的步伐，而南风变得有些走神，脚步时快时慢，渐渐落在了她的后面。

琳敏停下脚步等待他。“来吧，南风，我们需要向星辰诸神祈祷。”

他们走上星辰神庙的台阶，雪白色的大理石圆柱和方顶构筑出这座城市最神圣的地方。神庙广场上的人并不多，琳敏向广场右侧走去。

“不去神庙吗？”南风狐疑地问。

“我们先去墓园。”琳敏回答他。

墓园里一片安静，水杉和柏树围住一片片区域，无数长方形的灰色墓碑竖立在绿草丛中，代表了一个个被星辰诸神召唤而去的生命，他或者她的名字雕刻在一模一样的墓碑上，没有任何特殊，不分贫穷和富裕，不分低贱和高贵，所有人都是星辰平等的子民。

琳敏在刻着“叶珞子”的墓碑前屈膝跪下。“小姐。”她轻轻说道，这个称呼从她陪伴叶珞子后就没有改变过，“我来看你了。

“景星应该已经到了秋叶城，我收到他的上一封信时，他们旅途平安。景星从不夸奖孩子们，他一直很严厉，但是这一次，他说卫行的表现足以证明他是个优秀的侍从，他还觉得卫行很快能够成为一名优秀的战士。小雅很乖，昱子妹妹已经开始教她说河络语，她学得很快。

“南风，嗯，景星不在家的这段时间，南风负担起照顾家庭的责任，他是个责任感很强的孩子，正直勇敢，再给他一些时间磨炼，他一定能够成为像景星一样优秀的男人。

“小姐，你在星辰诸神的殿堂还好吗？我们很想念你。景星和我，还有孩子们，这么多年你就像在我们身旁从未离开，高兴的时候，和我们一起分享快乐，悲伤的时候，和我们一起分担痛苦。我从没有忘记过你告诉我的话，人生短暂但并不渺小，去做一个值得让自己尊敬的人，得意时不傲慢，挫折时不放弃，痛苦时不软弱，我们无法选择人生的星命，但我们可以决定对待命运时的态度。

“小姐，请你在天上，在星辰诸神的身畔，佑护每一个你爱的人，我们终将会与你团聚。”

琳敏低头沉默片刻后站了起来，她看见身旁的南风眼眶一片通红。“来，和你的母亲说几句。”

南风跪了下来。“妈妈，我们都很想你。”他哽咽着再也没说什么。

琳敏轻轻地把手放在他的肩上，直到他站起身来。

“如果什么希望都没有，星辰神庙就是唯一的希望。如果你觉得什么都做不了，诸神会指引你该做些什么。相信我，南风，聆听自己的内心，那里有诸神的答案。”

南风没有说话，上前紧紧拥抱自己的继母，琳敏感受到他双臂和胸膛的力量。*好了，景星，我不会让你失望的。*她默默地想。

从墓园走出时，外面人声喧哗，原本空旷的星辰广场上一下子站满了人，小部分是这座城市的居民，更多的是穿着各种军服的士兵。

“出了什么事？”琳敏问。

“不知道，这样的阵势像是件大事。”除了微红的双眼，南风恢复了常态，“我看见晋王的护卫营、壶玉的守备队，还有天启城来的御林军。”

不远处一个相熟的护卫营军官冲着南风打了个招呼，南风走上前去与他低声聊了一会儿，很快回到了琳敏身旁。“皇太子要来祭拜神庙，大半个壶玉城的军队都在这里了。”他语气带着嘲讽，每次谈到皇太子的时候，南风都是这样的态度，毕竟还是一个年轻人。

“走吧，我们从神庙后面进去，我要和昱子妹妹碰个面。”在叶家时，小姐的这位妹妹就和琳敏关系很要好，成为神庙的星辰圣女后，两人也经常见面。

他俩绕过排成山的士兵，从星辰神庙一处隐秘的后门溜了进去。昱子不在她的房间里，星辰姐妹们可能都在神殿大厅等候皇太子。神庙从不介入世俗的权力，但是对这些权力保持适当的尊重是必要的生存之道。

“我们去祈祷的房间吧。”

琳敏估计这会儿人们都聚集在星辰大殿，她和南风走进拱形的通道，洁白的大理石上泛出清晰的影子，脚步声显得跫然悠长。

通道另一端突然传来嘈杂的声响，一大群人迎面走了过来，琳敏完全来不及避让，她看见衣装华丽的男子走在最前面，晋王殿下紧随在他身旁，然后是成群的官员和卫士。出乎意料的相遇，琳敏立刻拉住南风，贴着一边的墙壁站好，低下头屈膝行礼。

“什么人？”一个粗壮的男人从皇太子身后纵步冲了出来，腰间一柄厚实的砍刀半拉出鞘。

“紧张什么。”皇太子伸手制止住了护卫，他上下打量琳敏，脸上露出一丝笑容，“穆轲，你看不出这是我们的老熟人嘛。”

“哦，太子殿下，我向您介绍一下。”晋王认出了琳敏，他说话的时候用手中的绢帕遮住口鼻，轻轻咳了两声，苍白的脸上浮现出病态的嫣红，“这两位是壶玉城城守伯景星的夫人和……”

皇太子打断了他。“是的，叔叔，我认识这位美丽的夫人，旁边英俊的小伙子是她的孩子，还杀了我的星相师，不止一个。”他言语轻佻地说，“不过我还是得感谢他，替我除去了身边的毒瘤。”

晋王露出诧异的神情，看着琳敏。*晋王不知道我们之间的事，是了，所有的事情都是休丹大人安排的*。琳敏脑海中蹦出妓馆的暗道，风骚的红裙女子，还有半裸身体、戴着幞头的皇太子，她避开晋王的目光，低头不语。

“那位伯大人还没有回来吗，我记得他是陪‘圆肉肠大人’去秋叶了吧？”皇太子身边的将军们爆发出一阵笑声。“圆肉肠大人”一定是指那个胖胖的敦睦使，身旁的南风发出冷冷的“哼”声，幸亏大家都沉浸或者说装作沉浸在皇太子的笑话中，没有人注意到。琳敏用手肘碰触了一下南风。*不要多事，孩子*。

“听说他们是要参加新羽王的登基大典。”晋王说。

“登基大典？可我听说连选王会都没开，哪来什么新羽王？”

晋王的表情似乎也有些尴尬，皇太子没有再说话，他突然像是被其他什么所吸引，大踏步地向前走去。随从们紧随他的脚步，再也没人关注站立在旁边的琳敏和南风。

当所有的脚步声消失在远处，琳敏站起身拉着南风的手向反方向疾步走去，直到这个时候她才发觉自己的手心里都是汗水。

“混账东西。”南风愤愤地说道。

琳敏走在回家路上时已近午后，南风去了护卫营，他说不会再把自己喝成一副酒鬼模样，琳敏让他向自己保证，南风当场立下了誓言，琳敏这才放心让他离开。

时间可以淡忘一切，时间也会让一切刻骨铭心，关键是那个女孩在哪里？

隔着很远，她便看见站在自家门口的街对面的那两个治安官，头发灰白的半老头子一手夹着燃着青烟的菸果叶卷，一手拿着锡酒壶，年轻人正眉开眼笑地和胭脂店老板的女儿说着什么。看见自己走近，老治安官踢了一脚同伴，忙不迭地迎了过来。

“伯夫人。”半老头子脸上堆着谄媚的笑容，和上次见面一模一样的邋遢胡子，还有那双泛着枯黄颜色却又让人感觉狡黠的眼睛，他叫什么？嗯，好像是邱吞。

琳敏停下脚步，礼貌地回以微笑。“您查出些眉目了吗？”几天前治安官找了过来，说是要问些关于千宜悦的情况，自从女孩失踪之后，连诺旻也不见了，药铺伙计说老板有急事去了越州。琳敏拜托了坎达和大人，她一向不喜欢麻烦别人，景星走后却接二连三地出事，她不得不四处寻人帮忙。

“那是必须的。”老邱吞捅了捅同伴，年轻人茫然地看着他，老家伙脸上冒出怒气，往同伴脖颈上来了一巴掌，“蠢货，快把我们调查的情况向夫人禀报。”他转过脸对着琳敏时，又变回那张谄媚的笑脸。

年轻人慌乱地从怀里掏出皱巴巴的纸念道："那两个护卫营的军官驾着马车从四望街转到了青蒲道，他们在青蒲道一直行到底，再沿着城墙转到了南门，然后从南门离开了壶玉城。"他停了下来，抬起头一副呆呆的样子。

琳敏问："后来呢？"

老邱吞在年轻人的脖颈上又拍了一巴掌，又响又脆。"是啊，后来呢？蠢货。"

"没，没了。"年轻人磕磕巴巴地说，"就这些了。"

半老头子愣了一下，连忙说："对对，伯夫人，就这些了。"

"那么千家的小姐呢？"

"千家的小姐，肯定是在马车上。"老邱吞笑嘻嘻地说。

琳敏忍住气。"那么你们为什么不接着查下去？"

"我们是壶玉城的治安官，只管到城里的事情，夫人。"看出琳敏要发火的样子，老邱吞立刻说下去，"不过，如果有上头的命令，我们就能继续往下查了。"

"我会去为你们讨到命令的。"琳敏冷冷地说。

半老头子愣了愣，干笑说："夫人，你也知道，出了咱们壶玉城，再往南去就是越州了，飞鸟虫兽、穷山恶水不说，光是和那些没开化的蛮人打交道，就得多加小心，搞不好被他们架在火上烤着吃。"

"他们吃人？"年轻人露出一副惊骇的模样。

半老头子没搭理同伴，只是摇着头自言自语："这可是件要命的苦差事啊。"

琳敏从怀里掏出一个小钱袋，上次诺旻送来的金铢还余下很多，她原本想尽快还给商人的，后来觉得还是等到景星回来再说。她往手中倒出五枚金铢，老邱吞的眼神完全被闪亮亮的金铢吸引住了，琳敏假装没看见。

“去越州的确要带些盘缠，路上好打交道。”

“那是。”老邱吞喜笑颜开地说。

琳敏把一枚金铢递给老邱吞，另一枚递给那个傻乎乎的年轻人。“多准备些路上带的行李。”

老邱吞盯着琳敏手中剩下的三枚金铢。“夫人，这够不够啊……”他拖长了音。

琳敏把金铢装回钱袋，说：“找到千家女孩回来，我和伯景星大人必有重谢。”

半老头子“哼”了一声，看了看同伴，年轻人正开心地把玩手中的金铢，老邱吞一把把金铢抢了过来。“傻站着干什么？走了。”他掉头就走。

年轻人愣了愣，连忙赶了上去。

“去哪儿？”

“收拾东西，去南边。”

“南……哦……可是，我的，我的那枚金铢……”

“什么你的我的，这是查案的经费，我来保管。”半老头子恶狠狠地说。

两人的背影越走越远。

第二十二章

雪映青下了值守岗位，正走向羽王大殿的台阶，她听到身后的脚步声，转头看见一个人影追了过来。

“映青，我们去南山赏花好不好，小荷她们说柔指兰的花期到了，开得满处都是。”

风依依说起话风风火火，就像她的人。她俩同期加入羽王内卫，王宫守卫从羽人战士中挑选出来的，并无门第出身的讲究，而要成为羽王内卫一定是十姓贵族的子女。现任羽王出身风氏一族，内卫中几个风氏的子弟自视甚高，只有风依依来自风氏的旁系，反而和其他人更加亲密，雪映青和她性格相近，平日多谈得来。

“城里不是还有戒严任务吗?”

“是云家的余孽，听说已经被连锅端了，三大营和内卫都已经撤了，剩下的事都交给了城防军。”

雪映青想了想，还是摇头。“我还有事。”

“最近总见你有事，是不是看上了哪家的英俊公子了？快告诉我，谁这么有福气?”

“才没呢。”雪映青感到一阵委屈，“这几天爷爷非要我陪着一个异族人在秋叶城里到处闲逛，给他讲羽族和城里的各种传统、各种规矩。”

“异族人？”风依依吃了一惊，立刻又好奇地追问，“是那个人族的使团吧，那些人族又粗鲁又没见识，个个都是憨憨的样子。”

“粗鲁倒也未必吧，他们也是人族中有身份的人。”雪映青话一出口，忽然意识到自己在为那个让人着恼的年轻人族辩护，不由得脸红了红，幸好没有被自己的同伴发现。

风依依喋喋不休地说着那些人族的不堪，都是卫士之间互相传来传去的段子，雪映青也听到过不少。人族的使者大人胖得能压死步鸵，吃相粗鄙不堪，手下人个个喜欢酗酒，他们住的御馆被弄得又脏又臭。雪映青心情复杂地随着风依依一路走到王宫大门，忽然瞧见伯卫行站在空旷处，正倚着扶栏眺望城市的风景。

雪映青连忙打发走自己的同伴，风依依并没有注意到远处的人影，有些遗憾地安慰了几句雪映青，转身离开了。直到风依依的背影消失，雪映青才快步走向伯卫行，见到她走到面前，卫行连忙冲她微笑。

“你怎么到这里来了？”雪映青没好气地说，做了个手势让卫行跟在自己后面，快步离开王宫大门。

“敦睦使大人前来拜见羽王陛下，据说还有晚宴，雪大人告诉我父亲，让我在这里等你。”卫行兴高采烈地说，“雪大人还说，今天你会带我去看秋叶城的武神殿。”

*天哪，他居然要去看武神殿，那可是羽族战士们心目中的圣地。*对于战士们来说，武神殿的影响绝不亚于神木园，一个外族嘴里轻描淡写地提及这个字眼，本身就是对武神殿的亵渎。雪映青突然对自己的祖父产生了一丝丝的恼怒，他对这几个外族人太过迁就了。

那个外族人没有觉察到雪映青的变化，依旧兴致勃勃地说：“十二武神殿保留着古羽族传承下来的精神力，传说每当羽族面临艰难时刻，武神殿就会获得星辰诸神的眷顾，诸神选择一名战士加冕为羽族武神，武神一旦降临就能带领羽族一起共渡难关。还有，每一位武神都对应着一颗主星，羽族至今已经诞生过四位武神。”

“是三位。去年的离武神是个彻头彻尾的假货，我们决不允许羽族中的败类玷污武神殿。”

雪映青纠正说，她暗暗惊讶对方对十二武神的了解，这个人族青年总会随时带给她一些意想不到的东西。卫行立刻认真地点头，谦和的模样让雪映青刚才生起的怨恨又慢慢消退，她因为自己的心思感到一阵心烦意乱。

两人默默无语地走了一段路，雪映青脑子里胡乱地闪过各种念头，发现自己根本无法集中注意力。

“那就是武神殿吧。”身旁传来兴奋的声音，她这才发觉自己正站在两棵龙腾木之间的藤桥上，树杈枝叶和大片的巢屋空隙中露出威严的塔式殿顶和部分的彩绘外墙，藤桥远处是武神殿前的神木大道。

雪映青的脑海中突然跳出一个鬼点子。“喂。”这是她一直对卫行的称呼，对方则老老实实地喊她雪姑娘，“我们先到那里去。”她指着前面的一家店铺。

卫行看着店家门口木雕的酒桶，疑惑地问：“那是一家酒馆吗？”

“没错。”雪映青用一贯大大咧咧的口气回答，心里已经笑成一团，“这是羽族的规矩，每一位战士去武神殿之前必须喝下一杯特殊的酒，以表对十二武神的尊重。嗯，你应该是个战士吧。”她假装没有留意到对方表现出的窘态。

“我现在还是个侍从，不过很快……”卫行轻声嘟囔说。雪映青没有理睬他，快步走进酒馆。

种族有区别，而酒馆和酒客的模样却不会有太大的差异。这个时间点上酒馆里很清静，只有两个老羽人对坐着聊天，被走进来的人打破了平静，他们抬起头，露出略微诧异的神情。

*是因为我身后的异族人吗？*雪映青忍住笑意，径直走到酒台边。“‘欢乐的胖子’，大杯的。”她对高高瘦瘦的酒保又快又轻地说，然后故意避开酒保的表情，转过身看着卫行，他正充满好奇地打量着酒馆，冲着两个老羽人微笑。

“你是人族使团吗？”一个土黄色袍子的老羽人开口问，他是个普通平民，灰白相间的发色，脸上布满了皱纹。卫行点点头，老羽人立刻冲他的同伴露出“瞧，我可没看错”的得意眼神。

酒保拿出一个小口大肚的木杯，往里面倒进去深色的果酒，随后熟练地添加一小杯绿色的酒液、一小杯淡黄色的酒液和一小杯透明的酒液，雪映青笑盈盈地盯着酒保的动作，这是一次小小的恶作剧，或者也可以理解为报复行动，用以答谢那天在雪家神木林里的遇见，还有因为对这个外族人产生好感而心生内疚的补偿。

她把调好的酒推到卫行的跟前。“你不喝吗？”人族青年犹豫着说。

“贵客为先。”雪映青搪塞说。

卫行不再迟疑，举起杯子咕噜咕噜地大口喝着，残留的酒水顺着他的嘴角和扬起的脖子一路流淌下来，就像蜿蜒而下的一条小溪。雪映青从未喝过“欢乐的胖子”，但是见多了喝过它的人的醉态，葡萄果酒中加入了浓烈的薄荷酒、菊黄酒和烧酒，小口大肚的木杯像个胖子，喝完它的人会忘却烦恼，快乐得如同婴儿一般。

“哇，这酒真烈。”卫行放下空杯子，晃了晃头，他的脸庞慢慢泛起红晕，“啊，该你喝了，雪姑娘。”他冲酒保嚷嚷说，“给这位姑娘也来一杯刚才，刚才的酒。喝完了我们要一起去武，神，殿。”他重重发音，一字一顿地说。

那个人族青年很快就忘记了武神殿的事情，他坐到两个老羽人身旁，像重逢的老友般夸夸其谈，几乎每说一句话就会放声大笑，两个老羽人也许是寂寞了太久时间，他们丝毫不在意这个人族青年的表现，甚至还兴致勃勃地和卫行聊天。开始时，雪映青饶有兴趣地坐在不远处看着，她的得意没能持续很久，卫行的笑声越来越响，她慢慢担心起如何把对方弄回御馆。

直到高瘦的酒保面无表情地问雪映青准备什么时候把她的朋友带走时，她只好站起身走到卫行的身边。“我们该走了。”

卫行抬起头，他的眼神有些迷茫，仔细分辨着眼前的人影。“是雪姑娘，太好了，你也在这里。”他磕磕巴巴地说，“和我们一起喝一杯吧，这两位，这两位老人家都是我的好朋友，我的好朋友。”他撑着桌子勉强站起身子，双腿又软了下去。

雪映青顾不得许多，一把扶住他的胳膊。碰触到外族人粗壮的身体，羽人女孩脸颊一阵燥热，她努力不去在意这些，架着人族青年往外走去。

“咦，我，我怎么在往外走？那么再见了，两位老人家。”卫行扭着身子冲酒馆里的老羽人们招手。

雪映青觉得路上遇到的所有羽人都用一种奇怪的眼神看着自己，即便在自己的搀扶下，伯卫行仍旧走得踉踉跄跄，而且似乎变得越来越沉，更讨厌的是他还不停地和见到的每一个羽人打招呼，每一次都让她感到羞愧难当。

人族青年突然一下子挣脱开雪映青的搀扶，大步向前走去。“经姑娘。”他大声喊着，径直冲到一个女子面前。

“星辰诸神佑护，卫行，你喝了多少酒。”雪映青听见对方说。

"只是一小杯而已。"卫行冲着对方笑嘻嘻地说，"我给你介绍介绍，我父亲的朋友，呃，朋友的孙女。"

对方用略带敌意的目光看了看雪映青，雪映青注意到她是个人羽的混血，身份低贱的羽人并不会对贵族们有任何好感，反之亦然。雪映青点头算是打了个招呼，对方比自己年长一些，还有个不寻常的姓氏，她压制住好奇心，让自己表现得更像一个贵族。

"我给你找个地方醒醒酒。"

卫行来不及有任何反应，便被半羽人女子拽起胳膊拖着向一条小径走去。他一边憨笑，一边朝雪映青挥舞空着的那只手臂，招呼她跟着他们一起走。雪映青干巴巴地跟在后面，她心中不快，更多的是不安，因为这个小小的恶作剧由于外人的介入正在脱离自己的控制。

半羽人女子脚步很快，在龙腾木蜿蜒曲折的小巷中蹿进蹿出，她巧妙地架着卫行，保证他踉跄的脚步能够跟上。雪映青惊讶地发现半羽人女子穿行的这些街巷都是她从未走过的，在这座自己从小到大成长的城市中，她渐渐迷失了方向。

醉醺醺的卫行没有闲着，口齿不清地哼唱起人族的歌曲，大概是一个年轻男子向往能在战场上建功立业、依依不舍向心爱姑娘的告别，如果不是唱得断断续续，他的歌喉还是相当动人的。两个羽族女子都默不作声，直到半羽人女子悄悄转过头，低声问："他喝了多少？"

"就一杯。"雪映青底气不足地回答。

"一杯？"对方皱着眉头，"一杯什么？"

"快乐的胖子。"

对方投来的眼神让雪映青很不舒服，她反击般地挺直了身体，半羽人女子转回头去没有理睬她，这让雪映青有一种奇怪的挫败感，她不甘心地加快了脚步，紧紧跟在半羽人女子和卫行的身后。周围的光线逐渐黯淡，茂盛的枝叶遮挡住了阳光，有些地方已经燃起了“萤灯”。

经过驻守着羽族士兵的通道口，雪映青发觉自己站在一大片松软的落叶上，就像踩在厚厚的地毯上，每走一步都会发出嘎吱的声响。不远处是一排排疏密不匀的简陋木屋，隐隐约约传来喧哗的人声。

“这是哪里？”她完全不知道秋叶城中还有这样的地方。

“贵族大小姐是从不会来‘洼区’的。”半羽人女子的声音明显充满了嘲讽，“站在高处，脚下尽是蝼蚁。”

雪映青竭力忍住才没有回嘴，半羽人女子也不搭理她，自顾自地一路搀扶伯卫行。卫行已经没有了精神，靠在半羽人女子身上嘟嘟囔囔，不知在说些什么。

空气中弥漫着一股潮湿、酸臭和霉烂的气味，雪映青紧紧皱着眉头，干净的靴子上已经沾满泥浆，一个满脸污垢的孩子从某间木屋露出半截身体，死死地盯着她，两个穿着破旧衣衫的男人站在路口，眼光随着她移动。*他们都是无翼民，卑贱之人*，雪映青想。在下一个路口，一个失去双腿的残疾人让她吓了一跳，那人坐在一块有轮子的木板上，由手推着自己前进，他明明看见了雪映青，却当她如空气一般。

*站在高处，脚下尽是蝼蚁。凭谁能屹立不倒？*她忽然想起对方话语的下半句。

半羽人女子大声喊：“大叔，快出来帮忙。”

前面的木屋里跳出一个矮小的身影，雪映青最初以为是个孩子，当他走近时才发觉是秋叶城中极少见到的河络，对方粗着嗓子大声说：“你从哪里捡回来的醉鬼？”他凑过去看清半羽人女子扶着的卫行，脸上冒出惊讶的表情。

“这孩子居然也能喝成这副德性?”

“去问她吧。”半羽人女子冲雪映青努嘴。

老河络眯缝起眼睛。“是贵族小姐啊。”说完便去帮着半羽人女子把卫行搀扶进屋子，半羽人女子回头问，“进来吗?”

雪映青没有丝毫犹豫地走了过去，她可不想被这些人看轻，虽然内心没有外表那么自如。外间屋子除了一张桌子和几个板凳，没有其他什么东西。半羽人女子和老河络合力把卫行弄到板凳上，人族青年随即趴在桌上一动不动。半羽人女子走进内屋，片刻之后拿出了一个敞着口的葫芦瓶，雪映青闻到瓶子里飘来的一股淡淡苦味，半羽人女子拍了拍卫行的肩膀，人族青年弹了起来，茫然迷糊地看着四周，半羽人女子一手抓着他的脖领，一手利索地把葫芦瓶塞进他的嘴里，将瓶子里的东西全部灌进去之后她松开了手，卫行又一次软绵绵地趴在了桌子上。

半羽人女子在另一张板凳上坐了下来，上下打量雪映青。“我是经鸣夜，河络大叔叫铁锣图坦。”半羽人女子主动向雪映青介绍说。

雪映青觉得自己走进这个屋子后，他们对她的态度略微好转，她的心态也略略变化。之前也有平民朋友，但从来没有和一个半羽人、一个河络待在一起过。

“雪映青。”

“我们是行商，来秋叶城途中和使团在一起。”

老河络端过来一杯茶，冲着雪映青咧嘴说：“小姑娘喝茶吗?”

灰色的粗瓷碗里盛着深色的茶水，和她平时接触的那些精美茶具茶汤有着天壤之别，她稍稍犹豫，便接过茶碗一饮而尽。茶水微微发苦，唇齿间慢慢升出一股香气，不是那种精致的芳香，而是一种浑厚饱满的韵味。

“很好喝。”雪映青由衷地说。

经鸣夜和老河络对视一眼。“真荣幸，第一次有贵族小姐评价我们的茶。”半羽人女子的字眼依旧不那么友好，但至少语气比之前舒缓许多。

“接下来我们还能做些什么？”她看着趴在桌上的伯卫行，小心翼翼地问。

“等那小子酒醒，这用不了多少时间。”老河络笑呵呵地拿起一个酒壶。

哨卡士兵仔细看着雪映青抛给他的内卫腰牌后，随后俯下身望着站在通道门外面的两个人，四周挂满的“萤灯”照亮了他们的身影，士兵大声说：“日落之后，所有通道全部关闭，这是规矩。”

“我是奉命行事，后面这位是人族使团的随员，我们必须马上回御馆。”雪映青用强硬的口气回答。身后传来不安的声音，清醒之后，那小子已经没完没了地道了很长时间歉，她不打算把真相告诉他，至少现在不。

士兵犹豫了一下，转过头去似乎在询问同伴，很快他们转动绞盘打开了通道门。雪映青舒了口气，大步走上通道阶梯，伯卫行紧紧跟着她的步伐，低声说：“劳烦雪姑娘了。”

雪映青觉得自己的脸肯定红了，幸亏没有人看见。半羽人女子的醒酒药很灵验，人族青年醒来之后只知道自己不胜酒力，闹出许多麻烦，半羽人和老河络保持了沉默，雪映青明白他们一定猜得出是她耍的小手段，却并没有在伯卫行面前拆穿她。

明天，或者后天，重新给伯家的小伙子安排一次武神殿之行，也许还可以把酒的事情再解释一下。雪映青忽然发觉自己有一种非常复杂的心情，一杯“快乐的胖子”怎么能够抵消在自家神木林中遭受到的“羞辱”，而现在她又对今天的恶作剧心怀愧疚。

秋叶城中并非每一处都灯光明亮，靠近龙腾木底部的偏僻街巷小道因为缺少“萤灯”显得昏暗，没有半羽人女子的带路，雪映青只能靠着记忆走回繁华的“高区”。慢慢地，她觉察出一丝蹊跷，黑暗中始终有个人影尾随在后。

“喂……行……”她犹犹豫豫地开口招呼身后的人族青年。

“好像有人在跟踪我们。”卫行压低嗓子飞快地说。

“你也发觉了？”

“嗯。”

雪映青把纷扰的心思抛到一边。“跟紧我。”她低声吩咐。

两人突然加快了步伐，在小巷中穿梭，走过一个拐角后，雪映青一把拉住卫行，把他推进街边一处黑暗的门洞中，自己也紧贴在他的身旁。跟踪者很快出现在街口，借着黯淡的光线，雪映青看见一头偏浅色的灰发，失去了被追踪者的身影，对方一脸不安地四处张望，犹豫片刻之后他往另一个方向疾步走去。

雪映青扯了一下卫行的袖子，在黑暗中显出身形。“奇怪的家伙。”她低声说，“去看看怎么回事。”

她说完才想起自己的口气完全是命令而非征求对方意见，偷偷瞄了卫行一眼，人族小伙似乎根本没有意识到这一点，他信任地跟在自己身后。

两人谨慎地朝跟踪者消失的方向走去，很快发现了对方的背影，谨慎地跟在远处。街巷渐渐热闹起来，各色的“萤灯”闪烁，周围闲散的行人也越来越多，小广场上矗立着一只模样滑稽的飞鸟雕像，它戴着缤纷的羽毛帽子，躬下身子，翅膀像手一样张开做出欢迎的姿态。偏浅灰发的男子在雕像前拐进一间装饰精美的大门洞中。

"琴鸟区。"卫行说。

除了羽王王宫、神木园和武神殿，秋叶城中划分成了十三个区域，各自有不同的吉祥物并以此为名，琴鸟、犀鸥、鱼鹰……

"这家伙进去的是城里一家有名的戏院，叫做'精灵夜曲'。"雪映青来到一个摊位前，扔给老板两枚银币，抓起两件带兜帽的披风。她扔给伯卫行一件，自己穿上另一件，拉起兜帽遮住头发和大半张脸，穿过人群慢慢走了过去。

戏院门口站着的两个羽人，伸手拦住他们。"戏院关门，明晚再来吧。"

"刚才我还看见有人进去。"雪映青说。

守门人不耐烦地挥手。"今天是王宫里的大人包场，你们到别处去。"

雪映青的好奇心越来越重，她退了出来，示意伯卫行紧紧跟着她，两个人走进旁边黑漆漆的小巷。"小时候爷爷经常带我来这里看戏。"她紧走了几步来到一堵木墙边，"看到上面打开的窗户了吗？"羽族少女用脚轻轻踩住缝隙，轻灵的身子像壁虎般在墙面攀行，双手钩住窗沿，翻身进了屋子。

她探出头来往下看，人族青年照着自己的样子蹬上木墙，他的身子看上去颇为笨拙，只是凭借气力牢牢攀住了那些缝隙，还算顺利地翻进窗户。

屋子里黑乎乎的，雪映青记得这是戏院的杂料仓库，她往前走了两步发觉卫行依旧站在原地。"怎么了？"她问。

对方顿了顿才回答："我看不清。"他的语气充满歉意。

羽人的眼睛要比人族更能适应黑暗，雪映青回转身抓起卫行的一只手。"跟我来。"她带着卫行慢慢向前移动。走着走着，雪映青的脸红了起来，意识到自己正抓着一个异族男子的手，那只手有些粗短，却很有力。她的心怦怦地跳动，直到推开仓库的门，外面透进来些许亮光，她才如释重负地松开手。

仓库外是窄小阴暗的过道，两个人蹑手蹑脚地走了一段，在楼梯的柱子旁停下来。楼梯通向舞台，他俩躲在阴影中往外张望。

一个穿着粉色长裙的羽族少女正在翩翩起舞，她身材纤细，舞姿婀娜，长裙随着身子转动时而散开时而旋起。舞台下空荡荡的，只有一名衣着华丽的羽族老者坐在当中，旁边侍立一个中年羽人，还有三四个保镖模样的羽族武士站在四周。老者神情专注地盯着台上少女曼妙的舞姿，时不时露出暧昧的笑容。

雪映青立刻认出了衣着华丽的老者。“坐着看舞的是王宫的副总管，汤恒子。”雪映青附在卫行耳边轻声说。

“我没有看到刚才那个盯梢的家伙。”卫行轻声回答她。

此时一曲终了，羽族少女用一个跳跃的旋转结束了自己的舞蹈。台下响起孤零零的掌声，汤恒子对身旁的中年人说：“辛老板，你找到了一个宝贝啊。”

“还要靠汤大人多提携，小幽，快来谢谢汤大人。”辛老板招呼舞台上的羽族少女，羽族少女走下台对着汤恒子施礼，戏院老板带着谄媚的语气对汤恒子说，“小幽来到秋叶，想进宫为羽王陛下献舞……”

“辛老板，你岂不是多了棵摇钱树。”汤恒子的语气动作变得放肆起来，一把拉住羽族少女的手，嬉笑说，“真是个美人，若是把你送进宫去，你该如何报答我？”

雪映青感到一阵恶心，她捅了捅卫行，两人悄然后退准备离开。雪映青又瞟了一眼舞台下的三人，接下去的一幕令她意想不到。

羽族少女从发髻上拔出什么东西，猛地插进汤恒子的咽喉，辛老板熟练地顶住汤恒子的后背，一把捂住他的嘴巴，副总管大人瞪大眼睛，身子扭动了几下，慢慢倒了下去。

雪映青忍不住发出低低的惊呼，声音立刻惊动了舞台下的两个杀手，他们抬眼望了过来，粉色长裙的羽族少女冷冷喝道："谁?"

旁边的辛老板神色大变，一边朝舞台冲过来一边大喊："来人，有刺客。"

雪映青拉起卫行飞奔，身后传来杂乱的脚步声，穿过杂料仓库时两人不断推倒两旁堆放的物品，后面传来砰砰的撞击声。他俩跨上窗沿纵身跳下，落下去的时候几支羽箭呼啸着从头顶飞了过去。

第二十三章

伯景星注意到一个长袍老人出现在羽王身后，在他耳旁轻声低语，羽王原本松弛的表情变得严肃，随后起身离开了位置。长袍老人跟在羽王的身后，背影看上去老态龙钟，原本淡金的发色已经暗淡成白色。

“风万里，王宫总管。”雪嘉言轻声说。

六十年前被赞为“竺吹城的晨光”，风氏家族眼中寄予厚望的人物，在声名如日中天时突然销声匿迹，据说是为了某个绝世美艳的女子，坊间各种传闻不绝，再次出现时却和当年英俊迷人的容颜大相径庭，数十年沉寂，现今以羽王叔叔的身份掌管王宫。

很多人评价他是羽王背后真正掌握权力的那个人，连雪嘉言也这么认为，虽然没有直接说，伯景星却从雪家家主的态度中窥探出一丝不满。不过伯景星并不这么认为，从一个外人的角度来看，羽王风夜归并不是那种容易受人支配的君主。

时间尚短，多闻少言，伯景星告诫自己。

台上的一众男女依旧翩翩起舞，这场演出名义上是为敦睦使压惊，但开场不久庐奇便以头晕眼花告退，这位大人除了酒食，对其他似乎都是兴趣寥寥。

“就请副使大人代我拜领陛下盛意。”

伯景星并不情愿，但又无可奈何。*我快成一个交际花了*，他苦恼地想，应酬那些羽人贵族着实让人伤脑筋。

羽王在舞蹈结束前匆匆回到自己的位置，他看上去不太高兴，一曲终了，羽王身旁的内侍匆匆宣布宴会到此结束。伯景星巴不得早些离开，他随着雪嘉言来到王宫外，夜空星辰璀璨，与树城的“萤灯”连成一片。一阵凉意袭来，伯景星猛然记起此时已经到了深秋。

“陪我走走，景星。”身旁的老人提出建议。

两人顺着王宫外的御道慢慢踱步，各自的随从远远跟在后面，很长一段时间雪嘉言都没有说话，他俩的脚步声在寂静之中显得格外清脆。

“不知道何时才能召开选王会?”伯景星忍不住开口。

“听上去，你比羽族更焦虑这件事。”雪嘉言用平淡的语气回答。

我一心想早些离开，还有，休丹大人的信。这些都是原因，只是自己得牢牢闭上嘴，即便面前是受人尊敬的雪大人，也不能吐露半分。

“我一直劝说羽王能和云纬两家达成和解。”老人的一头银发不时被夜风轻轻吹起，“只要云商夕依旧被囚禁，羽族的内讧便会继续，而我们的危机就在眼前。”

“您是说危机?”

雪嘉言看了他一眼。“天启城的皇帝一直有统合九州四族的心念。所以一旦自己四分五裂，难免被人家生了窥觑之心。”

身为大晁的子民，伯景星很难接口说下去。雪嘉言看出了他的尴尬，淡淡地笑了笑，继续说："人族皇帝的威胁也许会发生在久远的以后，起码现在他还有很多事情要去做。天启城的律里大人，听说大家都称他'白头宰相'，我曾和他见过面，说实话，我对他阻止皇帝的野心抱有期望。"

"所以，您真正担心的还是羽族的内乱。"

"不。"雪嘉言说，"权力更替总伴随着争斗，人人都有弱点，我可以理解羽王陛下、云商夕、天毕萧，他们就像你们的皇帝一样，有着世俗的欲望。这是明处的纷争，会受到各种制约，而我们也可以尽力去阻止、去弥补。我害怕的是隐藏在暗处的敌人，阴谋诡计，破坏、挑拨，或者更加恶毒的手段，他们并不仅仅是羽族的敌人，他们更是整个四族的敌人。"

"暗处的敌人？我不是很明白。"

雪嘉言沉默了片刻。"我和贵魏……"

老人的话语被急促的脚步声打断，一大群人迎面走来，伯景星发现被城防军士兵围在中间的伯卫行和羽人女孩，他转过头，发现雪嘉言同样露出迷惑的神情。

"出了什么事？"雪嘉言问。

"解释起来有点费劲。"旁边冒出话语，伯景星这才看清城防军的副统领也在其中。天华萧挥挥手，士兵们退到一旁，只留下两名亲卫军官陪伴在伯卫行和雪映青身旁。"巡查时正巧遇见，"天华萧的语气和神色都很奇怪，"所以专程护送而来。"

伯景星向儿子投去询问的眼神，旁边的羽族女孩抢先说："我们的确看见了。"

"看见什么了？"雪嘉言问。

"汤恒子被人刺死了。"

"王宫副总管？"雪嘉言的目光投向天华萧。

“我们立刻去了那座戏院，它叫什么来着？”天华萧看向身旁的亲卫军官，其中一人立刻接口说：“‘精灵夜曲’。”城防军副统领皱着眉头：“对，就是它，琴鸟区最豪华的那家戏院。我们刚准备进去搜查，便遇到戏院老板陪着汤大人从里面出来。汤大人已经喝多了，说话含含糊糊，但肯定是副总管本人。”

从雪府回到御馆已经过了半夜，伯景星感觉到卫行情绪低落。“去好好睡一觉。”他安慰卫行。

卫行顺从地施礼，走向侍卫们的房间。

伯景星回到房间，躺在床上却没有睡意。整个事情的原委两个孩子都一五一十地说了，所有人都迷惑不解。雪家家主身旁围拢着他所信任的属下，直柳营的统领雪左笺和营佐水秋晨，是雪家在秋叶城中拥有的力量。

讨论始终没有结果，与其说伯卫行和雪映青的话让人无法相信，不如说没有人能够提出一个合理的解释。

“大人，去见汤恒子便知真假。”雪左笺有一张严肃的脸庞，说话不多。

这恐怕是唯一的可行之策，伯景星盯着黑乎乎的屋顶，雪嘉言也是这样认为的，不过这其中总有不对劲的地方，他一直想不出问题所在，直到迷迷糊糊地睡去。

被敲门声惊醒时，外面的天空已经大亮。“大人，父亲大人。”卫行的声音听上去有些焦急。伯景星连忙起身开门，卫行站在门前快声说：“雪大人派人来找您，说是急事。”他的脸上早已没有了昨夜的倦态，取而代之的是掩饰不住的紧张神情。

一名佩戴着柳树银饰的青年羽人军官等在御馆门口，看见伯景星立刻施礼。“伯大人，我是直柳营的薄晃，雪左笺大人问您是否有空，他想与大人见上一面。”随即，羽人压低声音说，“我们找到了一些东西。”

青年羽人军官带的路既不是去直柳营的，也不是去雪嘉言宅邸的。他一边走一边飞快地解释：“我奉雪大人的命令监视‘精灵夜曲’戏院，今天大清早有辆装着水果菜蔬的大车出了戏院，大车一直往西进了兀鹰区一栋偏僻的宅子，我带着几个兄弟闯了进去，宅子里倒是没什么古怪，但是在那辆大车的水果菜蔬下面有一口棺材，里面是内宫汤副总管的尸体。”

“雪嘉言大人可否知道此事?”

“已有人前去禀报了。”

兀鹰区在秋叶的西北角，靠近作为王家监狱的黑塔，一向人少僻静。薄晃在某个宅院拱门前停下脚步，它看上去非常古老，门上雕刻的花纹和雕像已有不少残破之处，无人打理的蔓藤爬满了拱形的门头。

木栅栏门半掩，薄晃当先走了进去。“这里原本是‘黑心王’伦连的一处行宫，已经荒废了很长时间。” 伯景星和卫行紧紧跟在后面。庭院里一片荒芜，半截看不清面目的雕像倒在墙角。

他们来到两层的大宅前，薄晃伸手推开厚实的大门，门把手做成骷髅头骨的造型，一只雕刻得栩栩如生的乌鸦俯身啄向骷髅漆黑的眼窝。门厅很大，空空荡荡的什么都没有，薄晃绕向左手旁的过道长廊，长廊的一侧都是紧闭的房门，他一直走到倒数第二间房门的位置才停下脚步，用力推开门走了进去。

这是间普通的会客室，古朴的木制桌椅上铺满一层厚厚的灰尘。“伯大人，请您和公子在这里稍候，我立刻去叫雪大人过来。”薄晃走向房间另一角，推门走了出去。

卫行饶有兴趣地看着墙上挂着的画像，年代久远的羽人皇族们一个个面容清秀，带着或倨傲不羁或高高在上的笑容。

身后传来“咔嗒”的声响，伯景星回过头发现进来时的那扇房门已经合拢。*哪里有些不对劲*，他警觉起来，伸手推了推身前的一把椅子，椅子纹丝不动，伯景星又推了推桌子，同样的情况。

“怎么了，父亲？”卫行注意到他的不安。

伯景星弯下腰，椅子被牢牢固定在地板上，桌子也是。“去看我们进来的那扇门。”他大声吩咐卫行，自己跑向薄晃离开的那扇门。

出去的门被锁死了，进来的门也是。伯景星环顾四周，暗骂自己愚蠢。整个房间没有一扇窗户，所有的光亮来自墙上的白火晶，一个废弃了很长时间的行宫，为什么还会有那么多摆放整齐的白火晶？

这是个陷阱。

墙上挂着的一幅画像突然摔在地上，画框背后的墙上出现一个小小的洞口，孔洞中飘出一缕若有若无的白烟。

伯景星飞快地跑到儿子身旁，两个人用一侧肩膀使劲地撞击门板，整扇门像是钉在墙上，没有任何反应。他示意卫行照着他的样子，从衣袖上割下一块布，遮掩住自己的口鼻，然后在脑后打了个结。

如果那些白烟有毒，潦草的防护根本无法抵御，伯景星想，仅靠那个孔洞，毒烟要蔓延到整个房间还需要一段时间，他和卫行必须赶紧找到离开房间的办法。

伯景星仔细地查看房门，门的质地非常坚硬，上面雕满了羽族古朴的植物花纹。他拔出腰刀重重地砍下，一声闷响后刀被弹开了，门上只留下一道淡淡的印痕。

“这是什么木头？”卫行惊叫。

“黑丝金木。”

黑丝金木和龙腾木一样不惧火烧，质地坚硬如铁，以手中的腰刀，没有任何机会能够破门而出。

两扇门之间留着细细的缝隙，伯景星从靴子里抽出一柄细长的匕首，慢慢插进房门的缝隙中，他握紧匕首柄，从高处轻轻往下划，在接近门中央的位置，匕首摩擦到隐藏在里面的金属物体，发出令人难以忍受的声响。

“外表看不见锁匙孔洞或是门闩，说明是靠机关锁住的。”伯景星一边向卫行解释，一边抽出匕首。他在金属两边的门板上仔细查看上面的各种花纹，在一串葡萄花纹处发现了异样，用手指轻轻拨动，一粒葡萄慢慢移动开，露出隐藏在里面的机关。那是一个精巧的锁孔，伯景星深吸了口气，把匕首探进锁孔中拨弄。

“父亲，烟雾越来越大了。”耳畔传来卫行不安的声音。

“沉住气，孩子。”他头也不抬地说。

在贵魏大人的军营中，一个下级军士曾经教他如何开各种门锁，那人吹嘘自己在天启城里最最老字号的锁匠铺里做过九年学徒，全城没有他打不开的锁。伯景星直到现在还记得他的名字和绰号，“钥匙眼朴望”，他的眼睛真的很小，长在脸上好像面饼上的芝麻。钥匙眼朴望也告诫过他，如果这道锁匙是河络大师的手艺，恐怕就没有什么希望了。

伯景星体会着匕首尖的触感，每一次他都慢慢转动匕首。“要把任何一样工具都当作是你手指的延伸。”小眼睛的家伙仿佛就蹲在他的身边，用不紧不慢的语调指导他。汗水顺着他的额头滑落到下巴，又一滴滴落在地板上。他突然听到轻微的“咔哒”声响，一阵欣喜之后，他小心翼翼地拨动匕首，每次匕首的拨动，他都能察觉到两扇门中间的金属闩也在轻轻移动。

不知过了多长时间，伯景星抽出了匕首，整个人向后坐倒在地上，他感觉到汗水已经浸湿了所有的衣衫，头也晕乎乎的。

“您怎么了？”

他感觉到卫行的搀扶。“推门。”他直截了当地说，话出口时才发觉声音沙哑得几乎听不清了，他又一次大声地说，“快推门。”

周围已经白茫茫一片，伯景星看见卫行的身影扑上前去奋力推着房门，厚重的门发出吱吱嘎嘎的声响，然后慢慢向外开启。伯景星站起时腿软了一下，他控制住自己，跟随在卫行身后一起冲出了满是烟雾的房间。

刺眼的亮光让伯景星忍不住眯缝起眼睛，他倚靠在墙上，一把扯下蒙住口鼻的布，大口呼吸新鲜空气，走廊上依旧静悄悄的，过了半晌，他才觉得头晕的感觉稍稍减退。

“父亲。”卫行轻轻喊了一声。

“小心些。”

危险还在后面，伯景星握住手中的匕首走向走廊的另一端，卫行紧紧跟在他的身后。

在走廊尽头拐过弯，又是一整排的房门，其中一间屋子半敞着门，伯景星来到门前探头往里窥视，房间地板上横七竖八地躺着几个人，他一阵吃惊，其中一个胸口往外冒血的家伙看上去就是刚才那个羽人军官薄晃。

他往里走去，门背后窜出一个黑影，将跟在后面的卫行一把推开，飞快地朝外奔去。伯景星来不及懊恼自己的大意，大步追赶上去。那个背影是羽人无疑，穿着黑色的紧身衣，连头发也用黑布蒙了起来。

他太快了。伯景星奋力追出大宅时，黑衣羽人已经从视线中完全消失了。他在门前站立片刻，荒芜的花园像来时一样寂寞无声。

回到房间，卫行正在检查地上的尸体。“三个家伙都死了，其中一个是把我们骗到这里的军官。”他说。

伯景星注意到墙壁前的凹槽，他凑了过去，通过凹槽前的孔洞直接能看见他们刚才身处的房间。凹槽的孔洞大小不一，最上面一个小凹槽里有一段熄灭的燃香，另一个大凹槽里半躺着尸体，死者的咽喉处依旧在淌血，手中握着一把已经搭上箭的弩机。

箭弩是对付自己和卫行的，刚才困在房间里的时候，我们根本没有还手之力。也许那个黑衣羽人并不是敌人，他救了我们。

伯景星转过头，房间角落里的箱子吸引了他的注意力，它是被人匆匆摆放在这里的，地板上的印迹足以说明。他走过去，用手指摸了摸箱盖上并不协调的几滴红色痕迹，是尚未干透的血迹。拉开箱盖，一股血腥气扑面而来，衣着华丽的羽族老者此刻已是干瘪的尸体，脸上依旧凝固着临死那一刻的表情：吃惊、恐惧。

“是汤副总管。”身旁的卫行低声说。

伯景星还来不及考虑什么，外面传来纷杂的声音，他连忙握紧手中的匕首，一群穿着城防军军服的羽族士兵涌了进来，领头的队长看见两个异族人，又瞧见地上的尸体，露出吃惊的表情。

“你们是谁？”羽人队长质问说，士兵们手中的武器对准了父子俩。

“我们是人族皇帝使团的成员，我是副使伯景星。”伯景星回答说，事情变得越来越复杂，他思考着如何向对方解释这里的场面，“这几个人的死和我们没关系，我们来到这里的时候他们已经死了。”

“你当然可以这么说。”羽人队长低声嘟囔了一句，人族使团的来头似乎让他恼怒又无可奈何，“我必须把你们带回去见我的长官。”

“是天华萧大人吗？”

“是的。”队长拉长了脸，显得更加不高兴了。

“队长，你必须马上派人告诉天大人，王宫副总管遇害是真的。”

“王宫副总管?”队长紧皱双眉，“你说的是汤恒子大人?”

“对。”

“瞎说什么呀。”队长像是受到愚弄而显得非常不高兴，不再顾忌伯景星的身份，“今早我们还在王宫门口遇见了汤大人，他交代说有几位技艺非凡的舞女要进宫为羽王陛下献舞。”

可怕的念头在伯景星的脑海中闪过。“他们要刺杀羽王陛下。”他说。

第二十四章

雪映青走上台阶，今天是她的班，昨晚的事情发生之后她几乎一夜没睡。天一亮雪左笺叔叔就陪着爷爷赶去王宫，他们什么都没说，但是雪映青知道，爷爷肯定会去验证那位王宫副总管是真是假。

内宫门前站着三个陌生的面孔，他们穿着内卫的军服，左右两个人手中执着长戟，中间那个长着一张阴郁的面孔，手始终放在腰间的刀柄上。雪映青把腰牌解下来递给他，“阴郁脸”皱起的双眉在眉心挤压出一个“川”字形。

“你们队长没有通知你？今日内宫换防，你回去休息吧，明天再来。”他把腰牌还给雪映青。

“换防，为什么？”

“我怎么知道？”对方不耐烦地说。

雪映青盯着他的脸，那张阴郁的面孔变得更加阴郁。“我从来没见过你。”她说。

“内卫队的每一个人你都认识？”他的嘴角上扬，一副冷笑的神情。

“内卫四队二十一哨，至少每个高阶内卫我都认识。”这句话有些托大，雪映青故意说得理直气壮，对方和自己同样戴着高阶内卫的标识，但是这张面孔她的确毫无印象。

“我是前天奉命从百松营调内卫队的。”他干巴巴地说。

“所以内卫队的规矩还不懂吧?”

“什么规矩?”

雪映青晃晃手里的腰牌。“这是宫内巡查的腰牌，警戒值守的哨卡和我们互不相干，也互不相管。”她继续向前走去，对方伸手拦住了她。

“今天的指令就是谁也不准进，不管什么宫内宫外。”对方的语气变得阴森。

宫门里面传来声音。“让她进来。”“阴郁脸”回头看了一眼，慢慢侧过身子让开道路。雪映青犹豫了一下，大步往里走去。

花园广场的正中央是莲花水池，一个羽人老者站在水池前，转过脸似笑非笑地看着雪映青。雪映青一阵紧张，她看清了对方的面容，一个应该已经死了的人。

“你是雪大人的孙女吧。”汤恒子细声细气地说，“我见过你，就是不知道你叫什么名字。”

“雪映青。”*爷爷和左笺叔叔在哪里*？她觉得自己嗓子发干。

“挺好听的名字。”对方的声音越发显得阴柔，“刚才我还和雪大人在一起，他现在应该在怡宫里陪羽王陛下一起看舞吧。”

“什么?”

“昨天晚上我在琴鸟区的戏院里看了一场舞，那真是美轮美奂。今日我和羽王陛下提起这件事，陛下兴致很高，立刻派人请了舞女进宫。正巧雪大人也来了，这会儿他们正在凝霜宫大饱眼福呢。要不要跟我来，我带你去雪大人那里。”

雪映青的心怦怦跳得飞快。这个汤恒子肯定是假的，虽然语音语调很像，也刻意模仿汤恒子的举止神态，可是内宫的副总管大人自视甚高，从不会理睬和关心某个内卫是朝中某某大人的亲戚，内卫都是羽族十姓的贵族家庭出身，汤恒子一个都不知道他们的背景关系，不像总管大人，什么都知道。

我要告诉爷爷，可是他们在哪里？雪映青的内心掠过一丝不祥。这个假的汤恒子一直在等她，等她自投罗网。**他们把爷爷和左笺叔叔怎么了？**

雪映青想到过拔出剑架在假汤恒子的脖子上，逼他交代所有的阴谋，她不知道这是不是最好的办法。时机转瞬即逝，两个内卫服饰的家伙出现在她的身后。

“映青小姐会不会跳舞呢?”走在前面的汤恒子没有回头。

“不会。”她谨慎小心地回答，身后的两个家伙不紧不慢地跟着她的脚步。

“啊，对，映青小姐是个武士，肯定不会在这方面花时间的。”

汤恒子走上台阶，龙腾木阶梯环绕而上，和羽王大殿完全不同，内宫是一座接着一座的小城堡和小殿厅，就像一座大迷宫。

“我和映青小姐不一样，不喜欢打打杀杀，尤其是年纪大了，更喜欢花花草草，看那些美丽的女孩子跳舞、唱歌。”

这个家伙絮絮叨叨地想要耍什么花样？雪映青感觉到手心沁出汗水，她低头瞥了一眼腰间挂着的短剑，假意抬起手撸了撸银色的短发，把汗水全都抹去。

汤恒子登上一座平台，居高临下看了看花园广场。“为陛下跳舞的是一个很厉害的姑娘。”他背转身子继续走进一条长廊。

跳舞的姑娘？雪映青意识到对方说的就是她昨夜看见的刺客。像是从一团乱麻中瞬间剥离出头绪，她猛然明白，这些人是冲着羽王陛下来的。

杀了汤恒子并找人假冒他，王宫的副总管有足够的机会把刺客带到羽王陛下身旁，昨夜和伯卫行无意中看到汤恒子被杀，之后天华萧带着城防军见到的是原本就准备冒充汤恒子的刺客。

“映青小姐，你在想什么呢？我们快到了。”汤恒子推开长廊中的一扇门，回头招呼了一声便走了进去。

雪映青瞄向身后，两个内卫不见了踪影。经过念紫阁时他们走上了另一条路，她知道他们一定在捣鬼，可是现在已经没有其他选择了，她拔出短剑冲进了房间。

汤恒子站在爷爷身旁，爷爷坐在屋子中央的椅子上，身上绑着绳索。“精灵夜曲”的辛老板——此刻他已经穿了一身王宫内卫的军服——站在爷爷的身旁，一柄锋利的匕首搁在爷爷的脖颈上。

假冒王宫副总管的刺客微笑着说：“麻烦映青小姐放下武器，然后在这里陪你爷爷坐一会儿。我保证，绝不会伤害你们，等到事情结束就还你们自由。”

“快走。”雪嘉言沉声说。

辛老板的匕首往前送了送，顶住了雪嘉言的咽喉。“你想看你爷爷死在这里？”他一脸狞笑。

“爷爷。”雪映青颤声叫了句。

“走。”雪嘉言厉声说，“他们要刺杀羽王陛下，快去报信。”

雪映青的泪水几乎喷涌而出。“爷爷。”她喃喃地说，然后转过身往外跑去，她一步跨出门外，几乎撞在一个人影身上，对方阴郁的脸上挂着冷笑，刀柄直接砸在她的额头。雪映青一阵天旋地转，瘫倒在地上。

她缓缓醒来，头如同撕裂般疼痛，忍不住呻吟了一声。**我在哪里？**她竭力忍受疼痛，回忆之前发生的事情。**羽王陛下，刺客，爷爷……**当她想要转动身体时，发现自己躺在地上，双手双脚被捆得结结实实。眼角余光看见垂头坐在那里的爷爷，他一动不动，像死了一样。

“爷爷。”她带着哭腔喊了一声，椅子上的老人没有任何反应。

她努力翻滚了两下，到了爷爷的脚边，他紧闭双眼，额头似乎有隐隐的血迹。

“老家伙没那么容易死。”

房间的一角响起说话声，“阴郁脸”走到雪映青身前，他用脚踹了踹她，然后蹲下身子。“啧啧，原来贵族小姐也会伤心。”他的语气里充满了恶毒，“平日里一副高不可攀的样子，把所有人都当成你们的下人，原来你们也会痛，也会哭，也会像废物一样哀求。你们的高贵血统呢？不过是一群吸血鬼。”

他的手中拿着雪映青的短剑，在她的脸庞处虚虚地比画。“你想干什么？”没有反抗之力，雪映青就用眼神毫不示弱地盯着他看。

“贵族小姐的嘴巴就是硬。”那双眼眸里露出邪恶的光芒，匕首慢慢贴近，她感到冰冷的刀身碰触着自己的肌肤，“等我划开你漂亮的脸蛋，你就该哭着求我了。”他仰头笑了起来，笑声在房间中回荡，突然间像一只被掐住脖子的鸟，笑声戛然而止。

最先是一声短促的破空声，然后雪映青看见一支弩箭猛地插入“阴郁脸”左侧的脖子，血肉之躯在坚硬的矢头下就像破烂棉絮般被撕裂，血水四散飞溅。他的嘴微微张着，依旧保持最后的笑容，眼神已经变得空洞无力，整个人向右栽倒在地上。

人影从房顶的某个角落中钻出来的，全身裹在黑色的衣袍里，只留出一双眼睛。黑衣人把弩机挂在腰间，抽出匕首一根一根割断绑在雪映青身上的绳子。最后一根绳子断裂，雪映青从地上站起来，捡起自己的短剑。

“雪大人没事，我会照顾他的。”黑影哑着嗓子说，他继续割断绑在雪嘉言身上的绳索，“那些家伙已经去了凝霜宫。”

雪映青看了一眼爷爷，转身冲出房间。内宫就像自己家一样熟悉，长廊、过道、阶梯在脚下飞速倒退，她没由来地想起自己小时候，为了回到家中吃最喜欢的甜食，她也这样拼命地奔跑。

她猛地推开一扇紧闭的房门，冲进雪白的殿堂。巨大的响声打扰了里面的歌舞表演，所有的人都将视线投了过来，雪映青看见羽王的脸上露出不快的表情，侧立一旁的内卫队长神色冷峻，也看见脸色大变的汤恒子和他身边的辛老板，还有大殿中间穿着白色长裙的美丽少女，对方停下了舞姿，面无表情地投来目光。

“陛下，有刺客。”她大声喊。

大殿里并没有出现她以为的混乱，大家开始窃窃私语，用疑惑的眼神看着她。雪映青看见内卫队长风铁盟大人俯下身子，羽王在他耳畔轻轻说着什么。

白裙少女镇定地向羽王走去。

“就是她，她就是刺客。”雪映青再次大叫起来，向白裙少女冲去。

周围的侍从女官们惊慌地纷纷让开路，两个内卫一左一右向她包抄过来，想要制止住她，也许他们觉得她才是那个想要冒犯羽王的人。

白裙少女继续淡定地走向羽王，风铁盟大概察觉到异样，大声地吩咐周围部下。两名内卫伸出手想要拦住白裙少女，白裙少女把手笼进宽大的袖口，挥出来时已多了两把弯刀，鲜血在半空中抛洒出两道弧线，内卫一声未吭地倒向两旁。

人们开始尖叫，四散奔跑。更多的人拔出了武器，假汤恒子、辛老板聚拢在白裙少女身旁，一起冲向羽王。

雪映青刚刚向前一步，一把锋利的短矛狠狠地扎向她的咽喉，她飞快地闪过，挥剑砍向对方的肩膀。这是刚才跟随在假汤恒子和她身后的两个内卫其中之一，还有多少刺客扮成了内卫？雪映青心急如焚，她不顾一切地连续进攻，对方很快抓住了她的破绽，一脚将她踢倒在地，随后扑上来准备结果她的性命。

幸亏一支羽箭阻挡了他，雪映青狼狈地爬起来，瞥见辛老板一刀捅死了刚才救自己一命的内卫。

沉住气，她告诫自己。

持短矛的刺客再次向她冲来。“贱人，去死。”他的脸上沾着血，每次刺出短矛都要恶狠狠地骂一句，“去死，贱人！”

短矛的矛尖从她腰间划过，雪映青听到软银帛甲撕裂的声响，一阵刺痛让她紧咬牙关。两人错身的时候，她突然伸出手飞快地抓住对方散落披肩的头发，刺客疼得大叫。

“贱人，去……”

他还没有喊出“死”字，雪映青的剑便刺进他的咽喉，抽出剑的时候血水像泉水般涌出，刺客的身体软绵绵地倒下。

雪映青望向羽王，台阶上倒满内卫的尸体，风铁盟正在护着身后的羽王慢慢后退。

他的刀很稳重，防守得滴水不漏，白裙少女突然加快了出刀的速度，内卫队长一脚踩在地上躺着的尸体上，他的身子歪了歪，白裙少女没有放过任何机会，左手的弯刀劈进了风铁盟的右肩。

雪映青飞奔过去。

内卫队长的刀落在了地上，他突然伸出手紧紧按住砍在他右肩上的刀，不让白裙少女抽回去，对方挥动另一把刀直接劈向风铁盟的脖颈，风铁盟侧过身子，刀锋在他胸前划开了一道长长的血口，他再也支持不住，摇晃着松开了按住刀的手。

“你不能过去。”风铁盟喘息着，张开双臂想要挡住白裙少女。

雪映青的剑架住砍向风铁盟的弯刀，白裙少女丝毫没有停顿，一脚将风铁盟踢开。羽王露出身形，他脸色发白，但依旧站直身体。

白裙少女挥舞弯刀劈向羽王，再次被雪映青的剑阻住，雪映青替代内卫队长挡在白裙少女面前。

对方的脸上依然没有表情，只有眼神中一闪而过的诧异。“要么走开，要么死。”她出人意料地开口说话。

雪映青摇摇头。“放下你的刀，我会以自己的军功向陛下恳求保留你的性命，并且善待你。”

白裙少女没有说话，她的眼神已经告诉了雪映青一切，白裙少女的背后传来辛老板焦急的声音。“小幽，快些，他们的援兵就要到了。”

白裙少女纵身向前，双刀如暴风骤雨般地出击，雪映青左格右挡，连连退步，忽然间她觉得左臂稍稍一凉，整个衣袖被劈了开来。白裙少女对她抵挡住自己的这轮攻势似乎也感到意外，再次把双刀摆出攻击的架势。

雪映青抢先进攻，她纵身向前，短剑的几个突刺，竟然把白裙少女逼退了两步。白裙少女的眼神中闪过一丝恼怒，弯刀再次迅猛地进攻，刀剑相交发出激烈的碰撞声，雪映青咬紧牙关格挡住每一次弯刀的攻击。

又一轮攻击停了下来，鲜血从白裙少女的刀尖慢慢滴落，雪映青感觉到手臂传来火辣辣的疼痛感。

*是的，她很强，可是我也很强。*她低沉又缓慢地呼吸，默念以往学到的一切，把所有的力量专注于自己的内心。周围的空气开始凝固，白裙少女终于露出微微吃惊的表情，向前疾进，奋力挥出双刀。雪映青感知到刀锋破空的声音，短剑快速格挡，随即往后轻轻一跃，背脊处凝聚的精神力瞬间释放，转眼变成了洁白的双翅。

大厅里的人忘却了打斗，看着半空中的雪映青。

她慢慢扇动双翅，阻挡在白裙少女和羽王的身前。白裙少女面无表情地再一次发动进攻，雪映青居高临下格挡住白裙少女，她飞翔着前进后退，越来越熟悉自己的翅膀，速度更快也更加灵活，完全化解了白裙少女的攻势。

大厅外面传来纷杂的脚步声，羽族士兵纷纷涌了进来。半空中的雪映青看见了一身戎装的天华萧大人，他的身旁还站着两个异族男子。当看清是伯卫行和他的父亲时，雪映青心中忽然有一种如释重负的温暖感觉，她知道自己不再是孤单战斗。

第二十五章

突然间，千宜悦想到自己刚才的低落和不安是不是因为伯南风的缘故？她为这样的想法既感到吃惊，又有那么一点点得意。

因为我是这样的惦记他、想念他，即使远隔数百里，我都能够感受到他的情绪，是的，我会和他感同身受。

一开始她以为是因为小伍的高烧不退令她担忧，现在她明白了是南风的低落情绪在冥冥之中影响和感染了她。想到这里，宜悦的脸上不自觉地浮现出笑容。

再过几天就能到诺旻大叔说的安全的地方，大叔答应过会给南风捎个信，让他不要担心自己。

宜悦猛地从草丛中坐了起来，黑脸膛的柯江和那个绰号“短斧”的年轻人正躺在一旁休息，只有放哨的诺旻转过头看了她一眼。宜悦不好意思地笑笑，她走向马车车厢，看了看躺在里面的小伍。小丫头还在昏睡，烧已经退了，但脸色还是很差。

“喂，给我口水。”

沙哑的声音从旁边传了过来，祁九半坐在一棵槐树下，身体被粗麻绳牢牢地捆绑在树干上。他黑瘦了许多，嘴唇因为干裂起了燎泡。他看着宜悦，原本凶狠的目光变得无精打采。

这个恶人自作自受。

在救出宜悦离开小镇的路上，被麻药麻翻的祁九苏醒之后，趁着拿短刀的年轻人一时疏忽，出手夺刀重伤了对方，如果不是柯江反应够快，又用麻药箭射中了他，怕是连诺旻都难逃厄运。受了重伤的伙伴没有挨过天亮，诺旻带着其他人掩埋了尸体才重新上路。

宜悦感受得到他们心中的愤怒，但是没有人对祁九动粗，诺旻告诉她，他们有自己的规矩，不到万不得已是不会去伤害对方的。宜悦有些奇怪，难道为同伴报仇都不可以吗？诺旻说他们不会杀死没有反抗能力的人，否则和祁九这样的恶棍没什么两样。诺旻还说，祁九会被带回去交由长老们处置。宜悦并没有问他那些长老都是什么人，两撇小胡子的大叔提起长老时的恭谦神情足以说明一切。

作为惩戒，他们只给祁九少量的食物和水，让他没有机会作乱。

宜悦转身准备离开，恶人的话语又一次钻进她的耳朵。“水。”她瞬间犹豫起来。他是害死父亲的人，手上沾满了无辜者的鲜血，任何的惩罚都是罪有应得。可是听到他微弱的求助声，她的心肠不听使唤地软下去。

她走向坐在石头上负责警戒的胡子大叔，没等她开口，诺旻就把水囊抛给了她。

“谢谢。”宜悦低声说。

“我们并不是要折磨他。”诺旻摇摇头，摸了摸自己上嘴唇的胡须，“不用谢我。”

宜悦走近祁九，祁九盯着她手中的水囊，宜悦远远地在他身旁蹲下身拔开了水囊塞子，她尽量伸长胳膊把水囊靠近祁九的脸，慢慢倾倒。祁九像野兽一样张大嘴巴努力吞咽，清水顺着脸庞和下巴迅速流淌，他的胸襟湿了一大片。

“好。”他叫了一声，“给我脑袋上再浇点。”

宜悦稍稍抬高手臂，水淋在祁九的头上，他晃动脑袋，水滴四下溅散。宜悦收起水囊，盖上塞子，发觉祁九正盯着自己。“好女孩。”他的声音沙哑，嘴角上扬，露出邪气的笑容。

宜悦退后了几步，脸上像结霜般冷冷地看着祁九。“你会罪有应得的。”她一字一句地说。

午休过后继续上路，柯江和“短斧”驾着马车，其他人坐在车厢里，祁九依旧被捆得结结实实躺在车厢地板上。进入山区，天气变得阴晴不定，不一会儿外面就飘起了细雨，白色的雾气漫天漫地围拢过来，车厢外滴下水珠，然后如珠帘一样连绵不断，雨滴落在车厢上发出噼啪的响声，越来越急，越来越密。

马车在一处林间小屋停了下来，天色阴暗得无法继续前行，宜悦跟随抱着小伍的诺旻进了阴暗的小木屋，屋子里有一些简单的陈设，像是采药人或是伐木人的歇脚处。

柯江熟练地燃起火塘，他是出身越州的土著，会耍弄些古怪的玩意儿，除了吃饭，他嘴里永远叼着那根能吹出麻药箭的小木管。

浑身湿漉漉的“短斧”把祁九拖进木屋的角落，祁九的脑袋碰撞在木墙上，他“哼”了一声，随即低声说：“小子，我会好好记着你的。”

“短斧”对他毫不理睬，径直走到火塘边坐下烤火，宜悦知道他和被杀死的同伴关系很好，对祁九恨之入骨。宜悦拿着水囊来到小伍身旁，她依旧昏昏沉沉的，宜悦把水囊贴近小伍的唇边，只有少许的水灌进小伍的口中，多数都顺着嘴角流淌下来。

“她没事吧？”宜悦焦虑地看着诺旻。

“已经给她服用了药物，暂时没有更好的办法。”诺旻皱眉说，

“希望能早些到慕古塔，我们有精通医术的长老。”

回到火塘边，柯江把面饼递给宜悦，饼在火上炙烤过，硬硬脆脆的，夹着干肉吃下去，她很快就饱了，这时诺旻递过来一个小银壶。

“山里气候凉，酒可以抵御寒气。”

宜悦顺从地接过酒壶抿了一口，辛辣火灼的感觉从舌尖开始，顺着咽喉一直下到胃里，她大声咳嗽，忙不迭抹去泪水，把酒壶还给了诺旻，一旁的柯江憨憨地笑了起来。

外面淅淅沥沥的雨声已经停了，宜悦觉得木屋中有些闷热，她起身走出木屋。空气中充满了潮湿清新的味道，水滴不断从那些高大树木的枝叶上滑落，发出滴滴答答的声音。雾气已经散尽，夜空中布满了星辰，忽明忽暗地闪烁，银盘似的明月嵌在暗蓝色的天幕中。

“短斧”从某棵树后露出身形。“小姐，你去哪儿？”他在负责警戒。

“我就随便走走。”

“短斧”微微犹豫，关照说：“千万不要走远了。”

宜悦对着他笑了笑，“短斧”露出羞涩的神情，消失在树后。

她毫无目的地走着，在家中的时候，每隔几天她都会在花园小亭里独坐一段时间，这是她在星辰神庙侍奉时养成的习惯，向星辰诸神祷告和祈福，并安静地聆听自己内心的声音。

现在是她这些天来唯一的独处时光，她在星空下站住，双手握拳放在胸口，默默地赞美星辰诸神，然后向诸神祷告，保佑所有她爱着的人，还有那些爱护和关心她的人。

不知过了多久，身后传来的声音让宜悦一阵紧张，她转过头，看见来人一撇漂亮的胡须。

“你不该独自跑这么远的。”诺旻的语气带着责备。

“实在对不起。”宜悦用抱歉的语气说，她没注意到自己在不知不觉中已经远离了林中木屋，“刚才，我只是想一个人待一会儿。”

诺旻走到她的身旁，和她肩并肩站立。“赞美星辰诸神，给予我们身处的世界。”他抬头看着星空，脸上的表情和宜悦在神庙中见到的信徒们一样，充满了虔诚和敬仰，“它并不完美，但永远充满希望。”

从见到这位胡子大叔的第一刻起，宜悦就对他充满信任。*他救了自己，而且他……还是伯家的朋友*。宜悦总是不由自主地想起南风，每时每刻。

“您说的那些长老究竟是些什么人？”她控制不住好奇心。

诺旻似乎犹豫了一下。“是一些世外高人。”他勉强解释说，“现在很难让你完全明白一些事，可能时机还不对，一些事情我也没有能力解释，我们到了目的地，长老们一定会和你谈谈的。”

“慕古塔？”

“慕古塔并非终点，我们还会继续往雷眼山深处去。”

“雷眼山深处。”宜悦重复了一句。

她的地理不如草药学和医护那么出色，但依旧是那些在星辰神殿服务的俗家女孩中间最棒的一个。关于雷眼山，传闻名为镜魄的主峰是一个巨大的火山口，四壁是晶莹无瑕的巨大冰层，底部是一汪潭水，时而冰雪覆盖，宛如玉盆；时而温热如汤，烟霭缥缈，是名副其实的诸神之眼。可是对于绝大多数人来说，那里是深山秘境，无人之地。

“那我什么时候能够回壶玉城？”

诺旻沉默了一段时间，这让宜悦感到一丝不安，最后他开口说：“实话说，千小姐，我不知道答案。”

这至少不是最坏的答案。

“是因为我们家那颗珠子吗？”她问，也许是她的坦率让胡子大叔有些难堪，诺旻没有接她的话，“可是那颗珠子已经不在了，父亲告诉我，小时候为了治疗我的病，这颗珠子磨成粉后制成了药，被我吃了。那些坏人，祁九，他们抓我也没有用。”

“孩子，这就是所谓的星命。”胡子大叔没有直接回答她的问题，“星相师们说，一切之人各有星命，早已注定。这并非说我们无法为自己的人生做出选择，恰恰相反，每次境遇、每条道路和每份努力都来自冥冥之中的召唤。星辰诸神画出星轨，是为了让我们更清晰地明了内心。”他转过脸看着她，“千小姐，命运必须接受时间的洗礼，不必为过去懊恼，也无需为未来担忧，做好当下即可。”

月光照在诺旻的脸上，至少宜悦能够从他的神情中得到一点安慰。“我明白了。”她嫣然一笑。

*那些长老能够解开我的谜团，至于之后，星命会带来选择，*她想。

诺旻看着她。“我真心为南风感到高兴。”他伸出手，“也许我们该回去休息了。”

宜悦顺从地挽住他的胳膊，就在这时，寂静的黑暗中传来一声凄惨的喊叫，声音太过突然，宜悦忍不住哆嗦了一下，她发现诺旻的脸色变得难看，胡子大叔抽出了腰间的短剑，又把一柄匕首递给宜悦。

宜悦稍稍犹豫，接过了匕首，两只手使劲攥着放在胸前。

“别怕，不会有事的。”他用低低的声音关照说。

*他的声音紧张而且愤怒，但是不想让我知道，*她想。其实她已经知道了，那声惨叫是“短斧”的声音，只有濒死的人才会有那样的叫喊。

诺旻快速向前移动，他的技巧很好，在林间像一只敏捷的豹子，宜悦拼命地跟上他的步伐。他们很快回到了林中小屋的附近，木屋周围并没有任何变化，火塘的光芒透过原木之间的缝隙渗了出来。一切都静悄悄的，而此时此刻这种安静更加令人不安。

“他们不应该有救兵，这一路我很小心，没有发现任何跟踪的线索。”诺旻很肯定地说。

“我不该给他喝水的，就该让他那样不死不活。”宜悦焦急得想哭。

“傻丫头。”诺旻转过脸看着她，“那点水不会让他变出三头六臂。”

突然间，宜悦读到了诺旻的内心。走或者留，他正在痛苦地挣扎，他应该带着她马上逃离，也许这是最妥当的法子，可是屋子里的弟兄怎么办？他们生死未卜。他疑惑，不相信祁九能够再次脱困，即便脱困这个家伙也不可能同时打倒老柯和“短斧”。

“诺大叔，我们进去。”

“嗯？”诺旻惊愕地看着她。

“那个坏人没有可能赢的，老柯和‘短斧’，他不可能赢他俩的，也许只是趁‘短斧’不注意的时候弄伤了他。”

诺旻眼神复杂地看着她，最后他同意了。“紧紧跟着我，一步也不要离开。”他俯下身子悄然地向小木屋逼近，宜悦学着他的样子，尽量不发出一丁点儿的声响。

小木屋没有窗户，唯一的一扇木门向外半敞，半死不活的样子。宜悦闻到飘来的血腥味，她内心感到紧张，不自觉地把匕首攥得更紧了。诺旻突然闪身进了木屋，宜悦来不及思考，跟着他一起冲了进去。

眼前的一切显得如此不真实，她几乎不敢相信自己的眼睛。一具无头的尸体栽倒在火塘旁，“短斧”的头颅在木屋的角落里，眼睛瞪得滚圆。柯江背靠在屋子中间的一根柱子上，低垂着头一动不动，鲜血从胸口的一个血洞汩汩地往外冒着。只有祁九还在原来的位置，捆在身上的绳索已经散落在四周，他靠墙半坐，手中拿着“短斧”的斧子，斧刃抵在小伍的脖子上，侍女蜷曲身体，发出如初生幼猫叫唤般的抽泣声。

“我等了你们好久。”祁九邪气地笑着，血水从额头流淌下来，整张脸显得凶残可怖。

“你是怎么办到的？”诺旻喃喃地说。

胡子大叔正在对自己的判断产生怀疑，祁九会进一步激怒他，在他失去冷静的时候找出弱点击败他。宜悦惊异自己为什么会冒出这样的想法，她拉了一下诺旻的衣衫后襟，想要提醒他。

“简单得就像喝酒吃肉一样。”祁九沙哑着声音说，“借了什么样的债，就用什么方式还。年轻的兔崽子敲我的脑袋，现在他的头一定不会痛了。越州佬射了我两箭，我还他一个窟窿。”他发出一声短促的、嚎叫似的大笑。

如果有恶魔，这就是恶魔的笑声。

诺旻深深地吸了口气。“今晚你活不出这间屋子。”

听到他冰冷冷的声音，宜悦感到既惊讶又欢喜，胡子大叔恢复了镇定，充满了斗志。

祁九盯着诺旻。“不错。”他缓缓地说，推了推手中的斧子，紧紧贴在小伍的咽喉，“我没办法干掉你，不过有这个孩子在我手上，你也别想干掉我。”

诺旻跨前一步，森然说：“你以为我会为了她放过你？”

“你是龙渊阁的人。”祁九的声音显得有些不自信，“你不会……”

诺旻的短剑突然直接向小伍的咽喉刺了过去，祁九吃惊地用斧子去架开短剑，他很快发觉自己落入了诺旻的陷阱，诺旻的刺杀只是在诱敌，短剑侧转狠狠地砸在斧刃上，斧子直接从祁九手中飞了出去。诺旻一把扯过了小伍，短剑指着祁九。

宜悦欢喜得想要大叫，然而诺旻脸上露出疑惑的神情。“不是你，你根本伤不了他们。”他说。

“是我。”

宜悦来不及分辨声音，她发现诺旻的背部突兀地冒出一段血红的东西，当她看清那是匕首的尖端时，忍不住大声尖叫起来。匕首又消失了，鲜血从伤口慢慢涌出，随后如同决堤的河流般顺着诺旻的背部流淌。

诺旻弯曲双腿慢慢跪了下来，然后扑倒在地上。

宜悦不知道自己是何时停下尖叫的，在诺旻倒下的身躯前，小伍站在那里，笑盈盈地看着自己，把手中的匕首送到唇前，轻轻舔去上面的血渍。

“小伍，你……你在……干什么？”宜悦觉得颤抖的声音根本不像是自己发出的。

“我是小伍呀，小姐。”对方笑起来的模样依旧是十二岁的小侍女，“不过，你要是想问我的大名，我叫景含真。”

第二十六章

整个王宫戒备森严，普通守卫安排了双岗，巡逻中的羽王内卫们进进出出，到处都能听见整齐划一的脚步声，空气中弥漫着紧张和不安的气氛。雪映青怀疑自己刚才是否睡着了，疲倦如同晋北高原刮来的风一样无可阻挡，她快步走到喷水池边，掬起一捧水淋在脸上，冰凉的感觉瞬间驱散了睡意。

黑夜正在降临，仆从们沿着屋檐一路挂上萤灯，连接起来的光芒就像一条长蛇，勾勒出王宫的形状，每个夜晚皆是如此。借着亮光，雪映青看见自己在水中的倒影，轻便的软银帛甲穿在身上，就像多了件衣服，但是那个头盔太碍事了。

经其味大人拒绝了她不戴头盔的请求。“作为队长，你必须是内卫们的典范。”风铁盟大人重伤之后，由“箭隼”经其味大人接手成为内卫的首席队长。这位大人为人刚正，有时候又显得古板。雪映青前去报到的时候，他冷冰冰地看着她。“依我的看法，你的年纪并非是内卫队长的合适人选，但这是陛下的选择，所以你必须做得更好。”

我必须做得更好，作为最年轻的内卫队长，我将为家族赢得荣耀，她想。

雪映青走回自己的岗位。爷爷在羽王陛下的书房已经待了很久，只有他和陛下，书房里没有其他人，就连总管大人也不在。王宫中流传着总管大人失宠的各种消息，有人听见羽王陛下大声地斥责总管大人，有人发现总管大人一整天枯坐在“恐怖小屋”里——自从住进总管大人后，那间屋子便得到了这样的绰号，还有某个陛下的贴身仆人言之凿凿，说是亲眼看见陛下将一杯酒直接泼在总管大人的脸上。

不少人幸灾乐祸，但都是私下里的，大家在心底都害怕那位似乎无所不知的总管大人，可这次的刺杀事件他却一无所知。雪映青为总管大人感到一丝委屈，那个假汤恒子的模样足以乱真，骗过了所有人。

除了后怕之外，还有疑惑。假汤恒子到底是什么？为什么能够和真的副总管一模一样？假汤恒子被当场格杀，他死的时候整个人像片叶子一样枯萎，雪映青目睹着对方的肌肉萎缩、皮肤塌陷，最后连骨头都化为灰烬，只剩下了衣物。

羽王陛下的秘术师们都不知道答案。

几乎所有的刺客都死了，辛拾、假汤恒子，除了和自己交手的少女刺客。在最后一刻，她平静地走向王宫背面的平台，纵身跃出扶栏。外面是深不见底的悬崖，雪映青扇动翅膀追赶到扶栏旁，低头看着少女不断下坠，身形越来越小，忽然少女在空中生出羽翅，盘旋了两下之后消失不见了。

雪映青想要继续追逐逃跑的刺客，可是刚才的激战消耗了太多的力量，她已经飞不起来了，羽翅在背脊上缓缓消失。*我一定会找到你的*，她望着空寂的悬崖对自己说。

书房的门打开了，雪嘉言从里面退了出来，爷爷额头包扎的绷带上还残留着模糊的血迹，看见雪映青时他笑了笑。“你看上去真不错，内卫队长。”他用轻松的语气说。

雪映青从爷爷那双眼睛中看出了他的疲惫。“您的伤不碍事吧？”她担心地问。

“医师说你爷爷身体很棒，至少还能活六十年。”爷爷露出慈爱的笑容，他的手搭在她的肩上，“从现在开始，你会更加辛苦，这是你肩上的职责，我的小姑娘。在长夜里、在烈日下、在风雨中不休不眠，守卫你的羽王陛下，你将成为他的眼睛、他的盾牌和长剑。”

“我早就做好准备了，爷爷。”她俏皮地笑了一下，“只要您在餐桌上给我留下一个座位，每次我都能恢复得生龙活虎。”在王宫有内卫们专门的寝室，不过她更愿意回到家里。

雪嘉言点点头，随后压低了声音说：“明天起我有一段时间不在秋叶，我和你左笺叔叔今晚就出发去古根城。”

“您也要上前线？”雪映青吃惊地问。

“不是参加战斗，暂时不能和你多说。”雪嘉言张开双臂拥抱了她，“我不在的时候，你得替我多留意关心那对父子。”

爷爷指的是人族青年和他的父亲，雪映青觉得自己的脸微微发烫。“我会的。”她说。

爷爷的背影消失在庭院门外，雪映青突然没由来地感到一阵心烦，她不知道自己在担心什么，只是觉得有些空荡荡的感觉。

她还来不及细想，书房门口挂着的铃铛发出清脆的声响。是陛下的召唤，她连忙推门走进去。

羽王坐在书桌前俯身奋笔疾书，雪映青在稍远的地方站定，看着他停下笔折起信纸，封上了火印。“派人送给总管。” 羽王抬头看了她一眼，“带上你的人，我要出去一次。”他吩咐说。

雪映青错愕不及。“陛下，已经夜深了。”脱口而出之后她意识到自己的唐突，躬身屈膝说，“我这就去准备。”

士兵们聚集在门外，雪映青从值守人员中挑选了二十名内卫，另外还有同样数量的内卫换上平民服装，她告诉侍从官为羽王准备一辆外观看上去普通的座车，尽量不要引人注目。还有一名刺客下落不明，而且是他们中间最厉害的那一个，她不敢有丝毫懈怠。

羽王从书房走出时穿了一件厚实的黑锦大氅，把身体裹得严严实实。“翠鸟区。”他上车前简单地说。

队伍从内宫的偏门出发，窄街上空旷冷寂，雪映青走在车驾的一侧，警惕地看着周围，心中忐忑不安，她不想搞砸自己上任后的第一次重要任务。

深秋夜晚的寒气直刺骨髓，北风卷起地上的落叶，逼迫它们在空中跳着旋转的舞蹈。雪映青不断伸展着麻木的手指，耳朵略有发痛，她真希望自己戴着的是兜帽而不是头盔。今晚的星光有些黯淡，更多的光亮来自无处不在的萤灯。

再有十几天就是“风翔典”了，羽人们将要迎来最盛大的节日，到了那个时候人族使臣还会留在这里吗？那个小伙子没有之前看上去那么笨了。

雪映青收回思绪，告诫自己不应该在这个时候走神。

队伍穿过窄街走进无花果广场，往左转是“翠鸟区”。座车里冷不丁传来声音，“向前。”羽王的声音低沉沙哑。

“保持前行。”雪映青立刻向领头的内卫传令，队伍没有片刻停顿直接穿过广场，走进了“兀鹰区”。除了脚步声，周围一片安静，两只被惊扰的野鸽子突然从角落里窜了起来，扇着翅膀飞进黑暗之中。雪映青的视线循着飞起的野鸽子，望见了不远处若隐若现的影子。

难道陛下是去黑塔吗？

队伍很快就来到了黑塔下。“停车。”车厢中再次传来声音，车夫立刻扯动缰绳，四只巨斑鸟一起停步。

这里是全城唯一没有萤灯的地方，一块足有手臂长短的白火晶嵌在大门的上方，它经历了太久的年代，如同暮年的老者发着黯淡的光芒，勾勒出黑塔孤单凄厉的轮廓。

这里是整个秋叶城中最阴森但又是最坚固的堡垒。

没等内卫们上前，黑塔内已经传来响声，厚实的大门从里往外缓缓打开，羽王的座车随即驶入。雪映青来不及思索守卫是如何得知消息的，只是紧紧跟随在车驾旁。接连穿过三道木门和两道栅栏后，一个孤寂的人影站在最后一道大门的门后。

他的左眼戴着眼罩，空着的一只衣袖扎在腰间，凌乱稀疏的头发从两侧垂下，半遮住一张枯槁、伤疤累累的脸。

翼长生大人也许是整个秋叶最不受欢迎的人，雪映青小心翼翼地看着对方，黑塔的典狱长目不斜视，根本没有注意到雪映青，或者是不屑于注意。他的左眼和左手是五十年前在和夸父的冲突中失去的，此后就一直与黑塔为伴。据说这位大人喜好白天睡觉，终年不见阳光，连满头的银发也变成了灰白。

羽王走下座车，典狱长前倾身体算是行礼，羽王并没有表现出任何不快。“我现在要见那个人。”他低声说。

典狱长点点头，走在前面引路，雪映青示意四名内卫随着她紧紧跟在羽王身后。狭长的通道间隔很远才会有一块白火晶，稀疏的光芒拉长了每个人的影子。雪映青有一股压抑的感觉，她从来没有来过这里，也不喜欢这里。

沿着阶梯蜿蜒向上，不断地经过由守卫把守的小门和栅栏，雪映青感觉已经接近塔顶了。典狱长在一扇看似普通的木门前停下脚步，从腰间拿下成串的钥匙，将其中一把插进门锁中扭了几下。“他就在里面。”典狱长拔下钥匙，退开了几步。

“你们等在外面。”羽王指了指雪映青，“你跟我进去。”

囚室并不大，简单地摆放着一桌一椅一床，一个皮肤白皙，身形清癯的男人坐在床沿，淡金色的长发披在肩头，乌黑的双眸紧紧盯着进来的人。

“羽王陛下，”囚徒微笑着说，“这么晚有事吗？”

果然是他，雪映青在羽王身后关上门，站在角落里。云家家主天生有一种亲和力，无论贵族还是平民，每一个见过他的人都说这位大人温文尔雅，风度翩翩。与云商夕大人总是形影不离的纬家家主完全相反，纬一平大人是个脾气暴躁、性情冲动的人。秋叶城中的好事之徒们喜欢在酒馆瞎扯，如果在伪离武神事件之后，被抓进黑塔的是纬一平，云商夕又会做出什么样的举动？

“云大人，”羽王的声音带着生硬，“我特地来讨教。”

“怎么敢劳烦陛下讨教，”云商夕的话语中带着嘲讽的意味，“您让翼长生大人随便派一个牢头来就可以了，我知无不言。”

羽王没有说话，拉过椅子坐了下来，和云商夕互相对视。屋子里没有一丝声响，甚至没有任何动作，雪映青有一种时间凝固的错觉，她的手心冒出汗水，强迫自己平视着囚室里唯一一张小小的窗户。

时间像水，时快时慢。

“好吧，云大人，”羽王终于打破了沉默，“也许我对你有些误解，我觉得我俩应该好好地谈一下。”

“陛下还没有拿下暮雾城和古根城是吗？”

雪映青担心羽王会被这句话激怒，出乎意料，他没有发火。“如果我们两家继续互相伤害下去，对彼此都没有好处。”羽王说，“一味想要激怒我对你并没有好处，云大人，我提醒你，你依旧是一个囚犯。”

“刀俎上的鱼肉，这是我不得不承认的事实，陛下。”云商夕收起了笑容。

“伪离武神的事件，我并非有意针对你，叛乱队伍中有云氏的子弟，而且有人向我揭发你和叛乱分子有勾结并提供了证据，我不得不下令关押你，我相信你若是处于我的位置也会这样做的。”

云商夕安静地看着羽王。

“我下令彻查这件事，迷雾重重，为此而死的人数目之多会让你惊异，在没有结果之前，纬一平带着你的儿子云周晚逃回古根城和暮雾城，纠集两家人马与我作对，这不是一个好选择，云大人。”

“他们是为了自保。”云商夕辩解说。

羽王没有理睬他，自顾自地说下去。“他们第一次打败了天毕萧，很出色，但最大的胜因应该归结于天毕萧的狂妄轻敌。风息凉出战后他们就再也没有机会了。虽然两座城池还在坚守，云大人，你我都明白，陷落只是时间问题。”

羽人的自相残杀，雪映青不由自主地想起爷爷的话，*我们正在被欲望腐蚀，抛弃了星辰诸神赐予我们的古老美德*。

云氏家主面无表情，羽王看着他继续说：“身为羽王，我不希望背负羽族分裂内斗的骂名。雪嘉言一直在我面前劝说，但是事已至此，并不是我一个人能决定的。”

“陛下现在胜券在握，如您所说，云纬两家逃脱不了失败的命运，只是有一点陛下可能不曾了解，”云商夕停顿了一下，声音阴沉，“云氏家族任何时候都不会接受莫须有的罪名。”

“这么说，暮雾城会对抗到底，古根城自然也不会例外。”羽王轻描淡写地说，“固执对大家都没有好处，只会让那些外族人有可乘之机，云大人，羽族正在面临危机。”

“陛下如果指的是人族皇帝有吞并羽族的野心，抱歉，我无法为陛下分担。”云商夕看着四周微笑说，“如果陛下没有别的事，我就不留陛下了。”

羽王盯着云商夕。“三天前我遇刺险些丧命，雪嘉言认为刺客属于一个隐匿在暗处的邪恶组织，他还不知道他们叫什么，但是之前他已经花了很长时间调查。雪嘉言向我保证你和伪离武神之事并无关联，是这个邪恶组织策划了伪离武神的叛乱，原因是我带领羽族日益强大，成为了他们的威胁，所以这些家伙先策划了一次叛乱，之后又是一次刺杀，就是要千方百计地推翻我、干掉我。”

这是雪映青第一次听到刺客们的来历，她克制住不去思考任何事情。**我是内卫队长，陛下的护卫。**

云商夕难以察觉地点点头。“陛下知晓了我的清白。”

“你是清白的，但纬一平和云周晚领军叛逆却是事实。”

云氏家主没有马上回话，过了一小会儿他才说：“陛下准备如何?”

“我想和你达成一个协定。”

羽王回头看了雪映青一眼，雪映青愣了愣，立刻领会了意思，她转身正准备离开，身后传来云商夕的声音。

“陛下，既然是你我之间的协定，我想要一个见证人。我认识这个女孩，她应该是雪嘉言的孙女。”

“她现在是我的内卫队长。”羽王的眼神中闪过一丝犹豫，对雪映青点点头，“你留下来。”他再次看着云商夕，“我会立刻释放你，宣布你的无辜并对你做出应有的补偿，包括赦免纬一平、云周晚和所有参与叛乱的人员，之后我会把我唯一的女儿风若苏嫁给你的儿子云周晚。”

雪映青知道自己的表情一定暴露了内心的想法，不过屋里的人谁也没有注意她，就连云商夕也带着迷茫的表情看着羽王。

羽王的声音有些亢奋。“羽人永远不会被再次奴役，这是我在神木园中立下的誓言。如今羽族看似平静，实则内忧外患，天启城的人族皇帝一直心怀野心，想要再次统一九州四族。羽族首当其冲，他的敦睦使已经来了秋叶，其实是个窥探消息的探子。要对抗天启，羽族不能内乱，十姓之中你我两家实力最强，一旦结为联盟，羽族将会强大。”

“陛下，”云氏家主踌躇片刻，“你的条件是什么？”

“新的羽王，你必须支持新的羽王。”

云商夕冷笑了一声。“天毕萧只会毁了羽族。”

“天华萧呢？”

“他只是他哥哥的跟班。”

“我同意，他俩其实都不合适。”羽王深深吸了口气，“而我的志向心愿尚未达到，所以我想你支持我，让我这一次连任羽王。”

“连任羽王？”云商夕的表情似乎又吃了一惊，“不可能，羽族从无先例。”

“非常之时，行非常之事。只要这次我还能成为羽王，十年为期，下一任羽王就是你。”

雪映青无法相信自己的耳朵，*这是一次交易吗？*她怀疑地想，*羽王、云商夕，是不是还有爷爷？*所有的话听上去都没有错，可是她觉得不舒服，*是自己太年轻，还是太幼稚？*她努力控制住自己，忠诚履行着一个护卫的职责。

很长时间没有人说话，云商夕皱眉陷入沉思，羽王的一只脚轻轻地踏着地板，发出细小的声响。“我应该给你更多时间考虑的，但是雪嘉言已经带着直柳营赶往古根城，战还是和，在你一念之间。”

云商夕低头并不说话。这个提议太可怕了，它破坏了千百年来的羽族传统，但是眼下的情形，是不是真的已经到了危急时刻？雪映青的手心冒着汗水，心中纷乱如麻，她自己都不知道希望云商夕大人会有什么样的回应，承诺还是拒绝？

羽王站起身。“好吧，我再给你一点时间考虑。”他转过身，雪映青伸出手去拉囚室的门。

“我同意。”

云商夕的声音缓缓传来，羽王再一次回转过身，他的眼神闪闪发亮。

“这是最好的选择，云大人。”雪映青听见羽王说，“你和我，羽族的强大指日可待。”

“其他家族怎么办？纬一平和我同进共退，我有把握。天毕萧呢？恕我直言，陛下，这一次羽王的位置他势在必得。”

“天毕萧的一切都是我给他的，我会说服他的。”

他看了陛下一眼，意味深长，雪映青想。随后她听见云商夕问：“陛下，我还有最后一个问题，您能告诉我是谁陷害了我，假造我和伪离武神勾结的证据？”

“汤恒子。”羽王简短地回答。

第二十七章

一群黑尾银眉雀叽叽喳喳地鸣叫，在伯景星眼前飞过，他停下脚步看着鸟儿们欢快地飞舞。*它们的快乐源于自由*，他一时走神。几名巡逻的城防军从下方的藤桥走了过去，不远处站着一队百松营的战士，眼前的这座树城更像一座军营。

伯景星注意到藤桥上挂着的花盆，还有扎在巢屋上的各色缎带随风飘舞，秋叶城中的喜庆氛围也变得越来越浓，真是一种奇妙的搭配。

羽王独女将要下嫁云氏少家主的消息轰动了整个秋叶，不，是整个羽族。*就像羽人们喜欢的那些戏剧一样峰回路转*，他想。

云商夕从云氏家主变成阶下囚，再到同羽王结为姻亲，一下子又成为下一任羽王的热门人选。

“父亲，您好像心事重重。”伯卫行问他，“难道这不是一个好消息吗？至少对羽人来说。”这孩子对羽人的感情与日俱增。

“好和坏很多时候只是表面。”伯景星解释说，“它出人意料，就意味着可能隐藏了很多的秘密。”

他有很多疑问，但没有答案，也无人告诉他答案。

针对羽王的刺杀未遂之后，伯景星还没见过雪嘉言和他的孙女。当天他和卫行被护送回御馆，之后整个人族使团便被圈禁起来，守候在外的羽族士兵言语客气，但坚决不允许任何人离开半步。

“灾难，灾难。”庐奇得知刺杀消息后便反复唠叨这个词，敦睦使大人坐立不宁，唯恐秋叶城中马上会掀起一场政变屠杀，并殃及他。直到羽王的使者送来大量礼物和给伯家父子的赏赐，这位大人先是松了口气，之后又变得很不高兴，因为得知了伯景星与雪嘉言交往，还参与到了阻止刺杀的事件之中，按照胖大人的意思，作为陛下的宠臣和使团的首领，和羽人贵族打交道的应该是他而不是伯景星。

伯景星并不感到意外，把羽王赏赐的珠宝交到庐奇手中，赏赐的名义也变成羽王对人族使团尤其是敦睦使大人的答谢，庐奇立刻笑逐颜开，拉着伯景星喝了好几杯樱桃酒，一个劲地说要在晁皇陛下面前为他请功。

羽王的召见已是在五天之后，伯景星陪同敦睦使大人前往羽王大殿，他内心矛盾地发现自己对这里已经毫不陌生。羽王的言语、表情和之前几次并无不同，尽管他有意收敛，伯景星还是感觉到细微变化：羽王似乎更加自信，或是自负。

坊间关于刺客的传闻沸沸扬扬，有说是云、纬两家派来的杀手，要靠刺杀羽王来挽回败局，也有说是汤氏家族谋划了这次的刺杀，刺客是内宫副总管汤恒子的私生女，刺杀羽王是为了让汤氏能够取代风氏成为下一任羽王。不过雪映青成了轰动全城的英雄，关键时刻凝翅飞行，力敌女刺客，救下了羽王，她当即被风夜归任命为羽王内卫的四位队长之一，接替重伤的老队长风铁盟。

刺客们全部死于当场，唯有领头的少女刺客不可思议地冲出内卫们的包围，至今下落不明。

这只是疑问之一。

伯景星从雀鸟身上收回视线，大步向前走去，老猫紧紧跟在后面，他左右手各拎着一只布袋，里面已经装满了羽人的特产——木锦织品、熏香、银饰和果脯。伯景星本不想带手下，但这会引起羽人的怀疑，无论自己走到哪里，都有不止一双眼睛在盯着他的一举一动。

换了我也会下这样的命令，盯紧这些异族人，伯景星自嘲地想。最近他有时间思考一些事，除了羽人的争权，诡异的刺杀之外，他更关注另一些迹象，那些在御馆门前喊着“滚回去”的羽族平民。雪嘉言说过，“天启城的皇帝一直有统合九州四族的心念，所以一旦自己四分五裂，难免被人家生了窥觎之心。”

还有诺旻的话，“到处都在说什么九州的帝王不应该只是人族的皇帝，不应该只是中州和大半个宛州的皇帝。老兄，这可是个非常危险的信号。”

危险的信号，可我又能做些什么？

伯景星经过向下的斜坡来到藤桥边。建造一座藤桥需要花上几年甚至更长时间，龙栖藤依附在龙腾木上，羽人们将两棵龙腾木上的龙栖藤拉在一起，它们的主茎很快会紧密地互相缠绕，然后放上合适的木板作为桥面，只要时间够久，这些木板桥面会同龙栖藤的缠绕围裹浑然一体。

藤桥旁有一家门面不大的铺子。羽族的古老传统中，插上一簇六蕊花草代表着医师这个职业，羽族医师们喜欢用它入药，六蕊花草既廉价——在哪里都能见到这些顽强的小家伙，只要有一小块土壤——又很有药用功效。这间医坊除了插着六蕊花草，门前还挂着一个小小的通犀雕塑招牌。

伯景星走进医坊，柜台后面站着一位羽人青年，直到现在伯景星仍然没办法很好地分辨出羽人的年龄，他们总显得那么年轻。对方抬起头：“你好，需要些什么？”他好奇地上下打量着伯景星。

“我找人。”伯景星看向蹲在房间另一端拾掇竹篾中药材的羽人女子，“但是我不想被人察觉，所以最好你能推荐我一些药材。”

羽人女子，更准确地说应该是半羽人女子转过头，露出惊讶的神情，她站起身子。“我们有很多人族没有的好药材，还有特制的花茶。”经鸣夜的语气平平淡淡，像她不喝酒时的样子。

老猫也走了进来，放下手中的布袋喘息，脸上挂着一副痛不欲生的表情，明白无误地表明他宁愿去面对两个凶狠的敌人而不是两个装满货品的口袋。

“小霁，招呼客人，给他们多准备些长途跋涉需要的药材。”经鸣夜吩咐完那个年轻人，看着伯景星，“如果需要些上好的果茶，我可以带您到仓库挑选。”

“乐意之至。”

伯景星随着经鸣夜向里走去，看着她的背影，他更加确定了自己的想法。经过窄小的通道后是一处有几个隔间的小院，半羽人女子走进其中的一间，房间里散发着果茶的幽香，倚墙的木架上放满瓶瓶罐罐，经鸣夜拿起其中一个，往小桌上的茶壶里倒进些掺杂着干果的茶叶，她熟练地泡水倒茶，把茶盏推给伯景星。

茶水颜色深沉，伯景星慢慢啜了一口。“越州的老白茶，”他仔细分辨，“干果是莓子、橙皮，好像还有洛兰果？”

“上次那个和卫行在一起的羽人小姑娘也说好喝，不过你可比她识货得多。”

“雪映青？”

经鸣夜点点头。“是这个名字，听说这次她救了羽王的性命？”

“很厉害的一个女孩，年纪轻轻已经掌握了凝翅飞行之术。”

经鸣夜嘴角扬起一丝淡淡的笑容，伯景星稍稍后悔，不该在她面前提起什么凝翅飞翔的。半羽人是不会飞的，他拿起杯子又喝了一口茶，稍稍掩饰住自己的尴尬。

“上次那个淡灰发的羽人还没查到，到王宫守卫这里线索就断了。”

“我不是为这件事而来。”伯景星停顿了一下，“上次卫行喝醉了，他说多亏你和铁锣图坦帮忙，我一直想着有机会谢谢你们。”

“小事一桩。”她看着伯景星，淡淡的蓝色眼眸中有一种意味深长的关注，似乎想窥探出他的真实意图，“你也不是因为这件事专程来找我们的。”

“这次刺杀羽王的事件，我和卫行也被牵扯进去了。”伯景星说。

“是吗？”

伯景星从“精灵夜曲”戏院说起，自己和卫行在“黑心王”行宫的遭遇，还有王宫里的激战，有些是他的亲身经历，有些是他人的转述。

经鸣夜轻轻转动手中的茶盏，从不打断伯景星的话。

“我和卫行能够从‘黑心王’行宫中侥幸逃脱是得到某个黑衣人的相助，还有雪嘉言雪映青爷孙俩在王宫也有人出手救援。事情过去之后，我很好奇帮助我们的人是如何得知的这桩阴谋？又出于什么样的目的隐身幕后？”伯景星喝了口茶，看着一直沉默的经鸣夜笑笑说，“你有些严肃，下次我请你和河络大叔喝酒吧，总觉得那种时候大家都很放得开，什么话都说。”

“你觉得我有话没说？”

“如果你把我当作人族使团的伯大人，我不会也不应该多说什么。如果你把我当作一起在篝火旁喝酒聊天、一起经历过生死的朋友，我想谢谢你。”

“谢什么？”

“谢谢你在‘黑心王’的行宫救了我和卫行，否则我们困在那间密室的时候，已经被弩箭射成了筛子。”

经鸣夜没有说话，只是抬起头，她的神情反而比刚才更加淡定，那双蓝色的眸子平静地注视着伯景星。伯景星思考着，他越发觉得她是个不同寻常的人物，年轻又有城府，时而神秘，时而又容易让人接近。

“在‘黑心王’行宫中出现的黑衣人，我大致还能分辨出她的背影，如果这个还不够说服力的话，那么还有她的眼睛，蓝色的眼眸，坚定、勇敢、玩世不恭。”

半羽人女子笑了，伯景星觉得笑容后面还有点其他微妙的东西。

“如果你说那是错的，完全是我认错了人，我不会介意。事实上卷入这些事件也出乎我的意料，这和在壶玉城中平静的生活毫不一致，我承认，我有过反感和厌恶，但不会拒绝。星命即此，并非自己是军人所以需要用军功和战绩来证明什么，而是遵循星辰诸神的教诲，还有家族的传统。无论如何，我是一个守旧的人，看重正义和荣誉胜过性命。”

就连伯景星自己都莫名其妙，为什么在经鸣夜面前说了这么一大段的话，他并没有感到局促不安，相反，在她面前他有一种放松的感觉，不自觉地说出那些心里想说的话。

经鸣夜倾斜身子，往伯景星的空盏里又斟满茶水，深褐色的头发自然地披垂下来，像一层精致的丝帘遮住脖子。她没有否认，也不去肯定。“诸神也曾说过，安心守候。你已经得到了一个满意的结果，何必知晓它的来龙去脉？”

“被蒙在鼓里的感觉不太好。”伯景星说，“况且，我们人族同样懂得知恩图报。”他从怀里拿出一只缀满宝石的银色酒壶放在桌上，那是遭遇锤头兽群后经鸣夜赠送给他的，他想了想，又拿出了一个指甲盖大小的骨质犀牛。

看见那只通犀的时候，经鸣夜终于露出诧异的神情。“你怎么会有这个？”她问。

“从壶玉城出发时，一个老朋友给我的，他叫诺旻，和你们一样是药材商人。他有些担心秋叶城的局势，告诉我说一旦碰到困难，可以拿着这个信物找朋友帮忙。我们第一次在路上碰面时，我看见你有一个斜背的布袋，上面的动物造型和它一模一样。”伯景星指了指那只通犀，“我知道这是一种非常少见的灵兽，据说它可以用精神力和任何生命沟通交流。我想，你们应该就是诺旻说的朋友。”

经鸣夜的神情不知是释然还是其他什么，门口出现了一个人影，药材的香味随之而来，他走进房间在经鸣夜身旁坐下。

“我是夏摩，通犀药铺的老板。”略胖的羽人说。

“伯景星。”

“我知道，伯大人每次都会给我们带来惊奇。”夏摩微笑说，他像是一眼看穿了伯景星的疑惑，“我只是管理秋叶城的药铺，而大人的那位朋友是壶玉城中通犀药铺的掌柜，我们是彼此的分号。”

“你们，”伯景星沉吟说，“恕我直言，是一个秘密组织？”

夏摩和经鸣夜互相看了一眼。“在‘黑心王’行宫中出手的是我。”半羽人女子说，“我们并非暗中保护你，而是在监视另一些人。”

“刺杀羽王者？他们是谁？”

他俩又互相看了一眼，这次沉默的时间更长。“描述他们很复杂，”药铺老板开口说，“大致是一群阴谋者、危险分子，还有刺客。”

伯景星安静地等待对方的解释。

“他们很隐秘，而且相当古老，很多灾祸甚至是百年前的事件都和他们有关，黑桓城的大火焚城、悔目河决堤水灾、宛南河络的夫环遇刺以及王座之争，每一次都是伤及无数性命的惨祸。”

“他们为什么这么做？”

“为使命，或者是誓言，抑或是为了达到某个目标。”

他并不打算说出全部，伯景星皱起双眉。“那么你们……”

“同样古老。”药铺老板的目光落向桌上的通犀，“不怎么恰当的比喻，就像对立的双生子，我们生来与他们为敌。”

拯救世界？伯景星克制住没有说话。人人都知道仅凭言语不足信，但是在自己面前，又是值得信任的人。他向半羽人女子投去一瞥，对方目光坦然。

“发狂的锤头兽，仰镜湖的祭坛，也是他们在捣鬼吗？那些黑暗的秘术师。”

夏摩摇头。“应该不是。”他的脸上浮出困惑的表情，“智者注意到了这些消息，已经派人去调查了。”

“智者？”

夏摩意识到自己的口误，挠挠脑门，笑笑说：“请你相信，伯大人，我们非常尊敬你，也有足够的理由信任你。”他指着那只通犀，“只是时机还不成熟，你能够理解吧。”

伯景星沉默不语。

“安心守候，星辰诸神终将给予答案。”药铺老板从椅子上站起，“我们该去看看小霁，我觉得他已经为你准备好所需要的药材。”

伯景星没有表现出沮丧。*安心守候，世上万物并非一蹴而就*。他随着夏摩站起，经鸣夜似笑非笑地看着他。“就这样走了？”她伸出手指了指桌子上那只缀满宝石的银色酒壶，“这个算是还给我的？”

“对不起。”他飞快地收起酒壶，从靴子里拔出那柄细长的匕首，轻轻把它从鲨鱼皮的软鞘中抽了出来，匕身散发出幽暗冷艳的光芒。他伸出左手中指在匕首尖上抹过，血水像是一下子从匕尖渗了进去，一股暗红色的气息环绕着匕首，它瞬间变得嗜血而危险。

“红蛇钢？”经鸣夜动容，“我只听说过这种传说中材质的武器。”

伯景星将匕首重新插回软鞘中，双手递给经鸣夜。“感谢搭救之恩，你若能收下代表忠诚和友谊的信物，将是我莫大的荣幸。”

经鸣夜也早已站起，深深地看了一眼伯景星，接过了匕首。“这把匕首太贵重了。”半羽人女子说，“这下我得找机会请你喝一顿最好的酒了。”她看了看站在门口的夏摩，药铺老板点了点头。

“‘雔客’。”经鸣夜低声说，她迎着伯景星狐疑的目光，再一次说，“他们的名字叫‘雔客’，他们的目的不在于刺杀羽王，而是要拿到某件东西。”

落日的余晖还未在远处的天空消退，五彩的云朵幻化出不同的造型，黄昏中的秋叶城沐浴在一层金黄色的光芒下，如同披着黄金缕衣。伯景星走在路上，发现周围都是羽人，他们聚集在大大小小的广场和酒馆前，就连街巷和藤桥上也挤满了人，很多人拿着木杯，隔着很远就能闻到果酒的香味。

伯景星和老猫低调地穿过人群，大多数人并没有注意到他俩，他们似乎在等待着什么。

天色终于阴暗下来，远处突然发出一声沉闷的响声，伯景星停下脚步，声音来自羽王大殿高耸的尖塔处，一个黑乎乎的小圆球升上半空，随后炸裂开，无数只灯虫四散飞开。伯景星周围的羽人们发出大声的呼喊，许多人鼓掌拍手，紧接着第二声闷响、第三声闷响，越来越多的灯虫出现在空中，五颜六色，像瀑布般，又像水花般，飞泻到城市的每一处角落。

每次响声过后，这座城市就会爆发出阵阵欢呼，羽人们的脸上洋溢着笑容，兴高采烈。

“天哪，羽人的花炮是活的。”身后传来老猫的低声嘟囔，“我要是回去告诉壶玉城的那帮兄弟，他们一定说我吹大牛。”

隆重的庆典，为了一场至关重要的联姻，伯景星边走边思考。至少暂时弥合了羽人们的权力冲突，一个好的结果是他们团结起来守卫疆域，那么天启城中陛下的野心是否可以收敛？他自嘲地想，*我快要成羽人的同盟、人族的叛徒了*。

唯一令人不解的是，羽王做出的这个决定和十几天前他的态度大相径庭，他绝非轻易屈从他人的人，也不应该被一次莫名的刺杀所吓倒，他在军事上仍然占尽优势，继续讨伐云纬两家，他依旧掌控着大局。所以仅仅是担心人族皇帝的觊觎吗？还是有其他原因？

一辆巨斑鸟车穿过人群在伯景星身旁停了下来，车门打开，露出白发苍苍的脸庞。“景星，”雪嘉言说，“上车。”

除了雪嘉言，车上还坐着一个年轻的羽族军官，直柳营的营佐水秋晨。

“是小水看见你的，没想到你有闲心出来逛街。”

“只是出来散散心。”

老人点头，数日不见，他显得疲惫不堪，甚至多了一丝苍老。“我刚从古根城带回了纬一平和云周晚，明天羽王将为云家父子举行一场宴会，届时也会邀请你和敦睦使大人。”

“会宣布大婚吗？”

“大婚在风翔典当日举行，就在十天后。另外羽王还要宣布重启选王会。”

伯景星琢磨了一下自己的语气。“云商夕应该比天毕萧更合适吧。”

“羽王将会寻求连任。”雪嘉言早已料到伯景星的惊讶，飞快地继续说下去，“他有把握，得到云纬两家的支持后，基本不会有太多的反对。”

这是羽族的事，伯景星告诫自己。

“你怎么看？”老人低声问。

伯景星摇头。“我不知道，您应该比我更了解。”

雪嘉言深深叹了口气。“我劝过他，但是他说的也有道理。目前只有风夜归有能力统合羽族，我们得到消息，你们的天启和晋北大营最近调动频繁，羽族不能不早做打算。”

老人陷入沉思，车厢里寂静无声，直到他再次抬起头看着伯景星。

“还有刺客的事，和云纬两家无关，这才是我最担心的。”

锄客。伯景星保持着平静，*用某些对自己的信任去换取另一些的信任，并非正理*。

“我暗中调查了他们很多年，上次我和你没有说下去，贵魏大人的失踪就和他们有关。”雪嘉言的话让伯景星又一次吃惊，“一伙神秘人物，干着很多邪恶的勾当，刺杀、抢掠、暴乱、破坏，简直是和所有人为敌。伪离武神的事情也和他们有关，这次又直接刺杀羽王，我怀疑是受你们皇帝的雇佣。”

第二十八章

羽王大殿中灯火通明，一根根吊在半空中的白火晶发出耀眼的光芒，还有几根少见的紫火晶和橙火晶，羽人贵族们三五成群地聚集在一起，大殿的西侧是一队乐师，各式的笛箫、弦琴和钟鼓，乐声中数名舞者翩翩起舞。

伯景星站在不显眼的角落位置，每次都是这样，他觉得自己永远不会喜欢这种奢华的宴请，有侯服玉食、有花天酒地、有纸醉金迷甚至放浪形骸，唯独没有真诚。*如果能有选择，我只希望和家人围坐在简朴的餐桌前*，他想。

远处的羽王从王座上站了起来。“诸位爱卿，”羽人们停止了交谈，大厅里安静下来，“伪离武神叛乱的事件已经彻底查清，和试图刺杀本王的刺客为同一伙人，我已任命雪嘉言大人彻查此事。”他停顿了一下，眼神四处寻找，直到看见宴会的另一个主角，“由于云商夕大人蒙受冤屈，本王心感不安，此次我的爱女和商夕大人公子的婚礼是最好的补偿，我决定就在‘风翔典’上举办他俩的婚礼。”

云家家主淡淡地微笑，大厅里响起欢快的掌声，羽王继续说：

“既然事情已经基本清楚，本王宣布恢复选王会，就安排在‘风翔典’之后。”

“羽王英明。”此起彼伏的声音响起。

休丹大人的密信，伯景星一阵头痛，摆脱敦睦使大人偷偷呈上那封密信也许并不难，但后果会是什么？他不敢想象。

这是叛国，他听到一个声音在脑海中响起。

不，他为自己辩解，我乃奉命行事。

伯景星一阵焦躁不安，觉得自己再也无法思考，他抬眼看着频频举杯的羽王，心中不禁疑惑：一个将要打破羽族选王禁忌传统的人，又会带来什么呢？希望这一切都能快点过去，我只想早日回到琳敏和孩子们身边。

一个人影走了过来。“伯大人。”云氏家主用沉稳的语气说，“我们初次见面。”

“这是我的荣幸，大人。”伯景星小心翼翼地回答。

云商夕的目光穿过伯景星，伯景星随着对方微微侧头，身后的落地窗外是夜色中的秋叶，巨大的树影之间闪烁着星星点点的光芒，和远处的夜空群星连成一片。

“美丽的城市。”云商夕说。

“是的，这是我见过的最美的城市。”

“比你们人族的城市还要美？”

“虽然心有不甘，但是我没办法不承认。”

云商夕露出笑容。“不瞒伯大人，有很多人在我面前谈起过你，对你的评价一致很高。”他收回目光注视着伯景星，“听说你曾经参加过二十多年前清剿中澜山匪的战事，难怪雪嘉言大人对你很看重，夸你是一个真正的战士。”

“大人过奖。”伯景星语气谦虚地说，“我们人族和你们羽族一样，有很多睿智的长者和勇敢的战士，我还远远不及。”

“雪嘉言大人没能来出席宴会，真是遗憾，否则我会从他那里更加地了解你。今天来了八松城的特使，雪大人去操办了。为了我们的羽王，他真的是殚精竭虑。”

伯景星回味着云商夕最后一句话的语气，似乎并非全是褒义。“八松城的特使？”他问。

“汤氏家族的使者，出了刺杀事件后他们一定很不好过。特使应该是带来汤家的答复，为了家族的安定，他们肯定会选择支持羽王寻求连任。”

伯景星选择沉默。

“你一定知道咱们的羽王想要连任吧？”云商夕追问，“消息早就传开了。”

“云大人，恭喜了。”敦睦使大人的声音传来，随后是他圆滚滚的脸庞。伯景星第一次对庐奇产生了些许感激，他来得正是时候。“我在天启城就听闻大人的名声呐。”庐奇手中拿着酒杯满脸堆笑，出人意料地还没有喝多。

云商夕客气地回应：“敦睦使大人，久仰。”

“大人能久仰我什么呢？”庐奇用丝帕捂着嘴发出“咯咯”的笑声，“我只是吾皇陛下身边的无名小卒，哪像云大人是羽族中的一家之主，堪比羽王的英才。”云商夕皱起双眉，庐奇不知所然，露出谄媚的笑容继续说，“吾皇陛下还常常在我们面前提起大人。”

*陛下为何会安排这样的人物来出使羽族？是因为他忠心耿耿，还是即便犯蠢也会让人觉得人畜无害？他以为云商夕会接任新羽王，迫不及待地想要讨好对方，*伯景星想。*我没有告诉他羽王将要连任是对的，谁知道他又会胡乱说些什么？*

云商夕不再理睬庐奇。“听说伯大人现在的官阶是壶玉城的城守？”

“是。”他点点头说。

“这个官阶对于伯大人来说，有些屈才。”云商夕的话语带着些亲近语气。

“真是英雄所见略同啊。”庐奇吃吃地笑着说，“这次多亏了伯大人一路保护，我已应允了伯大人，回去之后要在吾皇陛下面前为他请功。”

“多谢两位大人，伯家只是世代侍奉澜州亲王的乡下武士，实在不敢有什么非分之想。说到底，我只是个军人，参与政事并非我所长。”伯景星的这句话发自肺腑。

“看来是我提出了一个不合适的话题。”云商夕遗憾地说，“我只是觉得很惋惜，将来如果能和像你这样正直的人打交道，无论对我们羽族还是你们人族，都是件好事。”

庐奇又一次插嘴。“我可以向云大人保证，在天启城中，对吾皇陛下忠心耿耿的臣下，可不止伯大人一位。”

云商夕冷淡地点头。“如您所说，大人。”他微微颔首，“吾儿周晚有事召唤，两位大人，我先告辞了。”说完他走向远处的一个年轻人，伯景星望去，年轻人的眉目与云商夕果然有几分相似，比父亲更高，也更盛气。

“伯大人，这样的场合由我这位正使出面更加妥当。”庐奇指了指云商夕的背影，沉着脸说，“而你的主要职责是保护我。”

伯景星一下子明白了敦睦使大人为何还没有喝多，庐奇在为自己受到雪嘉言甚至羽王的重视而耿耿于怀，他需要找回属于自己的地位。伯景星低声回答：“是的，大人。”

“伯大人做得不错。”庐奇故作姿态安慰说，“我已经给陛下发了信，也许不用等到我们回去，给伯大人的奖赏消息就会从天启发来。”

伯景星没有接话，两人都没有什么要说的，转过身看着喧闹的宴会大殿。

几名羽人贵族走来。“敦睦使大人，今日怎么不见您畅饮？”为首的人笑嘻嘻地说。伯景星并不熟悉这张脸，似乎只是在王宫中见过。“喝酒，喝酒。”对方拉住庐奇大声吩咐，几个拿着酒罐和食盘的侍女围拢过来，庐奇身边一下子热闹起来，趁着无人注意，伯景星退开几步，一个人躲进角落中。

他看见羽王坐在大殿正中的神木椅上，看上去已经有了些倦态，一只手支撑住额头，心不在焉地把玩另一只手中的水晶酒杯。宴会正迎向喧闹高潮的时刻，一旦醉酒，羽人并不比人族更有仪态。

伯景星没有看见云商夕，也没有看见天氏兄弟，最近天毕萧很少出现，伯景星偶尔看见他的时候，天氏家主总是阴沉着脸，他的孪生弟弟倒是常常遇见，每次都客气地和自己打招呼。正在和羽人们谈笑的敦睦使大人，一张脸很快变成了红彤彤的颜色，就像锅子里煮熟的大虾，他大口喝酒，一刻不停地往嘴里塞着吃食，说话也变得结结巴巴。

“伯大人真的不喜欢果酒吗？”一个声音从伯景星侧面传来，又尖又细，但不是庐奇大人那种天生的嗓门，而是年事已高的有气无力。伯景星转过身子，旁边的圆柱后，一个穿着锦袍的羽族老人举起杯子，慢慢喝了一口黑紫色的酒液。他的脸像古树树干般布满沧桑的皱纹，暗淡的发色显得灰白。

伯景星稍稍犹豫。“总管大人？”他只是远远见过一次风万里。

“黑葡萄和覆盆子酿的果酒，一天一杯，对老年人的记性有好处。”老人眯缝双眼看着杯子里只剩下一半的酒，“年纪大了，容易讨人嫌，事情也记不住了。”

伯景星没有搭腔，他不知道如何接着风万里的话继续下去，只好保持沉默。

“有些人不知是更愚蠢还是更讨厌。”王宫总管的眼神瞟向远处的敦睦使大人，“现在那个家伙不会打扰你了。既然你我都不喜欢这样虚情假意的场面，伯大人，不如我们聊聊。”他不等伯景星的反应，便自顾自拿起靠在柱子上的桃木拐杖，迈步向一道小门走去。

伯景星的脑海中闪过一丝犹豫后跟上了老人的脚步，小门外是蜿蜒的楼梯，光线暗淡，老人步伐很慢，如果不是拐杖的支撑，看上去他随时随地会歪倒在地。*是不是因为他背负了太多秘密才步履艰难？*伯景星忽然生出一种奇怪的想法。

楼梯不时多出几处分岔，像迷宫般令人眼花缭乱，直到在一扇朴素无奇的木门前，风万里停下了脚步。

“鄙人的陋室，委屈伯大人了。”

老人推门而入，伯景星跟了进去，门在他的背后轻轻阖起。

这是一间不大的卧室，两根嵌在墙上的白火晶照亮了屋子，形制简单的桌椅、柜子和单人床，除此之外再无他物。风万里示意伯景星在椅子上坐下，老人拿起桌上外形古朴的锡壶，倒出一杯酒放在伯景星跟前。浓郁的香气扑鼻而来，伯景星端起杯子喝了一口，醇厚的感觉从舌尖延伸到胃里。

“秋叶城中你再也喝不到第二杯河络的黑菰酒了。”风万里在他对面坐了下来，老人浑浊的眼神开始有一点点的发亮，“当年我从古河的果璐阿洛卡手中打赌赢来的，整整二十壶黑菰酒。每次想起那些小个子们不情不愿的面孔，我就不由自主地高兴。”

“很好的酒。”伯景星闷声说。

风万里叹了口气。“你可真不会聊天，伯大人。”

“大多数时候是这样的。”伯景星老实地承认说。

“所以雪嘉言会看重你，他是个和你一样的榆木脑袋，整天把公平正义和荣誉放在嘴边，以为人人都能像他一样为了公正可以去死，真是个傻瓜。”老人用一种含糊的、像是在自言自语的口气嘟囔说，“这个世界上要爱的东西实在太多了，权力、财富、美色，还有野心。贪婪和狂妄是一对亲兄弟，高贵的品德已经一去不回，生活在充满阴谋的世界里，还在迷恋它的人只会寸步难行，直至死无葬身之地。”他的眼神扫过伯景星，“英勇和愚蠢只有一线之隔。”

“大人，我应该把这视为规劝，还是警告？”

“你怎么想它，它就会是什么。”

风万里倒了第二杯酒，拿起杯子时，他的手不停地抖动。

“很快就要举行长公主的婚礼，她是我看着长大的好姑娘，可惜了。”老人摇摇头，“羽王下令，要在公主的寝宫里挂起绣上青珠和金线的锦缎，还有同样质料的华盖。秋叶城里将会举行前所未有的宴会，邀请的信函已经送往四面八方，到时候你们天启城的皇帝也会派人前来。”

伯景星没有说话，他知道自己只需要聆听。

“我和雪嘉言的关系不好，更确切地说我俩是对头，他视我为潜伏在羽王身边的佞臣和阴谋家，我看他就是个自以为是的蠢货，所以我不会对他说这些话，他也不喜欢听。羽人将要毁在雪嘉言的手里，这件事是我唯一敢肯定的。风夜归贪恋羽王的权位，雪嘉言只关心调查那个虚无飘渺的阴谋组织，两个人真是一拍即合，想出用联姻来换取云商夕的支持，然后雪嘉言可以依靠风夜归去完成自己想做的事情。这是个愚蠢透顶的计划。雪嘉言的蠢至少还是为了羽族，云商夕却是一个不折不扣的野心家。”

他的另一只手放在桌上，用食指轻轻敲击着桌面，发出“嗒嗒”的声响。

"你一定会好奇我为什么要和你说这些，因为你已经卷入了羽人的家事。真是好笑，一个既无权势又无特殊背景的人族，一个不大不小的地方官，突然在秋叶城里变成了炙手可热的人物，所有人都争先恐后要拉拢你，真是毫无道理。我一点也不相信你会成为什么关键的棋子，但是不得不和他们一样去走这一步，因为害怕在你身上错过了什么。天哪，我真是老得不中用了。"

哀叹的表情让王宫总管看上去更加老态龙钟，伯景星回味话语中所传达的意思，太多了，让他感到意外甚至有些愕然。"总管大人的评论让我深感意外。"他说。

"因为你的脑子已经被雪嘉言的妄想塞满了。"老人不满地哼哼说，"风夜归借着伪离武神的事件囚禁云商夕，暂停选王会，就是为了寻找连任机会，原本他以为一举消灭云、纬两家的势力，再依靠他拉拢的天氏、汤氏能够继续坐稳羽王的位置。剩下的几家，雪家的心思不在这里，经、羽两家近年来势弱，鹤家独来独往，只有翼氏一家虽然有想法，却无帮手。没想到先是前线的战事被天毕萧演砸了，那个蠢货还毁了自己本来就不怎么样的声誉，刺杀事件又让风夜归吓破了胆，他更担心某些家伙会乘虚而入。"

天启城的陛下，伯景星同时又想起经鸣夜的话，"他们的目的不在于刺杀羽王，而是要拿到某件东西。"

真相好像越来越远。

"他一心想要快速解决云家和纬家，终于觉得硬的不行就来软的。如果他还有点脑子，就把羽王位置让出来，扶植一个天家的傀儡是最可靠的方案。可他偏偏想要去挑战羽人千年的传统，说实话，风夜归之前做得还不错，这十年羽族正在慢慢复兴。可是一个人，"老人停下，喝完了杯子里的酒，他喝得太快，也太多了，"永远，永远不能得意忘形。"

“星辰诸神的教诲。”伯景星说，“无人不可替代。”

“多年前我已不敬神，也不信神，但是神的这句话一点都不错。”风万里的话让伯景星愣了愣，他看见老人又把手伸向酒壶，“云商夕隐忍多年等待机会，他是个城府极深的家伙，以他的为人，绝不会甘心久居人下，迟早有一天他会对风氏动手的。”

总管对云商夕的成见颇深，伯景星想，*这其中一定有原因*。

“大人为什么不和羽王陛下说？”

“风夜归已经不听我的了，他对我不支持他连任的疯狂念头早已不满。迷恋权力并不算是过错，错在不懂得审时度势，强求必有后患。”

“您不担心我把这些话告诉雪嘉言大人，甚至是云商夕大人？”

“本来就是大家心知肚明的事情。”老人撇撇嘴回答，“况且你是个正人君子，还是个聪明人，伯大人，聪明人知道什么话该说什么话不该说，也知道什么时候该说什么时候不该说，尤其是真相还未暴露之前，每个人都会有判断失误的时候。我说的话你没有必要完全相信，因为你会通过自己的眼睛做出自己的判断，没有人可以影响你。但是我告诉了你这些东西，当你再面对某些事情的时候，就会忍不住多看两眼，多思考一下究竟是怎么回事。”

“譬如说，我很好奇你在‘黑心王’行宫中的遭遇。”老人看着自己抖动的手，没有去注意伯景星的表情，“再譬如，又是谁在危急时刻帮了一把雪家的那个小丫头。”

在“黑心王”行宫出手相救的是经鸣夜，但是谁在帮助王宫中受困的雪映青？经鸣夜没有说，意味着不是她们，帮助雪映青的另有其人。

“恕我不敬，如果雪映青没有及时出现，可能羽王就躲不过刺客们的攻击。所以帮助雪映青的神秘人，无论如何也应该是风氏的朋友。”伯景星说。

“遇到无法解释的事情，背后就一定有不为人知的阴谋。”

伯景星迟疑了一下。“什么样的阴谋？”他问。

老人摇了摇头。他像是一只嗅到了危险气息的老狼，谨慎又不安地茫然四顾，寻找目标。

“虽然我很想帮忙，大人，恐怕我没有什么合适的机会。”

“不要这么快做决定，伯大人，我们已经开诚布公了，这是个很好的开端。”

“大人，我并不想参与到羽人的家事中。”

“雪嘉言已经把你拉进来了，你认为你可以完全脱身？”

“雪嘉言大人与我只是有一些旧渊源……”

“不，伯大人。”老人打断了他的话，“不要简单地以为这样或是那样，所有的事情都是有联系的。”他停顿住，看着伯景星，“云商夕用官位暗示你，一方面是他蠢，另一方面恰恰说明他所看重的东西。雪嘉言可以拉拢你的东西更多，或者说他根本不需要拉拢你，你和他本来就是同一类人。想想看，这是为什么？一个壶玉城的城守值得两位羽族十姓的族长如此重视吗？他们为什么不去拉拢那位胖大人，他的官阶比你高多了，在天启的地位也是你根本无法相比的。但是现在，为什么是你？”

“恐怕这也是我不太明白的地方。”刚才自己和云商夕单独的谈话，被风万里轻描淡写地提及，伯景星一下子感觉到眼前这个老人的可怕之处。

“雪嘉言需要你的正直和愚忠来帮他，云商夕对你的试探是因为你身份特殊，代表天启的人族使者，现在又可以视作是雪嘉言一边的人。云商夕这个人对权力的欲望太过旺盛，现在急需要拉拢各方面的势力。至于那位胖大人，也许大家都对他的表现很失望。”

伯景星摇头说：“大人，我不能代表天启城，甚至我还没有见过我们的晁皇陛下。”

“又有多少人能了解到这一点呢？秋叶城中的人族，在我们羽族眼中都是晁皇的代表。”

“那么对于大人您而言，我又是颗什么样的棋子呢？”

“说出来你可能不信，但是我欣赏你的正直，仅此而已。”老人咧嘴笑了笑，脸上的皱纹一下子显得更加密集，“如果你发觉一些事情可能有问题了，来找我，我会帮助你的。”

“我是否可以理解为大人希望我成为您的一个探子？”

“不，伯大人，你不会成为任何人的探子。你可以把我视作一个私下的盟友，这对你没有任何害处。”

伯景星坐直了身子，他不喜欢这样的话语。“大人，很抱歉，这有悖于我对荣誉和信任的认知。”

“信任不是什么靠得住的筹码，它是属于古老时代的理想，也随着古老时代一起逝去。”老人垂下双眼，语气又变得缓慢，“我并不指望你立刻接受它，但是永远不要急着去拒绝，伯大人。我的岁数比你足足大三倍，知道更多也经历得更多。相信老年人的话，人族应该和羽族一样会有这样的箴言吧。我只是为你多提供了一个选择而已，至于你选不选，怎么选，什么时候选，都由你自己决定。”

我需要时间松弛一下，梳理这些事情的脉络，冷静地思考所有的一切，伯景星想。

回到大殿时，宴会接近尾声，羽王已经离开，羽人贵族们也在三三两两地退散。庐奇大人坐在一张专门为他特制的椅子上，低垂着头，发出鼾声，羽人经过他身边时往往脸上都带着笑，但并不是那种愉悦或是恭维的笑容。

“大人，我已经安排好了车辆。”

伯卫行不知从哪个角落里冒了出来，脸庞稍稍发红，额头沁出汗水。伯景星感觉到年轻人身上的兴奋和愉悦，还有一股酒味。

“羽人果酒的滋味怎么样？”他问。

“一开始不太适应那种甜味，后来发觉也不错。”年轻人咧嘴笑起来，“父亲，刚才我一直都没有瞧见您，雪映青甚至准备去找您了。”

“你俩一直在一起？”

“是的。她今天当值，负责大殿的安全。您知道吗，她现在有一身非常帅气的内卫队长服，哦，用帅气这个词不是很合适，不过我真的是这样认为的。”

“告诉我，你对那个姑娘有什么样的看法？”

卫行的表情一下子扭捏起来，过了一小会儿，他还是忍不住说：“她是个出色的战士，天赋很高，勇敢，也有决断。有时候脾气暴躁，还会耍小性子，可她心地善良，是个好姑娘。”

伯景星心底暗暗发笑，一起经历了刺杀羽王的事件后，两个孩子之间的关系改变了许多，他和雪嘉言都注意到了。他俩年龄相仿，有很多相似之处，如果不是族裔上的差异，应该是很合适的一对。

他想起了南风，还有千家的姑娘，心头一下子涌起浓浓的思乡之情，转眼把雠客、通犀药铺，还有羽人们那些烦人复杂的关系抛在了脑后。此刻他唯一希望的，是早些回到壶玉城，回到琳敏和孩子们的身边。

第二十九章

和煦的阳光下，一群山谷矮猎犬吠叫着冲进眼前这片鹿尾草丛，鹿尾草的高度刚刚没过猎犬们的头顶，于是它们跃起、落下、跃起、落下，像是溺水般可笑。十数只被惊吓到的黑斑鸠鸟扑腾翅膀，斜斜地飞起一人多高的光景，没等它们落下，羽箭嗖嗖地飞了过来，几只不幸的黑斑鸠鸟插满箭矢直直摔落下来，剩下的又拼命扇动翅膀努力飞起来，希冀能够逃过厄运。闻到血腥味的猎狗发出更加疯狂的叫声，黑斑鸠鸟们终究无法摆脱被猎杀的命运。

“黑公主”不耐烦地在原地来回踏动前蹄，虽然是匹年轻的牝马，它的性子比主人更冲动好斗。伯南风安抚般轻轻拍拍它的脖子，“黑公主”勉强安静下来，垂下头喷出几下鼻息。

不远处的马队中爆发出一声又一声的喝彩，其间夹杂着得意的笑声。骑士们都穿着精致艳丽的猎装，各种色彩的旗帜在风中飘扬，发出“哗哗”的声响，表明了这支狩猎队伍有多么的高贵。

大晁皇太子骑着一匹高大的黄骠马，拉弓一箭射中不远处某只倒霉的黑斑鸠鸟，人群发出轰天的喝彩声，比起猎犬的吠叫还要高亢许多。皇太子得意洋洋地纵马向前，周围的达官贵人们像跟着鸭妈妈的小鸭子，唯恐不及地紧随其后。

南风和禁卫营的弟兄们冷冷地旁观，皇太子身边有他自己的贴身侍卫，所以禁卫营只需要负责狩猎场外围的警戒。南风丝毫不想去和这帮家伙有任何接触，都城来的官老爷们一个个趾高气扬抬着头走路，就连那些侍从的脸上也挂着不屑与他人为伍的表情。

唯独有吸引力的是一个穿着红裙猎装的贵妇人，用珠圆玉润来形容她的脸庞和身材绝不过分，而她又懂得如何在男人中间保持吸引力，盘起的黑发，紧紧裹住身材的猎装，还有时不时发出的娇嗔的喝彩或是惊呼声，男人们被她迷得团团转，只是不会有人敢于向红裙贵妇做出任何亲密举动，因为人人都知道简水夫人只属于皇太子。

草丛中的黑斑鸠鸟很快被猎杀得干干净净，南风希望这些老爷们能够快点结束这场游戏，他的内心和“黑公主”一样感到不耐烦。从星辰神庙回来之后，他恢复常态并重新回到了军营，除了稍许的沉默外，和平时没有两样，但这只是表面而已，只有在独处时他才会感觉到内心的苦楚，不止一次克制住了去寻找宜悦的冲动。

琳敏妈妈告诉过他，等待是现在最好的方法。

围猎的贵族们再次发出一阵喧哗，皇太子一马当先地往草丛后的丘陵冲去，各色旗帜开始跟随着移动。南风暗暗叹了口气。“出发。”他大声喊叫，扯起“黑公主”的缰绳向皇太子的方向追去，禁卫骑士们一个接一个地跟在他的后面。

成群的马队登上丘陵，周围低矮的草地和树林一览无遗，一群麋鹿在远处靠近树林的小溪边游荡，其中一只高大健硕的公鹿抬起头，至少有十个叉的漂亮鹿角高傲地耸在头上，鼻孔鼓得圆圆的，它警觉地凝视着人声鼎沸的丘陵。

皇太子首先大呼了一声，纵马冲向麋鹿群，十几只矮猎犬一边狂叫一边在马前马后乱窜，贵族们开始纷纷跟随着往丘陵下的草地小溪冲去。南风挥动手臂，手下的十几名禁卫营骑兵一起催动马匹，在侧翼护卫着皇太子。

麋鹿群开始奔跑逃逸，马队从四处涌来，受到惊吓的鹿群很快就被冲散，三三两两慌不择路地奔逃，狩猎的贵族们各自追逐目标，皇太子紧紧盯着那头漂亮的雄鹿，身后跟随着侍卫长和其他不多的几个人，他在疾奔的战马上拉开弓弦，连放了两箭都没有射中目标。

雄鹿跳入小溪中，溪水没过了它的小腿，它竭尽全力逆流而上，蹄子刚踏上对岸就一头冲进了树林。只有皇太子的马紧随其后，那是一匹训练有素的良驹，与其他追逐者都拉开了距离，皇太子的背影很快消失在树林边缘。

南风觉察到了麻烦，双腿使劲一夹“黑公主”的腹部，“黑公主”全力冲刺跃进溪水中，水花四散溅开，“黑公主”几个跃身冲到了岸边的树林。树林里影影绰绰，不断传来战马的嘶鸣声，南风努力寻找皇太子的身影，远处树林中硕大的鹿角一晃而过，他连忙拉扯了一下“黑公主”的缰绳，朝着雄鹿出现的方向奔了过去。

马蹄踏在干枯的落叶上发出清脆的声响，南风很快就发现自己身边已经没有了其他同伴，茂盛的枝叶遮挡住阳光，越往树林的深处，周围光线越阴暗。不知走了多远的路，有那么一刻，他以为跟丢了皇太子，眼前除了参差的树木什么都没有，他放缓缰绳由着“黑公主”自行走了一小段，就在他准备拨转马头往回走的时候，左侧前方传来一阵马嘶。南风立刻循着声音的方向拉动“黑公主”的缰绳直奔过去。

在一处矮崖下，南风看见雄鹿的背脊上斜插着两支箭，它低垂着头，巨大的鹿角戳在黄骠马的胸前，黄骠马一边悲鸣一边不停地退步，血水从伤口大量渗出。皇太子已经扔掉了弓箭，拔出随身的长剑劈砍雄鹿，剑身在雄鹿的脖子上劈开一道深深的血口，雄鹿发出低低的“呦呦”叫声，又一次用鹿角重重撞击马身，黄骠马发出悲鸣，扬起两条前腿，将毫无准备的皇太子从马背上摔了下来。

南风纵马冲了过来，拔出长剑从侧面深深插进雄鹿的胸腔内，雄鹿再也支撑不住，前腿跪倒在地上，随后整个身躯倒了下去。南风拽着缰绳回望，黄骠马的尸体躺在地上，周围满是血腥味。

他跳下马向皇太子奔去。皇太子满身污垢地坐在地上，南风弯下身想要去搀扶对方，冷不丁一只手掌掴来。“蠢货，怎么现在才来。”南风猝不及防，脸稍稍向后仰去，皇太子的指尖扫过他的脸，一丝火辣辣的痛。皇太子没有料到对方会闪躲，愣了愣，等到看清南风的模样，他依旧冷冷“哼”了一声。“原来是你。”他拽着南风的手站了起来。

南风冷冷地看着对方，竭力控制住自己的情绪。

皇太子走过去踢了踢躺在地上的黄骠马，马无力地抽动了几下，“废物。”他骂了一句，然后低头看着死去的雄鹿，“我要把你挂在大厅里。”他拔出佩剑动手劈砍雄鹿的脖子，两三下之后就兴味索然，“喂，你过来砍。”他冲着南风喊。

更重的血腥味弥漫开来，不远处的“黑公主”突然发出低低的嘶鸣声，南风警觉起来，跳上一块石头张望四周。

皇太子不耐烦地看着他。“你聋了？我在叫你。”

树林中的风带来阵阵腥臭，一个黑影突然间窜了出来，全身覆盖着黑色的长毛，一双凶恶的三角形眼睛紧紧盯着眼前的人。皇太子倒退了两步，脸色苍白地挥着剑，吼道：“什么鬼东西。”

黑影低吼了一声，抬起前脚，后腿直立着站起来，足有两个成年男子的高度。

“暴豺熊。”

南风脸色也变了，这家伙是烈鬃熊的近亲，有一双类似豺狼的三角眼，体形小一些，却比夜北高原的亲戚凶狠残暴，也更加狡猾。酒馆中常常有人说起采药人甚至猎人被熊咬死的消息。

血腥味刺激了暴豺熊，它猛地窜了过来，皇太子一边退步一边用力挥舞长剑，几撮熊毛飘散在空中，暴豺熊咧开嘴露出尖利的牙齿，伸出右前掌拍在皇太子的剑身上。长剑斜斜地飞了出去，皇太子的脸变得狰狞，又从腰间拔出了匕首。

南风把长剑插在脚下，拿出复合弓，来不及瞄准就射出了羽箭，羽箭擦着暴豺熊脖颈飞了出去，引起了这头畜生的注意，它吼叫一声冲着南风扑了过来。南风拔出了长剑，退了几步，摆出防御的姿势。

暴豺熊向南风慢慢逼近，时不时伸出一只前掌拍打，南风一边躲闪一边挥舞手中的剑恐吓对方，始终和熊保持着距离。*耐心*，他不断提醒自己，*足够的耐心*。

这是父亲的教诲。南风的狩猎成绩并不算好，甚至比不上弟弟。“鲁莽会让人丢失智慧，”父亲说，“看上去它和勇敢似乎很像，却有天壤之别。”

暴豺熊又一次举掌拍打下来，南风候准时机，身子侧开，长剑重重砍在暴豺熊另一只前腿。畜生的长毛减弱了攻击的威力，但这一剑仍然留下一道深深的伤口。吃痛的暴豺熊嘶吼起来，两只后腿如人一样站立，没有受伤的前掌横扫过来。南风不想放过这个机会，他迎着对方重重砍了下去。

剑身入肉，南风甚至感觉到自己砍到了对方骨头，同时一股大力直透剑身传了过来，他踉跄后退，仰倒在地。

他就地打滚，用剑拄地站起身子，暴豺熊并没有如他意料的冲过来继续进攻，而是被另一个人纠缠住。皇太子不知什么时候捡回了自己的长剑，一手拿剑一手持匕首向暴豺熊劈砍，嘴里发出不知语义的叫声。暴豺熊不耐烦地甩头，突然向前冲撞，皇太子猝不及防，只有把长剑和匕首交叉护在胸前，随即身躯被暴豺熊撞飞起来，他的后背撞在一棵大树的树干上，然后向前扑倒在地，一动不动。

南风大喊一声，从高处跃下一剑砍中暴豺熊的后背，暴豺熊背部出现了一道伤口，血水渗出，染湿了周围的长毛。暴豺熊猛转过身，纵身扑向南风，南风倒地翻滚，避开暴豺熊的身躯，暴豺熊回转身子又是一次扑击，南风来不及站起身子，把剑柄支在地上，剑尖对着暴豺熊扑过来的方向，长剑从中间断成两截，剑头直接从熊掌贯穿进去。

在暴豺熊扑向他的那一刻，他再次滚开，那个畜生发出一声轰鸣般的咆哮，血淋淋的前肢不停地向南风扇去，熊掌带起呼啸的风声。南风连滚带爬，好几次差点被暴豺熊拍打到，他手中已经没有了武器，身上的衣服破破烂烂，好几处被暴豺熊的爪子扫过，露出满是血痕的肌肤。

耳畔传来“黑公主”的嘶鸣，战马来到暴豺熊身旁，直立起身子，两条前腿向熊身上踢去，暴豺熊踉跄着从南风身边退开几步。“好姑娘。”南风大声喊叫。

马和熊几乎同时两腿站立起来，马蹄踹在暴豺熊的胸膛上，暴豺熊一掌也打在“黑公主”的身上。“黑公主”歪着身子向一侧倒下，它挣扎了两下都没能站立起来。

“混蛋，朝这里来。”南风从地上爬了起来，一边大吼一边将手中拳头大的石块狠狠砸向暴豺熊。石块从暴豺熊身上弹开，再次吸引了暴豺熊的注意力。

“来啊，来啊。”

暴豺熊慢慢向南风移动，它的两个前肢浸满鲜血，尤其是留着剑尖的前掌已经无法触地。南风在心中盘算对付暴豺熊的办法，熊的速度慢了许多，几处剑伤已经让它受到了重创，但还不足以致命。

暴豺熊又一次直立起身子，一步一步逼近南风，突然从某棵栾树的树杈落下一个黑影，直接跳在暴豺熊的背上。

南风不敢相信自己的眼睛，满脸血污的皇太子一只手紧紧攥住暴豺熊脖颈处的长毛，一只手高高举起匕首，发出疯狂的笑声。

暴豺熊嚎叫着甩动身体，皇太子来不及刺下匕首，用两只手紧紧搂住暴豺熊的脖子。南风瞧见皇太子的身体被吊在暴豺熊背上甩来甩去，一个黑影飞来，落在离自己不远的地方。

南风纵步拾起被甩落的匕首，大吼着朝暴豺熊冲去，匕首直接刺进暴豺熊最为柔软的胸膛。暴豺熊发出一声惊人的咆哮，南风的耳膜被震得生疼，暴豺熊两只前肢使劲地往身前搂抱，南风反应迅速地一下子坐倒在地，手中锋利的匕首从暴豺熊的胸膛一直往下划去。腥臭的血水浇湿了他的全身，他不敢有丝毫懈怠，向侧旁一阵翻滚。

暴豺熊想把滑落出来的内脏塞回自己的肚子，它蹒跚着走了两步，发出的嚎叫声已经绵软无力，终于一头栽倒在地。

南风趴在地上喘着粗气，开始觉得浑身火辣辣地疼痛，他想站起来，却发觉一丝气力都没有，只能躺在地上歇息，过了很长一段时间，他才勉强跪起环顾四周。皇太子不在暴豺熊的背上，仰面朝天地躺在不远处的树根下，喘息声证明他还活着，南风稍稍放心，支撑身体站起来向皇太子走去。

“殿下。”他向皇太子伸出手去。

皇太子的鼻子歪向一边，额头和嘴角都是血迹，他瞪大了眼睛，眼珠转过来看了看南风，然后又一次狂笑起来。南风无奈地看着他，直到皇太子被自己的口水呛住，大声地咳嗽。南风蹲下身子，将他的上半身拽了起来。

皇太子咳得脸色发青，背靠树干又喘息了片刻，对着南风伸出手。南风把他从地上搀扶起来，皇太子一瘸一拐地走到暴豺熊的尸体旁，低头看着它。

当他转过脸时，已经没有了那种疯狂和歇斯底里的表情，重新又变回那个阴冷的皇储。“你很不错。”他说。

受了伤的“黑公主”还能勉强走路，南风牵着它和皇太子深一脚浅一脚地走出树林，在靠近树林边缘的地方，他们遇到了一群四处找寻皇太子的侍卫，他们看到皇太子的模样时吓得不知所措。

“给我们两匹马。”皇太子语气平静地说，“找到树林里面的那头熊和鹿，抬回去。”

南风骑在皇太子的身旁，在侍卫们的护送下走出树林。小溪旁的草地上围拢着参加狩猎的贵族们，正为皇太子的失踪惴惴不安。见到皇太子出现，他们来不及欢呼，便一个个目瞪口呆。

红裙的简水夫人跑了过来。“天哪，殿下，您怎么了?”女人捂住嘴发出惊呼声。

皇太子没有搭理她，他大声吼叫：“穆轲。”

过了很长时间，粗壮的侍卫长带着部下从树林中骑着马出来，见到皇太子时他露出惊骇的神情，几乎滚鞍落马，单膝跪倒。“殿下。”他颤声说。

皇太子下了马背，径直走到侍卫长的身旁，举起手朝他的脸上扇去，穆轲被打得一个踉跄，什么话也不说重新跪在皇太子面前。皇太子连续不停地打了十几个耳光，穆轲的鼻孔、嘴角鲜血淋漓，周围一片静默，没有人敢说话。

南风实在不想看到这样的情形，他拉动缰绳把马转了过去。身后传来皇太子的咆哮。“蠢货，你有什么资格做我的侍卫长！”

他独自来到小溪边，在一处浅滩俯身把整个头浸没在水中，腥臭的熊血被清澈冰凉的溪水冲刷掉之后，他感到一阵舒坦。南风抬起身子甩了甩头，水珠随着一头黑发的摆动四处飞溅，他索性脱去上衣跳进溪水中，溪水正好到他的半腰，胸背和胳膊上被熊爪划破的伤口传来阵阵刺痛，他顾不得那么多，使劲擦拭身上的血迹。

远处又传来喧哗的人声，他抬头看见那些五彩的旗帜开始向壶玉城的方向移动，看来狩猎的老爷们要回去了。马蹄声传来，他的一个部下骑着马来到小溪畔。

“头儿。”队里的人都爱这么叫他，“皇太子回城了。茆副统领带大伙跟着，他说你辛苦了，再好好休息一会儿，让我在这里陪着你。”

“我洗一洗就回去，你替我把‘黑公主’送到张兽医那里，照顾好它。我待会儿就过去。”

对方点点头，掉转马头往回去了。

南风湿漉漉地走上岸，把湿衣服摊开在草地上，自己在旁边躺了下来。太阳已经挂在头顶上方，阳光照在赤裸的身体上，感觉暖洋洋的，他闭起眼睛，暂时抛却了眼前的烦恼。

为什么宜悦会出现在眼前？她的脸上带着淡淡的令他着迷的笑容，一双眼睛永远清澈透亮，“伯南风。”她呼喊他名字的时候总是那么温柔，“我不要做什么晋王的贵妃，我不在乎荣华富贵，我只要和我爱的人在一起。”

“我也是，宜悦。”南风大声呼喊出来。

宜悦突然笑了起来，一连串的笑声并不像她以往的声音，而是成熟女性的妩媚和诱惑。南风惊醒过来，发觉刚才只是短短的梦境，自己身边是几匹高头大马，其中一位骑士正发出刚才他听到的笑声。南风一骨碌从草地上爬了起来，眼前总共四名骑士，红裙的贵妇人正用一把羽扇掩住半张笑脸，另外是一位侍女和两名护卫。

南风尴尬地看着这些不速之客，捡起半湿的衣服披在身上。“对不起，夫人。”他觉得耳根处有些发烫。

“你的母亲很有意思，没想到你也很有意思。”红裙女子饶有兴趣地看着他，她放下扇子，露出一张妩媚的脸，两道深深的酒窝，一双桃花眼楚楚动人，难怪有那么多男人跟在她身后阿谀奉承。

南风忽然讨厌起自己这副模样，他抬起头，大大咧咧地看着对方。

简水夫人的马来来回回地踏步，她拉紧缰绳。“听说你和皇太子殿下在树林里杀掉了一头黑熊？”她上下打量南风，毫不顾忌地迎向他的目光。

“是。”

“殿下很欣赏你。”

“职责所在。”

简水夫人又一次笑起来，笑声像那些披着鲜艳羽毛掠过半空的鸟儿，给人一种瞬间的感官上的欢愉。**她和宜悦完全不一样，也许和我遇见过的所有女人都不同**，南风想。他忽然又产生了一丝怀疑：“是殿下让您来找我的吗？”

“找你？”红裙女子放肆地大笑起来，“记住，皇太子殿下从来不会去找男人的。不过他确实说了，要好好地赏你。”

“我不是为了奖赏。”

“做得好有奖赏，反之则必须惩罚，这是规矩，无关于你的愿望。”她忽然沉下脸，冷冷地纠正道，随后拨转马头，侍女和随从跟着她的马一起离去。

南风站在原地，看着人和马的背影在视野中消失，不知为什么，他一时有些迷惑。

第二天，伯南风睡到很晚才迷迷糊糊地醒过来。浑身的伤口被精心地包扎起来，琳敏夫人从神庙拿回来的药膏很有效，伤口的疼痛感已经减轻了许多。他半坐起身子，床边的矮柜上插着刚摘下的鲜花，还有一小堆剥好的核桃仁和松果仁，粗糙的毛边纸上留着稚嫩的字迹。

“南风哥哥，快些好起来。”

他禁不住笑起来。

卧室门猛地被推开了，一个惊慌失措的仆人冲进来，语无伦次地说：“少爷，快些，出大事了……”

南风从床上跳起来，随手抓起件衣服披在身上，光着脚往外冲去。过道里很安静，一点儿声音都没有，他一直跑进大厅，顿时愣住了。大厅里鸦雀无声，琳敏夫人、小雅，以及家中所有的仆人都在大厅一侧，行着屈膝礼或是单腿下跪，他们的对面是成群的军官、护卫和侍女。随着南风的脚步声，所有人都转过头来望着他。

南风一眼就瞧见看了昨天的贵妇人，简水夫人今天穿着宝蓝色的长裙，目光对视，她面无表情，只是斜了斜眼睛。顺着简水夫人的目光，他看见了穿着金色条纹黑袍的背影。

皇太子转过身，看着南风，南风连忙单膝跪下，低垂着头。“殿下。”他说。

“这位就是昨天助我一起拼斗恶熊的勇士。”皇太子的语气显得夸张，走过来拍拍南风的肩头，“起来，你现在是我的副侍卫长了。”

南风猛地抬起头，发觉周围每个人或吃惊或疑惑或嫉妒地看着他，他看见简水夫人眼睛中的笑意，看见白发的泽柯大学士在喃喃自语，也看见那位护军将军费高密阴沉的目光。皇太子已经越过他往大门外走去，成群的人开始跟随皇太子的脚步一起移动。

“天启城传信，明天我们启程去秋叶，代表父王参加新羽王的登基大典。”

皇太子的声音从伯宅的门口飘来，只是片刻时间，大厅里除了伯家，其他人都已经走得干干净净。南风茫然地站了起来，琳敏走上前，伸出手轻轻搭在他的肩膀上，她勉强笑了笑，想说什么却什么也没有说。

年轻人想，如果父亲知道了这件事，是不是也会觉得很可笑？

第三十章

一篮子的新鲜果子，个个饱满，颜色诱人，守卫接过去的时候拿起最顶端的一颗紫桂果，狠狠咬了一口，汁水从他的嘴角冒了出来。

“这可是给监司大人的。”经鸣夜说。

守卫“哼”了一声，把手里的果子啃了几下扔了出去。“等着。”他没好气地说。

经鸣夜一身侍女的打扮，她环顾四周，高耸的围栏上方站着两个弓箭手，第三个隐蔽在一枝树杈后面。拿着果篮的守卫走进旁边的一座树塔，楼梯蜿蜒向上，他的背影很快消失不见了。

果篮最下面的小袋子里有十枚金铢，这是她进城防军监狱的通行费，夏摩事先做好了安排。和她一样，夏摩也想寻找出某些事情的答案，他们花了很长时间才摸到“精灵夜曲”可能是雔客的一个据点，之后开始暗暗监视，还没有所发现就出了刺杀事件。救出伯景星父子算是意外收获，但是谁在那天帮了雪家的小姑娘，无从得知，就连智者们都不知晓雔客还有别的对头。事情越蹊跷就越可能另有隐情，经鸣夜从来不愿意相信什么巧合，那只是遮人耳目的借口罢了。

还有那个女刺客的去向，人人都在找她，秋叶城差不多被士兵们翻了个底朝天，她似乎完全消失了。**还有人在帮她，雠客，或是他们的盟友。**

守卫重新出现，一个瘦削的男人跟在后面，向经鸣夜投去一个眼神，她立刻走了过去。

“跟我来。”对方说。

瘦削男人走在前面，背影犹如行走的骷髅。穿过一条狭窄的通道，前方出现了粗糙的栅栏门。“见个人，监司有安排。”他对里面的守卫说，守卫们解开栅栏门上的锁链花了很长时间，手臂粗细的锁链摩擦着发出刺耳难听的声音。

门后依旧是甬道，往下倾斜，甬道不再有窗户，只靠零星的火晶石照亮。空气变得浑浊，开始弥漫出一股难闻的味道。甬道越来越深，光线也越来越黯淡，两侧出现了牢门，每间牢室都只有四五个箭方大小，里面坐满了衣衫褴褛的犯人。

“大人，我是冤枉的，大人。”一个老头趴在牢门前喊叫。

声音很快此起彼伏。

“我也是，大人。”

“求您了，大人，我在这里大半个月了，我都不知道为什么要抓我。”

更多的是沉默，还有那些沉默之人的眼神，仇视、厌恶，或是淡漠。就像另一处洼区的贫民窟，但那里至少还有自由。

瘦削男人在某间牢房前停下脚步。“这里。”他说，“快点。”

经鸣夜在牢门前蹲下身，里面坐着三个人，她仔细辨认，但他们肮脏邋遢，蓬头垢面，几乎一模一样。“明喆。”她低声说。靠在最里面的人影动了动，似乎抬起头。“明喆。”她提高了声音。

人影一下子激动起来，连滚带爬地来到牢门旁。“简波风，是小简救我了。”他的一张脸紧紧贴在粗木栅栏上，似乎想要不顾一切地挤破栅栏。

经鸣夜打量着眼前这张满是污垢的脸，很难立刻把他和那个衣着光鲜、相貌俊俏的歌手联系起来，他的长发结成一缕一缕，凌乱地披在肩头，身上散发着一股酸臭味道。

简波风，经鸣夜迅速记下了这个名字。*上次这小子没说实话*。

明喆看清了她的模样，有些疑惑。“是小简让你来的吗?”他的声音满怀期待。

经鸣夜摇摇头。“你还记得我吗?”她低声说。

明喆的脸上写满了失落，他重新打量起她，竭力从记忆的缝隙中把她筛出。“是你。”他认出了经鸣夜，“你来干什么?!”

经鸣夜把食指放在嘴唇上，向明喆示意。周围的人太多了，必须小心。“我来看你。”她说。明喆明显往后缩了一下。他既失望又害怕，*我得给他希望*。“我可以想办法把你弄出去。”

他立刻被打动了。“现在?”

“现在不行。”

歌手的脸上露出鄙夷的神情。“你在骗我，你这个该死的婊子。”

经鸣夜伸出手，穿过栅栏一把抓住明喆的衣领。“骗人的是你，别说你不认识那个家伙。”她压低嗓门语气凶狠地说，“他已经把你扔在这里不管不顾了，如果你想烂死在这里，请便。”她放开手，准备站起来。

“等等。”那家伙不顾一切喊道，声音在整个牢房通道里回荡。

经鸣夜的身后传来一声响鞭。“不想活了?!”瘦削的男人大声说。

明喆露出恐慌的表情。“带我走，求求你。”他低声哭泣着说，“我什么都告诉你。”

经鸣夜从怀里掏出两个苹果扔给明喆。“我会再来的。”她说。

夜色慢慢降临，直到天幕中开始闪烁明月和群星。经鸣夜伏在藤桥上端的枝杈上，浑身黑色的夜行服，树叶的阴影足以完全遮挡住她的身影。藤桥正扼守在城防军监狱的前方，里面的一进一出都逃不过她的眼睛。

希望我的判断没有错，她想。

风越来越大了，带来了薄云，它们飞快地经过，仿佛急着去赴一场没有结局的宴会。夜空随之时而明亮、时而黯淡。

监狱的大门发出声响，经鸣夜伏低了身子，瞧见套着一只巨斑鸟的拉货大车从里面驶了出来，车夫位置上坐着两个人，板车上是一大堆的干草。

看清楚坐在车夫位置上的人，她告诫自己。

鸟车越来越近，拉着缰绳的羽人是个穿戴整齐的士兵，有张凶狠的脸，他的旁边是白天的瘦削男人，正吩咐着什么。

经鸣夜舒了口气，把面巾拉起遮住大半张脸，她的手摸向腰间，指尖触到坚硬的武器，那把红蛇钢匕首。

鸟车转眼上了藤桥，到了经鸣夜的下方，她用双手攀住树枝，身体荡了下来，一脚蹬在士兵的脸上，对方一声不吭地歪头栽落到车下。经鸣夜松开手，恰到好处地落在车夫的位置上，她没有转身便抬肘重重敲击在瘦削男人的腰间，瘦削男人闷哼一声，同时挥拳打在她的右脸颊上。

幸亏刚才的一击卸去了瘦削男人大半的劲道，但是这拳仍旧让她头晕眼花。下一刻，瘦削男人整个扑在她的身上，双手死死扼住她的脖子，他的一双眼睛布满血丝，整张脸狰狞得如同野兽。经鸣夜抬起膝盖撞在瘦削男人的胯下，男人一声惨叫，曲起身体像只煮熟的虾子。经鸣夜不再给他机会，从腰间抽出连着鲨鱼皮鞘的匕首，以牙还牙地敲在对方的脸颊上，她快意地感觉到对方牙齿的碎裂，瘦削男子像死鱼般滚落到藤桥上。

一个人影从上方的树杈跳到大车上，经鸣夜回过身抓起缰绳，右脸颊一阵阵疼痛。

“夜姐，你真厉害。”小霁说，“我都来不及帮你。”

“找一下草堆里有没有藏着人。”经鸣夜说。

身后传来小霁摸索的声响。“有了。”他欢快地说，“绑得像个粽子。”

经鸣夜一边驾车一边侧过头，从干草堆里被拽出的明喆一动不动。“死了吗？”她问。

“只是晕过去了。”

拐过两个弯之后他们下了车，经鸣夜重重拍打巨斑鸟的背部，它撒开两腿，拉着空车没头没脑地向前跑去。旁边的岔道，裹着披风的夏摩正在等待他们，看见他们的模样，他便已经知道事情是不是顺利。

“来吧。”他招手把他们引入一条更窄更暗的小道，垂下的枝叶几乎阻住去路，每次经鸣夜觉得已经到了路的尽头，夏摩又会拨开另一片枝叶往前走。

“这是什么地方？”她抱怨说，“我从来不知道。”

“狡兔三窟。”夏摩回答，“小心些总是没错的。”

他在一堵树干前停下脚步，使劲推了一把，经鸣夜的眼前像藏宝洞一般露出黑黝黝的进口。夏摩当先走了进去，“最后一个进来的把门关上。”他吩咐说。

里面别有洞天，通道、房间、透气孔和窗户，能够藏下数十人。这就是龙腾木，一棵树一座城，足够多的树能够组成一个世界。

歌手醒了，第一眼看见了经鸣夜。“他们要杀我。”他恐惧地再次哭泣起来。

他的身上如果还有比唱歌更有天赋的东西，肯定是楚楚可怜的眼泪。经鸣夜控制住自己没有露出鄙夷的神情，“你听到他们说了？”

明喆点头。“你走了不久之后，他们又来了，把我带出牢房。我高兴极了，以为是你来救我，没想到他们绑了我，商量着怎么杀我。但是不能在监狱动手，他们要把我送到外面去，让我消失。”

他们给了他一盆水擦洗，然后是果汁和一大盆点心，明喆狼吞虎咽地吃着，直到一个接一个地打饱嗝。他看上去一下子好了很多，眼睛渐渐有了神。

“现在和我们说说简波风。”经鸣夜坐在他对面，小霁端着空盆出去之后又回来，站在了门口。只有夏摩不在，经鸣夜知道他在旁边的某个房间偷偷观察。

明喆垂下头，两只手攥紧拳头，又松开，又一次攥紧。

“我们都是一个村子长大的，我和明翔，还有简波风，他比明翔还要大几岁。后来某一天他突然不见了，村里都说前一晚他被人带走了，因为他有个亲戚是城里的贵族。明翔很羡慕，也很嫉妒，常常说这家伙为什么这么好命。我不理睬他，明翔这家伙好吃懒做，还好赌，总觉得自己能干大事，其实就是个烂人。小简不一样，他有头脑，会算计，还……心狠手辣。”

他的口气像个怨妇，经鸣夜想，他对那个小简有不一样的情感。

“他走了以后，我有时会想起他，但从来没想过去找他，或者能和他再见面。有一天，明翔和我说，我有一副好嗓子，别浪费。他认识一个戏班班主，可以带我们去那些有贵族的大地方，唱歌挣大钱。我心动了，我不想让自己一辈子都窝在村子里，我想见见大世面。”

小霁露出些许不耐烦的神情，经鸣夜用眼神制止他。**让他说，只有说得越多你才能听得出他是不是在说实话。**

“我和明翔去了戏班，老板是个吝啬鬼，不过他答应如果我唱得好，就带我去秋叶城。听了戏班其他几个歌手的表演，我就知道我比他们强，我就应该去秋叶。之后我果然成了戏班的头牌，老板赚得盆满钵盈，不过他也没食言，带我来了秋叶。在秋叶城中，我大开眼界，繁华、光鲜、灿烂，还有奢靡，这才是一个羽人应该活成的样子，我也喜欢看台下的人为我欢呼，为我如痴如醉的样子。我离开了老吝啬鬼，去了柳二的戏院。在柳二的戏院我依旧是头牌，就算是达官贵人，也照样在我面前一副争相邀宠的样子。

“突然有一天简波风在戏院里出现了，我很吃惊，而明翔一点儿也没有表现出意外，我觉得他俩私下已经见过面了。反正我们又聚在了一起，小简从来不提自己之前的事情，只是说给秋叶城中的贵族亲戚当差。小简对我很好，我也对他一心一意。”

“能不能别说这个了？”小霁终于忍不住说道。

“是你们要我说的。”歌手声音尖细地说，“还想不想听？”

小霁绷起脸不说话。

“只有明翔还是一如既往地好吃懒做，整天花我赚的钱，我不给他，他就说我过河拆桥。我把这事告诉了小简，小简说他正好缺人办事，让明翔跟着他。之后明翔就变得鬼鬼祟祟的，早出晚归，但是钱也多了，比我挣得还多。我问过小简，他让我别管。后来出了事，明翔死了，你们来找我，接着我也被城防军抓了。城防军问我明翔的事，可我什么都不知道，他们就把我关在那个不是人待的地方，还吓唬我说我会烂死在里面。”

他又哭起来。

“上次，你没有对我说实话。”经鸣夜说。

“不，关于明翔的我都说了，只有小简。”明喆双手捂住脸，“我以为……”

“他真的是王宫守卫？”

“我不知道。”明喆迟疑说，“是他告诉我，如果有人问起他，就说他是戴四瓣叶戒的王宫守卫。”

“你见他戴过？”

“他戴过，他也戴过六瓣叶戒，还穿过城防军的服饰。”

狡猾的家伙，经鸣夜几乎认准他是雠客的一员。“他为谁干活？”她紧紧盯着明喆的双眼。

“小简从来不说。”明喆低下头躲开她的注视。

但他知道。“是王宫里的大人物？”经鸣夜追问说，她想起那天明喆和柳二的对话。

“我猜的，有一次我偷偷看了他的荷包，”他支吾说，“里面有好几件不同的王宫通行令牌，我吓了一跳，他服侍的人肯定不一般。”

谈话到此结束，歌手已经疲惫不堪，这一天他肯定终生难忘，从死到生，从腐烂到重获并非完全自由的自由。他们把他留在屋里休息，屋门悄悄做了手脚，如果明喆有什么举动，他们会在第一时间知晓。

夏摩正在另一间屋子里等着他们，他泡了一壶茶，汤色浑厚，香味扑鼻。

“我讨厌这个人。”小霁说。

“这和我们必须完成的任务无关。”夏摩说。

药铺老板经常会指点小霁，就像老河络指点我一样，经鸣夜看

着他俩。*龙渊卫从来没有森严的等级，我们不分彼此，情如手足，我们同袍偕行，护卫九州。*

夏摩转过脸来。“我在想他的话有多少可信？”

“若是你能见见他在监狱里的模样……”经鸣夜说。

夏摩点点头，他的左眼有一块斑点，是灰瞳症。最初那个斑点只是个针眼，现在已是米粒大小，灰色迟早会覆盖整只眼睛。

“那个大人物。”他问，“你有何判断？”

“王宫总管。”她毫不犹豫地说。

“我也是这样想的。”夏摩叹了口气，“现在的情况比我们当初的料想复杂得多。”

秋叶城的珠子镶嵌在风夜归腰间的短杖上，所以他们知道，雔客刺杀行动的目标并非风夜归，而是那颗珠子。

“不管怎么样，先找到那个简波风。”夏摩说。

下半夜的风更大了，经鸣夜裹在毛毯中，满耳都是屋外树叶抖动的唰唰声响，她强迫自己入睡，可闭上眼睛总会冒出些乱七八糟的东西。她想起了无定谷，想起了恩茗，想起了首座和智者，甚至想起了母亲。

世界一片暗淡。

经鸣夜猛地坐了起来。危险临近，她感觉到了，但不知道危险来自何方。这里是夏摩精心挑选的秘密据点，她不应该有这样的感觉。

她离开床走向门边，悄悄推开一条缝。通道中一片漆黑寂静，她闪身走出，背贴着墙缓缓移动。远处原本是一根白火晶的位置现在是个黑窟窿，她停下脚步，拔出腰间的匕首。一个人影突然蹿了出来，弩机声随之响起，经鸣夜坐倒在地上。

黑影一边走来一边低声说：“是那个女的。”他弯下腰，准备检查她的尸体。经鸣夜微闭的眼睛突然睁开，对方吓了一跳，还没有任何举动，红蛇钢匕首就插进了他的脖颈，他一声不吭地瞬间毙命。

经鸣夜顾不得拔出射入左肩的弩箭，顺手拉起死人尸体挡在身前，两声沉闷的声音，弩箭插入尸体的背部，她猛地推开尸体借以阻挡向她扑来的另两个人影，掉头向后拼命奔跑。

杂乱的脚步声始终紧随她的身后。夏摩和小霁会听见吗？还是……她不敢想象他俩的境遇。沿着蜿蜒的通道急转了数个弯后，光亮透了过来，她大步冲向前方半敞的窗户，一个鱼跃跳了出去。

耳畔传来飕飕的风声，她沿着龙腾木往下坠落，小片的枝叶被她的身体撞飞，身体已经感觉不到任何的疼痛，只有死亡的气息，越来越快，越来越近。

她大力地挥出手臂，匕首扎进龙腾木中，她立刻用双手死死抓住匕首柄，下坠的身躯弹了起来，在风中左右摇摆，手臂传来撕裂般的刺痛，她差点松开了手，左肩的箭伤像是被无数的刀尖不停地戳弄。

经鸣夜，你不害怕死亡，也不会任由它来临。她闭着眼，咬紧牙关。

头顶上方似乎有声音，但是太遥远了，她听不见他们，就像他们听不到她也看不到她，只知道她已经栽下了数百箭尺高的树城。

是哪里出了问题？她努力集中注意力，不让自己晕厥过去。

第三十一章

这几天秋叶几乎成了一座不夜城，灯火通明，萤灯挂满街巷，白火晶的光芒透过窗户冒出来。接近午夜，原本冷冷清清的广场和街道上依旧挤满了人，每一个羽人都兴高采烈，今晚是“风翔典”的前夜，欢庆活动已经举行了四天四夜，而在明天晚上，一切都将达到最高潮——一年一次明月最盛的这个晚上，所有的羽人都将展翅飞行。

明天又将是王家的喜庆日，羽王的长公主风若苏将在当晚与云氏一族的云周晚完婚。最初，这桩突如其来的婚事让无数人意外，贵族和平民皆是，人人都知晓两家的恩怨，曾经水火不相容的双方怎么能够言归于好？但是对于绝大多数人来说，这是件好事，没有人愿意看到同族相残。

从王宫外殿二楼平台上看着外面快乐的人群，雪映青的心情同样欢愉，她甚至有一种想立刻加入这片欢乐海洋的迫切心情。

除了精进的技艺，最近那个人族小伙子总是在她内心里窜来窜去的。第一次见面时的冲突，她决定永远生他的气，不原谅这个莽撞的、会耍坏心眼的家伙，然后是酒馆里的一杯“欢乐的胖子”，“精灵夜曲”戏院的冒险，直到后来在王宫里的并肩作战，小伙子开始变得不那么讨厌了，不过依旧会干傻事。她被羽王任命为内卫统领后，伯家父子向她道贺，伯卫行殷勤地送上一块漂亮的羽族头巾，说是原本准备带回壶玉城送给母亲的礼物。

想到这里，两块红云飞上雪映青的脸颊。

外面欢乐的海洋中又爆发出一阵哄笑和掌声，原来是琴鸟区的游行队伍，在巨斑鸟拉着的巡游车上，一群打扮各异的家伙摆出各种造型，赢得围观人群的喝彩声。

雪映青离开王宫平台，她准备去装饰一新的喷泉厅，那里是明天婚礼的主会场。在穿过火晶通明的长廊时，迎面走来一大群人，拄着弯头长拐的老人慢悠悠地走在随从们的前面。

“总管大人。”她躬身施礼。

老人的神情疲惫，眼袋下垂，显出一副老态龙钟的样子。“小雪花，你长大了，越来越像个女战士了。”他感慨地说。

雪映青心中有些小小的感动。她入宫成为羽王内卫的时候，第一个见到的就是这位神秘的王宫总管，每个进宫的人，无论是护卫、侍女，还是杂役，每个人都必须由风万里亲自见过。“小雪花”是风万里第一次见到雪映青时对她的昵称，之后他们一年都碰不上几次面，她也经常从旁人那里听到王宫总管和自己爷爷不和的传闻，但每次遇见时老人都会这样亲切地呼唤她。

“明天是个盛大的节日，秋叶城中所有的权贵都会在这里为新人祝福。或许是最后一次参加这种盛典了，对我这样的老人来说不会再有更多的时间和机会了。”他环顾四周，语气中带着沧桑的味道，“那么，小雪花，明天你会在哪里？”

“整个白天我负责护卫羽王陛下，上午随新人去神木园接受长老的赐福，下午是秋叶城的游行。”

“那你也不会错过晚上的宴会喽。”

雪映青腼腆地说：“陛下应允我晚上不参加宴会，经其味大人会负责陛下的安全。”

风翔典将是一次毫无羁绊的飞翔，七夕的明月力量可以让她尚未自如的凝翅永翔之术得到更好的试炼，羽王陛下同意她明天一整晚都不必参加王宫的值守。

老人微笑着说：“明晚明月之力最盛，对你的修行大大有利，绝不能错过。”他稍稍停顿，“大婚的祭礼和仪式让人听着都头晕，我宁愿上战场厮杀流血，也好过像牵线木偶般让人随意摆弄。可是，话又说回来，我还有什么资格上战场呢？”

他一边说一边朝前走去，身后的随从就像跟在母鸡后面的小鸡，簇拥在老人身后，很快就走得干干净净。

*羽王继任，老人还会是王宫总管吗？*雪映青忍不住想。

她转过身朝相反的方向走去，一个王宫守卫飞快地和她擦肩而过，他一路小跑，淡灰色的长发几乎拂过雪映青的脸庞，雪映青恼怒地转头，想要呵斥这个冒失的家伙，对方的背影让她一下子感到疑惑。

为什么这个背影看上去有些眼熟？

在她犹豫的片刻，淡灰发的王宫守卫径直奔向远处的一大群人，他来到风万里身畔，躬身说着什么，王宫总管轻轻点头，他们边走边说，很快在雪映青的视线里消失。

*奇怪的感觉，*雪映青皱眉继续往前走去，路过羽王大殿旁边的议事房时，她看见水秋晨站在门前。他招了招手，雪映青连忙走了过去。

“雪大人在里面，他刚才提到了你，你应该去见见他。”水秋晨说。

雪映青推门走进房间，雪嘉言背对自己站在窗前，凝望外面喧哗的街道，她没有惊动他，悄悄地站到旁边。过了片刻，雪嘉言转过头，才发现了自己的孙女。

“今晚陛下身边有人守护吗？”

“风如练大人。”雪映青回答。

总共四名内卫队队长，“石胆”风铁盟重伤之后已经由雪映青替代，另三人“箭隼”经其味、“白衣剑士”风如练和“秋叶之叶”天喻为都已担任队长十余年，论武艺、经验、忠心、决断，俱是羽人中的佼佼者。

雪嘉言转过身点点头，雪映青已经有几天没见到他了，她吃惊地发现爷爷的脸色很差，夜以继日的工作和忧心忡忡让他看上去和年迈的王宫总管大人一样疲惫不堪。

“我和从八松城赶来的汤瞭子大人谈过，他是八松城的正式使者和代理人，可以节制秋叶城中所有的汤氏子弟。他保证汤氏和八松城对羽王陛下的忠诚，但是陛下似乎还不够放心。”

“您认为呢？”

“我得到了一些暗示，汤瞭子对秋叶城内的局势有所担心，恐怕会有新的变故。”

“还有刺杀陛下的阴谋？”雪映青吓了一跳。

“我担心的是叛乱。”雪嘉言重重地说，“在兀鹫区、蜂鸟区，还有灰鹤区，直柳营和城防军配合着查获了不止一批武器，但是没有抓到幕后的人。”

“那些刺客没有这样的能力。”雪映青判断说。

“是我们内部，羽人的内部。”雪嘉言叹了口气，他看上去很不好受，“所有的线索都指向身居高位的人。”

“您已经有了叛乱者的名字?”

“目前只是怀疑对象。映青，保持警惕，现在我能依靠的人不多，左笺留在古根城，水秋晨和留下的直柳营力量不足，城防军虽然人多，但内部鱼龙混杂，不能完全信任。”

雪嘉言陪同云周晚从古根城归来时，风息凉和雪左笺都留在了古根城内，据说这是为了让云、纬两家安心，留在纬一平身旁的人质。

“内卫呢？他们是绝对忠于羽王陛下的。”

“内卫必须守护在王宫和陛下身边。”雪嘉言犹豫了一下，没有多说什么。

“红枫营的大部分也在古根城，御林军中只剩下百松营了。”

“百松营是天毕萧控制的。”

“您不信任他们?”

雪嘉言还来不及说话，门外便响起敲门声，水秋晨闪身进来。“大人，云商夕大人急着见您。”

“让云大人进来。”雪嘉言说。雪映青从爷爷的表情看出这不是一次事先约好的会谈。

一个浑身裹在黑色披风中的人影走了进来，如果不放下兜帽，没有人能认出他是云氏的族长。看见雪映青，云商夕似乎并不意外，他直截了当地对雪嘉言说：“雪大人，时间紧急，我就直话直说了。”

“请说，云大人。”

“我有一些逃脱女刺客的消息。”

“星辰诸神佑护，真是太好了。”雪嘉言的双眼放出亮光。

“她躲在兀鹰区，离黑塔不远的地方。”云商夕神情犹豫了一下，毅然说，“虽然之前云纬两家在秋叶的势力差不多被羽王陛下扫荡完了，但我们还留着最后的一些人手。有人今天傍晚看见她露面了，现在我们监视着那块区域，只是还不能确定她的具体位置。”

“您有什么需要?”

“我的人数量不够。”

雪嘉言稍稍思考。“我让水秋晨带人过去。”

“让我去。”雪映青说，“我能对付她。”

“夜里不可能行动，必须等到白天，那时候你应该守护在陛下身边。”

雪映青还想争辩，看见爷爷下定决心的眼神，明白这已经没有了可能，内心暗暗叹了口气。

“这是我的信章，可以调动直柳营的所有力量。”雪嘉言从怀中掏出一枚白玉雕琢的雪鹰信章交给了云商夕，他注视着云商夕，“我能够信任您吗?”

云商夕耸耸肩，难得语气轻松地说：“我也希望您有更好的选择。”

两人握了握手，云商夕拉起披风的兜帽，重新又变回黑衣神秘人，匆匆离开了议事房。

听从爷爷的吩咐，雪映青回到卫士们的寝室休息。整个下半夜她睡得不安稳，时常在黑暗中惊醒。窗外透出蒙蒙亮的光线时，她整衣坐起，走出了寝室。外面很安静，守卫比平日多了至少一倍，雪映青独自沿着王宫外殿走了一圈，巡察并不是她全部的目的，清晨的凉爽空气让她感觉放松了许多。

天已渐渐放亮，雪映青走向内宫，周围来来往往的人员逐渐多了起来，内卫、随从、侍女和杂役。

在内殿长廊门口，一个内卫朝她迎面走来，看见她时立刻低下头匆匆走开。还是昨日见到的那个淡灰发的羽人，似曾相识的面容再次一晃而过，她更加疑惑，努力在记忆中寻找那个相交点。

脑海中突然闪回出相同的容貌：跟踪者。

雪映青吃惊地转头飞奔到内殿门口，她四下张望，淡灰发的年轻羽人早已失去了踪影。

跟踪自己和伯卫行的家伙，“精灵夜曲”戏院的刺客同伙。雪映青被自己的发现惊得手脚冰凉：他和王宫总管大人在一起。

她想起爷爷的交代，有身居高位者意图组织一场叛乱，这一切必须马上告诉爷爷。

雪映青朝着议事房飞奔。“雪队长。”一个严肃的声音传来，她几乎和对方撞个满怀。身前的男人是个高个子的中年人，脸庞光洁白皙，黑色的长发披在肩上，眼神中散发着犀利的光芒，身后站着整整一队衣甲鲜亮的内卫。

她看清对方是同为内卫队长的天喻为。

“王宫中不允许这样无礼地奔跑，身为队长，你更是不应该。”他平静地说。

如果换做她刚进宫时，甚至换做一两个月前，她会羞红了脸说“是的，大人”。天喻为是秋叶城中无数贵族和平民女子偷偷爱慕的对象，令人爱慕的容颜和令人畏惧的剑术同时被这位大人所拥有，就连雪映青也会暗自幻想。

时过境迁，她已长大。

“大人，我必须见雪嘉言大人，万分火急。”

“刚才雪大人陪着陛下在心和大殿，现在不知他们会去哪里。”天喻为看了一眼雪映青，“你的脸色很难看，用不着担心，风如练和经其味两位大人都在陛下身边。”

*时间紧迫，必须立即决定，*她想。

“天大人，我发现内宫有人和前些日子的刺客相勾结，请您跟我一起去查实。”

天喻为挑了挑眉。“卫士，听从雪队长安排。”

雪映青边走边向天喻为讲述，天喻为的双瞳紧收。“真不敢相信。”他说，“我的剑和我的人听从你的指挥。”

迎面遇见的人纷纷让步，用惊异的目光注视着他们。走上一层层盘旋的楼梯，他们停在那扇朴素的木门前，没有侍卫，也没有仆人，总管大人从来不按常理出牌。雪映青上前叩响木门。过了片刻，门打开了，总管大人花白的脑袋露了出来，透过张开的缝隙，雪映青看到桌上放着的早餐。

“小雪花，是你找我吗？”他狐疑地看着她，还有她身后的人。

“总管大人，我正在找一个人，不知道您有没有印象？”雪映青描述着淡灰发羽人的模样，包括昨天的遇见，她边说边盯着总管大人。

老人垂目听着。“是有这么一个年轻人，有什么事吗？”

“您能告诉我他是谁吗？”

风万里回头看了看桌上的早餐。“小雪花，这件事很重要吗？”

“是的，大人。”雪映青严肃地说，她的手一直紧靠在腰间，感受到衣袍下剑柄的硬度，让她紧张的心情稍稍得到安慰。

风万里露出一个微笑。“天统领也是为了这件事来的吧，我明白了。”他不等回答就自顾自地说下去，“那孩子的母亲是我们风家的人，论起辈分算是我的侄孙女，很乖巧懂事的孩子，就跟现在的小雪花你一样。后来鬼使神差，她喜欢上一个平民子弟，家族里极力反对，她的父亲甚至用铁链把她一直锁在家里。碰到两情相悦、山盟海誓的事，永远不会那么简单的。”老人叹了口气，轻轻揉了揉双眼。

“我的这位侄孙女想方设法逃了出去，和那个平民男子结婚。族里为此把她逐出家门，她并无所怨，和对方相依为命。可惜红颜薄命，生下孩子没过多长时间她就因病去世了。几年前，我偶遇这个孩子，就收留了他做个随从。”

老人讲完，看着雪映青。

“总管大人，上次刺杀羽王的刺客们有一处名叫‘精灵夜曲’戏院的落脚点。在刺杀事件的前夜，我就是偷偷跟着您的那位侄孙女的孩子找到那里的，我有理由怀疑他和刺客们有关系。”

风万里很长时间没有说话，雪映青觉得他的神情反而越来越淡然。

“昨晚你突然又瞧见了他和我在一起，这下王宫总管大人和刺客有了关联，说不定，总管就是幕后主使人。可是，小雪花你昨晚为什么没来找我呢?”他语速缓慢地说，“让我想想，你一定还没想起他是谁，然后到了今天，现在，你一下子想起来了，也许他又在你眼前出现了一次，让你印象深刻，是这样吧?”

“大人，您随我去见陛下吧，陛下一定明察秋毫。”

“明察秋毫，是的，明察秋毫。”老人咳嗽起来，脸色一阵发白，胸口也无力地起伏。好不容易止住了咳嗽，他用丝巾擦去眼角的泪水。“小雪花，能不能稍稍等我一会儿，让我这个可怜的老头子吃完早饭呢?”

“您，请吧。”

风万里转身回进屋子，他随手推了一下房门，木门发出“咯吱”的响声，慢慢遮挡住雪映青的视线。木门并没有完全阖上，留下一道小小的缝隙。雪映青犹豫了一下，没有去重新推开门。

门内发出拖动椅子的声响，然后是杯子和碗盘的响声，雪映青想象着老人在桌旁独自吃着早餐的孤寂身影。为什么会是他呢？作为风氏一族的元老，谁还能比风万里对羽王更忠心耿耿呢？雪映青有一种自己弄错的感觉。

时间慢慢流淌，房间里有一阵没有声音了。雪映青听到身后的天喻为向上走了一级台阶。*他是在提醒我*。雪映青想着，轻轻说：“总管大人，您好了吗？”

屋子里没有声音。

“总管大人，我要进来了。”雪映青上前一步，伸手推开虚掩着的房门。

风万里依旧坐在刚才的椅子上，一只木杯从他手中落在地上，发出“砰”的声响。总管大人的头向后仰着，发黑的血水正从他的嘴角和眼角慢慢流淌下来。

雪映青怔怔地看着，一时间有些不知如何是好。

羽王的双眉紧紧纠结在一起，神情看上去既是恼怒又是失望，他盯着雪映青的脸，似乎想要从她的脸上看出更多的端倪。

“我的总管，我的亲叔叔想要害死我？”

“陛下，我并没有总管大人想要谋害您的证据，我只是讲述了我经历和看到的一切。”

“你讲述的一切难道还不够直白吗？”他几乎是咆哮着说。

雪映青低下头没有回答，其他人也都一样，默默等待羽王发泄完他的怒火。过了片刻，羽王才慢慢冷静下来，他深深地吸气，然后继续问：“你说的那个淡灰发年轻人呢？”

“已经查问过总管大人身边的随从，那人名叫简波风，最近一段时间常在总管大人身边。天喻为大人已经安排内卫队去找他，城防军也通知了。”

"一定要找到，带他来见我。"羽王一字一句地说。

雪映青单膝下跪。"是的，陛下。"她说。

羽王环视周围的一群内臣："接下来该怎么办？"雪映青觉得他的语气中带着一点点的嘲讽。

"陛下，局势可控，我们不必弄得人心惶惶。"雪映青听到爷爷说，"上午是神木园的行程安排，长老们的赐福仪式不能轻易取消。下午的巡街我建议您不必参加，游行活动可以继续，您只要在王宫平台上露露面就可以了。晚上的婚礼宴会和风翔大典，我们会安排好。"

"必须确保王宫中没有风万里的同伙。"

"所有和风总管有联系的侍从和仆人，都会安排隔离筛查。"

"内卫呢？"

人们似乎因为羽王的话吃了一惊，雪映青看见爷爷把目光投向站在羽王身畔的经其味和风如练，随后他坚定地说："陛下，您应该对内卫们的忠诚有足够的信心。"

"是吗？"羽王哀叹了一声，"我相信他们对我忠心耿耿，可是，难道风万里从前不是忠心耿耿？"

刺客事件让陛下成了惊弓之鸟，雪映青想，他在大庭广众之下说出这些话真的不合适。

雪映青身旁黑发披肩的男子跨前一步。"陛下，可以让城防军安排一部分士兵来负责警卫。"天喻为提议说，"王宫每个岗位可各安排内卫队和城防军的士兵。"

听上去是个不错的建议，增加了警卫，也许更深的意义是可以彼此监视。羽王点了点头，对雪嘉言说："就这样办，你去安排一下，让天华萧挑选些可靠的人。"

门口匆匆走进一名随从，在雪嘉言耳旁轻声说了半天，并把一件小东西交到雪嘉言的手中。羽王不耐烦地盯着雪嘉言，随从刚刚从雪嘉言身畔退开，他立即问道："又有什么事？是不是我的厨子，还有我的伴读师傅想要害我？他们已经跟了我三十年。"

雪嘉言平静地说："云商夕大人已经活捉了刺杀陛下的女刺客。"

"太好了，立刻把她送来，不不，还是送去黑塔。你们谁去审讯她？看看究竟是谁想要害我。"羽王随手指了指雪映青，"你去，一定要问个明白。"

雪嘉言走上前把手中的小东西递给了羽王。"这是在女刺客身上搜到的。"

羽王拿着那件小东西翻来覆去地看，脸上恼怒的神情越来越浓，把东西狠狠向地上砸去。那件小东西在地面弹了几下，翻滚到雪映青脚下。雪映青俯身把它捡了起来，那是一只风氏黑尾灵鹤族徽形状的信章，上面刻着"万里"的字样。

"更衣，去神木园。"羽王带着些许的恼怒走入后宫。

"我去'黑塔'了。"雪映青来到爷爷身旁轻声说。

"等等。"雪嘉言对天喻为摆摆手，天喻为走了过来，"你俩检查过总管大人吗？他真的是服毒自尽？"

雪映青感到奇怪，她看了看天喻为，后者也望向她，她点点头说："我确认。"

"我暂时还不敢和陛下说，风万里的尸体不见了。"雪嘉言语气严肃地说。

第三十二章

伯景星有些心神不宁。

对于习惯平淡生活的伯景星而言，今日秋叶城中的盛大和奢华令他吃惊。他依稀记得二十年前也曾在羽人的某座城市中度过风翔典，在那个夜晚，他的确感受到诸神的力量，当一个又一个的羽人凝出洁白的翅膀飞上天空，在圆盘般的明月下翱翔的时候，他的内心是那么羡慕，羡慕羽人们能够获得诸神如此的眷顾。

唯有信仰，是力量的源泉，足以冲破这个世界上所有的沉重。

不过这一次，他还是有些失望。原本以为会看到羽人们神圣的祭奠，代表圣洁的白色配上羽人们的高傲性格，飞翔空中，接近诸神的怀抱。但是一场热闹喧哗的游街让他感受不到对诸神的信仰和膜拜，只有来自世俗的快乐。

也许自己想要看的东西，已经在神木园中悄然进行过了，伯景星这样想着，心中稍稍释然。神木园的羽族祭奠是不允许外族人参加的，所以人族使团只被邀请出席下午和晚间的宴会。游街和宴会都很热闹，伯景星谈不上喜欢或是讨厌，他只是不习惯，还有一点，他觉察到与平日里的不同。

王宫里戒备森然，除去披着软银帛甲的内卫队，还有身穿暗绿色甲胄的城防军士兵，他们脸色凝重，搭档守卫每一处岗位。多数时候，参加宴会的羽人权贵们依旧谈笑风生，但他们脸上的表情看上去像是戴着一层面具，伯景星早已习惯了贵族们的腔调，不过他注意到时不时一些人聚集在一起窃窃私语，偶尔也会露出惊奇或是诧异的表情。

除了这些，让他感到不同寻常的还有通犀药铺。接连几天药铺大门紧闭，不过这些人本就行事神秘，并不值得为此费神，他想。

一个矮胖的身影走到伯景星身旁。“伯大人，感觉怎么样?”庐奇大人居然还没有喝多，他也知道今天的场面非常隆重，不能太过随意。

“精彩，也很奢华。”伯景星回答。

“说实话，比起皇帝陛下的各种庆典可是差远了，除了会飞，羽人们可没有咱们的能耐。”庐奇发出一声轻蔑的笑声，随即晃了晃手中的酒杯，“他们的果酒倒是不错，我快爱上它了。可是食物太差了，天天像只吃草的羊，自从来到秋叶，我瘦了不少。”

“大人受累了。”伯景星奇怪自己也开始说这种言不由衷的话了。

“做臣子的，就是为了给皇帝陛下分忧嘛。”庐奇带着一点幽怨的口气说。

“大人，我们什么时候回中州?”

“哎哟，雪嘉言大人没有告诉你吗?”庐奇露出夸张的神情，他的脸看上去像偷偷叼到一条鱼的肥猫，既得意又贪婪，“皇太子殿下将代表陛下向羽王道贺，他已经在赶来秋叶城的路上了，可惜接到消息比较晚，殿下没法子赶上今天的盛典。看来，我们还需要待上一段时间。”

这可算不上一个好消息。伯景星努力让自己不动声色。

庐奇突然压低声音，语气神秘地说："知道吗？王宫总管大人死了，就在今天早晨。"

"风万里大人？"伯景星吃了一惊，脑海中晃出那个让人捉摸不透的老人形象。

"听说和刺杀羽王的刺客有牵连，畏罪自杀了。"

*所以王宫里增加了守卫，今晚过后还会有一次不可避免的大清洗。上一次伪离武神的叛乱涉及的只是羽族的外围势力，现在已经真正变成了权力内部的争斗。难道还是雠客在捣鬼吗？*伯景星望向远处站在羽王身边的雪嘉言，老人一袭盛装，满脸亲切，只是眉目间似乎有些隐隐的忧色。

一阵喧哗声中，身穿白衣长裙的新娘走了出来，美艳动人的容貌吸引了所有人的目光。羽王的长公主风若苏身着白色长裙，头戴花冠，双颊绯红，在人们的鼓掌声中走到羽王面前，深深地行了一个屈膝礼，羽王上前拥抱女儿，然后挽起她的手，高高举起手中的酒杯。

每个人都举起杯子欢呼。

"敬陛下，敬公主殿下。"

"啧啧，这和咱们人族的婚宴可不一样。"庐奇一边举着杯子，一边评头论足，"新娘怎么能在大庭广众之下露脸呢？白色可没红色喜庆哦。"

伯景星的目光移向旁边，他看见站在角落里的新郎和他的父亲。新郎长得很像父亲，也许性格也像，即使这样喜庆的时刻，他和他的父亲一样沉默寡言，脸上的严肃和沉稳完全不像一个即将迎娶羽族最美丽女人的年轻人。

羽王大声说："我们的新郎在哪里？"

云商夕快步走了出来，云周晚紧紧跟随在父亲身后。两人一起来到羽王身前，大殿里寂静下来，所有的目光都注视着他们。云氏父子深深弯腰鞠躬。“陛下乃羽族之光，能与陛下成为姻亲，是云氏的荣幸。”云商夕平静地说。

羽王满意地微笑，抬手示意，等待云氏父子立起，他将手亲切地放在了云商夕的肩上，大殿里顿时爆发出雷鸣般的掌声。

一场等待已久的和解，能够缓解现在纷乱的局面，换来羽族的和睦壮大吗？伯景星不知道答案，他望见远处的雪嘉言露出如释重负的笑容。

圆月升上了半空，像一盏又大又亮的明灯，放出冷冷的光辉。它是如此之大，几乎挤满了整个夜空，今夜的繁星显得微不足道，诸神为明月让出了舞台。城市中所有的萤灯都失去了光芒，只留下月光如水银般流淌在城市的每一处角落。

子夜临近，羽王走出大殿，登上了高处的平台，王宫内外无数双眼睛注视着他。羽王站定身子张开了双臂，背后的气流旋转流动，慢慢凝成一对透明的翅膀，翅膀变成白色的形体，他轻轻扇动翅膀，整个人离地而起，悬浮在空中。

“赞美诸神的力量，赐羽族丰饶，千秋万代。”他缓缓说道，“羽族子民们，飞翔起来吧。”

没有欢呼雀跃的嘈杂声响，这一刻让伯景星体会到那种久违的神圣感，周围的羽人一个接一个地凝出双翅，然后腾身而起，羽翼扇动，他们在夜空中展翅翱翔，翩翩起舞，这一刻没有贵族或是平民之分，只有飞翔的羽人。

伯景星仰着头，一群群轻灵飘逸的身影在夜空中划过，这样的场景太过曼妙美丽，让他几乎有些迷醉的感觉。身旁有人粗重地喘息，他转过头看见庐奇张大嘴巴，呆呆看着夜空。

“星辰诸神佑护，”他听见庐奇喃喃地说，“他们飞得真好看。”

属于羽人的盛典一直持续到下半夜，凝翅飞翔非常耗费精神力，大多数羽人只能坚持很短的时间。羽王象征性地腾空之后再也没有飞翔的打算，更多的美酒美食送进大殿，轻歌曼舞，弥漫着舒适、享受和靡费的氛围。

伯景星站在一根柱子旁，夜空中还有零星飞舞的身影，外面的声音越来越轻。有人走近身旁。“有何感想？”雪嘉言微笑着问，满头的银发不时被风吹起。

“每一次风翔典，我都会忍不住嫉妒羽人。”

雪嘉言笑了起来，看得出他很高兴。“希望这个风翔典后，就是我们羽族的新开端。”他转过头，顺着他的目光，伯景星看见正在攀谈的羽王和云商夕。

伯景星多少诧异雪嘉言的自信和乐观，什么也没说，雪嘉言似乎察觉到了，他继续说：“你可能不知道云氏的势力，也不曾体会到这些年羽族的内斗，快整整二十年了，我们消耗太多了。”

“听说抓住了那个女刺客。”

“我希望能有更好的结果，弄清那些刺客的来历和他们的老巢。”

“您真的相信，是我们的皇帝陛下雇佣了他们？”伯景星忍不住问。

“只是一个猜测。”雪嘉言叹了口气，“景星，我和你一样不希望人羽两族发生冲突和纷争，所以我们更应该有紧密的合作。”

“大人，虽然我心念如此，不过人微言轻。”

雪嘉言露出笑容。“志同道合的人总能够彼此发现，我很欣慰有你这样的朋友。”

“感谢大人。”伯景星由衷地说，他想到另一个问题，“风总管是刺客们的内应？”

“他服毒自杀了，我暂时还不能证明什么。”

伯景星想起那晚在风万里房间里的谈话，他有些担心，却又怕自己的担心是错的。

有人用含糊不清的声音喊叫：“伯大人，呃，我们回去吧。”

雪嘉言笑着说：“敦睦使大人真是离不开你，去吧，改天有空我们再聊。”

比起往日，街上还有三三两两的人影，风翔典也是年轻羽人们求爱幽会的日子，从巷子里时不时传来悠扬温柔的歌声。

庐奇破天荒地没有乘坐鸟车，一摇三摆地走在道路中间，偶尔驻足看一下这座城市的夜景。“喂，伯大人，今天怎么没有看见你家公子？”

“下午还在，晚上溜出去看羽人们的飞翔了。”伯景星回答。这是原来的计划，卫行早就来征求父亲的同意了，不过后来却要求去看黑塔，做父亲的当然知道怎么回事，现在他更像是雪映青的侍从。

“伯大人，你可要多生个心眼。”庐奇回过身子嘿嘿笑着，脸上的肉跟着颤抖起来，“那个雪家厉害的女娃子，好像对你家公子挺有意思的。”

“大人说笑了。”

“大家都是过来人，我可不会说笑，哈哈。”

伯景星心中“咯噔”了一下，连庐奇都这么说了，他必须慎重地想一想两个孩子接下去的相处了。在根深蒂固的观念中，异族之间是不能通婚的，河络和夸父根本不必说，即便是各种习性相接近的人和羽，通婚都是一种禁忌，半羽人被归于低贱。

伯景星一下子想起了经鸣夜。

前方突然传来奇怪的声音，音量不大却整齐划一，伯景星立刻明白只有行进中的军队才会发出这样的声响，他上前一步拽住庐奇的胳膊拉向路边。街道的拐角处出现一队步鸵骑兵，月光映照下，伯景星望见骑士们头盔下的脸庞，一个个冷若冰霜。大约四十余骑从他们身旁飞快地经过，转眼消失在黑暗之中。

“深更半夜，这是去哪儿？”庐奇的语气不太高兴，也许是觉得堂堂敦睦使大人要给军士们让路，很没有面子。

伯景星还没说话，第二队步鸵骑兵又出现了，骑士们一样的装束，风驰电掣般经过，紧接着是第三队、第四队……伯景星有些吃惊，大约二三百人的步鸵骑兵，足以扫荡一座大镇子。骑兵们没有任何的旗帜标识，但是右手臂上都绑着白色的锦帛。

“出了什么事？”庐奇的脸色也变了。

伯景星摇摇头，他们继续往前走了几步，路口人影晃动，有人低低喊道：“站住。”黑暗中走出几名全副武装的士兵，同样在右手臂上都绑着白色的锦帛，看见庐奇和伯景星，他们愣了愣，随即有人回头跑去。

“怎么回事？”庐奇大声说，伯景星听出他的声音稍稍有些颤抖，“我是人族的敦睦使大人。”

士兵们没有理会，拔出手中的武器。“站住别动。”他们继续说。

伯景星把手按在刀柄上，他感觉到事情不妙，心中的疑虑越来越重。“我们是人族使团。你们是什么人，想要干什么？”

几个黑影从远处疾步走了过来，一个军官模样的羽人低声吩咐着部下，然后走到庐奇和伯景星身前。“是两位人族的大人，实在对不起，我们接到命令，秋叶城宵禁了。”他的语气有些油滑，满不在乎地说。

“为什么宵禁？”伯景星问。

“这我可不知道。”羽人军官回答，“不过大人们是要回御馆吧，没关系，我马上安排人护送你们回去。”

大约十来个士兵围拢过来，伯景星看了看庐奇，敦睦使大人神色似乎有些放松，他们一起朝御馆方向走去。

黑暗的街巷中不断传来跑动的声响，每一座藤桥都有士兵把守，伯景星甚至看到某些高处的窗口露出弓箭手的身影。

*到底发生了什么，还是将要发生什么？*他找不到合理的解释，心里有一种空荡荡的感觉。

“你们是城防军？”伯景星装作随口一问。

羽人军官“嗯”了一声。

“手臂上缠着白锦帛是为什么？”

羽人军官斜眼看了看伯景星，又“嗯”了一声，什么也没说。

前方再次传来步鸵的声响，伯景星发觉羽人军官一下子紧张起来，他呼喝一声，士兵们停下脚步，散了开来。黑暗的街头出现了十二三骑步鸵骑士，转眼到了跟前。

当先的两个人竟然是水秋晨和今晚的新郎云周晚，伯景星来不及奇怪这两个人会在一起，云周晚已经大声呵斥：“是谁下令宵禁的？”他盯着羽人军官，“天华萧的胆子真够大的。”

羽人军官露出犹豫的表情。“大人，我们是奉命行事。”

看到伯景星，水秋晨也有些意外，步鸵稍稍向前来到伯景星身畔，水秋晨俯下身子低声问：“伯大人，你们怎么在这里？”

“我们回御馆，一路上发现很多士兵，看样子是严阵以待。”伯景星谨慎地回答，“你们呢？”

“我从黑塔过来，周晚大人带来陛下的命令，要见女刺客。”他向后面努嘴，伯景星望去，依稀看见被直柳营士兵围在中间的少女，她的手脚都被链子拴着，一动不动地骑在步鸵上。

“宵禁是怎么回事?”看见水秋晨茫然地摇头，伯景星又低声提醒他说，“注意他们右臂上的白色锦帛。”

云周晚的声音打断了伯景星和水秋晨的谈话。“我奉令去王宫。”他愤怒地说。

“大人，我们接到命令，任何人不能过去。”羽族军官摇摇头说，他身后绑着白色锦帛的士兵举起了手中的长枪。

云周晚和水秋晨同时拔出了佩剑。“你们是要叛乱吗?”年轻的新郎厉声说。

庐奇紧紧拽住伯景星的胳膊，他的脸上有些发白，慢慢朝后退去。伯景星用身体护住敦睦使大人，难道是城防军叛乱?他想。

远处传来奇怪的声响，一个红点升向半空，那是一支带着风哨的火箭，在寂静的夜晚显得特别刺耳。所有人都看得清清楚楚，火箭是从黑塔上射出来的。很快在城市的另一个角落射出第二支带着风哨的火箭，像是在遥相呼应。风哨凄厉的响声让步鸵变得焦躁不安，骑士们勒紧缰绳，神色凝重。

另一处街巷又出现了影影绰绰的人群。“这里。”云周晚挥动手中的短剑，嘴角露出一丝笑容。士兵们整齐划一地包围过来，人数远远多于手臂绑着白色锦帛的城防军。“这是我从古根城带来的人。”伯景星听见他低声向水秋晨解释。

“现在立刻缴械，既往不咎。”水秋晨骑着步鸵向前几步，“否则以叛乱论处。”

羽人军官举起了腰刀，摆出迎击的姿势。

“不用废话了，杀。”

云周晚径直向前冲去，手中的剑狠狠刺了出去。短剑没入水秋晨的背脊，带血的剑尖从胸口冒了出来。水秋晨讶然地低头看着，云周晚猛地拔出剑，鲜血喷涌而出，水秋晨摇晃了几下，从步鸵上栽了下来。

伯景星竭力控制住自己才没有发出怒吼，他拔出腰刀，手臂被人牢牢扯住。“伯景星，这是羽族内斗，和我们无关。”庐奇急急地叫起来，尖细的声音像是被踩住了脖子。

只是片刻之间，十余名直柳营的士兵被捅成了血窟窿，无人幸免。云周晚把佩剑插回剑鞘，冲着云氏士兵做了个手势，士兵们纷纷掏出白色的锦帛绑在自己的右臂上。

“庐大人，伯大人，今晚是羽族的家事，和你们无关。不必担心，请好好待在御馆里，我保证你们不会有任何事情。”云周晚盯着伯景星的脸，年轻人那张俊俏的脸上混合着兴奋和紧张的快感，他的语气中带着一丝威胁的意味，“别多事，否则可就不好说了。”

伯景星握紧拳头，他非常明了现在的形势，除了愤怒和无奈，他没有任何可以做的。

“云公子，伯景星大人的孩子在黑塔。”庐奇大声说，他突然的表现出乎伯景星的意料，“我可以保证他不会参与到你们羽族的争斗中，所以你也必须确保他的安全。这不仅仅关乎你我和伯大人，这也关乎到我们人族和你们羽族的和睦。”

云周晚皱眉看着庐奇，他没有直接回答，只是大声吩咐说：“护送使团的大人们回御馆。”士兵们重新围拢上来。经过云周晚的身畔，伯景星抬起头看着他。

“你们准备做什么？”

“去王宫，觐见我们的羽王陛下。”羽人露出高傲得意的神色。

带着风哨的火箭从云周晚的身后射出，一边啸叫一边在半空中划出一道弧线。伯景星终于明白这是叛乱的信号，今夜将会有一场蓄谋已久的杀戮。

风暴正在汇聚它的可怕力量。

羽族士兵们像押解犯人般把他们送回御馆，一路上不断有火箭射向天空，街巷里布满了绑着白色锦帛的士兵，伯景星依稀听到远处时不时传来濒临死亡的惨叫声。回到使团的住处，士兵们随即将这里围得水泄不通。

敦睦使大人一言不发地走回自己的房间。

“出了什么事，大人?”拉玛走来。伯景星不在的时候，他是御馆的负责人。

“守住御馆大门和每一处窗户，全部安排双岗，任何人不得外出。”他快速地说，“老猫，你负责水和食物，从现在开始必须有我的命令才能供给。”

“是，大人。”他的两名手下同时答应。

“是不是所有人都回来了?”

拉玛和老猫互看了一眼。“除了您的侍从。”拉玛说。

“好。”伯景星冷静地说，“去执行命令吧。”

他走回二楼房间，脚步一如往常的沉稳。他们都会看着他，而他必须给他们信心和力量。他回到房间轻轻关上门，走到窗前，遥望王宫和黑塔的方向，内心无比焦躁。

天空终于慢慢放亮，伯景星记不得自己何时坐在了椅子上，窗外传来嘈杂的声响，他冲到窗口，看见几名羽族骑士正走进御馆大门，他立刻从房间中大步走了出去。

敦睦使大人已经在那里和羽人骑士交谈，听见脚步声，庐奇转过脸看着他，敦睦使大人的眼圈乌黑发亮。“羽王要见你。”庐奇摇摇头，不知是庆幸还是不快的表情，“他只要求见你。”

几名羽族骑士看上去是有一定身份的贵族，都是伯景星从未见过的陌生面孔，其中一个向伯景星伸手做了个向外走的姿势。“请吧，伯大人。”对方平淡地说。

时隔二十年，伯景星重新骑上了步鸵。这只步鸵训练有素，在龙腾木的街巷中走得非常稳健，几乎用不着伯景星拉扯缰绳。除了成群结队的士兵，没有任何平民出现在街上，他们或许会躲在窗户后面悄悄地偷看街上的动静。这座城市看上去几乎没有改变，喜庆的鲜花和缎带依旧在原来的位置上，只有还未擦去的零星血迹和遗落在街边的羽箭，揭示着凌晨已经发生的一切。

除了城防军，还有百松营的士兵替代了内卫队把守在王宫门口，步鸵没有停步，直接通过了岗哨。伯景星闻到了空气中的血腥味，这里的战斗痕迹要比街巷上的多得多。一直到羽王大殿，骑士们才跳下步鸵，伯景星跟着他们一起走进大殿。

*城防军和百松营，这些都是天氏兄弟掌握的力量，云氏的叛乱被挫败了吗？但是明明有城防军参与了叛乱，*伯景星忐忑地想。

大殿里空荡荡的，只有两个人影站在羽王的神木椅前，听到脚步声，羽人们回转过身子，伯景星心中颤抖了一下，是云商夕和云周晚。

“伯大人。”云商夕用很亲热的语气说。

“云大人。”伯景星保持着冷静，直到现在他依旧没有搞清楚情况，“羽王陛下要见我，也许我能知道到底发生了什么。”

云氏父子笑了起来，云周晚大声说：“伯大人，我们刚刚从神木园回来，长老们已经得到了星辰诸神的神谕，授封我的父亲担任新一任羽王。”

伯景星吃惊地说：“羽王陛下他怎么了？”

云周晚用恼怒的眼神看着他。“你说的是前羽王风夜归吧，他勾结外族，破坏羽族传统，妄图鱼肉羽族众生，因为阴谋败露已被处死。”

“雪嘉言大人呢？”

云周晚转头望向大殿一角，伯景星顺着对方的目光看到地上蒙着白布的一排人形。“雪嘉言受风夜归蛊惑，执迷不悟，已随风夜归赴死。”

似乎是意料之中，伯景星仍然感到无法平复的愤怒，他脱口而出：“这是谋杀。”

云商夕的眼神中露出些许的不快，但立刻又恢复了正常。“伯大人，以你的身份和地位，刚才的话僭越了，但是我不会追究。”

“是的。”伯景星承认，“但是荣誉让我不得不说，否则我将愧对一些人。”

“这恰恰是我欣赏你的地方，伯大人。”云商夕慢慢地说，伸手阻止住了想要说话的云周晚，“今天凌晨的选王会，我得到了纬、天、汤、经、羽各家族和神木园的支持，是接受诸神认可和祝福的新羽王。风夜归背弃了神的眷爱，妄图改变选王制，他受到了惩罚，所有的一切都是咎由自取。虽然雪嘉言是他同谋，多数时候是受风夜归的蒙蔽和挑唆，说实话，我并不想伤害他，是他自己执迷不悔，自杀身亡的。伯大人，有很多事情并不如你了解的那样，从风夜归和雪嘉言这里你只是得到了一面之词，而我会告诉你真相的另一面。”

“我希望这些真相足以成为诸神认同你的理由，但是他们不会赞成你的方式。”

云商夕笑了笑，轻轻地诵出一句：“德拉斯，安多提亚贡萨。”

这是属于羽族的古老语言，伯景星摇摇头，他并不知晓。

“诸神注视着一切。”云商夕向他解释说，“是非公道，生死成败，终有星辰诸神决定。”

是的，一切已是定局。但这真的是神的旨意吗？

“作为新羽王，我希望羽族能够和睦，也能够强盛。我是个宽宏大量的人，不会去过分追究以前的东西，所以我仍遵从往日的誓言，继续我的儿子云周晚和风若苏的婚礼，我也会赦免所有的人，无论是风姓还是雪姓，除非是他们想和我作对。至于伯大人，你们的皇太子已经进了澜州，我希望这场变故不会影响羽族与人族的和睦关系，我正在安排人去迎接皇太子殿下，如果伯大人不介意的话，我想请你陪同，有些事情也可以做个解释。”

伯景星努力让自己的心情平复下来。现在不能感情用事，我终究无能为力，他悲哀地想。“庐奇大人才是敦睦使，您应召见他。”

“我当然会和庐奇大人会面。不过我觉得他一直不是很适应羽族和秋叶的生活，在这之前需要有一个他信任的人做好事先的沟通，我不想让他太受惊吓。”

云商夕说得很委婉，是不是所有人都觉得敦睦使大人是个摆设？这并不是一件好事。

“我会向敦睦使大人禀报的。”

“庐奇大人通情达理，一定不会拒绝的。这几天秋叶城里难免还会有些动荡，所以也请庐奇大人谅解，不要让使团的人外出。”云商夕淡淡一笑说，“我很信任你，伯大人。”

我早已被各种各样的信任弄得晕头转向，措手不及。“有件事情，我想知道我的孩子，伯卫行在哪里？我整晚没有他的消息。”

云商夕和云周晚对视了一眼。“昨夜贵公子和雪映青在一起，雪映青在黑塔和城防军起了冲突，我们并不想伤害她，但是她似乎不太理解。”伯景星心头一紧，听着云商夕继续说下去，“贵公子不了解情况，也动了手，伤了几个城防军的士兵，他和雪映青都逃逸了。天华萧正在追缉他们，请伯大人放心，我已经严令绝不能伤害贵公子。”

这是目前卫行唯一的消息，至少他还活着，随即伯景星也明白了风夜归和雪嘉言为何输得一败涂地。

“天氏兄弟倒戈也是您的手段?”他忍不住问。

“被欺骗和背叛的滋味并不好受，风夜归欠了天氏家族很多东西。”云商夕沉声说，“羽人的事情羽人自己会解决，伯大人，我们在一起还是更多地操心些人羽两族的和睦吧。”他意味深长地看着伯景星，目光中既有期许，亦有警告。

终章

夜幕下的秋叶城，仅仅相隔一晚却像度过了漫长的冬天，街道上依旧挂着萤灯，只是没有了路人，穿梭的巡逻队犹如蜂房里的工蜂一般密集和忙碌。

偶尔从某个角落会传来喊叫和杀戮的声响，一切无可避免。

在“黑心王”行宫空荡荡的大殿上，一个浑身裹着黑袍的人正安静地站在行宫的大厅里，没有任何灯光，只有月光透过窗户照射进来，投下屋外树叶枝杈的斑驳影子。黑袍人宽大的衣服遮蔽住了身材，就连他的脸上也罩着黑色的面具，只留出黑洞洞的双眼位置。

刺杀风夜归的羽人女孩走进大厅，几乎没有发出任何声响，安静地在黑袍人身后不远处站定。

“月独幽，”黑袍人开口说，他的声音低沉如暮鼓，“你来晚了。”

“你怎么知道我的名字？”羽人姑娘静静地说。

“我能和你的元宿联系，当然知道你的一切。”黑袍人转过身，“路上没有遇到什么麻烦吧。”

“通行无阻。”

“等一会儿有人把你送出秋叶城。”

“我不走。” 月独幽说。

“风夜归已经死了。”黑色面具里发出笑声，“你已经完成了任务，为什么不走?”

月独幽摇摇头，这次她没有说话。

黑袍人抬起手，一件黑黜黜的物件从他的衣袖中抛了出来，月独幽伸手接住，一直平静的脸上终于露出讶然的神情。“龙之怨珠。”她的手中是一颗拳头大小浑圆的珠子，古朴的黄色，棉絮状的东西若隐若现地流动。

“这颗珠子是风氏的传家之物，你刺杀风夜归，只是为了得到它。”

“你究竟是谁，为什么肯把它给我?”

“我们扛着同一面旗帜，敲响同一只战鼓，举起同一支长枪，也刺向同一个敌人。”黑袍人的声音犹如无主的魂魄在空荡荡的大厅里四处回荡，“我和你们的元宿有旧，他的事即是我的事。他传信命你听从我的安排，而我让你假意被抓，只是为了分散风夜归的视线，让乱党有可乘之机。羽族内乱，我们渔翁得利。”

“你还是没有回答我。”

“把龙之怨珠带回去，你的元宿知道我。”黑袍人说，“以一己之力未必能除尽四族，这句话我已经告诉过他，他未必肯听，可我还是会和他说，将来你们也一定会明白的。现在，你可以走了。”他的语气不容置疑。

羽人女孩看了看手中的龙之怨珠，微微鞠躬，转头离开。

大厅复归于安静，窗外一阵夜风掠过，散落在四周地面和墙面上的影子跟随着摆动起来，如同舞蹈的妖魅，散发出阴郁诡异的味道。黑袍人站在其中，向着半空中举起双手，露出衣袍的手指不停地弹动，手指间仿佛牵扯着无数看不见的牵线木偶，木偶们随着他拉扯的绳线，时而欢快地跳舞，时而激烈地打斗，飞溅的血光化成黑影，又没入了黑暗之中。

当无法和对方直接对抗时，阴谋是一种最好的方式，不需要为自己的弱小羞愧，他们的强大于你而言只不过是千疮百孔、摇摇欲坠的存在。

黑袍人慢慢放下了双手，又有一个人影走了进来。“大人。”他恭敬地说，嗓音甜美如同他的歌声。

“都已经安排好了?”

“是的。”

“这次你辛苦了。”

明喆笑了笑。“如果扮得不像，骗不过龙渊阁的人。现在秋叶城中龙渊阁的势力基本已经清理干净了。”

“做得不错，就是你下手狠了些。”

明喆脸色变了变。“大人，我错了。”

“记住，明喆，龙渊阁和雔客一样，是我们的盾牌和刀剑，只要利用好他们，就能达到我们的目的。知道我为什么让你安排简波风把雪家姑娘和伯景星的儿子引到‘精灵夜曲’戏院吗?”

“为了破坏月独幽的刺杀计划?简波风在王宫里帮助雪映青脱困也是同样目的?”

“若是刺杀成功，雪嘉言一旦掌控大局，就不会有羽族的内乱。而一场未遂的刺杀，动摇了风夜归的信心，他谋求与云商夕的联手，反而把天毕萧和他的家族推进对方的怀抱，风翔典夜晚的叛乱也就水到渠成。”

“就像在竞技场上，他们互相牵制，你防备我，我担心他，而您所做的只是穿针引线，让他们按照您的想法做下去。”

“你学得很快，我是不会让好材料浪费掉的。”黑袍人说，“简波风怎么样？”

“城防军副统领职位，云商夕和天家兄弟都不会亏待他的，大人，我们又在新羽王身边插入了棋子。”

“他也做得很好，另外，告诉他多加小心。”黑袍人沉默了一小会儿，“把简波风埋在风万里身边就是为了除掉风家最危险的人，但是风万里的自杀出乎我的意料，他不应该是那种轻易放弃的人，我一直认为在所有人当中，他是最难对付的。”

“我会转达小简的。大人，我还有一事不明。”

“为什么要把珠子给月独幽吗？我要他们欠我的，将来还起来就没那么容易了。”

“您不担心雒客？”

“那个人的龙珠法阵吗？”黑袍人再次笑起来了，“哪有那么容易。”他挥了挥手，“现在重点已经不在秋叶城了。新羽王需要忙活一阵子，剿灭风、雪两家的残余势力，还要摆平其他家族，经过风翔典之夜后，谁又敢轻易相信他呢？羽族的一盘散沙又被狠狠地搅了一遍。明喆，你留在秋叶看守大局，我会随时联系你。”

“是的，大人。”明喆弯腰鞠躬，慢慢退出了大厅。

夜空中一大片乌云滚滚而来，瞬间遮挡住了明月和漫天星辰，周围一下子变得昏暗无比，黑袍人慢慢走近窗边，空气在他身旁诡异地流动，他仰起头感受着来自遥远的力量。

我们曾被星辰诸神抛弃，即使这般，我们却不曾抛弃自己，我们在黑暗中休养残破的身躯，平复受伤的心灵。隐匿在四族之中，我们从未忘却自己的身份，还有当年的苦痛，一切，都将从头开始。

龙族，终将重新成为九州的主人。

黑袍人拉下自己的面具，月光劈散乌云，照亮庐奇的脸庞，他安静地注视着夜空。

独角兽书系

九州系列

唐缺

《九州·茧语》

《九州·天空城》

潘海天

《九州·铁浮图》

《九州·白雀神龟》

《九州·死者夜谈》

《九州·地火环城》

遥控

《九州·无星之夜》

水泡

《九州·龙之寂》系列

小青

《九州·大端梦华录》系列

塔巴塔巴

《九州·澜州战争》

苏离弦

《九州·浩荡雪》

新九州系列

水泡

《新九州·舞叶组》

裴多

《新九州·炽血王座》

麟寒

《新九州·荆棘之海》系列

荆泽晓

《新九州·狂舞》

秋风清

《新九州·乱离之域》

因可觅

《新九州·月见之章》系列

沉水

《新九州·荣耀之旅》系列

◎选题策划 / 邹　禾　　◎装帧设计 / 谢颖设计工作室

九州·龙之寂

1. 神木之影

SILENCE OF DRAGON

1. Shadow of the Sacred Tree